LA ÚLTIMA MENTIRA

LA ÚLTIMA MENTIRA

MARY KUBICA

Editado por HarperCollins Ibérica, S.A.
Núñez de Balboa, 56
28001 Madrid

La última mentira
Título original: Every Last Lie
© 2017, Mary Kyrychenko
© 2019, para esta edición HarperCollins Ibérica, S.A.
Publicada originalmente por Mira Books, Ontario, Canadá.
© Traductor del inglés, Carlos Ramos Malavé

Diseño de cubierta: Mario Arturo
Imagen de cubierta: Dreamstime.com

ISBN: 978-84-9139-344-3
Depósito legal: M-34590-2018

A mi madre y a mi padre,
mis mayores admiradores

CLARA

Dicen que la muerte se presenta de tres en tres. Primero fue el hombre que vivía enfrente de casa de mis padres. El señor Baumgartner falleció de cáncer de próstata a la edad de setenta y cuatro años. Después fue una antigua compañera mía del instituto, de solo veintiocho años, esposa y madre, muerta de una embolia pulmonar; un coágulo que se le fue directo a los pulmones.

Y luego fue Nick.

Estoy sentada en el sofá cuando el teléfono, situado junto a mí, comienza a sonar. El nombre de Nick aparece en la pantalla y oigo su voz familiar al otro lado de la línea, como cualquiera de las miles de veces que me ha llamado. Pero esta vez es diferente, porque será la última vez que me llame.

—Hola —dice Nick.

—Hola —respondo.

—¿Qué tal va todo? —me pregunta.

—Bien —le digo.

—¿Felix está durmiendo?

—Sí —respondo. Como suelen hacer los recién nacidos: se pasan la noche despiertos y duermen durante el día. Lo tengo en brazos y eso me inmoviliza. No puedo hacer nada salvo verlo dormir. Felix tiene cuatro días y tres horas. Dentro de diecisiete minutos tendrá cuatro días y cuatro horas. El parto fue largo e intenso, como

9

lo son casi todos. Sentí dolor pese a la epidural, estuve tres horas empujando pese al hecho de que se supone que el parto es más fácil después de cada nacimiento. Con Maisie fue rápido y fácil en comparación; con Felix fue difícil.

—Quizá deberías despertarlo —me sugiere Nick.

—¿Y cómo debería hacerlo?

Mis palabras no son de enfado, son de cansancio. Nick lo sabe, sabe que estoy cansada.

—No lo sé —me dice, y casi me lo puedo imaginar encogiéndose de hombros a través del teléfono, veo su sonrisa cansada y aniñada al otro lado de la línea, su rostro normalmente afeitado, que a esta hora del día ya comienza a mostrar una sombra oscura en la barbilla y el bigote. Sus palabras suenan amortiguadas. Se ha apartado el teléfono de la boca y le oigo susurrarle a Maisie: «Vamos al baño antes de irnos», y me imagino sus manos capaces cambiándole las bailarinas rosa pálido por las deportivas rosa chicle. Me imagino a Maisie retorciendo los pies, apartándose. Maisie quiere unirse al resto de las niñas de cuatro años que están practicando sus estiramientos de piernas.

«Pero, papi», oigo su vocecilla, «no tengo que ir al baño».

Y la respuesta de Nick, firme, pero tierna: «Tienes que intentarlo».

Nick es mejor padre. Yo suelo rendirme y decirle «Vale», aunque luego me arrepiento cuando, pasados cinco kilómetros, durante el trayecto de vuelta a casa, de pronto Maisie se lleva las manos al regazo y grita que tiene que ir al baño, y me dirige una mirada avergonzada que me indica que ya se lo ha hecho encima.

La voz de Maisie desaparece en el baño y Nick vuelve al teléfono.

—¿Pillo algo de cena? —me pregunta, y yo me quedo mirando a Felix, que duerme profundamente sobre mi vientre, todavía distendido. Me gotea el pecho a través de la blusa blanca de algodón. Estoy sentada sobre una bolsa de hielo para aliviar el dolor posparto. Tuvieron que hacerme una episiotomía y, por tanto, tengo puntos; hay sangre. Hoy no me he bañado y las horas de sueño que he tenido en los últimos cuatro días pueden contarse con los dedos de una mano. Me pesan los párpados, que amenazan con cerrarse.

Vuelvo a oír la voz de Nick a través del teléfono.

—Clara —dice, y esta vez decide por mí—. Pillaré algo para la cena. Maisie y yo llegaremos pronto. Entonces podrás descansar —me dice, y nuestra rutina nocturna será más o menos así: yo dormiré y Nick me despertará cuando Felix tenga que comer. Luego, llegada la medianoche, Nick dormirá y yo pasaré el resto de la noche despierta con Felix despierto en brazos—¿Comida china o mexicana? —me pregunta, y le digo que china.

Esas serán las últimas palabras que intercambie con mi marido.

Espero con Felix durante lo que me parece una eternidad, contemplando el negro de la televisión apagada, con el mando a distancia al otro lado de la habitación, medio escondido bajo un cojín de cachemir que hay en el butacón de cuero. No puedo arriesgarme a despertar a Felix para alcanzarlo. No quiero despertarlo. Miro alternativamente la tele y el mando a distancia, como si pudiera encenderla por telepatía y rehuir el aburrimiento agotador y la repetición que acompañan a los cuidados infantiles –comer, dormir, cagar y vuelta a empezar– con unos minutos de *La ruleta de la fortuna* o las noticias de la noche.

¿Cuándo llegará Nick a casa?

Harriet, nuestra border collie, está tumbada hecha un ovillo a mis pies, mimetizada con la alfombra de yute; como un mueble más y también como guardiana. Ella oye el coche antes que yo. Levanta una de las orejas y se incorpora. Yo espero en vano a oír el sonido de la puerta del garaje al abrirse, espero a que Maisie entre corriendo por la puerta de acero, haciendo piruetas como una bailarina de *ballet* por el suelo de madera de nuestra casa. Me ruge el estómago al pensar en la llegada de Nick con la comida. Tengo hambre.

Pero, en su lugar, el ruido procede de la puerta de entrada: unos golpes serios contra la hoja de madera, y Harriet sabe antes que yo que no se trata de Nick.

Me levanto del sofá y abro la puerta.

Ante mí hay un hombre que habla con palabras evasivas. Son palabras que quedan flotando como luciérnagas en el espacio que nos separa, alejándose cuando intento apresarlas con las manos.

—¿Es usted la señora Solberg? —me pregunta y, cuando le digo que sí, añade—: Ha habido un accidente, señora.

Lleva una camisa negra y pantalones a juego. En la camisa lleva insignias y una placa. En el coche que hay aparcado en mi entrada se lee *Servir y proteger*.

—¿Señora? —pregunta el hombre al ver que no respondo. Tengo a Felix en brazos como si fuera un saco de patatas. Está desplomado, inerte, dormido, cada vez más pesado. Harriet se sienta a mis pies y mira con desconfianza al desconocido.

Aunque oigo las palabras, mi cerebro es incapaz de procesarlas. Lo achaco a la falta de sueño, o quizá sea la negación. Me quedo mirando al hombre y me pregunto qué querrá de mí, qué estará intentando venderme.

—¿No puede esperar? —pregunto y me llevo a Felix al pecho para que el hombre no vea las manchas de leche de mi camisa. Me siento pesada; me escuecen los puntos y cojeo por efecto del parto—. Mi marido llegará enseguida —le digo—. En cualquier momento. —Y veo entonces la mueca de compasión que se instala en el rostro del hombre. Ya ha hecho esto antes, muchas veces. Le digo que Maisie tenía clase de *ballet* y que Nick está volviendo a casa mientras hablamos, que llegará de un momento a otro. Le digo que iba a parar solo a comprar algo de cena y que después vendría directo a casa. No sé por qué le digo tantas cosas. Abro un poco más

12

la puerta y le invito a pasar—. ¿Quiere esperar dentro? —le digo, y le repito que Nick llegará enseguida.

Fuera hay casi treinta grados. Estamos a veintitrés de junio.

El hombre me pone una mano en el codo y con la otra se quita el sombrero. Entra en mi casa sin soltarme, para poder proteger la fontanela de Felix en caso de que yo me caiga.

—Ha habido un accidente, señora —repite.

La comida china que solemos comer procede de un pequeño restaurante de comida para llevar que hay en el pueblo de al lado. Nick siente debilidad por los *dumplings* y yo por la sopa de huevo. El restaurante no está a más de ocho kilómetros, pero separa ambos lugares una carretera rural que a Nick le gusta tomar porque prefiere evitar el tráfico de la autopista, sobre todo en hora punta. Harvey Road es una carretera llana y uniforme, sin colinas. Es estrecha, con dos carriles que apenas parecen aptos para dos coches, sobre todo en la curva: un ángulo de noventa grados que parece una L, con una línea amarilla doble que los coches sobrepasan inevitablemente para poder tomar esa curva tan cerrada. A lo largo de Harvey Road hay varias granjas de caballos: edificaciones amplias y modernas con cercados de madera que albergan purasangres y caballos de carrera americanos. Es la versión de lujo de las instalaciones más rurales, situada entre dos pueblos que prosperan y se expanden en forma de grandes almacenes, gasolineras y dentistas.

Hace un día soleado, la clase de día que da paso a un magnífico atardecer que convierte el mundo en oro a manos del rey Midas. El sol cuelga en mitad del cielo como un farolillo chino, dorado y brillante, deslumbrando a los conductores. Se cuela en los espejos retrovisores de los coches y nos recuerda su dominio del mundo mientras ciega a quienes conducen de un lado a otro. Pero el sol no es más que una de las causas del accidente. También está la curva cerrada y el exceso de velocidad de Nick, como pronto descubriré; tres cosas que no combinan bien, como la lejía y el vinagre.

Eso es lo que me dice el hombre de la camisa y los pantalones negros, que está ante mí, sujetándome por el codo, esperando a que me caiga. Veo como la luz del sol se abre camino por la puerta y entra en mi hogar, cubriendo con un suave tono dorado la escalera, el viejo suelo de nogal y el vello que tiene Felix en la cabeza.

Hay palabras y frases tan imprecisas como lo había sido la palabra «accidente»: «demasiado rápido», «choque» y «árbol».

—¿Hay alguien herido? —pregunto, sabiendo que Nick tiene tendencia a conducir demasiado deprisa, y me lo imagino forzando a otro conductor a salirse de la carretera y estrellarse contra un árbol.

Otra vez siento la mano en el codo, una mano fuerte que me mantiene erguida.

—Señora —me dice—. Señora Solberg. —Me dice que no haya a más de ochenta kilómetros por hora, y el coche salir volando por los aires por pura física, siguiendo la primera ley del movimiento de Newton, según la cual un objeto en movimiento sigue en movimiento hasta que choca contra un roble blanco.

Me digo a mí misma: si hubiera pedido comida mexicana para cenar, Nick ya estaría en casa.

Los tubos fluorescentes se alinean en el techo como una fila de coches detenidos en un semáforo, uno delante del otro. La luz se refleja en los suelos de linóleo del pasillo y me llega de ambas direcciones, igual que todo lo demás en ese preciso momento: Felix con la necesidad imperiosa de comer; hombres y mujeres con uniformes de hospital; camillas que pasan; una mano en mi brazo; una sonrisa amable; un vaso de agua con hielo en mi mano temblorosa; una silla dura y fría; Maisie.

Felix desaparece de entre mis brazos y, por un instante, me

14

siento perdida. Ahora está ahí mi padre, de pie frente a mí. Tiene a Felix en brazos y yo me acerco a él, y me abraza. Mi padre es delgado, pero robusto. Su melena no es más que unos pocos mechones de pelo gris sobre un cuero cabelludo suave, con manchas propias de la edad.

—Oh, papá —le digo, y en ese preciso momento, entre los brazos de mi padre, me permito asumir la verdad: el hecho de que mi marido, Nick, yace sin vida en una mesa de operaciones, con muerte cerebral, con una máquina que le mantiene con vida mientras elaboran una lista de posibles receptores de órganos. ¿Quién se quedará con los ojos de mi marido, con sus riñones, con su piel? Un ventilador respira por él porque su cerebro ya no tiene capacidad para decirles a sus pulmones que respiren. No hay actividad en el cerebro y no hay flujo sanguíneo. Eso es lo que me dice el doctor, de pie ante mí, con mi padre a mis espaldas, como si fueran un par de sujetalibros que me sostienen erguida.

—No lo entiendo —le digo al médico, más porque me niego a creerlo que porque no lo entienda, y él me conduce a una silla y me sugiere que me siente. Ahí, mientras contemplo sus ojos marrones y disciplinados, vuelve a explicármelo.

—Su marido ha sufrido daño cerebral traumático. Eso ha provocado una inflamación y hemorragia en el cerebro —me dice—. La sangre se ha extendido por la superficie del cerebro. —En ese momento ya me he perdido, porque lo único que yo me imagino es un océano de sangre roja derramada sobre una playa, tiñendo de fucsia la arena. Soy incapaz de seguir sus palabras, aunque él se esfuerza por explicármelas, escoge palabras más pequeñas y rudimentarias a medida que mi cara va adquiriendo una expresión confusa. Una mujer se me acerca y me pide que firme el formulario de autorización de donación, explicándome qué es lo que estoy firmando mientras garabateo mi nombre con letra temblorosa.

Me permiten entrar en la unidad de trauma para ver como una doctora realiza las mismas pruebas que el otro médico acaba de hacer, examinando las pupilas de Nick para comprobar si hay dilatación, viendo si tiene reflejos. La doctora le gira la cabeza a un lado y al otro y observa el movimiento de sus ojos azules. La expresión de la mujer se vuelve sombría. Revisa el escáner cerebral una y otra vez y yo oigo las siguientes palabras: «desplazamiento del cerebro» y «hemorragia intracraneal», y me gustaría que le pusieran una tirita y pudiéramos irnos todos a casa. Rezo para que los ojos y la garganta de Nick hagan lo que tengan que hacer. Ruego para que Nick tosa, para que sus pupilas se dilaten, para que se incorpore sobre la camilla y hable. «¿Comida china o mexicana?», diría, y esta vez yo diría mexicana.

Jamás volveré a comer comida china.

Me despido. Me planto delante del cuerpo de Nick, todavía con vida, aunque muerto ya, y me despido. Pero no digo nada más. Apoyo la mano sobre una mano que antes me la agarraba, que hace solo unos días me acariciaba el pelo húmedo mientras yo daba a luz a un bebé. Una mano que horas atrás estrechaba la manita de Maisie mientras salían por la puerta —ella con unas mallas y un tutú rosa, él con la misma ropa que ahora está manchada de sangre y que una enfermera apresurada ha arrancado de su cuerpo como si fueran cupones de descuento— para ir a clase de *ballet*, mientras yo me quedaba en casa con Felix. Le paso una mano por el pelo. Le toco la barba incipiente. Me humedezco el pulgar con la lengua y le froto un resto de sangre que tiene encima del ojo. Lo beso en la frente y lloro.

No es así como quiero recordarlo: tumbado en esa cama aséptica con tubos en los brazos, en la boca y en la nariz; con trozos de esparadrapo en la cara; con máquinas que pitan y me recuerdan que, si no fuera por ellas, Nick ya estaría muerto. El aspecto de su cara ha cambiado y, de pronto, me doy cuenta de que ese no es mi Nick. Se ha cometido un terrible error. Mi corazón se acelera. La cara de ese hombre está llena de golpes, tan hinchada que yo no lo reconozco, y tampoco su desagraciada esposa, otra mujer a la que pronto avisarán de que su marido ha muerto. Han traído a otro hombre a la habitación, confundiéndolo con Nick, y su esposa, la esposa de ese pobre hombre, estará dando vueltas por el hospital, preguntándose dónde estará. Quizá él también se llame Nick, pero mi Nick está en algún lugar con Maisie. Me quedo mirando ese cuerpo aletargado que tengo delante, el pelo manchado de sangre, la piel pálida y dúctil, y la ropa –la ropa que antes pensaba que era de Nick, pero ahora veo que se trata de un insípido polo azul que cualquier hombre podría llevar– que han arrancado de su cuerpo. Este no es mi Nick; ahora me doy cuenta. Me doy la vuelta y cruzo la cortina de separación para ir a buscar a alguien, a quien sea, para poder anunciar mi descubrimiento: el hombre moribundo que yace sobre esa camilla no es mi marido. Miro a los ojos a una enfermera perpleja y exijo saber qué han hecho con mi marido.

—¿Dónde está? ¿Dónde está? —le pregunto mientras le tiro del brazo con fuerza.

Pero claro que es Nick. Nick es el hombre que está tumbado en esa camilla. Mi Nick, y ahora todos los presentes en el hospital me miran con compasión y dan gracias por no estar en mi lugar.

Cuando termino, me llevan a otra habitación, donde encuentro a Maisie sentada en una camilla de hospital junto a mi padre, a quien informa con fervor de las virtudes fundamentales de su profesora de *ballet*, la señorita Becca: es guapa y simpática. El personal del hospital me ha dicho que Maisie está bien, y aun así experimento un profundo alivio al verla con mis propios ojos. Me tiemblan las piernas y me agarro al marco de la puerta mientras me digo a mí misma que es cierto. De verdad está bien. Me siento mareada, la habitación da vueltas a mi alrededor como si yo fuera el sol y ella la tierra. Mi padre tiene a Felix en brazos y Maisie tiene en la mano una piruleta roja, su favorita, que le tiñe la lengua y los labios de un rojo intenso. En la mano lleva una venda –solo una pequeña laceración, me dicen– y en la cara una sonrisa. Grande, radiante, ingenua. No sabe que su padre ha muerto. Que se está muriendo según hablamos.

Maisie se gira hacia mí, todavía emocionada tras su clase de *ballet*.

—Mira, mami —me dice—. Boppy está aquí. —Es el apodo con el que se refiere a mi padre, y lo ha sido desde que tenía dos años y no podía pronunciar bien su nombre. Pone su manita pegajosa en la de él, que es tres veces más grande. Es completamente ajena a las lágrimas que brotan de mis ojos. Sus piernecitas delgadas cuelgan del borde de la camilla; ha perdido un zapato en el accidente. Tiene un rasgón en la rodilla del leotardo, pero a Maisie no le importa. Además se le ha deshecho una de las trenzas y la mitad de sus rizos rebeldes acaricia sus hombros y su espalda, mientras el resto siguen sujetos—. ¿Dónde está papi? —pregunta, mirando por encima de mi hombro para ver si Nick está detrás de mí. No tengo valor para decirle lo que le ha ocurrido a Nick. Me imagino su infancia inocente destrozada con tres palabras: «Papi ha muerto». Mira hacia el marco de la puerta, esperando a que aparezca Nick, y veo que se lleva la mano a la tripa y me dice que tiene hambre. Tanta hambre que podría comerse un cerdo, me dice. «Una vaca», estoy a punto de decirle para corregir el cliché, pero entonces me doy cuenta de que no importa. Nada importa ahora que Nick ha muerto. Maisie sonríe esperanzada.

Pero entonces su expresión cambia.

Anuncian un código azul por megafonía y, de pronto, el pasillo es un hervidero de actividad. Los médicos y las enfermeras pasan corriendo, alguien empuja un carro de parada por el suelo de linóleo. Hace mucho ruido, las ruedas chirrían sobre el suelo y los objetos del carro repiquetean en sus cajones metálicos. De pronto Maisie suelta un grito de miedo, salta de la camilla, se pone de rodillas y se hace un ovillo en el suelo.

—¡Está aquí! —grita. Yo también me arrodillo y la estrecho entre mis brazos. Está temblando. Mi padre y yo nos miramos—. ¡Nos ha seguido hasta aquí! —chilla Maisie. Pero yo le digo que no, que papá no está aquí, y, mientras la abrazo y le acaricio el pelo revuelto, no puedo evitar preguntarme qué querrá decir con «nos ha seguido hasta aquí», y por qué en cuestión de segundos ha pasado de la esperanza de ver a Nick al miedo atroz.

—¿Qué sucede, Maisie? —le pregunto—. ¿Qué ha pasado?

Pero ella se limita a negar con la cabeza y a cerrar los ojos. No quiere contármelo.

NICK

ANTES

Clara está de pie frente al fregadero de la cocina con una camiseta a rayas de cuello barco que se estira por el centro. Nuestro bebé. La camiseta tiene un aspecto elástico, como de licra, así que se ajusta suavemente a su tripa. De espaldas, uno no diría que está embarazada. Sus vaqueros oscuros se ciñen a sus curvas, bajo las que se esconde a salvo nuestro bebé. Pero desde un lateral la cosa cambia. Desde el lateral de Clara, donde yo me encuentro mirando, hipnotizado mientras frota con el estropajo una sartén para limpiar los restos de huevo, su tripa sobresale abruptamente hasta chocar con el fregadero. Tiene manchas de salsa de tabasco en la camiseta, por encima de la tripa, que siempre le estorba.

Dentro de poco las camisetas de premamá ya no le valdrán.

Hemos empezado a pensar que lleva dentro un boxeador profesional o un defensa del equipo de *hockey* de los Blackhawks. Algo por el estilo.

Clara deja el estropajo y se frota la parte inferior de la espalda, arqueándose por el peso del bebé. Después agarra de nuevo el estropajo y sigue limpiando la sartén. Una nube de vapor caliente asciende desde el grifo y hace sudar a Clara. Últimamente siempre tiene calor. Se le hinchan las piernas y los pies como si fuera una mujer de mediana edad, luchando contra los horribles efectos de la gravedad, llena de edemas, de modo que ya no puede ponerse los zapatos. En las axilas de la camiseta de rayas, el azul empieza a amarillear por el sudor.

Pero aun así, yo me quedo mirándola. Mi Clara es exquisita.

—Jackson —digo, obligándome a dejar de mirar a mi esposa para recoger los platos del desayuno que hay sobre la mesa: el tazón de cereales sin terminar de Maisie y mi plato vacío. Tiro las migas a la basura y meto en el lavavajillas el tazón, el plato y una cuchara.

—Demasiado moderno —responde Clara sin apartar la mirada de la sartén ni del agua caliente que cae sobre el fregadero de acero inoxidable desde un grifo que yo he cambiado recientemente. Nuestro hogar, una casa de estilo Craftsman de comienzos de siglo, requiere un trabajo permanente. Clara quería una casa más nueva; yo quería una con carácter, con personalidad. Con alma. Y gané, aunque a veces, cuando me paso las tardes y los fines de semana arreglando cosas, desearía no haberlo hecho—. Allá donde vaya siempre habrá dos Jackson más —añade, y yo cedo porque sé que tiene razón.

Vuelvo a intentarlo.

—Brian —digo esta vez, sabiendo que en los últimos años no he conocido a ningún Brian que tuviera menos de veinticinco años. Mi Brian será el único Brian que aún es un niño, mientras que el resto son hombres de negocios medio calvos de treinta y tantos.

Ella niega con la cabeza.

—Demasiado convencional —responde—. Sería como llamarlo William, Richard o Charles.

—¿Qué tiene de malo Charles? —pregunto, y ella me mira con esos ojos verdes y me sonríe. Charles es mi segundo nombre; me lo puso mi padre, que también se llama Charles. Pero a Clara eso no le vale.

—Demasiado convencional —repite, niega con la cabeza y los mechones de pelo se agitan sobre su camiseta de rayas y le caen por la espalda—. ¿Qué te parece Birch? —sugiere. Y yo me río, porque sé que este es el origen de la disputa: nombres como Birch. O Finbar. O Sadler. Nombres que propuso ayer y antes de ayer.

—Dios, no —respondo, me acerco a ella, la abrazo por detrás, apoyo la barbilla en su hombro y le rodeo la tripa con las manos—. Mi hijo no se llamará Birch —sentencio y, a través de la camiseta, el bebé da una patada, como si me chocara los cinco desde el útero. Está de acuerdo conmigo—. Ya me lo agradecerás —digo, sabiendo que los niños de sexto tienen predisposición a meterse con chicos llamados Birch, Finbar y Sadler.

—¿Rafferty? —sugiere Clara, y de nuevo me quejo mientras mis dedos se deslizan hasta la parte inferior de su espalda, donde presionan en los puntos que le duelen. Ciática, según le dijo su ginecóloga, y le explicó que los ligamentos debilitados provocaban dolor, así como el cambio en su centro de gravedad y el peso añadido. No cabe duda de que el pequeño Brian va a ser un niño grande, mucho más de lo que lo fue Maisie, que pesó tres kilos doscientos cincuenta gramos.

Clara suspira al sentir la presión de mis dedos. Es agradable y al mismo tiempo no lo es.

—¿Eso no es una clase de cinta? —le pregunto, presionando suavemente contra su espalda, y me imagino los regalos de Navidad de Clara, todos perfectamente envueltos y decorados con lazos rojos y verdes.

—Eso es rafia —me explica, y yo me río en su oído.

—¿Hace falta que diga más? —pregunto—. Rafia, Rafferty. ¿Qué importa?

—Claro que importa —me dice y aparta mis manos de su espalda. Ya está cansada de mis masajes, por ahora, aunque volverá a por más esta noche, cuando Maisie esté en la cama y ella se tumbe en nuestro colchón y me ruegue que le dé un masaje, guiando mis dedos hacia los puntos donde más le duele. «Más abajo», dirá, «a la izquierda», y suspirará cuando juntos hayamos encontrado el punto donde el pequeño Rafferty tiene la cabeza alojada contra su pelvis. Ya no puede estar tumbada boca arriba, aunque lo único que desea es poder hacer justamente eso. Pero la ginecóloga dijo que no, que no era bueno para el bebé. Ahora dormimos con una almohada entre ambos, una almohada que ocupa más espacio que yo, y sé que es cuestión de tiempo que acabe durmiendo en el suelo. Últimamente Maisie también ha estado entrando en la habitación, preocupada por la tripa cada vez más hinchada de su madre, sabiendo que pronto tendrá que compartir su hogar, sus juguetes y a sus padres con un niño recién nacido.

—¿Por qué no te sientas? —le pregunto a Clara, al ver que está cansada y sudorosa—. Yo termino con los platos —le digo, pero Clara no quiere sentarse. Es cabezona. Esa es una de las cosas que me encantan de ella.

—Ya casi he acabado —me responde y sigue frotando la sartén con el estropajo.

Así que en su lugar yo recojo las hojas del periódico del domingo de la mesa del desayuno, donde Maisie está sentada en silencio mirando las tiras cómicas, las «graciosas», como le gusta decir, porque eso es lo que dice Clara. Sentada a la mesa se ríe y yo le pregunto:

—¿Qué te hace tanta gracia? —Mientras le quito un cereal que tiene pegado a la barbilla. Maisie no me lo dice, pero señala con el dedo el periódico, la imagen de un gigantesco elefante que aplasta a un animalillo de la pradera. No lo pillo, pero aun así me río y le revuelvo el pelo con la mano—. Qué gracioso —le digo mientras las imágenes del último ataque terrorista pasan ante sus ojos cuando recopilo las hojas de periódico para echarlas al cubo del reciclaje. Veo que sus ojos saltan de las tiras cómicas a las noticias de la portada: un infierno de fuego; un edificio derruido; trozos de escombros que bloquean lo que antes era una calle; gente que llora con las manos en la cabeza; agentes de policía que caminan de un lado a otro, con sus fusiles.

—¿Qué es eso? —pregunta Maisie mientras señala con el dedo pringoso a un hombre con pistola en una calle de Siria, con la sangre polvorienta de color marrón, de manera que no resulta evidente que es sangre. Y entonces, sin esperar una respuesta, el dedo de

Maisie se detiene sobre una mujer que hay detrás del hombre, llorando—. Está triste —me dice con una expresión de interés en la cara, sobre la que comienzan a aparecer pecas ahora que se acerca el calor del verano. No está preocupada. Es demasiado joven para preocuparse por la mujer llorosa del periódico. Pero aun así se fija, y yo veo la pregunta en su expresión confusa: «Los adultos no lloran. ¿Por qué llora entonces esa mujer?».

Entonces hace la pregunta en voz alta.

—¿Por qué? —pregunta, y Clara y ella me miran al mismo tiempo. Maisie con curiosidad; Clara con severidad. Maisie quiere saber por qué está triste esa mujer, pero Clara quiere zanjar la conversación.

Para Clara, en lo referente a Maisie, es mejor que viva en la ignorancia.

—Ya es hora de vestirse, Maisie —dice Clara mientras termina de aclarar la sartén y la deja en el escurreplatos. Da unos cuantos pasos cortos y rápidos por la habitación para recoger el resto del periódico con las manos mojadas, aunque le cuesta agacharse hacia el suelo para alcanzar las hojas que he dejado caer yo. Mi pequeña rutina del domingo por la mañana y también lo que saca de quicio a mi mujer: que deje caer el periódico al suelo. Cuando se agacha, se lleva las manos a la tripa, como si le preocupara que, de agacharse demasiado, el bebé fuese a caérsele.

—Yo me encargo —le digo cuando deja caer lo que ha recogido sobre la imagen del edificio derruido, la mujer que llora y las inmensas pistolas, con la esperanza de poder borrar la fotografía de la mente de Maisie. Pero yo veo la mirada curiosa de nuestra hija y sé que sigue esperando mi respuesta. «Está triste», me recuerda con esos ojos. «¿Por qué?».

Pongo una mano sobre la suya, que desaparece bajo la mía. Se retuerce en la silla de la cocina. Para una niña de cuatro años, estarse quieta es casi imposible. Agita las piernas bajo la mesa; se mueve sobre la silla. Tiene el pelo revuelto y el pijama manchado de leche derramada que empezará a oler mal; ese olor a leche derramada que con frecuencia se pega a los niños.

—Hay muchas personas en este mundo —le digo—. Algunas son malas y algunas son buenas. Y una mala persona ha herido los sentimientos de esa mujer y por eso está triste. Pero no te preocupes, porque eso no te ocurrirá a ti —me apresuro a decirle, antes de que su mente tenga la oportunidad de llegar hasta allí, de imaginar los edificios derruidos y los fusiles en nuestro tranquilo barrio de las afueras—. Mientras mamá y papá estén aquí, no dejaremos que te suceda nada de eso.

Maisie se alegra y me pregunta si podemos ir al parque. Se ha olvidado de la mujer triste. Se ha olvidado de las pistolas. Ahora solo piensa en los balancines y las barras. Yo asiento con la cabeza y le digo que vale. La llevaré al parque y dejaré a Clara en casa descansando.

Me vuelvo hacia mi esposa y ella me guiña un ojo; he hecho bien. Aprueba mi pequeña charla.

Ayudo a Maisie a levantarse de la mesa y juntos vamos a buscar sus zapatos. Le recuerdo que vaya al cuarto de baño antes de irnos.

—Pero, papi —se queja—. No tengo ganas. —Aunque sí que las tiene. Como todos los niños de cuatro años, se resiste a ir al baño, a dormir la siesta y a comer cualquier cosa verde.

—Tienes que intentarlo —le digo, y la veo alejarse hacia el baño, donde dejará la puerta abierta mientras utiliza el taburete para subirse a la taza y hacer pis.

Cuando lleva ahí treinta y ocho segundos y ni uno más, Clara se me acerca, presiona su tripa de embarazada contra mi cuerpo y me dice que me echará de menos; sus palabras son como una especie de vudú o magia negra que hacen que me derrita. Tiene ese poder sobre mí; me deja hechizado. Durante los próximos cuarenta y cinco minutos, mientras juego en el parque con Maisie, mi esposa estará en casa echándome de menos. Sonrío, lleno de cariño. No sé qué habré hecho para merecer esto.

25

Clara está de pie frente a mí, yo mido un metro ochenta y ella casi me alcanza. Está sin duchar, huele a sudor y a huevos, pero es increíblemente guapa. Jamás he querido a nadie tanto como la quiero a ella. Me besa como solo ella sabe hacerlo, con esos labios tiernos que acarician los míos y me dejan satisfecho y, al mismo tiempo, con ganas de más. Pongo las manos en su cintura, cada vez más difusa, y ella mete las suyas por debajo de mi camiseta. Están mojadas. Se apoya en mí, por encima de nuestro bebé, y de nuevo nos besamos.

Pero, como siempre, el momento acaba demasiado pronto. Antes de darnos cuenta, Maisie regresa dando saltos por el pasillo gritando. «¡Papi!». Clara se aparta lentamente y va a buscar el repelente de insectos y el protector solar.

Maisie y yo nos alejamos pedaleando por la acera mientras Clara se queda en el porche, viéndonos marchar. No hemos avanzado más de una casa o dos cuando oigo una voz elevada y gruñona. Maisie también la oye. Y ve a su amigo Teddy sentado en su jardín, arrancando hierba, tratando de ignorar los gritos que su padre le dirige a su madre. Nuestros vecinos, Theo y Emily Hart, están en el garaje, que tiene la puerta abierta, y en un momento dado Theo empuja a su esposa contra la pared del garaje. Yo freno, pero le digo a Maisie que siga pedaleando.

—Detente cuando llegues a la casa roja —le digo, refiriéndome a una casa de ladrillo rojo que hay a media manzana de distancia—. ¿Va todo bien? —pregunto desde el otro lado de la calle mientras me bajo de la bici, dispuesto a correr hacia allá si vuelve a intentar atacarla. Espero una respuesta de Theo –algo seco y cortante, probablemente incluso amenazador–, pero la respuesta la da Emily mientras se sacude las manos en los vaqueros y se aparta de la pared del garaje, con Theo detrás, vigilando como un halcón.

—Todo bien —me dice ella con una sonrisa tan falsa como un correo *spam*—. Hace un día fantástico —añade y llama a Teddy, le dice que entre a bañarse. Teddy se incorpora de inmediato, no con reticencia, como le ocurre a Maisie cuando le sugerimos que se dé un baño. Él obedece y me pregunto si será simple docilidad o habrá algo más. Algo como miedo. Emily no me parece débil —es una mujer alta y está en forma— y, sin embargo, eso es justo lo que es. No es la primera vez que veo a Theo acorralarla, agarrándola de un modo que roza el maltrato. Si hace eso a la vista de cualquiera, ¿qué no hará a puerta cerrada?

Clara y yo hemos tenido ya esa conversación en innumerables ocasiones.

No se puede ayudar a alguien que no desea recibir ayuda.

Veo a Emily y a Teddy entrar en casa de la mano. Sigo avanzando calle abajo para alcanzar a Maisie, que me espera más adelante, frente a la casa roja. Mientras me alejo, veo que Theo me dirige su clásica mirada de odio.

CLARA

La pena me llega de diferentes formas.

Paso las mañanas triste y las noches melancólica. En privado, lloro. No logro confesarle a Maisie por qué Nick no está aquí, así que me ha dado por mentir, por decirle a la niña que tengo delante con la mirada triste que su padre ha salido, que está haciendo un recado, que está en el trabajo. Confío en respuestas gastadas: llegará pronto; volverá a casa más tarde. Y doy gracias cuando ella sonríe y se aleja alegremente, diciéndome que no pasa nada. Ofreciéndome una amnistía, un respiro. Se lo diré más tarde. Pronto. Mi padre viene y mi padre se va. Trae la cena, se sienta a la mesa junto a mí y me dice que coma. Me pone la comida en el tenedor y el tenedor en la mano. Se ofrece a llevar a Maisie al parque, pero le digo que no, por miedo a que, si Maisie sale sin mí, tampoco regrese a casa. Así que nos quedamos en casa y nos regodeamos en la tristeza. Nos sumergimos y nos marinamos en ella. Dejamos que la tristeza se cuele por nuestros poros, debilitándonos. Hasta Harriet, la perra, está triste, hecha un ovillo a mis pies, mientras yo me paso el día con Felix en brazos, contemplando sin ver los dibujos animados de Maisie en la televisión: *Max y Ruby*, *George el curioso*. Harriet levanta las orejas cuando oye coches pasar; una *pizza* a domicilio en la casa de al lado hace que se ponga en pie, confundiendo el sonido de un coche al pasar con Nick. «No es Nick», me dan ganas de decirle. «Harriet, Nick ha muerto».

28

Maisie señala algo en la televisión, riéndose, con los mechones de pelo en los ojos. Le encanta ver conejos que hablan en televisión durante ocho horas al día, comiendo palomitas de microondas para desayunar, comer y cenar. Me pregunta: «¿Has visto eso?», y yo asiento, aunque no lo haya visto. No veo nada. Nick ha muerto. ¿Qué me queda por ver?

Pero, cuando no estoy triste, estoy enfadada. Enfadada con Nick por abandonarme, por tener tan poco cuidado, por conducir demasiado deprisa con Maisie en el coche. Por conducir demasiado deprisa, punto. Por perder el control y lanzarse contra un árbol, por dejar que su cuerpo se precipitase hacia delante cuando el coche chocó de golpe. También estoy enfadada con el árbol. Odio el árbol. La fuerza del impacto hizo que el coche quedase empotrado en el viejo roble de Harvey Road, mientras Maisie iba sentada en el asiento trasero, en el lado contrario, saliendo milagrosamente ilesa. Se quedó sentada ahí mientras a su alrededor el aluminio se combaba hacia dentro como una mina al derrumbarse, atrapándola dentro del vehículo, mientras en el asiento delantero Nick respiraba su último aliento. La causa: la velocidad de Nick, el sol, la curva. Eso es lo que me dicen, un hecho que se repite hasta la saciedad en los periódicos y en las noticias. *Accidente en Harvey Road se salda con un muerto. La causa fue la conducción temeraria.* No se abre una investigación. Si Nick siguiera con vida, le llegarían múltiples citaciones por exceso de velocidad y conducción temeraria, entre otras. Nick es el culpable de su propia muerte. Es la razón por la que yo me haya quedado sola con dos niños pequeños, un coche hecho pedazos y facturas hospitalarias. Resulta que morirse sale bastante caro.

Si Nick hubiera aminorado la velocidad, no estaría muerto.

Pero hay más cosas por las que estoy enfadada, además de la temeridad de Nick. Sus muchas zapatillas de deporte desperdigadas detrás de la puerta de la entrada, por ejemplo. Me desquician. Siguen allí y, por las mañanas, cansada después de otra noche sin dormir, tropiezo con ellas y me enfurezco al pensar que Nick no tuvo el detalle de recoger sus deportivas antes de morir. «Maldita sea, Nick».

Lo mismo puede decirse de su taza de café, abandonada en el fregadero de la cocina, o el periódico tirado de mala manera sobre la mesa del desayuno, de modo que las secciones de prensa caen al suelo en cascada, página a página. Yo las recojo y vuelvo a ponerlas en la mesa, molesta con Nick por este desastre.

Es culpa de Nick; es culpa suya que haya muerto. A la mañana siguiente, suena el despertador de Nick a las seis de la mañana, como siempre; una costumbre, igual que Harriet, que se levanta con la esperanza de que la pasee. Hoy Harriet no saldrá a pasear, mañana Harriet no saldrá a pasear. «Su marido, señora», había dicho ese agente de policía, antes de meternos a Felix y a mí en su coche patrulla y llevarnos al hospital, donde firmé una autorización en la que renunciaba a los ojos y al corazón de mi marido, a su vida, «conducía demasiado deprisa». Claro que sí, me digo a mí misma. Nick siempre conduce demasiado deprisa. «El sol», aseguraba el agente. Y de nuevo: «Conducía demasiado deprisa».

«¿Hay algún herido?», pregunté yo, confusa, con la esperanza de que el agente dijese que no. Nadie. Qué estúpida fui. No envían a agentes de policía a buscar al pariente más cercano si no hay heridos. Y entonces me enfado conmigo misma por mi estupidez. Me enfado y me avergüenzo.

Dejo que Maisie se acostumbre a dormir en mi habitación. Mi padre me advierte de que eso no es una buena idea y aun así lo hago. Dejo que duerma en mi habitación porque de pronto la cama me parece demasiado grande, y en ella me siento pequeña, perdida y sola. Maisie se mueve mucho mientras duerme. Habla en sueños, murmura mientras busca a su padre y yo le acaricio el pelo con la esperanza de que confunda mis caricias con las suyas. Da patadas en sueños. Cuando se levanta por la mañana, tiene la cabeza en el lado de los pies y viceversa.

Cuando nos metemos en la cama a las siete y media todas las tardes, con Felix en su cuna junto a mí, Maisie me pregunta por enésima vez: «¿Dónde está papi?», y yo le doy la misma respuesta vaga: «Volverá pronto». Y sé que Nick no lo haría así. No es así como Nick abordaría la situación de ser yo la que hubiera muerto. Ojalá hubiera muerto yo. Nick es mejor padre que yo. Él utilizaría palabras, palabras amables, eufemismos y coloquialismos para explicárselo. La sentaría en su regazo y la envolvería entre sus brazos benevolentes. «Descansando en paz», diría él, o «En un lugar mejor», para que Maisie me imaginara en Disney World, durmiendo en una cama en la torre más alta del castillo del rey Estéfano con la exquisita Bella Durmiente. Y no habría tristeza o incertidumbre sobre mi muerte. En su lugar, la niña me imaginaría para siempre tendida en una lujosa cama con un bonito vestido de noche y una corona en la cabeza. Sería elevada al estatus de princesa. La princesa Clara.

Pero Nick no.

—¿Cuándo llegará papá a casa? —me pregunta, y yo le paso las manos por el pelo, me obligo a sonreír y le ofrezco mi respuesta trillada.

—Pronto. —Me doy la vuelta de inmediato para atender a Felix y que ella no me vea llorar.

El día del funeral de Nick llueve, como si el mismo cielo se compadeciera de mí y llorase mientras lloro yo. El sol se niega a mostrar su cara culpable, se oculta tras el escudo de las nubes de lluvia grises que saturan el cielo. A lo lejos, las nubes se alzan hacia el cielo, como un Monte Santa Helena de nubes. Connor, el mejor amigo de Nick, está de pie junto a mí, a la izquierda, mientras que mi padre se encuentra a mi derecha. Maisie está apretujada entre él y yo. Cuando el cura ordena que bajen el cuerpo de Nick, nosotros lanzamos puñados de tierra sobre el ataúd.

Maisie me aprieta la mano cuando nuestros pies se hunden en el barro. Ella lleva botas de agua con perritos dibujados y un vestido negro. Se ha cansado de preguntar dónde está Nick, así que aguarda sin sospechar nada mientras entierran a su padre.

—¿Qué estamos haciendo, mami? —me dice en lugar de eso, preguntándose por qué toda esta gente triste se ha reunido bajo un mar de paraguas negros para ver como entierran una caja en el suelo, igual que Harriet entierra sus huesos en el jardín.

—Esto es inaceptable —me dice más tarde la madre de Nick, mientras nos alejamos del cementerio en dirección a los coches.

—Deberías decírselo, Clarabelle —me dice mi padre empleando el apodo que ahora me gusta pero que antes detestaba. A lo lejos, Maisie da saltos con un primo más pequeño, de solo tres años; ambos ajenos a la evidente tristeza que tiñe el aire junto con la humedad. Fuera hace calor y los mosquitos y las moscas proliferan a nuestro alrededor. Yo empujo el carrito de Felix por el suelo mojado, entre lápidas de granito. Gente muerta. Me pregunto cómo murieron.

—Se lo diré cuando esté preparada —les respondo a ambos, a mi padre y a la madre de Nick. Cuando no estoy triste, estoy enfadada. Mi padre tiene buena intención; la madre de Nick, no. A ella nunca le he gustado ni un poco, aunque esos sentimientos no tenían por qué ser mutuos. Y sin embargo lo son.

Solo mi padre viene a casa después del funeral. El resto de las personas sigue su camino y me abraza de esa manera incómoda antes de despedirse. No se quedan mucho por miedo a que la muerte y la mala suerte sean contagiosas. Por miedo a que, si se quedan demasiado junto a mí, pueda pegarles la enfermedad. Incluso Connor se despide deprisa, aunque antes de irse me pregunta si hay algo que pueda hacer por mí, algo que yo necesite. Le digo que no.

Emily es la única que se queda durante más de dos segundos y medio.

—Llama si necesitas algo —me dice, y yo asiento, sabiendo que no la llamaré. Su marido, Theo, está detrás de ella, a unos tres o cuatro pasos de distancia, y mira el reloj dos veces durante nuestra conversación de veinte segundos. Al verlo, Maisie se me acerca, me aprieta la mano y se esconde detrás de mí. Deja escapar un llanto débil y Emily la compadece diciendo—: Pobrecilla. —Como si el miedo de Maisie tuviera algo que ver con la muerte de Nick en vez de con Theo. Emily es una vecina con la que paso las tardes perezosas en el porche, haciendo tiempo mientras nuestros hijos juegan. Maisie y Teddy, que también tiene cuatro años. Teddy, diminutivo de Theodore, como su padre, que responde al nombre de Theo. Theo, Emily y Teddy. Sin embargo no dejamos que Maisie juegue con Teddy cuando Theo está presente. Theo es un hombre hosco, propenso a la violencia cuando está enfadado y a veces también cuando no lo está. Emily me lo ha contado, y todos hemos oído su voz –Nick, Maisie y yo– a través de las ventanas abiertas en las noches de verano, gritándoles a Emily y a Teddy por razones desconocidas.

Theo aterroriza a Maisie tanto como a mí.

—Prométeme que me llamarás —me dice Emily antes de que Theo le ponga su autocrática mano en el brazo y ella se dé la vuelta y se aleje, junto con el resto de los asistentes que huyen del cementerio, un paso por detrás de él.

Yo no prometo nada. Cuando desaparecen, Maisie me suelta la mano al fin y abandona la seguridad de mi sombra.

—¿Estás bien? —le pregunto, mirándola a los ojos, y, cuando ya no puede ver a Theo y a Emily, la niña asiente y dice que sí—. Ya se ha ido —le prometo, y ella sonríe con cautela.

En casa, mi padre tampoco se queda mucho. No puede. Mi madre, claro, está en casa con una cuidadora de pago mientras él se ocupa de mí. Está dividido. No puede cuidar de las dos.

—Ha estado viendo cosas —me cuenta con reticencia—. Alucinaciones. El médico nos dijo que podría pasar. Un cuervo negro posado en la barra de la cortina —me dice—. Y bichos.

—¿Qué clase de bichos? —pregunto.

33

—Hormigas que suben por las paredes —explica.

—Vete con ella —le insto, desanimada al saber que la demencia de mi madre ha empeorado—. Yo estoy bien —le aseguro, y le pongo una mano en el brazo para darle permiso para marcharse. Felix está dormido; Maisie está haciendo piruetas por el salón, evidentemente bailando.

Mientras el coche de mi padre sale de la entrada, yo le veo la resignación. No está seguro de que deba marcharse. Le levanto los pulgares para que esté tranquilo. «Estoy bien, papá».

Pero ¿lo estoy?

Esa noche Maisie vuelve a dormir conmigo. Entra en mi dormitorio con su osito de peluche en brazos, el que antes era mío. Prácticamente le ha arrancado una oreja a mordiscos, una costumbre nerviosa que cada vez va a más. Se queda de pie al borde de la cama con su camisón de flores en todas las tonalidades de rosa: fucsia, salmón, cereza… En los pies lleva calcetines tobilleros blancos. El pelo cobrizo le cuelga por la espalda, revuelto y lleno de nudos, con el extremo atado con una goma.

—No puedo dormir, mami —me dice mordisqueando la oreja de ese pobre osito, aunque ambas sabemos que solo han pasado tres minutos y medio desde que le di un beso de buenas noches en su cama. Desde que la arropé hasta el cuello. Desde que le di un beso al osito en la frente y lo arropé también. Desde que le dije a Maisie, cuando me pidió que la arropara su padre: «Subirá en cuanto llegue a casa», con la esperanza de que no percibiera esa mentira tan descarada.

Tengo a Felix en brazos y dándole suaves palmaditas en la espalda voy logrando que se duerma. Va envuelto en su saquito amarillo para dormir y probablemente tenga calor. Parece que el aire acondicionado ha dejado de funcionar. ¿Qué hace una cuando se le estropea el aire acondicionado? Solo Nick sabría qué hacer, y de nuevo me enfado porque Nick me ha abandonado con el aire acondicionado roto y sin saber qué hacer. Nick debería haber hecho una lista de contingencias similares si pensaba morirse de repente. ¿Quién debería reparar el aire acondicionado, cortar el césped y pagar al repartidor del periódico?

Las ventanas están abiertas. El ventilador del techo da vueltas sobre nuestras cabezas mientras Maisie y yo dormimos. Harriet está tumbada a los pies de la cama y Felix en su cuna, a un metro de distancia. Yo no duermo porque he dejado de dormir. El sueño, como muchas otras cosas últimamente, me esquiva. La habitación está a oscuras, salvo por la lucecita que Maisie insiste en dejar encendida porque le da miedo la oscuridad. Pero la luz nocturna proyecta sombras en las paredes, y son esas sombras las que yo observo mientras Felix duerme, Harriet ronca y Maisie da vueltas por la cama, como si fuera basura espacial orbitando alrededor de la tierra, despegando la fina sábana de algodón de mi cuerpo sudoroso.

Y entonces, a la 1.37 de la madrugada, Maisie se incorpora en la cama.

Habla en sueños tanto como habla despierta, de modo que lo que murmura no me preocupa mucho. Son cosas incomprensibles en su mayor parte. Tonterías. Hasta que empieza a hablar de Nick, claro. Hasta que abre los ojos y me mira asustada. Me agarra la mano y grita desesperada:

—¡Es el hombre malo, papi! ¡El hombre malo nos persigue!

—¿Quién, Maisie? —le pregunto zarandeándola con suavidad para despertarla. Pero Maisie ya está despierta. Al pie de la cama, Harriet se agita y, junto a nosotras, Felix empieza a llorar. Es un llanto suave, casi un murmullo. Estira los brazos por encima de la cabeza y yo sé que, en pocos segundos, ese llanto débil se convertirá en un chillido. Felix quiere comer y, como si estuviera preparándose, mi pecho gotea a través del camisón.

—¡Él! —exclama mi hija antes de meterse bajo las sábanas. Maisie se esconde. Se esconde de un hombre. Un hombre malo que los persigue a Nick y a ella. Pero Maisie no sabe nada de hombres malos, o eso creo, de modo que intento convencerme a mí misma de que es solo una fantasía, los cazadores que mataron a la madre de Bambi o tal vez el capitán Garfio, que los persigue a Nick y a ella en un sueño. Pero, cuando lo repite, totalmente despierta y demasiado aterrorizada como para que sea una fantasía –«¡El hombre malo nos persigue!»–, mi mente suple la falta de detalles de Maisie y se imagina a un hombre malo que los sigue por Harvey Road, y al pensarlo se me acelera el corazón y empiezan a sudarme las manos más aún.

—Maisie —le digo con calma, aunque por dentro no estoy nada relajada. Pero Maisie está bajo las sábanas y no dice nada. Cuando intento tocarla, grita «¡Para!», y se queda callada, como si fuera un juguete al que se le han acabado las pilas. No dice nada, aunque yo se lo pregunto y se lo ruego. Y, al ver que los ruegos no surten efecto, me enfado. Llevada solo por la desesperación. Esa es la razón de mi enfado. Estoy desesperada por saber de qué tiene miedo Maisie. ¿Qué hombre malo? ¿A qué se refiere?—. Si me lo dices, Maisie, tomaremos dónuts para desayunar —le digo, con la promesa de un pepito con cobertura de fresa.

Le prometo además otras cosas materiales, como un nuevo osito de peluche o un hámster, con la esperanza de poder sacarla de ese mundo negro y asfixiante que ha encontrado bajo las sábanas. Pero ese mundo de debajo de las sábanas es además un lugar seguro para Maisie, de modo que no quiere salir.

Felix ya ha empezado a chillar.

—Maisie —le digo a mi hija otra vez, por encima de los llantos de Felix, intentando arrancarle las sábanas de las manos—. ¿Qué hombre malo? —le pregunto desesperada, y por pura especulación, añado—: ¿El hombre malo iba en coche? —Y por debajo de las sábanas noto que Maisie asiente con la cabeza.

—Sí —susurra, y yo dejo escapar un grito ahogado.

Un hombre malo. En coche. Siguiendo a Maisie y a Nick.

Le acaricio el pelo a mi hija y me obligo a respirar profundamente, tratando de mantener la calma mientras el mundo se derrumba a mi alrededor, y siento que cada vez me cuesta más trabajo respirar.

—El hombre malo —murmura Maisie de nuevo entre lágrimas, y yo meto el osito debajo de las sábanas y se lo ofrezco.

—¿Quién, Maisie? ¿Quién? —le pregunto con calma—. ¿Qué hombre malo? —Aunque por dentro siento cualquier cosa menos calma. ¿Quién es el hombre malo que los seguía a Nick y a ella? ¿Quién es el hombre malo que le quitó la vida a mi marido?

Y, sin incorporarse sobre la cama ni quitarse las sábanas de la cara, murmura:

—El hombre malo nos persigue. Nos va a alcanzar. —Y acto seguido sale de debajo de las sábanas como un cohete espacial y se mete en el cuarto de baño de la habitación, donde cierra de un portazo con tanta fuerza que uno de los marcos se cae de la pared y se hace añicos contra el suelo.

NICK

ANTES

Aquella mañana, mientras veía dormir a Clara, no tenía manera de saber cómo iban a cambiar nuestras vidas. Me quedé allí de pie más tiempo de lo que había planeado, viéndola tumbada en la cama, profundamente dormida. Me hipnotizaba el movimiento de sus ojos bajo los párpados, la curva de su nariz, la delicadeza de sus labios y de su pelo. Escuchaba el sonido de su respiración, interrumpido ocasionalmente por alguna bocanada de aire. Veía la fina sábana azul, que tenía subida hasta el cuello, ocultando a nuestro bebé, de modo que se hinchaba cada vez que tomaba aire.

Yo estaba al pie de la cama viéndola dormir, deseando poder volver a meterme bajo las sábanas y pasar el día abrazado a ella, como solíamos hacer, acariciar su tripa con las manos y pasar horas intentando decidir un nombre para nuestro bebé.

Cuando me incliné para darle un beso en la frente, no tenía manera de saber que fuera estaba gestándose una tormenta eléctrica que pronto alteraría nuestras vidas, no podía saber que toda esa cantidad de aire inestable que se movía por la atmósfera estaba esperándonos al otro lado de la puerta.

No tenía manera de saber que me estaba quedando sin tiempo.

Frente a la puerta del dormitorio está Maisie con los brazos cruzados y el pelo de punta. Sigue medio dormida y sus ojos tratan de ajustarse a los rayos de luz que entran por la ventana del pasillo. Se frota los ojos.

—Buenos días, Maisie —le digo con un susurro mientras me arrodillo para abrazarla, y ella se deja caer contra mí, cansada y somnolienta—. ¿Y si te preparamos el desayuno y dejamos dormir a mamá un rato? —le sugiero, la tomo en brazos y la llevo escaleras abajo, sabiendo que Clara ha estado durmiendo mal últimamente, porque le cuesta encontrar una postura cómoda en la cama. Durante las últimas semanas ha estado despertándose en mitad de la noche por los calambres en las piernas y, cuando no es eso, es el bebé, que da patadas. «Se confunde con las noches y los días», me dijo ella, aunque a mí me cuesta creer que haya una especie de horario en el útero, que el bebé tenga idea de cuándo es de noche y cuándo es de día. Pero todo puede ser.

No puedo hacer nada para aliviar los calambres o las patadas, pero sí puedo ocuparme de Maisie durante un rato para que Clara pueda dormir.

Caliento unos gofres congelados en el horno y se los sirvo a Maisie con sirope. Yo me preparo el café; descafeinado, como si yo también estuviera embarazado, ya que le prometí a Clara que no tendría que sufrir sola este embarazo. Después le sirvo el zumo a Maisie. Enciendo la tele para la niña y programo el temporizador de la cocina una hora.

—Por favor, no despiertes a mamá hasta que hayas visto dos episodios de *Max y Ruby*, o cuando suene la alarma —le digo—. Lo que suceda primero —añado antes de darle un beso en la frente—. ¿Me has oído, Maisie? ¿Cuándo puedes despertar a mamá? —insisto, solo para asegurarme de que me estaba escuchando. Maisie es una niña lista, a veces demasiado lista para su propio bien, pero además tiene cuatro años y ahora mismo solo tiene ojos y oídos para los dibujos animados que inundan la pantalla de la tele.

—Cuando suene la alarma —dice sin mirarme a los ojos. Harriet se sienta a sus pies en el suelo, siempre con la esperanza de que Maisie deje caer algún trozo de gofre.

—Buena chica. —Me pongo unos zapatos y agarro las llaves del coche—. Hasta luego, cocodrilo —le digo mientras abro la puerta del garaje para marcharme.

—No pasaste de caimán —responde Maisie con la boca llena de comida.

Mientras voy hacia el garaje, recibo un mensaje en el móvil y me detengo para ver quién es, gruñendo porque ya sé que serán malas noticias. Las buenas noticias nunca llegan a las siete de la mañana mediante un mensaje de texto.

Tómate tu tiempo, dice. *Otra cancelación. Wilsons ha volado del nido. N.*

CLARA

La mañana. Una tregua para aquellos que sufren. Los primeros rayos de sol aparecen en el cielo oscuro, devuelven el oxígeno al mundo sofocante y hacen que resulte más fácil respirar.

Me despierto en el suelo junto a la puerta del cuarto de baño, con Felix tumbado a lo largo sobre mis piernas extendidas. La puerta del cuarto de baño, cuando trato de girar el pomo de cristal por enésima vez, está cerrada por dentro. Es una antigüedad, un pomo de cristal estriado de los años veinte; ya no tenemos la llave. Tal vez nunca la tuvimos, pero no importaba, no hasta que Maisie comenzó a encerrarse al otro lado, como hizo anoche cuando gritó «El hombre malo nos persigue. Nos va a alcanzar». Antes de salir corriendo de la cama.

No quiere salir.

Hay cristales por todas partes desperdigados por el suelo.

Lleva cuatro horas encerrada en el cuarto de baño, cuatro horas en las que yo he escuchado sus gritos de terror, que han ido atenuándose hasta convertirse en un murmullo, llamando a su padre hasta quedarse dormida. Y ahora aparece la luz del sol y espanta las sombras de las paredes.

He pasado horas repitiendo mentalmente una y otra vez las palabras de Maisie: «El hombre malo nos persigue. Nos va a alcanzar».

—Por favor, Maisie —le ruego por cuadragésimo séptima vez—. Por favor, sal.

Pero Maisie no sale.

Maisie está sentada a la mesa del desayuno contemplando con la mirada perdida tres tortitas de microondas que tiene en el plato. Solo quedaba un poquito de sirope en el bote, así que en general están secas. Pero no es esa la razón por la que no quiere comer. En la mesa, frente a mí, no hay nada, no hay comida. Yo tampoco quiero comer. No hasta que alguien me obligue, cosa que sucederá pronto. Mi padre llena una taza de café y me la lleva a la mesa.

Me acaricia la cabeza. Me dice que beba. Le dice a Maisie que se coma las tortitas.

En mi dormitorio, la puerta del cuarto de baño yace en el suelo, tras haber sacado los pernos de la bisagra con ayuda de un clavo y un martillo. Mi padre me explicó cómo hacerlo por teléfono. Le dije que no hacía falta que viniera, que estábamos bien. Que Maisie estaba bien, que Felix estaba bien y que yo estaba bien. Pero mi padre no se creyó ni por un momento que estuviéramos bien. Quizá fue el pánico en mi voz, o el hecho de que Maisie se hubiera encerrado en el cuarto de baño durante la noche y hubiera estado llorando tirada en el suelo de baldosas hasta quedarse dormida. No lo sé. O quizá fue Felix, histérico una vez más, con el estómago vacío porque yo estaba demasiado ocupada desmontando las bisagras de la puerta como para darle de comer, después de tratar de convencer infructuosamente a Maisie de que saliera por su propio pie.

No puedo estar en dos sitios a la vez.

—No pasa nada por pedir ayuda —me dice ahora mi padre mientras Maisie pincha las tortitas con un tenedor infantil que tiene una vaquita impresa en el mango. Pero no se come las tortitas. Las trocea y espachurra. Mutila las tortitas—. Ya sabes que no tienes por qué pasar esto sola.

Pero ya estoy sola, ¿verdad? Da igual la cantidad de personas que haya en casa conmigo, porque sigo sola.

Mi padre todavía no ha subido al dormitorio, no ha visto la puerta del baño tirada en el suelo, ni los pedazos de cristal del marco desperdigados por ahí, ni los pañuelos arrugados con los que estuve secándome las lágrimas. Ahora tengo los ojos tan rojos e hinchados que apenas puedo abrirlos.

—Sí que pedí ayuda —le digo a mi padre mientras me ofrece a mí también un plato de tortitas de microondas sin sirope y me ordena que coma—. Por eso estás aquí.

Rellena su taza de café con agua jabonosa en el fregadero de la cocina y la enjuaga antes de secarla con un trapo de cocina. No va a dejar la taza sucia para que yo la limpie. Es un hombre delgado, demasiado delgado, y el poco pelo que tiene en la cabeza me recuerda al de Felix. Viste como un hombre mayor, con la cintura de los pantalones demasiado subida y camisas pasadas de moda, pero que ahora se consideran *vintage*. Con un cuerpo tan delgado, la ropa siempre le queda grande, como si la tela se lo hubiese tragado. Está envejeciendo demasiado rápido para mí.

—¿Has encontrado el cheque? —le pregunto al recordar el cheque desaparecido de los inquilinos de mis padres: un mes de alquiler de dos mil dólares que recibió, pero que no llegó a ingresar en la cuenta. La culpable de eso es mi madre, sin duda, que siempre anda dando vueltas por ahí, cambiando las cosas de sitio. El cheque desaparecido era un asunto prioritario en los días anteriores al nacimiento de Felix y a la muerte de Nick, olvidado ahora con la agitación de los últimos días, aunque hace menos de una semana que Izzy y yo revolvimos las pertenencias de mis padres buscándolo sin éxito. Izzy, la cuidadora de pago, que cuida de mi madre cuando mi padre y yo no estamos. Su padre murió cuando ella tenía dieciocho años y su madre cuando tenía diecinueve –un fallo cardíaco en el caso del padre, seguido de una leucemia en estadio cuatro en el de la madre–, dejándola al cuidado de una hermana de ocho años. Ahora, diez años después, trabaja duro para poder pagarle la universidad a su hermana.

Izzy ha estado con mi madre desde que comenzó la demencia, o mejor dicho desde que supimos que tenía demencia, en vez de estar simplemente distraída o despistada. Trabaja para una de esas empresas de asistencia a domicilio y, como dice mi padre, es una bendición. Lleva el pelo muy corto, con un aspecto masculino y femenino al mismo tiempo, decolorado y con frecuencia adornado con flores. Su cuerpo está siempre cubierto con una curiosa mezcla de cosas: faldas y leotardos, joyas llamativas, calcetines decorados y subidos hasta las rodillas. Lleva un colgante plateado con su nombre escrito en letras grandes y fáciles de leer. Tan grandes como para que pueda leerlas mi madre, y cuando la mira desorientada, como suele suceder, Izzy se saca el colgante de debajo del cuello de la camiseta y se lo muestra.

Izzy cocina, limpia y se encarga de mi madre en el baño, recordándole que se lave aquí y allá. Es una especie de niñera que está presente cuando mi padre no puede estarlo, y a veces cuando sí puede. Se asegura de que mi madre no se suba al coche y decida salir a dar una vuelta, o servirse un tazón de arena para gatos y comérselo con leche y una cuchara; cosas que ya ha hecho antes. Más de una vez. «¿Por qué tenéis arena para gatos si no tenéis gato?», le pregunté a mi padre en su momento, pero él se encogió de hombros y dijo que mi madre había insistido. Claro que sí. Porque para ella sigue habiendo un gato: el pobre Oliver, al que atropelló una furgoneta hace años.

Ella todavía lo ve a veces, escondido tras las cortinas.

Pero el incidente que se lleva la palma fue la vez en que decidió cortarle el pelo a Maisie; entró en la cocina con gran sigilo y regresó poco después con unas tijeras en la mano. Cuando le preguntamos por qué lo hizo, dijo: «A Clara le huele mal el pelo», mientras Izzy la sacaba de la habitación aquel día y Maisie se dejaba caer al suelo llorando. «Como a esponja vieja. Por eso. Ya ni siquiera se le puede peinar. Había que cortarlo. Es asqueroso».

A Clara le huele mal el pelo.

A mí.

Últimamente mi madre necesita cada vez más ayuda, ya no duerme bien por las noches, se levanta y se pasa las horas dando vueltas por la casa, a veces llorando sin razón aparente. Su cerebro ya no recibe los mensajes de su vejiga cuando tiene que hacer pis, y como resultado suele hacérselo encima casi todos los días. En otro tiempo luchó contra la enfermedad, utilizando juegos de memoria, haciendo puzles y sudokus. Memorizaba canciones infantiles para demostrarse a sí misma que podía hacerlo y después iba por ahí recitando la letra sin saber por qué. Leía el periódico; ejercitaba la mente y, siempre que podía, se acordaba de tomarse las vitaminas. Descubrió que comer salmón ayuda a la retención de la memoria, así que le dio por comerlo día sí y día también. Firmó una autorización para someterse a pruebas médicas con tratamientos experimentales. Sacó mi viejo juego de Simon del desván y pasó mucho tiempo jugando.

Pero nada funcionó; su mente siguió apagándose.

Izzy no había querido que yo la ayudara aquel día a buscar el cheque del alquiler desaparecido por razones evidentes: estaba embarazada de nueve meses y apenas podía caminar. «¿Por qué no descansas un poco?», me preguntó cuando entramos juntas al despacho de mi padre e intentamos acceder a su cuenta bancaria *online*, solo para asegurarnos de que mi padre no hubiese ingresado el cheque y después se le hubiese olvidado. Mi madre rara vez salía de casa; parecía que el cheque tenía que estar allí, en alguna parte, pero no estaba. Sin embargo, al sentarme frente al ordenador y sacar la hoja de papel donde mi padre apuntaba todas sus cuentas y contraseñas, noté la primera contracción. Izzy me quitó el ratón del ordenador y me dijo con firmeza que me marchara, que fuera a tumbarme, mirándome con miedo ante la idea de que pudiera ponerme de parto. Cuidaba de todo tipo de personas —mujeres con demencia, ancianos con incontinencia—, pero no asistía partos.

«No es nada, seguro», le dije yo tratando de recuperar el aliento tras aquel dolor tan repentino. «Contracciones de Braxton Hicks», le aseguré. Pero aun así, me fui a casa a tumbarme mientras Izzy seguía buscando. Le dije que miraría la cuenta más tarde, desde casa, pero al finalizar aquel día Felix ya había nacido y yo, por supuesto, me había olvidado de la contraseña y del cheque desaparecido.

Ahora, de pie en mi cocina, mi padre niega con la cabeza. El cheque no ha aparecido.

—No te preocupes por mí —me dice—. Tú ya tienes suficientes cosas en la cabeza y tenemos más dinero. —Me acaricia la cabeza como hacía cuando yo era pequeña. Es cierto, tengo muchas cosas en la cabeza, aunque una de ellas eclipsa a todas las demás esta mañana, mientras contemplo el jardín a través de las ventanas, ignorando las tortitas, que se van enfriando en el plato. Fuera hace calor, tanto calor como en nuestra casa sin aire acondicionado. La lluvia juega al escondite con nosotros, un día aparece y después desaparece durante otros seis. El césped amarillea, muerto de sed, bajo el calor sofocante del verano. Son poco más de las nueve de la mañana y el mercurio del termómetro ya alcanza los veintiséis grados. Los pájaros esperan en vano, posados en el bebedero que hay en el jardín y que hace tiempo que se secó. Eso es algo de lo que se encarga Nick: dar de comer a los pájaros y llenar de agua la pileta. Hasta los pájaros echan de menos a Nick: el jilguero americano posado en el borde del bebedero de resina y la hembra de cardenal que asoma entre las ramas de un árbol de hoja perenne.

«El hombre malo nos persigue. Nos va a alcanzar».

Ese es el único pensamiento que ocupa mi cabeza. Maisie ha dejado bastante claro que el accidente de coche de Nick no fue en absoluto un accidente. Reproduzco las palabras de mi hija una y otra vez y me surgen infinidad de preguntas. ¿Conoce Maisie a ese hombre malo? Ese hombre malo que los perseguía a Nick y a ella por la carretera. ¿Pudo verlo antes de que el coche saliese disparado y se estrellase contra el árbol? Quiero preguntarle a Maisie, pero no deseo disgustarla más de lo que ya está. Y aun así, cuando mi padre sale de la cocina para ir a hacer la colada, me inclino sobre la mesa de la cocina y le pregunto:

—¿Papi vio al hombre del coche, Maisie? ¿Vio al hombre malo del coche?

Asiente con la cabeza y su mirada se vuelve triste. Nick vio al hombre. Antes de morir, Nick vio al hombre que estaba a punto de matarlo.

Pero, antes de poder preguntarle más, mi padre regresa.

Al igual que Maisie, yo apuñalo mis tortitas. Las mutilo también. Mi padre me dice que coma.

Resulta que Felix tiene cita con la pediatra esta mañana para una revisión.

—Vete tú con Felix y yo me quedaré con Maisie —me dice mi padre mientras recoge los platos del desayuno—. Tómate tu tiempo —añade—. Izzy está con tu madre.

En circunstancias normales me negaría, pero hoy acepto. Hoy tengo otras cosas en la cabeza y sé que, si Maisie estuviera ahí, de pie junto a mí sobre la gravilla que flanquea Harvey Road, me haría preguntas.

De modo que abandono la mesa del desayuno y me voy sola al dormitorio, donde me pongo mi ropa de premamá porque eso es lo único que me queda bien. No importa que ya no lleve un bebé en la tripa: mi cuerpo todavía no ha recuperado su forma original. Sigo estando gorda. Siento calambres en el útero, que intenta encogerse. Se llama puerperio: el encogimiento del útero, que todavía tiene el tamaño de una sandía y debe reducirse hasta parecer una pera, mientras mi cuerpo elimina los loquios y siento el dolor de las aurículas, las arterias y los ventrículos del corazón. Tengo el corazón roto, igual que el vientre.

En ese momento vuelvo a darme cuenta, cuando me pongo unos *leggings* grises y una camiseta ancha sin mangas: Nick ha muerto. Abro su cajón de la cómoda, saco camisetas interiores al azar y me las llevo a la cara en un intento por inhalar su aroma, esa embriagadora combinación de desodorante, colonia y *aftershave*, y descubro que el aroma de Nick ha sido sustituido por el detergente de lavanda, algo que hace que vuelva a llorar. Sigo buscando en el cajón, oliéndolo todo con la esperanza de encontrar una prenda donde permanezca su aroma. Pero no encuentro ninguna. No hay camisetas que huelan a Nick, pero lo que sí encuentro, oculto bajo una docena de camisetas interiores blancas, es un pedazo de papel que, por alguna razón, despierta mi interés; un papel donde no debería haber ningún papel. Dejo a un lado las camisetas, agarro el papel y descubro el tique de una joyería local por valor de cuatrocientos dólares. El tique es de hace meses y, según la descripción del objeto, se trata de un colgante. Me llevo las manos al cuello inconscientemente, sabiendo que no llevo colgante alguno. Nick no me regaló un collar y tampoco se acerca mi cumpleaños ni nuestro aniversario. Se me contrae el estómago. Ese collar no es para mí.

¿Nick se gastó cuatrocientos dólares en un collar que no era para mí? ¿Cómo puede ser?

Doy por hecho que se trata de un error, busco excusas, pero no encuentro ninguna. Decido que el tique será de otro hombre, alguien que compró a su adorada esposa un colgante de cuatrocientos dólares. Una confusión en la tintorería, seguramente. De un modo u otro, ese tique salió del bolsillo de la camisa de otro hombre y acabó en el cajón de Nick.

No tiene sentido lógico, y aun así es mucho mejor que plantearme la alternativa.

No es posible que Nick estuviera teniendo una aventura.

En el dormitorio, me niego a mirar los trozos de cristal del marco esparcidos por el suelo, ni la puerta del cuarto de baño tirada sobre los tablones de madera: recuerdos de la noche que hemos pasado Maisie y yo. No me miro al espejo porque no quiero verme los ojos enrojecidos.

Saco las llaves de repuesto del coche y, tras darle un beso a Maisie en la cabeza y una palmadita a mi padre en el brazo, me marcho con Felix.

NICK

ANTES

Stacy está esperándome en el aparcamiento cuando llego al trabajo. En las manos lleva dos vasos de Starbucks: uno para ella y otro para
el doctor C. Ambos con una sobredosis de cafeína. Me los muestra
para atormentarme y me dice justo lo mismo que estoy pensando yo:

—Solo dos meses más. —Porque ambos sabemos que celebra-
ré el nacimiento de mi hijo con un café gigante bien cargado, para
compensar los nueve meses de abstinencia de cafeína.

Al principio los dolores de cabeza eran horrorosos, hasta el extremo de que estuve a punto de sucumbir pasados dos días. Como
si fuera un alcohólico, me iba a la cafetería más cercana dos veces al
día y hacía cola, sin intención de hacer ningún pedido, inhalando
el aroma a café recién hecho para ver si eso era suficiente para hacerme arrancar el día. En una ocasión incluso pedí un expreso doble, pero, antes de que el barista pudiera entregármelo, cambié de
idea. La confianza es uno de los pilares de un buen matrimonio, la
base sobre la que se construye un matrimonio. Le había hecho una
promesa a Clara y pensaba cumplirla.

Ahora, cuando le abro la puerta a Stacy para que entre con sus
dos vasos de café, me digo a mí mismo que solo quedan dos meses.
Dos meses para que pueda volver a beber café con cafeína.

—Tu perseverancia resulta impresionante, amigo mío —me
dice Stacy mientras entro con ella en la clínica dental que lleva mi

50

apellido en la puerta: *Clínica dental Solberg y asociados.* Es un lugar enteramente chic, algo que no es mi estilo en absoluto. Lo diseñó Clara porque solo así accedería a mi idea de abrir mi propia clínica. Para mí tenía sentido. Hubo muchos costes a la hora de poner en marcha la empresa, pero con el tiempo Clara y yo disfrutaríamos de los beneficios económicos de tener nuestra propia clínica, además de la independencia económica, que se vería limitada al trabajar para otra clínica. Al menos así se lo expliqué a Clara hace unos años, cuando nos sentamos a la mesa del desayuno de la casa que acabábamos de comprar, muy por debajo del precio que pedían, ya que mi capacidad de negociación es digna de tenerse en cuenta. Clara me miraba sin mucho interés mientras yo le hablaba de los costes de alquiler de una estructura comercial ya existente, de los prestamistas, del seguro por mala praxis, de los impuestos, del salario de los empleados, del equipo de oficina y la carísima cafetera que yo me pasaría nueve meses sin poder usar.

Resulta que yo tenía un máster en Administración de Empresas y un título en Odontología. Me parecía el siguiente paso lógico. Yo sabía de qué iba el tema, era un hombre de negocios con un título en Odontología. Y Clara, con plena autoridad en la decoración y presupuesto ilimitado, accedió. Con el tiempo. Mi crédito era bueno y, aunque teníamos una casa y unos coches que pagar, no me costó conseguir un préstamo, incluso por un valor de cuatrocientos mil dólares, aunque tuve que hacerme un seguro de vida y de incapacidad, dinero que se utilizaría para saldar mi deuda si yo muriese. Era una propuesta magnífica y aun así, a mis veintiséis años, era improbable que fuese a morir pronto. También puse la casa como aval. Aunque las industrias de la medicina y de la odontología no se habían visto tan afectadas por la crisis económica que azotaba a otros negocios por entonces, sí que tuve que demostrar que podría pagar el préstamo.

El lugar que Clara y yo escogimos para abrir la clínica estaba cerca de casa, a menos de quince kilómetros, de modo que solo tardaba trece minutos en llegar. Pagamos más por un lugar situado en una autopista con cuatro carriles, en una de las principales arterias del pueblo, para que los miles de coches que pasaban por allí cada día nos vieran, *Clínica dental Solberg y asociados*, en vez de estar escondidos en alguna carretera comarcal que nadie usaba jamás. Clara estuvo de acuerdo. No de inmediato, claro, pero con el tiempo estuvo de acuerdo y, al final, comenzó a encargar muebles para llenar la sala de espera, una televisión y cosas para entretener a los niños: un laberinto de arena y un cubo de juegos último modelo, porque por entonces estaba embarazada de Maisie y quería prestar especial atención a los niños. Se suscribió a revistas y compró una balda para ponerlas todas. Insistió en que pusiéramos suelo de madera o de baldosas, y yo accedí, sabiendo que el invierno en el área metropolitana de Chicago iba acompañado de nieve y aguanieve, y sería más fácil mantener limpio un suelo de madera. Claro está, costó bastante más que la moqueta, pero en su momento estábamos poniendo tanto esfuerzo en la clínica que nos pareció fácil invertir un poco más. Y un poco más, y un poco más. Clara y yo estábamos consumidos por aquella sensación ilusoria de tener dinero gratis, y nos olvidamos de que, tarde o temprano, tendríamos que devolverlo todo, convencidos de que los costes se sucederían en pequeños pagos y de que, para entonces, el negocio ya prosperaría y el dinero no supondría un problema.

Es evidente que nos equivocábamos.

Y ahora, cuando entro en la oficina y veo a Nancy en el mostrador, Nancy la recepcionista, volviendo a imprimir una factura porque ha conseguido derramar su chocolate caliente sobre las letras, me pregunto cuánto me costará esa hoja de papel adicional, cuánto me costará el tóner y la electricidad que hace funcionar la impresora, cuánto le pago a Nancy, la amable y simpática Nancy que cae bien a todos los pacientes, por beberse su chocolate caliente, responder al teléfono y derramar la bebida sobre las facturas.

Hubo un tiempo en el que no pensaba en nada de esto, pero ahora no puedo evitar hacerlo; pensar en todos los centavos que ya no tengo a mi nombre. La verdad del asunto es que estoy en apuros y no quiero que Clara lo sepa. He intentado pensar en maneras de obtener beneficios rápidos antes de tener que admitir que la clínica se viene abajo y que casi nos hemos quedado sin ahorros. He sopesado de todo para ganar dinero extra: pasear perros a la hora de comer, buscar otro trabajo por las noches y decirle a Clara que estoy haciendo horas extra en la clínica, vender mi plasma, vender mi esperma. Vender drogas. Podría tener acceso a todo tipo de medicamentos –ventajas de ser dentista– y venderlos en la calle a madres de clase media. Dios, incluso he pensado en irme a Las Vegas y apostar todo lo que tengo en la ruleta, pero el coste del hotel y del billete de avión me hizo descartar la idea casi de inmediato, además del hecho de tener que explicarle a Clara dónde había estado.

Y entonces, en esos momentos de absoluta desesperación, cuando mi autocompasión saca lo peor de mí y no puedo ver más allá de las facturas ni pensar con claridad, sopeso la idea de la ruleta rusa, una bala en el tambor del revólver, y me pregunto si Clara estaría mejor sin mí. Es algo morboso, nada propio de mí. Me gusta considerarme un tipo optimista, de los que ven el vaso medio lleno. Y aun así es algo natural, típico de la naturaleza humana, cuando el estrés te puede, pensar para tus adentros: «Ojalá estuviera muerto».

CLARA

—Está perdiendo peso —me dice la pediatra. Es la doctora Paul, y no puedo evitar preguntarme si algún antepasado masculino suyo habría tenido la desgracia de llamarse Paul. Paul Paul. La habitación es todo alegría y hay un mural de la vida en la granja pintado en una de las paredes: un caballo, un cerdo y una vaca—. Señora Solberg —me dice, y yo me obligo a pensar en el bebé que está sobre la báscula, Felix, que llora por el frío de la dura bandeja de plástico en la que está tumbado—, está perdiendo peso.

La doctora Paul me pregunta cómo va la lactancia y yo miento y le digo que bien. Bien, sin más. Ya he amamantado a un bebé antes. Soy una profesional. Y sin embargo nunca antes había sido viuda. Ahí es donde reside el fallo, esa es la razón por la que Felix no come bien, por la que pierde peso. La viudedad es algo nuevo para mí y es eso lo que me cuesta, aunque a la doctora no se lo cuento, pero no hace falta, porque todo el pueblo sabe ya que soy viuda, que mi marido es el que tomó la curva de Harvey Road demasiado deprisa, que se estrelló contra un árbol, que lo hizo con nuestra hija de cuatro años en el asiento de atrás, que está muerto.

—Perder algo de peso después de nacer es normal —me dice la doctora—, pero Felix ha seguido perdiendo peso desde que lo visitamos en el hospital. Ha perdido más de cuatrocientos gramos desde que nació. Eso es preocupante —me dice, aunque no me juzga

54

con la mirada. No me está criticando. La doctora Paul solo está preocupada. Me pone una mano en el brazo y vuelve a preguntarme—: ¿Cómo va la lactancia?

Y esta vez se lo cuento.

Estoy decididamente en contra de los altares junto a la carretera. Me parece una manera absurda de honrar a un miembro de la familia que ha muerto. Y sin embargo compro una cruz blanca de madera en la tienda de manualidades del pueblo y un arreglo floral, bermellón y rosa, porque ya estaba hecho y lo he visto en el escaparate de la floristería. No tengo tiempo para hacer un pedido especial; lo quiero ahora. La cruz en sí me parece superficial. No es que vayamos a la iglesia, no muy a menudo, aunque sí que bautizamos a Maisie porque la madre de Nick dijo que, si no, estaría abocada a la perdición. Las únicas veces que hemos ido a la iglesia desde entonces son cuando la señora Solberg está en el pueblo, cuando nos vestimos con nuestra mejor ropa de los domingos y nos sentamos en un banco, fingiendo que es algo que hacemos habitualmente.

Pero aun así compro la cruz para añadirla al ramo de flores. Me parece lo correcto.

Conduzco hasta el lugar del accidente, donde hay un tordo sargento posado en un cable telefónico, observándome, como un equilibrista en la cuerda floja, con sus garras negras aferradas al cable. Sus plumas negras brillan al sol de última hora de la mañana, con una mancha roja y amarilla en el costado. Canta una canción estridente y enfática, y desde algún lugar en la distancia, posada en las espadañas que crecen junto a la cuneta, una hembra responde a su llamada, con un canto más tranquilo y menos enfático que el macho. Se comunican de un extremo al otro, haciendo planes para quedar, y mientras yo estoy allí, junto a la carretera, soportando el calor abrasador del sol, que me hace sudar, con el coche aparcado a menos de dos metros, con Felix dentro con la ventanilla bajada, el tordo macho abandona su cable y se lanza hacia las espadañas en busca de su pareja.

Las casas de la zona se hallan en una de esas urbanizaciones modernas con carteles de eficiencia energética, programa vecinal de compostaje y jardín comunitario. Las casas tienen todas apariencia de granja, aunque están demasiado limpias y son demasiado modernas como para ser granjas de verdad. Tienen caballos en sus enormes jardines, preciosos animales de distintos colores que pastan tranquilos tras las cercas de madera y levantan la cabeza de la hierba para ver qué es lo que estoy haciendo cuando regreso al coche para sacar del maletero un pequeño tesoro: el arreglo de flores funerarias y la cruz blanca de madera.

Estoy en contra de los altares junto a la carretera, pero, sin ello, no tendría razón para estar aquí, para ver si lo que dice Maisie es cierto: que había otro coche en la carretera aquel día, un coche que les hizo chocar.

Dejo las flores junto a la carretera y retiro la tierra para dejar sitio a la cruz. Los coches pasan junto a mí y se preguntan qué estoy haciendo, pero entonces ven la cruz y las flores y lo saben. Conducen más despacio, con más precaución. Toman la curva con deliberación. Se mantienen en su carril, sin permitir que los neumáticos de sus coches crucen la línea amarilla y se metan en el mío. El altar junto a la carretera sirve de recordatorio y también de advertencia: esto es lo que sucede si no aminoras. Mueres como ha muerto Nick, al perder el control del coche en esa curva cerrada y estrellarse contra el árbol a toda velocidad.

Pero ¿y si no fue así como ocurrió? ¿Y si lo que dice Maisie es cierto y había otro coche en la carretera aquella fatídica tarde? Todo el mundo quería a Nick. No tenía enemigos, ninguno en absoluto. Lo que fuera que sucedió en esta carretera tuvo que ser una cuestión de mala suerte, el hecho de estar en el lugar equivocado en el momento equivocado. Un caso de rabia al volante, un conductor borracho.

Es imposible que alguien se propusiera hacer daño a Nick de manera intencionada.

El árbol en sí muestra signos de golpes. Me arrodillo ante él y clavo la punta de la cruz blanca en el suelo. No resulta fácil. La tierra está seca y apelmazada y no quiere ceder. Es testadura como yo, así que piso la cruz con la suela del zapato y la obligo a clavarse en el suelo. Otro coche pasa junto a mí demasiado deprisa, me ve y pisa el freno, de modo que las piedrecitas de la carretera salen disparadas hacia mis pies.

Se trata de un árbol alto y firme, con un tronco bastante ancho. Pero aun así tiene una herida. Hay partes de la corteza que cuelgan del tronco y puedo verle las entrañas. Paso las manos por la corteza rugosa y de pronto siento pena por el árbol. ¿Se morirá?

Detrás del árbol no hay nada, solo espadañas, campo abierto y hierba. Hay flores silvestres que crecen junto a la gravilla. Solo hay un árbol y ningún quitamiedos donde debería haberlo. Lo único contra lo que Nick podía chocarse era el árbol. ¿Qué probabilidades había?

Las casas con sus caballos se hallan a más de treinta metros y es probable que sus habitantes no vieran nada hasta que llegó la ambulancia y después los bomberos y la policía para sacar a Nick y a Maisie de entre los amasijos del coche. Fue entonces cuando el ruido y el caos les hicieron salir de sus casas para ver a qué venía tanto alboroto. La policía no se molestó en hablar con los residentes porque no había preguntas sin respuesta que necesitaran aclaración. Nick iba demasiado deprisa, tomó la curva a demasiada velocidad y murió.

Pero ¿y si no fue eso lo que ocurrió? ¿Y si a Nick lo asesinaron?

Esto está desierto y, aunque hay casas cerca, me siento sola. Mejor dicho, sola no, más bien como si alguien estuviera observándome. Me doy la vuelta, pero no hay nadie. Al menos no que yo vea. Escudriño con la mirada el otro lado de Harvey Road, los árboles viejos, los montículos de hierba. Pero no veo nada. Y aun así no me quito de encima esa sensación, como si fuera el blanco de algún francotirador.

¿Hay alguien aquí?

¿Había alguien aquí, observando a Nick cuando se estrelló?

Noto que la inquietud se apodera de mí y de pronto tengo miedo. Me muevo con más rapidez para terminar cuanto antes. Al igual que un arqueólogo buscando objetos en la arena, examino el asfalto de Harvey Road en busca de pistas: huellas de neumáticos en la tierra; marcas negras de frenada en la superficie de la carretera; restos de partes del coche. Algo que me indique que lo que dice Maisie es cierto, que había otro coche en la carretera con Nick y con ella que les hizo chocar. Pero no hay nada. Las pruebas han quedado borradas por el tráfico diario que recorre Harvey Road.

Pero hay algo que sé con certeza: el coche aplastado que retiraron del árbol solo estaba dañado en el lugar donde impactó con el árbol, en el lado del conductor. Si el coche hubiera chocado con otro vehículo, daría pruebas de ello, y también Maisie. Mi hija habría sufrido algo más que una pequeña herida que ya se le ha curado. Pero Maisie estaba bien, al igual que el lado derecho del coche.

Decido una cosa: Maisie debe de estar equivocada. Dejo de pensar que me están observando. Estoy tonta, no pienso con claridad. He dejado que mi imaginación me juegue una mala pasada.

Nick conducía demasiado deprisa. Tomó la curva a demasiada velocidad.

La culpa de que haya muerto es solo suya.

De camino a casa, suena mi móvil.

—¿Diga? —pregunto al llevarme el aparato a la oreja mientras conduzco por la autopista por una zona bastante antigua y descuidada del pueblo, llena de moteles baratos y tiendas para adultos, a las que sé que algún día la curiosa de Maisie señalará y me preguntará qué son y qué es lo que venden.

—¿Hablo con Clara Solberg? —pregunta una voz al otro lado de la línea, y yo le digo que sí—. Señora Solberg, llamo de la consulta del doctor Barros, el internista de su madre. Aparece usted como contacto de emergencia —me dice la mujer, y yo me quedo sin aire.

—¿Va todo bien? —pregunto, imaginándome a mi madre y a mi padre con Maisie en la consulta del doctor Barros. Mi madre habrá vuelto a caerse y se habrá hecho daño, o quizá haya confundido las pastillas y se haya tomado demasiadas de las que no le tocaban.

—Todo va bien —me asegura la mujer—. Llamo de facturación. Es sobre una factura sin pagar —me responde, y pasa a explicarme que el cheque extendido por mi padre en su última visita al doctor Barros ha sido devuelto—. Hemos intentado contactar con él antes de enviar la factura a cobros. Eso puede ser una auténtica molestia —me dice—. Le dejamos mensajes en casa, pero no ha devuelto nuestras llamadas.

No es propio de mi padre y, sin embargo, me siento culpable sabiendo que él ha dejado de lado sus obligaciones para cuidar de mí, para hacerme compañía, prepararme la comida, hacerme la colada y vigilar a mis hijos, cuando debería estar cuidando de mi madre y de sí mismo.

El dinero nunca ha sido un problema para mi padre. Entre su pensión, la propiedad en alquiler y algunas cosas más, debería tener suficientes ingresos. Todavía le quedan algunos años hasta poder cobrar la pensión, pero lleva planeando su jubilación desde que tenía veinticinco años. Está preparado.

—Debe de haber sido un problema con el banco —le digo a la mujer—. ¿A cuánto ascendía la factura? —le pregunto, ella me lo dice y confirma una dirección para el pago, que yo garabateo en un trozo de papel mientras estoy parada en un semáforo, esperando a que se ponga verde—. Yo me encargaré de ello —le aseguro—. Por favor, no envíe la factura a cobros. Yo hablaré con mi padre.

—Aunque no lo haré. Lo que haré en su lugar será enviar un cheque a la consulta del doctor Barros porque, después de todo lo que mi padre ha hecho por mí, esto es lo mínimo que puedo hacer yo por él. Lo último que quiero es hacer que se sienta estúpido por el descuido, o avergonzarlo.

Como en muchas otras ocasiones anteriormente, me recuerdo a mí misma que la demencia no es contagiosa, aunque los primeros indicadores de la enfermedad de mi madre fueron leves. ¿Podría ser esto una advertencia? Cheques devueltos. No devolver las llamadas.

Me digo a mí misma que no. Lo único que sucede es que mi padre está preocupado por mi vida.

Cuelgo el teléfono y vuelve a sonar de inmediato.

—¿Sí? —pregunto esta vez, esperando oír la misma voz al otro lado de la línea. La recepcionista de la consulta del doctor Barros que llama para decirme que han encontrado el cheque. Pero esta vez no es la recepcionista.

—¿Te pillo en mal momento? —pregunta una voz en tono de disculpa.

—No —respondo yo relajada al reconocer a Connor, el mejor amigo de Nick, al otro lado de la línea. La angustia que percibo en su voz es tan palpable como la mía. Connor es la única persona en el mundo que quería a Nick tanto como yo, aunque de manera distinta, claro—. Ya no hay momentos buenos —le confieso, y nos quedamos en silencio unos segundos hasta que Connor sigue hablando.

—No tenemos por qué pasar por esto solos. Lo sabes, ¿verdad? —me pregunta, y recuerdo entonces eso que dicen de que a la tristeza le encanta tener compañía.

Cuando llego a casa por la tarde, Maisie está llorando. Mi padre tiene las manos en sus hombros e intenta consolarla, pero ella no se deja consolar. Le da la espalda y se aleja de él. Las lágrimas brotan de sus ojos y resbalan por su piel pecosa. Mi padre y ella están en su dormitorio, una habitación de forma irregular con el techo abovedado; una habitación que es toda rosa. Rosa chillón, rosa clavel, rosa rosa. En la cama está tumbado ese pobre osito de peluche con la oreja comida. La cama está como la dejó Maisie anoche antes de irse a mi habitación, diciendo que no podía quedarse en su cama porque tenía insomnio. En las paredes hay obras de arte hechas a medida: una princesa con tutú rosa y una jirafa con una rosa detrás de la oreja. Su cama es estrecha y enclenque; se hunde incluso con el escaso peso de mi padre, que está sentado encima. Está cubierta por un bonito dosel de tul rosa que oculta la culpabilidad en los ojos de mi padre.

Le ha contado la verdad sobre Nick. Me enfado al pensarlo. Nunca le cayó bien Nick; Nick nunca fue lo suficientemente bueno para su niña, y tampoco para Maisie. Nick no tenía trabajo cuando nos conocimos, estudiaba mucho para sacarse el título de odontólogo. Era trabajador y se había fijado objetivos; así lo veía yo. Pero mi padre solo veía la deuda creciente de sus estudios, y la falta de ingresos mientras yo mantenía a Nick y él cumplía sus sueños. Cuando Nick decidió abrir su propia clínica e invertimos el dinero que yo había ganado haciendo eventos y retratos –pasando los fines de semana con una cámara en bodas de gente que ni conocía ni me caía bien– para alquilar un local y comprar equipamiento, mi padre apenas logró contener su desaprobación. «Ese hombre», me dijo refiriéndose a Nick, hace más de cuatro años, cuando cortamos la cinta inaugural de la clínica, que prosperaría con los años hasta incluir un socio y más clientes de los que yo podía imaginar, «solo conseguirá arruinarte», me había dicho. Ahora, de pie frente a él, me pregunto si tenía razón.

—Papá —le digo mientras entro en la habitación con la sillita de Felix, que debe de pesar casi quince kilos—. ¿Qué pasa aquí? —pregunto mientras dejo la sillita en el suelo con Felix dentro.

Antes de que mi padre pueda responder, Maisie me mira con desesperación y grita:

—¡Está muerto! ¡Está muerto!

Yo siento que se me rompe el corazón y las lágrimas asoman a mis ojos. Mi padre también tiene los ojos enrojecidos, aunque me dan ganas de señalarlo con el dedo y decirle que la culpa es suya; él es el culpable. No tenía por qué contarle a Maisie lo de Nick.

Maisie corre hacia mí y se abraza a mis piernas sin previo aviso, de modo que pierdo el equilibrio y estoy a punto de caerme.

—No pasa nada —digo mecánicamente mientras le acaricio el pelo y miro a mi padre—. Todo saldrá bien. —Mis palabras y mis movimientos son robóticos, mecánicos y superficiales.

No es así como lo haría Nick. Él se agacharía para estar al nivel de Maisie y la estrecharía entre sus brazos; le diría algo, cualquier cosa, más allá de estas simples mentiras. Sí que pasa algo. Las cosas no saldrán bien. Estoy mintiendo a Maisie; soy una mentirosa.

—Clara —dice mi padre, en un intento por disculparse, pero yo levanto la mano para que no hable; no quiero oírlo. No le correspondía a él dar esta noticia. Me correspondía a mí.

Es culpa de mi padre que Maisie esté aferrada a mis piernas llorando.

—Mira, mami —me dice entonces, apartándose lentamente de mí. Me estrecha una mano pegajosa y tira de mí hacia la cómoda: un mueble alargado y blanco con espejo. Hay cosas encima de la cómoda, muchas cosas que Maisie señala al azar: unas medias de princesa, una muñeca, el estetoscopio de un juego de médicos, un pañuelo usado. Hay fotografías encajadas en el marco del espejo: Maisie y Nick; Maisie y yo; Maisie de pie junto a mi madre, a casi un metro de distancia, porque le da miedo mi madre, como también me lo daría a mí si tuviera cuatro años; Maisie y mi padre, que nos observa ahora sin decir nada.

Doy un paso hacia delante y sigo el dedo de Maisie con la mirada. Señala un frasco, uno de mis viejos frascos de conservas con agujeros en la tapa metálica. Me acerco más, sin saber qué hace allí el frasco ni cómo ha llegado hasta ahí.

Dentro del frasco hay una ramita arrancada de un árbol. Es una ramita fina, de un marrón rojizo. Hay hojas dentro del frasco –hojas verdes y arrugadas, como si Maisie se hubiera agarrado al árbol y hubiese tirado– y briznas de hierba que cubren el fondo del frasco, un lecho de muerte sobre el que yace una luciérnaga boca arriba, con sus seis patitas inertes y la cola apagada. No se mueve.

—Se nos olvidó —me dice Maisie con tristeza y lágrimas en los ojos—. Está muerto.

Miro a mi padre a los ojos y me disculpo sin palabras. No sé cómo una luciérnaga ha llegado a vivir y morir en un frasco de conservas en el dormitorio de Maisie, pero lo que sí sé es que mi padre no ha hecho nada malo.

—¿Cómo es que tenías una luciérnaga en tu habitación? —le pregunto a Maisie, pero ella me mira con culpabilidad en los ojos, se le pone la cara roja y niega con la cabeza. No me lo dice y yo no insisto. Ahora me parece trivial saber cómo ha llegado ese bicho hasta ahí. Sigue sin saber nada de Nick. A todos los efectos, Nick está bien. Eso es lo que importa.

—Estas cosas ocurren —digo mecánicamente—. Todo saldrá bien.

—¿Cuándo volverá papá a casa? —me pregunta; busca a alguien capaz de consolarla mejor que yo.

Me doy la vuelta para que no me vea y digo:

—Pronto.

Enterramos a la luciérnaga. Cavamos un hoyo de cinco por cinco centímetros en el suelo con un palo y dejamos dentro el insecto. Harriet está en el jardín detrás de nosotras, vigilando. Mi padre se ha ido y ha prometido volver mañana.

—¿Por qué, mamá, por qué? —me pregunta Maisie una y otra vez mientras cavo el agujero y meto dentro el bicho. El bicho tiene nombre, o eso parece: Otis. No le pregunto cómo es que tiene nombre; a decir verdad, me da igual. Echo un poco de tierra sobre el cadáver y agradezco que Maisie no relacione esta tumba con la de Nick—. ¿Por qué haces eso, mamá? —me pregunta mientras esparzo la tierra y la aprieto con los dedos. Le sugiero que vaya a buscar una piedra que sirva como lápida para Otis y de nuevo pregunta—: ¿Por qué? —Pero se aleja en busca de una piedra sin esperar una respuesta y Harriet la sigue.

Por la noche llaman a la puerta. Ha oscurecido, es demasiado tarde para que Maisie siga levantada. Y sin embargo ahí está, tirada en el sofá viendo dibujos en la tele porque no tengo energía para meterla en la cama. Yo estoy con el portátil en la cocina, intentando abrir la página de Chase para acceder a las cuentas bancarias de mi padre. Pienso en la factura sin pagar de la consulta del doctor Barros y me pregunto si mis padres tendrán problemas económicos de los que yo no sé nada. Intento recordar la contraseña de mi padre, una vieja combinación de letras y números que resulta casi imposible de memorizar. Hago dos intentos y me rindo, por miedo a que, si lo intento demasiadas veces sin éxito, la cuenta se bloquee y avisen a mi padre. No quiero preguntarle por miedo a que se sienta mal, y aun así me preocupa. ¿Y si tiene menos dinero del que creo? ¿Y si mi padre tiene menos dinero que yo?

Al oír los golpes en la puerta, me acerco a abrir. Encuentro a Connor de pie en la entrada, con una camiseta negra y unos vaqueros gastados. En las manos lleva el casco y los guantes; hay una moto aparcada detrás. Connor no es alto, me saca solo cinco centímetros, y yo mido uno setenta y dos. Tiene el pelo castaño y los ojos marrones, de esos que hacen suspirar a las mujeres. Su sonrisa es compasiva; es a la vez una sonrisa y un ceño fruncido. Sufre igual que yo, pero la media sonrisa demuestra que él al menos lo está intentando.

—Connor —digo cuando entra y me abraza. Y entonces cierro los ojos, me pego a él y me permito creer, solo por un segundo, que estoy en brazos de Nick, que es él quien me abraza con fuerza.

—Clara —me dice.

Conozco a Connor desde hace seis años; era amigo de la facultad de Nick y después se convirtió en empleado. Pero Connor nunca fue para Nick un empleado, sino más bien un socio, alguien con quien colaboraba, a quien consultaba sobre los gastos del negocio o sobre qué regalar por Navidad a las mujeres de la oficina. Antes de que tuviéramos hijos, Nick y yo compartimos muchas citas dobles con Connor y la chica con la que estuviese saliendo en ese momento, pero, después de que naciera Maisie, se acabó para nosotros ese estilo de vida –discotecas en sótanos y fiestas en azoteas– y Connor se quedó solo. No tiene hijos y no está casado. Es un soltero perpetuo, guapo y encantador, pero sin sentido del compromiso. Estuvo prometido con una novia de la universidad, una mujer por la que habría viajado hasta la luna, como me contó Nick que le había dicho Connor en una ocasión cuando estaba borracho. Planificaron la boda, la iglesia, el banquete y todo, y entonces ella cambió de opinión porque había conocido a otro hombre la noche de su despedida de soltera, lo que le rompió el corazón a Connor. Nick y yo pensamos que jamás volvería a declararse a nadie, por muy enamorado que estuviera. Como suele decirse: una y no más, santo Tomás.

Me aparto de él y veo que un puñado de bichos se cuelan por la puerta abierta y van directos a la lámpara de araña que cuelga del techo, un artefacto que parece la cabeza de Medusa, con bombillas alargadas y retorcidas que cuelgan como las serpientes de su pelo. Cierro la puerta y Connor me sigue hasta la cocina, revolviéndole el pelo a Maisie cuando pasamos por el salón; la niña está tan absorta en los dibujos que apenas se da cuenta, aunque veo que sonríe ligeramente.

La luz de la cocina está atenuada. Los platos de la cena siguen en el fregadero, con la comida sin tocar en los cuencos: sopa de pollo calentada de una lata en el microondas. Es lo mejor que puedo hacer. Ni Maisie ni yo hemos podido comérnosla.

—Debería haber venido antes —me dice Connor mientras mira la comida, y detecto la culpabilidad en su voz cuando se apoya en el fregadero con las manos en los bolsillos de los vaqueros. Pero yo niego con la cabeza y le digo que no. Lo último que quiero es que se sienta culpable por no haber venido a verme antes. Él también ha estado sufriendo.

—No importa —le digo, abro la nevera, saco una de las viejas cervezas de Nick y se la entrego, aunque no me la ha pedido. A mí me apetece una copa de vino, solo un poco de Chardonnay para anestesiar mis sentidos, pero conozco los efectos que tiene el alcohol sobre un bebé lactante, así que decido abstenerme.

—¿Tú no quieres? —me pregunta Connor, pero niego con la cabeza y le digo que no. Se pasa una mano por el pelo y se le queda revuelto. Abre la cerveza con el abridor y bebe un trago—. ¿Cómo lo llevas? —me pregunta, aunque no hace falta que se lo diga. Mis ojeras hablan por sí solas, eso y los ojos enrojecidos, y el hecho de que no he dormido más de dos horas seguidas desde antes de que naciera Felix, algo que se agravó con la muerte de Nick. Ya no puedo culpar a Felix de la falta de sueño. Ahora culpo a Nick.

—Me está costando dormir —confieso.

—A mí también —responde Connor, y es entonces cuando me doy cuenta de que él también tiene ojeras. Tiene la piel amarillenta y parece nervioso y cansado. Mira a su alrededor, desliza la mirada por los fogones y por el suelo de baldosas, como si buscara a Nick, y por fin se fija en la cerveza que tiene en la mano. Evita mirarme a los ojos—. Recuerdo el día en que conocí a Nick —me dice mientras arranca la etiqueta de la cerveza y la despedaza entre los dedos. Su voz suena apagada.

Me habla de la primera vez que se vieron Nick y él, atravesando el campus de camino a clase. Es una historia que ya he oído antes, aunque siempre en boca de Nick. Estaban en la escuela de odontología. Nunca antes habían hablado, pero la clase era pequeña, de veinte alumnos como mucho, y Connor se había fijado en una chica, una morena que además resultaba ser la compañera de laboratorio de Nick. Fue la razón por la que se presentó, la razón por la que se hicieron amigos. Una chica.

Después de graduarse, Connor consiguió trabajo con un dentista y Nick decidió abrir su clínica. Estuvieron así un par de años, hasta que la insatisfacción creciente de Connor le hizo dejar su puesto y empezar a trabajar para Nick.

—Ni siquiera he empezado a pensar en cómo voy a mantenerme —admito. Desde la muerte de Nick, todavía no he ojeado el correo, demasiado aterrorizada por lo que me espera ahí. Los sobres que saco cada pocos días del buzón acaban tirados en el suelo al otro lado de la puerta. Tarjetas de condolencias, todas con frases como *Con gran pesar* o *Que puedas encontrar la paz y el consuelo*, pero también facturas. Estimaciones de beneficios de la compañía aseguradora, que ya me dice qué gastos hospitalarios de Nick cubrirán y cuáles no. Una carta de la biblioteca, que me dice que tenía que haber devuelto catorce libros infantiles hace una semana; cada uno me cuesta cinco centavos al día, así que cada día aumento la deuda en setenta centavos, y aun así no devuelvo los libros. No tengo energía para ello. Facturas, facturas y más facturas. Catálogos de productos que ya no puedo comprar.

Antes tenía una cuenta de ahorro, nada del otro mundo, pero sí unos ahorros decentes, dinero que había reservado para los momentos difíciles, pero acabamos invirtiéndolo todo en la clínica de Nick. Él dijo que recuperaríamos el dinero y me prometió que merecía la pena. De habérselo contado a mi padre, él me habría dicho que no, pero me creí las palabras de Nick e invertí hasta el último centavo. La clínica era su sueño. ¿Quién podría negarle a un hombre su sueño? Desde luego yo no. Así que dije que sí y renuncié a todo mi dinero para que Nick pudiera cumplir su sueño mientras yo dejaba a un lado el mío. Mi propio estudio de fotografía. Ese era mi sueño.

Hasta nuestra casa es una fuente de gastos; siempre hay algo que reparar. Lo único que me queda que tiene algo de valor es la clínica.

—No sé qué voy a hacer con las facturas —le confieso a Connor—. La hipoteca. Los pagos del hospital. Las letras del coche. El dinero para la universidad y la boda de Maisie. ¿Cómo podré permitirme un seguro sanitario? —pregunto pensando en Felix y en las revisiones médicas bimensuales, eso sin incluir las carísimas vacunas. Sin esperar una respuesta, le digo—: Puedo buscar trabajo, pero, si trabajo, ¿quién cuidará de Maisie y de Felix? ¿Cómo podré permitirme pagar a alguien? —Sé que no puedo pedírselo a mi padre. Él está demasiado ocupado cuidando de mi madre, y una niñera interna o una guardería me costaría casi quinientos dólares a la semana—. La clínica —le digo a Connor—, eso es lo único que me queda. —Pero una clínica dental no es nada sin un dentista. Sin Nick, la clínica no significa nada.

Connor me mira confuso.

—¿No lo sabes? —me pregunta.

—¿Saber qué?

Pero no me responde de inmediato. Bebe cerveza, tres largos tragos mientras yo espero una respuesta.

—¿Saber qué? —pregunto de nuevo cuando deja la botella vacía en la encimera, y abro la nevera para sacar otra.

—Ha habido algunos despidos —me dice en voz baja, como si no quisiera pronunciar las palabras, como si quisiera suavizarlas, como si hablara con una niña—. Nick había tenido que prescindir de algunas personas.

Pero yo niego con la cabeza y le digo que no lo sabía.

—¿Quién? —pregunto—. ¿Cuándo? ¿Por qué?

—Hace un mes, quizá más —responde, y a mí me da un vuelco el corazón. Por un instante creo que voy a vomitar. Me aferro a la encimera y se me ponen los nudillos blancos. ¿Por qué Nick no me contó lo de los despidos? Imagino a las mujeres que trabajan en la recepción; Nancy, con su predilección por el chocolate caliente con pequeños malvaviscos, y Stacy, un genio de las matemáticas; hace maravillas con las facturas. ¿Ya no trabajan allí? ¿Han sido despedidas? ¿Y qué hay de Jan, la higienista dental?—. Problemas económicos —me dice, y yo tomo aire y me invade el miedo al pensar en todas las cosas que no sabré. Nick pagaba las facturas, gestionaba el dinero. Yo se lo entregué todo de buena gana y sin hacer preguntas cuando nos casamos y me desentendí de las cuestiones fiscales. No sé nada de contabilidad; nunca se me dieron bien los números. Lo último que necesitábamos era que yo me encargara de pagar las facturas.

—¿Por qué Nick no me lo diría? —me pregunto en voz alta, pero Connor se encoge de hombros y dice que no lo sabe. Él pensaba que Nick me lo habría dicho. Y ahora, de pie en la cocina sin apenas luz, me pregunto: si Nick fue capaz de ocultarme esto, si pudo pasar semanas sin comentar nada sobre los problemas financieros, si pudo despedir a gente sin mencionármelo, ¿qué otras cosas me habrá ocultado?

¿Qué otras cosas no sabré?

Esa noche Maisie me pide que la deje dormir conmigo. Entra sin hacer ruido en mi habitación mientras yo acuesto a Felix en su cuna, siete minutos y medio después de haberla dejado a ella entre sus sábanas de cambray y de subirle la colcha hasta el cuello, como lo hace papi. Bien arropada.

—No puedo dormir —me dice, y atraviesa la habitación por donde yo acabo de barrer los cristales rotos del marco.

—¿Lo has intentado? —le pregunto, y ella asiente con tanta energía que el pelo le tapa los ojos. Tiene su osito de peluche agarrado de una pata, colgando boca abajo. Casi se ha quedado ciego gracias a los mordiscos insaciables de Maisie: sus ojos de plástico marrón están a punto de desprenderse, cuelgan de un hilo. Retiro las sábanas para que se meta en la cama, agradecida por tener a alguien ahí y no tener que pasar la noche sola. Maisie obedece encantada, corre hacia la cama y ocupa el lugar en el que solía dormir Nick. Apoya la cabeza en su almohada, aunque su cuerpo no logra llenar el espacio que antes ocupaba el de Nick, sus brazos cálidos que me envolvían mientras yo dormía, con una pierna cruzada por encima de la mía. La habitación queda inundada por el aroma a champú infantil Johnson & Johnson y por el aire caliente del verano que se cuela por la ventana abierta y me hace sudar de nuevo.

Maisie se despierta gritando en mitad de la noche.

—¡El hombre malo! —chilla con voz aguda—. ¡El hombre malo nos persigue! —añade, y a mí se me desboca el corazón. Está llorando junto a mí, sentada sobre la cama, aferrada a la almohada, como si creyera que se trata de Nick. Las lágrimas brotan de sus ojos como el agua en las cataratas del Niágara, con urgencia, imparables.

Yo le estrecho la mano y le digo «Shhh», pero ella me aparta con tanta fuerza que casi me caigo de la cama y tengo que agarrarme a la cuna de Felix para no perder el equilibrio. El niño se despierta agitado por el súbito movimiento y comienza a llorar también, con un llanto que ahoga el de Maisie. Sus llantos se convierten en auténticos chillidos cuando Maisie mete la cabeza bajo la almohada para intentar amortiguar el ruido, o quizá para esconderse del hombre malo que la persigue. No sé por qué se esconde, aunque me lo imagino, porque yo también quiero meterme bajo la almohada y esconderme.

—¿Qué hombre malo? —le pregunto en voz alta, por encima de los gritos de Felix, mientras me levanto de la cama y lo saco de la cuna—. Shhh. Shhh —le digo al niño, de pie junto a su cuna, tratando de que vuelva a dormirse—. ¿Qué hombre malo, Maisie?

—El hombre malo —repite Maisie con la voz amortiguada por la almohada. Cuando mis ojos se acostumbran a la oscuridad de la noche, comienzo a ver las piernas de Maisie pataleando con insistencia contra la cama, antes de encogerlas y cubrirse con la sábana. Busco en la cuna de Felix su chupete, o cualquier cosa que me sirva para callarlo. Está disgustado, asustado, quizá incluso un poco cabreado porque Maisie y yo lo hayamos despertado.

—¿Qué hombre malo, Maisie? ¿Qué hombre? Háblame del hombre —le ruego desesperada mientras me bajo uno de los tirantes de la camiseta y coloco a Felix contra mi pecho. No es su hora de comer. Según mis cálculos, no debería comer hasta dentro de una hora, y aun así no encuentro el chupete; no hay otra manera de detener sus gritos que dejar que chupe de mí. Cuando sus encías se agarran, mis pechos empiezan a protestar. Tengo los pezones agrietados, la piel seca y los pechos duros y congestionados. Como el agua contenida por la presa de un castor, la leche se niega a fluir al ritmo al que le gustaría a Felix; es un goteo más que un chorro, así que succiona y succiona sin mucho éxito, haciendo que se me cuartee el pecho y me sangre. La doctora Paul me había preguntado en la consulta qué tal iba la lactancia y yo había mentido y le había dicho que bien, antes de contarle la verdad: el dolor, la piel cuarteada, la poca cantidad de leche. Lo que me esperaba era una arenga sobre la lactancia, pero en lugar de eso me había dado una alternativa. «Existen otras maneras», me había dicho antes de enumerarlas: leche en polvo, sacaleches, donante de leche.

Maisie no quiere hablarme del hombre y yo quiero decirle que se equivoca, porque he hablado con la policía y he leído los artículos del periódico. He estado en el lugar del accidente. Todo parece corroborar la misma verdad: que Nick iba demasiado rápido y esa fue la causa del accidente.

—Háblame del hombre —insisto y, como no me hace caso, le pido que me hable del coche. Ya me ha dicho que el hombre iba en un coche, y me lo imagino siguiendo a Nick por Harvey Road—.

¿Era un coche rojo? —le sugiero al ver que no dice nada. Pero ella niega con la cabeza; no era un coche rojo—. ¿Era azul? —le pregunto, a lo que responde de nuevo con una negativa—. ¿Era un coche negro, Maisie? —pruebo—. ¿El coche era negro?

Esta vez no niega. En lugar de eso su respuesta es un llanto largo, como un lobo aullando a la luna, y sale corriendo de la habitación, llamando a su padre una y otra vez. Huye del dormitorio en busca de alguna otra estancia en la que pueda esconderse, ya que la puerta del cuarto de baño sigue tirada en el suelo, en el que tropiezo en un intento por alcanzar a mi hija de cuatro años antes de que el clic de un pestillo nos separe de nuevo. Llevo a Felix en brazos, pero ya no está succionando de mi pecho. En lugar de eso, intenta comerse cualquier cosa que encuentra: mi camiseta, su mano, mi pelo. Con un mechón de pelo en la boca, ya no puede gritar.

Era un coche negro. Un hombre en un coche negro. Si lo que dice Maisie es cierto.

Me arrodillo en el suelo frente a la puerta del despacho de Nick y le pido tres veces a Maisie que salga.

—Por favor, sal. —Al otro lado de la hoja de madera oigo su llanto y me imagino su cuerpecito tendido sobre la alfombra ikat de Nick, dejando que los hilos grises y naranjas entrelazados absorban sus lágrimas. O quizá se haya acurrucado en el sillón de Nick y esté abrazada al respaldo, fingiendo que es su padre.

Al ver que no sale, me voy al garaje a por el martillo y el clavo.

Ya soy toda una profesional.

NICK

ANTES

Se llamaba Melinda Grey, y yo habría debido darme cuenta desde el principio, cuando entró en mi consulta hace unos seis meses, de que era una paciente problemática. Habíamos hablado sobre ellos en la escuela de odontología, entre la anestesia local y las patologías orales. Pacientes problemáticos. Uno no se lo habría imaginado al verla, pues su pequeña estatura parecía contradecir a la barracuda que llevaba dentro. Era una mujer de aspecto agradable, de mediana edad, con el pelo castaño y unos ojos bondadosos con los que te miraba cuando hablaba.

La señora Grey era una paciente fóbica. Lo achacaba a su carísimo historial dental, que incluía todo tipo de urgencias —endodoncias, abscesos, un diente fracturado— y la tendencia a elegir dentistas con un pésimo trato porque eran más baratos y solían tener más disponibilidad que alguien como yo, que tenía la agenda llena de pacientes, al menos hasta que conocí a la señora Grey, y de pronto comencé a tener mucho tiempo libre.

Su seguro dental era lamentable, cosa que ella misma admitió, otra señal de alarma. Yo debería haber concluido la consulta en ese instante y haberle pedido a Stacy que comprobara la cobertura antes de realizar ningún trabajo, pero la señora Grey era la última cita del día, una urgencia, y sufría terribles dolores. El diente estaba podrido; de eso me di cuenta de inmediato. Lo más probable era que hubiese que extraérselo. Le ofrecí una endodoncia como alternativa a la extracción, una endodoncia que le costaría tres mil dólares o más, pero ella negó con la cabeza y dijo que era más de lo que podía permitirse. El diente en cuestión era una muela y no tenía interés en mantenerla. En comparación, una extracción no superaría los doscientos dólares y, dado que la señora Grey no tenía intención de ponerse un implante y pensaba dejarse el hueco en la parte trasera de la boca, donde nadie lo vería, el procedimiento sería relativamente barato.

Era una extracción sencilla. El diente estaba por encima de la encía y solo necesitaba anestesia local. Empleé óxido nitroso para ayudar a calmar los nervios de la señora Grey. Le saqué el diente con las tenazas y le cubrí la herida. La envié a casa con analgésicos, aunque prescindí de mandarle antibióticos porque, en mi opinión profesional, se prescriben con demasiada frecuencia, hecho que lleva a la resistencia al antibiótico y complicaciones derivadas. Estoy totalmente en contra del uso de antibióticos como preventivo. La señora Grey tenía cuarenta años y estaba sana. No necesitaba antibiótico. Aun así, como siempre, le aconsejé que estuviera atenta a cualquier síntoma de infección: pus o cualquier otra secreción, algún absceso, fiebre o dolor excesivo. Lo dije bien alto, mirándola a los ojos para asegurarme de que me oyese.

«Siempre hay cierto grado de dolor tras una extracción», recuerdo que le dije, allí sentado junto a Melinda Grey en mi taburete color bermellón, mientras le quitaba el babero y le limpiaba la saliva ensangrentada del labio con una servilleta. «Debe estar atenta al dolor excesivo. Dolor severo o hinchazón de aquí a dos o tres días. Si siente que algo no va bien o si tiene alguna pregunta, cualquiera, por favor, no dude en llamar». Y ella asintió como si me hubiera entendido.

Le dije a la higienista que se asegurase de que la señora Grey se llevara una de mis tarjetas, en la que aparecía el teléfono de la consulta y mi móvil, que siempre ofrecía para poder estar disponible para mis pacientes las veinticuatro horas del día. Me parecía lo más ético. No quería que mis pacientes sintieran que no se les trataba bien. También le dije a la higienista que le diera cita a la señora Grey pasada una semana, para asegurarme de que la herida estuviese cicatrizando como debía.

La señora Grey nunca llamó y tampoco acudió a la cita.

De lo que no me di cuenta fue de que aquel día una de mis higienistas estaba de baja por una infección de garganta por estreptococo que ya había afectado a la mitad del personal, y la otra estaba hasta arriba de pacientes, al tener que hacer frente a una doble carga de trabajo. En mitad de aquel caos, al parecer había olvidado pedirle a la señora Grey que firmara la hoja de consentimiento informado, en la que señalaba estar al corriente de los riesgos asociados al procedimiento.

Tampoco me di cuenta de que, para mí, aquello supuso el principio del fin.

CLARA

Un nuevo aparato de aire acondicionado cuesta más de cinco mil dólares, con instalación. Reparar el que ya tengo, suponiendo que se pueda reparar, costaría entre cien y novecientos dólares, dependiendo de lo que hubiera que arreglar.

—¿Qué antigüedad tiene el aparato? —me pregunta el técnico por teléfono, y yo le digo que no lo sé. Me da una serie de presupuestos aproximados, yo le doy las gracias por su tiempo y cuelgo el teléfono. Sumo los precios en mi cabeza, pero no los del aire acondicionado. El ataúd de madera de Nick costó dos mil dólares; el embalsamado, que curiosamente no era obligado por ley, fueron otros ochocientos. Esas son las cifras que sumo en mi cabeza. El tanatorio nos cobró casi por todo, desde la preparación del cuerpo –peinar a Nick y ponerle su mejor traje de domingo, la tarifa de refrigeración de cincuenta dólares al día y más cosas– hasta los honorarios del sacerdote, que estaba haciendo el agosto con mi pérdida. Pagué por las estampitas, cuarenta pavos por cien, con la cara de Nick impresa en blanco y negro. Me pareció que le daba un toque clásico, señorial, pero la madre de Nick me dijo que debería haberlo hecho en color; dijo que el blanco y negro les daba un aspecto antiguo, como si Nick fuese viejo, aunque Nick ya nunca envejecería.

El cementerio también me cobró un ojo de la cara por el terreno, por cavar la tumba, por la lápida y por la misa, para que todos estuviésemos llorando alrededor del agujero abierto. Pero eso no fue todo. Todavía quedaba el coste del coche fúnebre que trasladó el cuerpo de Nick desde el depósito hasta el tanatorio y, de ahí, al cementerio; el coste de las flores que yo no quería ni necesitaba, pero eran la tradición, como me dijo el director del tanatorio, de modo que las encargué también: ramos blancos que llenaban la iglesia.

La tarjeta de crédito echaba humo.

No puedo permitirme arreglar el aire acondicionado ni reemplazarlo. Por ahora tendremos que sudar. Mi padre me ha dicho que quiere ayudar con los gastos funerarios.

—Por favor, no —le dije poniéndole una mano en el brazo. A mis padres no les falta dinero, aunque la jubilación les dejó con una renta fija, que se ve seriamente mermada por los constantes gastos médicos de mi madre. Pasarán años hasta que funcione la seguridad social.

—Pero si tenemos dinero —me insistió mi padre, pero yo le dije que no.

—Por favor, no —respondí, pues quería que ahorrase ese dinero para sus necesidades, recordando el cheque devuelto del internista de mi madre, y tratando de decidir si era por falta de dinero o por una simple confusión con el banco.

Los padres de Nick tienen dinero, pero jamás se han ofrecido a ayudar.

Por la tarde, Maisie, Felix y yo vamos a la tienda en coche. He tenido que convencer a Maisie para subirse al coche. Había muchas cosas que quería hacer además de ir de compras. Estaba a punto de empezar un nuevo episodio de *Max y Ruby*, tenía sed y ganas de hacer pis; Maisie, a quien nunca le gusta hacer pis. Tres veces. Y, una vez dentro del coche, tuve que insistir para que se sentara en la sillita y se dejara abrochar el arnés de seguridad, hecho que conseguí solo después de darle mi *smartphone* para que jugara al Candy Crush.

A Maisie le encanta el Candy Crush. Con el teléfono en la mano, casi se olvidó de que estaba confinada en una silla, metida en un vehículo como el que días atrás había acabado hecho un amasijo contra un roble.

Pero, para mí, el miedo seguía allí.

Maisie se lleva la mano al arnés.

—No te lo toques. Estate quieta —le digo con la esperanza de que no se fije en mis ojos enrojecidos e hinchados. Últimamente le ha dado por intentar desabrocharse el arnés. Ha descubierto que si aprieta los botones aquello se suelta y ella queda libre, aunque sus dedos son demasiado pequeños y no tiene capacidad suficiente para hacerlo sola. Y aun así lo intenta, una tarea inalcanzable para una niña de cuatro años, aunque pronto acabará por lograrlo—. Juega con tu juego, Maisie —le digo para que piense en otra cosa y se olvide del arnés de la sillita. Y así lo hace.

Conducimos. Mientras recorremos nuestra calle de viejas casas históricas, pasamos frente al parque y las tiendecitas del centro, y después atravesamos los vecindarios más nuevos de casas idénticas. Felix va quedándose dormido con la velocidad del coche. Conocido como uno de los cinco condados que rodean Chicago, el nuestro flanquea la ciudad por el sur y por el oeste, y es uno de los condados con un crecimiento más rápido, una zona que sumó casi doscientas mil personas a lo largo de diez años. Sobre un poste de la luz hay posado un halcón Cooper que escudriña los campos en busca de su próxima comida. Maisie lo ve y señala por la ventanilla.

—Pajarito, mami —me dice, y después se vuelve hacia Felix, que está profundamente dormido—. ¿Ves el pajarito, Felix?

Yo le digo que lo veo. Felix no dice nada.

A esto lo llaman expansión urbana, cuando la población alcanza la América rural y convierte el área metropolitana de Chicago en el hogar de más de diez millones de personas. Nuestro barrio residencial es superado con frecuencia por otros pueblos más solicitados de los alrededores, y aun así las nuevas construcciones en nuestra zona son incomparables: por la mitad de dinero obtienes una casa el doble de grande, una promesa que atrae a muchas personas. Las escuelas son muy buenas y las estadísticas demográficas eran justo lo que Nick y yo buscábamos cuando compramos la casa: una comunidad de gente trabajadora con una media de edad de treinta y dos años. Habría muchos niños para jugar con nuestros hijos. Buenos chicos. Buenos chicos cuyos padres licenciados ganaban más de cien mil dólares al año. La delincuencia en la comunidad se reducía en su mayor parte a los robos; los delitos violentos prácticamente no existían.

Mientras avanzamos entre maizales y urbanizaciones nuevas que alardean de eficiencia energética y casas hechas a medida, Maisie da patadas contra el respaldo del asiento del copiloto y grita:

—¡Más deprisa, mami, más deprisa!

A Maisie le gusta hacer las cosas deprisa, pero yo no pienso correr pese a su insistencia; sé bien que no debo hacerlo.

Llegamos hasta el centro del pueblo. Yo aparco en el aparcamiento del supermercado, entre una minivan y una camioneta, saco a Felix del coche junto con su sillita y le digo a Maisie que nos siga, pero Maisie no nos sigue.

—Vamos, Maisie —le ruego—. Cuanto antes terminemos, antes podremos irnos a casa.

Pero Maisie da patadas contra el respaldo del asiento del copiloto y se niega a bajarse del coche. Tiene mi teléfono en las manos, y la molesta musiquita del Candy Crush empieza a producirme dolor de cabeza.

—Vamos, Maisie —insisto y decido cambiar de táctica—. Puedes jugar a eso dentro.

Pero Maisie no viene.

Saco un carro de la compra de la fila de fuera y dejo a Felix dentro con la sillita antes de acercarme al lado del coche donde está sentada Maisie. Le quito el teléfono y escucho sus quejas. Se resiste mientras le desabrocho el arnés y trato de sacarle los brazos y las piernas.

—¡No! —grita mientras me da patadas con sus deportivas rosas.

—Sal del coche ahora mismo —insisto y tengo que hacer un ejercicio de paciencia para no gritar. El cansancio y la pena son una combinación letal, aunque no puedo ceder ante la desesperación. Puede que haya perdido a mi marido, pero Maisie ha perdido a su padre. Aunque todavía no lo sepa, ella también sufre. Le acaricio el pelo y le pido amablemente que me acompañe.

—¡No, no, no, no, no! —grita mientras saco a rastras su cuerpo, de dieciséis kilos, del interior del coche, y le aprieto la mano con tanta fuerza que suelta un grito de dolor. Felix ha empezado a llorar también, despierto por el sol implacable de la tarde que le deslumbra. El coche ha dejado de moverse y, por tanto, ha cesado el vaivén que le ayudaba a dormir. Al principio gimotea y después llora, y yo busco en mis bolsillos algo que le haga callar. Encuentro su chupete y se lo meto en la boca con menos delicadeza de la que me habría gustado. Después empiezo a empujar el carro con una mano mientras arrastro a Maisie con la otra.

Lo único que quiero es leche en polvo. Leche en polvo y biberones.

—Habremos terminado en tres minutos —le prometo a Maisie, pero tres minutos es una eternidad para una niña. El calor del día nos envuelve mientras avanzamos y sentimos el fuego del asfalto negro bajo los pies. De pronto la tienda parece muy lejana mientras Maisie me sigue con pasitos cortos y tratando de zafarse con la otra mano. Yo le hago promesas, le ofrezco recompensas—. Cuando hayamos acabado, compraremos palomitas —le digo, y le aseguro que podremos pasarnos por los puestos de comida al salir—. Y un granizado —añado, con la esperanza de que eso le haga aligerar el paso. Pero Maisie no aligera el paso. En todo caso, camina más despacio y me tira del brazo con más fuerza, de modo que tengo la sensación de estar nadando contracorriente. Sigue diciendo la palabra «no» incansablemente mientras empujo a Felix por el aparcamiento y las demás madres se vuelven para mirarnos; veo en sus ojos el juicio, la condena y la desaprobación. Qué fácil es juzgar lo que no conocemos. Maisie arrastra los pies por el asfalto y sus negativas se vuelven cada vez más estridentes.

Es entonces cuando a Felix se le cae el chupete de la boca y aterriza en el asfalto; con un movimiento rápido, lo recojo y vuelvo a metérselo en la boca antes de que tenga ocasión de darse cuenta de su ausencia, sin importarme la suciedad o los gérmenes que habiten ahora en el extremo de ese chisme de plástico. Necesito que se calle. Sigue succionando tranquilo, aunque Maisie se ha quedado completamente inerte, de pie en mitad del aparcamiento, señalando. Señalando y llorando. Señalando un coche, un coche negro, aunque desde lejos no distingo la marca ni el modelo. Lo único que sé es que se trata de un vehículo negro y polvoriento, la causa de la inexplicable rabieta de Maisie.

Ha empezado a temblar sin control; el pis asoma por debajo del dobladillo del vestido de punto y resbala por su pierna temblorosa hasta acumularse en la deportiva rosa. Maisie, que ya ha hecho pis tres veces antes de salir de casa. Una no pensaría que le quedara nada que orinar. Pero ahí está, el líquido ambarino que gotea sobre el asfalto mientras Maisie consigue soltarse de mi mano e intenta correr. Culpo al sudor de la humedad resbaladiza de nuestras manos, mientras ella corre por el aparcamiento sin prestar atención a los coches, así que otra conductora se ve obligada a frenar de golpe para no atropellarla y me mira con reprobación.

—Lo siento, lo siento —murmuro mientras dirijo el carro a través del aparcamiento para intentar alcanzar a la niña, que corre entre filas de coches aparcados. Yo soy más rápida que ella, eso lo sé, y sin embargo con Felix y el carrito de la compra no soy tan ágil como ella. No puedo meterme entre los coches como lo hace ella, que va de un lado a otro como una pelota rebotando en una máquina de *pinball*. Se me acelera el corazón, temiendo oír el claxon de un coche, el chirrido de los frenos y el grito agónico de una niña pequeña.

—¡Maisie! —grito al aire caliente del verano—. ¡Maisie! —repito y lo que parece ser la mitad del pueblo se vuelve para mirar a esa niña pequeña que corre sin control por el aparcamiento, con dos coletas pegadas a la espalda. A Felix se le empieza a caer el chupete, pero yo no puedo detenerme. Por encima de mis propios gritos, él también empieza a gritar. Lo saco del carro de la compra y empiezo a correr, aunque el peso de su sillita me impide ir muy rápido, como si tuviera las piernas de plomo.

La gente del aparcamiento se gira para mirar a Maisie, pero nadie hace nada por detenerla. En vez de eso me miran a mí, preguntándose qué clase de madre soy, que dejo que mi hija corra así por un aparcamiento abarrotado de coches. ¿Es que no me doy cuenta de lo peligroso que es?

—¿Clara? —Oigo entonces una voz, amable y preocupada. Me doy la vuelta. Es Emily, mi vecina y amiga. Está de pie junto a mí y me pone la mano en el brazo. Entonces veo a Teddy, su hijo de cuatro años, de pie a su lado, sin moverse y sin necesidad de darle la mano—. ¿Qué ha ocurrido Clara? —me pregunta con un tono desesperado que se parece al mío—. ¿Qué sucede?

—Maisie —le digo y, antes de poder explicárselo o incluso señalar con el dedo a Maisie, que corre a lo lejos entre los coches, Emily le dice a Teddy que se quede conmigo y sale corriendo. Emily corre deprisa, mucho más deprisa que Maisie, sin los objetos que a mí me lastran. Veo sus pelo largo y negro ondeando al viento mientras corre entre los coches, cubriendo la distancia que la separa de Maisie, hasta que la estrecha entre sus brazos, como haría una buena madre.

Pero yo no. No, esa no soy yo.

Yo, en cambio, estoy ahí parada mientras otra mujer salva a mi hija.

—No, no, no, no, no —repite Maisie cuando me la entrega, con lágrimas en los ojos. Está sudada, con el pelo pegado a la cara. Patalea en brazos de Emily, quiere soltarse. Pero no nos mira a ninguna de las dos, ni a Emily ni a mí, sino al coche negro, aparcado ahora dos filas por detrás de nosotras, de modo que resulta casi imposible verlo. Pero yo sigo su mirada aterrorizada hasta donde debería estar el coche, y estoy segura de que es allí donde mira porque ya me ha dicho, o más bien lo ha insinuado, que fue un coche negro el que mató a Nick; piezas de un rompecabezas que he ido captando en las palabras crípticas de Maisie.

—Basta ya, Maisie —le digo con severidad, aunque me aferro a ella con el corazón desbocado, sabiendo que he estado a punto de perder a mi hija. Habría resultado muy fácil que un coche la atropellara, solo habría hecho falta un conductor que estuviese mirando un mensaje de móvil que acababa de recibir, o que mirase por encima del hombro para reprender a su hijo. Nada más, un segundo de distracción mientras Maisie atravesaba corriendo el aparcamiento y se cruzaba en su camino—. ¿Sabes lo que podría haberte pasado? Debes tener más cuidado, Maisie. Tienes que darle la mano a un adulto en el aparcamiento. Siempre —le digo, y se lo repito con más firmeza—. Siempre. —Me vuelvo hacia la mujer que tengo al lado, que me mira, pero no me juzga—. Gracias, Emily. Muchas gracias. No sé qué habría podido pasar si… —Pero no termino la frase; no soporto decirlo en voz alta. Yo también tengo el pelo pegado a la cara; siento el sudor bajo los brazos y en las corvas. Tengo sudor por todas partes.

—No pasa nada —me dice ella—. No es molestia —añade, aunque parece extrañada por la rabieta de Maisie.

—No quiere ir a comprar —le digo para esquivar la verdad—. Prefiere quedarse en casa y jugar. —Aunque no menciono el coche negro que la aterroriza, ni el hecho de que mi hija de cuatro años parece pensar que a mi marido lo asesinaron.

—Ir de compras es difícil para los niños —se compadece Emily, aunque su pequeño Teddy está muy quieto junto a ella y sujeta la bolsa de la compra—. ¿Quieres venir a casa con Teddy y conmigo? —pregunta entonces Emily, acuclillándose para estar a su altura—.

Así mami puede descansar un poco. —Maisie asiente con la cabeza y Emily se incorpora y se dirige a mí—. Si te parece bien, Clara. Maisie puede jugar con Teddy durante un rato. Así Felix y tú podéis comprar. Así yo también podría descansar; se entretendrían el uno al otro. —Y alivia mi inmediata preocupación cuando añade—: Theo está fuera esta semana. Una feria de coches en Massachusetts. Estará fuera unos días. —Y entonces asiento sin pensar. Digo que vale, aunque aún tengo mis reservas sobre enviar a Maisie con otra persona, y aun así tengo otras cosas en la cabeza que eclipsan dichas reservas.

—Ha tenido un accidente —digo a modo de disculpa, y Emily me dice que no me preocupe. Podrá ponerse algo de Teddy mientras se le seca la ropa—. Si estás segura —le digo, y Emily dice que sí, que lo está—. Deja que traiga su sillita. —Pero Emily me dice que no me moleste, porque tiene una sillita extra en el coche, así que le doy un beso en la frente a Maisie a modo de despedida.

Solo tengo dos cosas en la cabeza.

Leche en polvo.

Coche negro.

NICK

ANTES

Connor está tumbado en la silla de dentista cuando entro en la consulta. Está boca arriba viendo el programa *The View* en la televisión que cuelga del techo, con los pies cruzados a la altura de los tobillos y las manos entrelazadas sobre el abdomen. No es solo su predilección por la vaguería lo que le ha atraído hasta la televisión, ni el hecho de que la invitada sea una supermodelo. Al menos hoy no es esa la razón. Ambos teníamos pacientes a las once de la mañana, pero no han aparecido. «Otros dos han volado del nido», nos dijo Nancy mientras bebía de su taza. Eran hermanos, lo cual por alguna razón no está tan mal; unos padres que deciden llevar a sus hijos a otro dentista y no dos personas distintas que deciden largarse. Hay varias cosas que juegan en nuestra contra, pero dos en particular llaman la atención: un exceso de malas críticas en Internet últimamente, que yo estoy seguro de que proceden de Melinda Grey, bajo distintos seudónimos, y un nuevo dentista en el pueblo: el doctor Jeremy Shepherd.

El doctor Shepherd es el típico médico que tiene todo lo mejor, con premios por llevar nuevos clientes, anuncios directos que prometen consultas gratuitas para los nuevos pacientes, incluyendo radiografías, lo que obliga a mis clientes a marcharse. No puedo culparlos. En la calle se comenta que es un tipo excelente, guapo y filántropo; al parecer ha trabajado como voluntario en África con la asociación Global Dental Relief, ofreciendo sus servicios a cientos de personas desfavorecidas, que es algo que yo siempre he deseado hacer, pero nunca he encontrado tiempo. Tiene un ortodontista y un cirujano en plantilla, para poder atender las necesidades individuales de cada uno. No es necesario pedir cita con un especialista en otra parte. Y, si un paciente lleva a un amigo, entra en el sorteo de una parrilla Weber de porcelana negra, de metro y medio de alto por metro y medio de largo, con tres quemadores de acero inoxidable y rejillas de hierro fundido, junto con todos los utensilios para cocinar y un delantal en el que se lee *Maestro en barbacoas*. He visitado su página web y he mirado con deseo esa parrilla. Casi me han dado ganas de solicitar sus servicios a mí también.

Una noche Clara me pilló mirando la parrilla en Internet; se me acercó por detrás, me puso las manos en los hombros y yo me apresuré a minimizar la pantalla. Fue hace meses, cuando ella aún se sentía cómoda y el bebé tenía el tamaño de una col de Bruselas, no de un melón.

—¿Qué es eso? —preguntó, pero yo le dije que nada, porque ya no estaba—. No, en serio —insistió ella y estiró el brazo por encima de mi hombro para alcanzar el ratón y volver a abrir la pantalla. Clara es muchas cosas –cariñosa, amable, preciosa–, pero no es tonta.

Y allí estaba de nuevo, mirándome a los ojos. Aquella parrilla.

—¿Buscas una nueva parrilla? —me preguntó, sentándose a mi lado con la mano en mi rodilla—. ¿Qué le pasa a la que tenemos?

—Yo dije que uno de los quemadores no funcionaba, que la llama tardaba una eternidad en encenderse. No era cierto, claro, nuestra parrilla vulgar y corriente funcionaba bien, pero Clara se lo tragó por el momento. Y aquella noche, con ella junto a mí, consulté el precio de una parrilla similar en Internet, preguntándome si yo también podría organizar un sorteo e intentar recuperar a los pacientes que había perdido. Quizá si sortease una parrilla por recomendar a otros pacientes, regresarían, como las aves migratorias que regresan al nido año tras año. Pero aquello no era más que una quimera, por supuesto.

—¿Maisie ya está en la cama? —le pregunté a Clara con la esperanza de evitar, o al menos posponer, la conversación. No me gustaba tener que mentirle.

—Sí —me respondió, porque yo aún no había levantado los ojos de la pantalla del ordenador para comprobar que no llevaba a una niña cansada detrás—. Está frita —me dijo, y volvió a mirar la parrilla, con la mano en mi rodilla, dibujando pequeños círculos sobre la pernera del pantalón y subiendo cada vez más por el muslo—. ¿Tenemos dinero para una nueva parrilla? —me preguntó al ver cómo rastreaba la web en busca de una parrilla; aquellos exorbitantes precios me hacían odiar al doctor Shepherd, quien al igual que yo no era más que un hombre con un sueño y mejor olfato empresarial, al parecer. Mi cuerpo no prestó atención a las insinuaciones de la mano cariñosa de Clara, ni siquiera me di cuenta. Cualquier otro día me habría dado cuenta, pero en aquel momento solo tenía una cosa en la cabeza: conseguir aquella parrilla.

Lo que Clara no entendía era que esa parrilla significaba todo para mí. Que mi clínica, nuestra familia, nuestro sustento y nuestro bienestar dependían de una parrilla Weber. Era una hipérbole y al mismo tiempo no lo era. Mi negocio se iba a pique y tenía que encontrar la manera de impedirlo. Pero eso no se lo dije a Clara, que tenía una col de Bruselas creciendo en su vientre y no debía preocuparse por nada más. No sería bueno que nos preocupáramos los dos y, de todos modos, en el fondo de mi mente yo creía absurdamente que una parrilla podría salvarme, podría salvarnos, alterar el curso de nuestras vidas.

—¿Y algo un poco menos sofisticado? —me sugirió ella mientras yo babeaba con los quemadores de acero inoxidable y las rejillas de hierro fundido. «Pero yo no quiero otra parrilla», quise decirle. «Quiero esta».

Me frustraba trabajar tanto, sacrificar tanto por mi trabajo y por mis pacientes, y aun así no poder permitirme una parrilla, cualquiera, la que se me antojara. Pero aquello no me enfadó. En vez de eso dejó un vacío y me di cuenta de que necesitaba llenarlo a toda costa.

Entonces miré a Clara, dispuesto a explicarle de manera lógica y razonada por qué aquella era la parrilla que necesitaba, y vi por primera vez lo que antes había sido incapaz de ver, mientras ella me acariciaba la oreja con la nariz y me susurraba de nuevo:

—He dicho que Maisie está frita.

Estaba allí sentada, junto a mí, con el pelo cayéndole sobre los ojos y los labios pintados de rojo, lo que para Clara solo significaba una cosa.

—Está dormida como un tronco —añadió susurrándome al oído, y entonces levanté las manos hacia ella y me aferré con fuerza a lo que ya era mío, aterrado por primera vez en mi vida por la idea de perderla a ella también si la soltaba.

Me recordé a mí mismo que Clara significaba todo para mí. Ni la parrilla ni el dinero.

Solo Clara.

Le agarré las manos y la acerqué a mí mientras ella me desabrochaba los botones de la camisa con un propósito muy claro, sin importarle ni por un segundo que las persianas de la casa estuviesen levantadas, invitando a los vecinos a presenciar la escena: cómo yo senté a Clara sobre la mesa y me incliné hacia ella, aliviado de saber que Maisie aún dormía en una cama de bebé, con cubrepomos en la puerta de su habitación. Era imposible que apareciese de pronto en la cocina y encontrase a papá intentando quitarse los pantalones mientras mamá le despojaba de la camisa y la tiraba al suelo.

—Confía en mí —le dije mientras deslizaba las manos bajo el dobladillo de su falda con volantes, esa que realzaba sus larguísimas piernas, que fueron lo primero de lo que me enamoré al verla: sus piernas. Esas piernas persuasivas que ahora me envolvían, como si supiera que estaba enamorado de ellas. Lo hizo a propósito: la falda, las piernas, Maisie durmiendo antes de la hora habitual para que ella pudiera atraparme antes de que me entrara el sopor habitual de la noche, habiéndome tomado ya tres cervezas, que comenzaban a entorpecer mis movimientos. Me besó en los labios, con pasión, cuando yo me hundí en su interior, tratando de pensar en Clara y solo en Clara. Ella me deseaba como nadie antes lo había hecho. Ella daba sentido a mi vida.

Me aparté y la miré con ojos ambiciosos, unos ojos que la convencerían de que teníamos dinero de sobra, y con mis movimientos bruscos traté de transmitirle una sensación de poder y codicia que en realidad era otra cosa: una desesperación creciente.

—Tenemos dinero —le susurré al oído, y en respuesta ella dejó escapar un suspiro de euforia que nada tenía que ver con el dinero. Absolutamente nada. Era yo el único que seguía pensando en la parrilla y el dinero—. Mucho dinero. Dinero de sobra. —Y por un instante nos imaginé a Clara y a mí como Demi Moore y Woody Harrelson, haciendo el amor sobre montañas de billetes.

Pero claro que no. No tenemos dinero. Ni lo teníamos entonces ni lo tenemos ahora. Al menos no el suficiente.

Y no es solo gracias al doctor Shepherd.

En los últimos seis meses, habían abierto en la zona cuatro nuevas clínicas dentales y la competencia era feroz. A eso había que añadir el impacto de las redes sociales, todos esos grupos de madres en Facebook que recomendaban médicos y dentistas a sus miles de pseudoamigos. Una persona tenía una mala experiencia en mi clínica y, en cuestión de minutos, ya lo sabían tres mil personas. Clara sigue esos grupos *online,* así que no es un miedo infundado; es real. Hace meses me enseñó el *post* de una madre que se quejaba de que mi higienista Jan había sido brusca con su hijo. La verdad del asunto: sí, lo había sido, pero porque tenía que serlo, ya que el niño en cuestión tenía varias caries y se negaba a estarse quieto mientras yo le inyectaba Novocaína. Jan no se excedió, pero sí se mostró firme. El *post* de la mujer en Facebook tenía setenta y tantos comentarios, en los que le recomendaban otros dentistas del pueblo con palabras como «amable» y «comprensivo», aunque ninguna dedicada a mí.

Clara y yo no le dimos importancia en su momento, hasta que los pacientes comenzaron a caer como moscas.

Aunque eso no se lo conté a Clara. No quería preocuparla.

Tampoco le dije que me metí en su cuenta de Facebook cuando ella estaba dormida y abrí la página de ese mismo grupo. Estaban haciendo una encuesta sobre qué doctores y dentistas eran los preferidos por las mujeres del pueblo. De los veintitantos aspirantes, yo aparecía en undécima posición. Aquello no era buena señal para el negocio.

La primera posición, por supuesto, era para el doctor Shepherd.

En mitad de la noche, mientras ella dormía, conseguí encontrar la manera de ocultar las publicaciones de aquel grupo del muro de Clara.

Y ahora, sentado en una consulta vacía, Connor me pregunta:

—¿Qué vas a hacer al respecto, jefe? —El programa *The View* está en publicidad, y en la tele aparece el anuncio de un revolucionario producto de limpieza que promete acabar con el moho más resistente. Connor se incorpora, perezoso, y espera a que yo responda. «¿Qué vas a hacer al respecto, jefe?».

Jefe. Esa palabra me molesta. Cuando el negocio va bien, Connor y yo somos socios, pero, cuando no va bien, yo soy el jefe y el problema es mío. Por eso mi nombre aparece en la entrada. Yo extiendo los cheques y pago las facturas. Yo soy el que hipotecó su vida por esto, el que se arriesga a perderlo todo.

Me siento en el taburete de la higienista y suspiro.

—No lo sé —admito frotándome la frente—. ¿Qué crees que deberíamos hacer?

Connor se mira en el espejo.

—Eso es lo que te he preguntado yo.

El problema con Connor es que no ha cambiado nada desde que tenía veintitrés años; sigue siendo el mismo tipo al que conocí en la facultad, que con frecuencia entra por la puerta de la consulta diez minutos tarde, que se queja de su monumental resaca o de lo mucho que bebió la noche anterior. Es impredecible, lo que a los veintitrés años resultaba divertido, pero en este momento de mi vida lo convierte en una carga. Nuestra amistad se ha ido marchitando últimamente, demasiadas conversaciones acaloradas que han echado a perder lo que antes era un fuerte vínculo; otra cosa que tampoco le he contado a Clara, porque no quiero preocuparla y también porque ella quiere a Connor casi tanto como me quiere a mí. Casi.

Los días han empezado a hacerse más largos, con franjas de tiempo en las que Connor —el doctor C, como le llaman los pacientes y el personal— y yo nos sentamos mano sobre mano y vemos la televisión. En alguna ocasión yo he insinuado que es absurdo tener dos dentistas cuando no hay nada que hacer. He comentado que en días así hay trabajo solo para un dentista, no para dos. Albergaba la esperanza de que Connor captara la indirecta y empezara a buscar un nuevo trabajo, pero hasta ahora no ha mordido el anzuelo. En su lugar dice algo inútil como «Encontrarás la manera», o «Estoy seguro de que hallarás la respuesta». Y, aunque eso me frustra sobremanera, no sé si tengo valor para despedirlo, aunque sea eso lo que he de hacer.

Clara lo adora; Maisie, también. Cada vez que las ve, se comporta como un caballero, halaga el nuevo corte de pelo de Clara o el nuevo vestido de Maisie, les hace regalos. Pero Connor es además temperamental y bebe demasiado. Podría despedirlo por muchas cosas, pero a una parte de mí le preocupa que eso pueda empujarlo al precipicio. He visto a Connor darle un puñetazo a un tío solo porque este le había quitado el taburete en un bar mientras él iba al servicio. No tenía nada que ver con el taburete en sí, sino con la chica sentada enfrente: una morena de metro setenta y cinco, ojos color chocolate y una falda tan corta que lo mismo daría que se la hubiera dejado en casa. Era la cita de Connor, con la que otro tío se había atrevido a flirtear en su ausencia. A los veintitrés años tal vez me hubiera quedado mirando, aplaudiendo, pero en esta ocasión, en vez de eso, saqué a Connor del bar antes de que llamaran a la policía.

Es impredecible.

Y no querría ser yo quien recibiera ese puñetazo.

Había contratado a Connor cuando el negocio prosperaba y yo contaba con muchísimos clientes nuevos a quienes apenas tenía tiempo de ver. Lo hice como un favor hacia él y para mí mismo. Había intentado aumentar mis horas de trabajo para poder ver a pacientes que tenían jornadas largas como las mías, pero empezaba a pasarme factura. Estaba cansado y de mal humor, y solo veía a Clara durante una hora al día, cuando uno de los dos no estaba dormido. Yo quería algo mejor para nuestro matrimonio. Su padre había sido un adicto al trabajo cuando ella era pequeña. Y el mío también. Eran la clase de hombres que solo estaban en casa para la cena, a veces, y en ocasiones los fines de semana. Clara y yo apenas cenábamos juntos y nuestras conversaciones se limitaban a lo básico: «¿Puedes comprar leche de camino a casa?». «¿Has pagado la hipoteca?». Yo no quería que mis hijos crecieran preguntándose cuándo llegaría a casa, si asistiría o no a sus partidos de fútbol o a las obras de teatro escolares. Quería que supieran que estaría allí.

Así que contraté a Connor y nos dividimos el trabajo. Él se quedó con la mitad de mis pacientes y la clínica siguió creciendo. Ahora yo podía estar en casa más tiempo con Clara y Maisie, y ser el marido y el padre que siempre había deseado ser.

Hasta que Melinda Grey y el doctor Jeremy Shepherd entraron en mi vida, consciente o inconscientemente. Entonces todo cambió.

Supe que había problemas cuando un abogado nos pidió los informes médicos de Melinda Grey poco después de que enviáramos al departamento de cobros sus facturas sin pagar. Habían pasado meses desde que le sacara aquel diente. Nunca regresó a consulta ni pagó las facturas que Stacy le envió: ni el primero, ni el segundo, ni el último aviso. De modo que Stacy envió las facturas a un agente de cobros para recuperar los doscientos dólares que se nos debían. Era el protocolo; así actuábamos cuando una factura no se pagaba a tiempo. Pero, cuando el abogado empezó a husmear en los informes médicos, no me sorprendió. Tarde o temprano llegaría una queja por negligencia médica.

Descubrí entonces que la señora Grey había sufrido una infección severa tras la extracción, por la que tuvo que acudir al hospital con la cara tan hinchada que apenas podía respirar. Miles de personas son hospitalizadas cada año por infecciones dentales y, de ellas, unas pocas docenas mueren. Por suerte Melinda Grey no murió, aunque su problema se vio agravado por el hecho de que no acudió a la segunda consulta para la revisión ni me llamó cuando comenzaron a aparecer los síntomas: las secreciones, la hinchazón y el dolor. Yo le habría recetado antibióticos y le habría saneado la herida de inmediato, pero eso no entraba en los planes de la señora Grey. Alegó no conocer los riesgos inherentes al procedimiento, cosa que quedó demostrada al no existir consentimiento firmado por su parte, y dijo que yo había sido negligente al no recetarle antibióticos el día en que le extraje la pieza.

Otros doctores tal vez le hubieran recetado antibióticos no porque los necesitara, sino por precaución. Pero no fue un error atroz; ni siquiera fue un error. En mi opinión profesional, hice lo correcto.

Una parte de mí sabía lo que se me avecinaba, demanda por mala praxis, aunque no me atreví a confesárselo a Clara, que estaba ya de siete meses y lo último que necesitaba eran malas noticias. También estaba el hecho de que, en algunos aspectos, me avergonzaba la inminente demanda, aquella acusación de negligencia que enturbiaba todo lo que había intentado hacer: proporcionar la mejor atención posible a mis pacientes. Siempre había intentado ser una persona decente, pero aquella demanda me convertía en alguien distraído y descuidado. Me hacía quedar mal.

En las semanas siguientes, empecé a recetar antibióticos a mis pacientes al mínimo síntoma. Prueba de mi propia culpabilidad. Cuando llegara el momento, la ofensa eclipsaría aquel gesto, pero no podía resistirlo. Lo último que quería era que otro de mis pacientes acabara en urgencias con una infección que se dirigía hacia el cerebro y cuya hinchazón habría interrumpido el flujo de oxígeno.

Sabía que tarde o temprano la señora Grey me demandaría y que llegaríamos a un acuerdo, aunque la idea de dicho acuerdo comenzó a robarme el sueño por las noches; solo veía símbolos de dólar flotando ante mis ojos.

Me quedaba tumbado en la cama, tratando de calcular el coste del ingreso de Melinda en el hospital, los antibióticos intravenosos, los analgésicos, los gastos de urgencias, sin siquiera tener en cuenta el dolor y el sufrimiento. Me preguntaba cuánto dinero me exigiría: veinticinco mil, cincuenta mil dólares. No sé. Tengo un seguro por mala praxis, pero aun así me preguntaba cómo afectaría una demanda a mi reputación y a mi clínica. Veía la cara de Melinda cuando cerraba los ojos: veía sus ojos dulces y sinceros, y a veces me daban ganas de darle un puñetazo. He pasado mis noches pensando en eso, en darle una paliza a Melinda Grey, de modo que, cuando me levantaba por la mañana, estaba agotado de no dormir y de aporrear a la mujer que estaba intentando destrozar mi vida feliz.

Empecé a buscar cosas en Google. Cosas extrañas. No estoy seguro de por qué. Por ejemplo, cómo salir de una situación así. Di con foros de médicos en situaciones similares a la que yo estaba. Decían algunos que disculparse con la víctima era fundamental. Vital. Descubrí todo tipo de estadísticas *online* que aseguraban que las demandas por mala praxis solían abandonarse si el médico se disculpaba por su error. Pero la realidad del asunto era que yo no había cometido un error. Y admitir que lo había cometido me haría quedar mal.

Así que comencé a buscar otras opciones, preguntándome qué habría ocurrido si hubiera destruido los informes de Melinda Grey

94

cuando su abogado me preguntó por ellos, si hubiera prendido fuego a la clínica y la hubiese reducido a cenizas, con informes y todo.

Pero ya era demasiado tarde para eso.

También se me pasaron por la cabeza otras vías de escape, como huir o fingir mi propia muerte. Me parecía extremo y, aun así, tumbado en la cama por las noches, con Clara durmiendo junto a mí y yo deseando que el suave murmullo de su respiración me llevase al reino de Morfeo, me imaginé viviendo en Dubái, en la costa del golfo Pérsico, donde, que yo supiera, no podrían extraditarme a Estados Unidos. Cuando llegara el momento, avisaría a Clara, y Maisie, el bebé y ella se reunirían conmigo en Dubái. No sabía cómo hacerlo. No era más que una fantasía, algo que fue creciendo con el tiempo, y en aquellas noches insomnes comencé a pensar cómo lo haría, cómo desaparecería, hasta que se me ocurrió lo siguiente: dejaría mi coche abandonado en alguna parte con sangre. Mi sangre. No tanta como para desangrarme, pero sí la suficiente para causar preocupación. Después tomaría un vuelo a Dubái a primera hora de la mañana.

CLARA

Estoy sentada en el asiento de atrás con Felix pegado a mi pecho, ambos cubiertos por una manta negra y blanca de pata de gallo para que los transeúntes no puedan ver nada mientras el niño intenta en vano extraer leche de mis pechos. Lo hago por costumbre, aunque me da igual lo que vean los transeúntes. Tengo la mirada fija en el coche negro, que lleva parado en el aparcamiento dieciocho minutos, desde que Emily, Teddy y Maisie se subieron al sedán de Emily y se fueron.

Ruedas de aluminio, negras con detalles cromados, una rejilla de tres barras. Matrículas de Illinois, aunque no las matrículas estándar, sino unas especiales, con la D y la A, siglas de «Déficit auditivo», estampadas en relieve sobre la placa de aluminio. Falta el tapacubos de una de las ruedas, el trasero izquierdo, y a lo largo de los siguientes diez minutos, mientras Felix y yo empezamos a asarnos dentro del coche sin ventilación, me convenzo a mí misma de que fue por ese lado por el que el vehículo golpeó a Nick en la carretera e hizo que se estrellara contra el árbol. Saco mi móvil de la bolsa de los pañales y empiezo a sacar fotos al coche desde mi posición: el color del coche, un primer plano de la matrícula, el tapacubos desaparecido.

Hay algo en ese coche que asustó a Maisie y tengo que saber de qué se trata. ¿Ese coche pertenecerá al hombre malo? Ya había descartado esa idea, la sugerencia de Maisie de que alguien había matado a Nick de manera intencionada, pero ya no estoy tan segura.

Mi *smartphone* no tiene un *zoom* suficientemente potente como para capturar el número de la matrícula, así que aparto a Felix de mi pecho y le saco los gases antes de sentarlo en su sillita. Protesta un poco, pero pronto se quedará dormido. Tengo la precaución de sacar un babero extra de la bolsa antes de salir del coche con Felix, meter su sillita en un carro de la compra y atravesar el aparcamiento hacia aquel vehículo negro.

Intento ser discreta, pero también estar alerta, porque el dueño del coche podría estar en cualquier parte observándome. Tal vez el dueño estuviera sentado en algún lugar, observando mientras yo daba de comer a Felix, mientras sacaba fotos del coche para entregárselas a la policía. Observando mientras Maisie corría por el aparcamiento zigzagueando entre los coches. Observando mientras yo gritaba y ella lloraba. Tal vez experimentara una especie de éxtasis con todo aquello, cierto placer o regocijo. Tal vez disfrutaba con nuestro miedo, evidente para cualquiera que contemplara la escena: mis gritos, que acompañaban la incansable retahíla de noes de mi hija.

Cruzo el aparcamiento con el teléfono en la mano. Voy haciéndole ruiditos a Felix para fingir que solo soy una madre con su hijo de camino a hacer la compra. Para fingir que no tengo un motivo oculto para estar allí.

Silencio el móvil y me muevo sigilosamente por el asfalto, sacando fotos del coche con la cámara en disparo múltiple, de modo que saco veinte fotos con un solo clic, en un intento por aumentar las probabilidades de que en alguna aparezca el número de matrícula, algo que le demuestre a la policía que ese coche mató a mi marido.

No miro al coche, me limito a mirar a Felix en todo momento. Y es entonces cuando veo que un hombre se dirige hacia mí.

Es un hombre de mediana edad, de cuarenta y muchos o cincuenta y pocos años, con pelo por todas partes: bigote y barba, cejas pobladas, patillas sin recortar y pelo revuelto. Unos rizos negros asoman por el cuello de una camiseta negra con una Harley-Davidson dibujada y una única palabra: *Shovelhead*. No tengo ni idea de lo que significa. Tiene los brazos fuertes, muy musculados. En las axilas se distinguen cercos de sudor. Sus ojos son de un azul intenso.

Lleva una bolsa de la compra en una mano y, en la otra, una caja de cervezas. Budweiser. Nunca he sido bebedora de cerveza, pero Nick siempre lo fue. Sus Labatt Blues aún están en la puerta de la nevera. No he sido capaz de tirarlas; me pregunto si alguna vez lo seré.

El hombre me mira y dice:

—Buenas tardes, señora. —Y a mí me tiemblan las piernas, que apenas me mantienen en pie.

¿Será este el hombre que mató a mi marido?

Veo el audífono que asoma por detrás de su oreja, lo que me confirma que él es el dueño del coche con la matrícula del déficit de audición. En el brazo lleva un tatuaje tribal que recorre su piel desde la muñeca hasta la manga de la camiseta negra; un tatuaje de líneas sinuosas y retorcidas que intento memorizar para averiguar más tarde qué significa. Asiento con la cabeza, pero no respondo. Aprieto el paso con Felix en el carrito, me muevo con rapidez, convencida de que, mientras corro, el hombre malo me sigue con la mirada.

Compro leche en polvo y biberones. Me meto en la caja de autopago y doy el dinero en efectivo. No presto atención al tipo de leche en polvo que he comprado, ni tampoco a los biberones.

De vuelta en el coche, llamo a Emily y le digo que tengo que hacer otra parada más.

—Los plátanos —le digo— no estaban maduros. Demasiado verdes. Maisie no se comerá los verdes. —Así que tenemos que ir a otra tienda a buscar plátanos maduros para Maisie—. ¿No te importa? —le pregunto, pero Emily dice que no, claro que no, que me tome el tiempo que necesite.

—Ve a tomarte un café también —me dice, y me asegura que los niños están jugando tranquilamente. Me habla de una nueva cafetería que han abierto en el pueblo—. Deberías probarla —me sugiere. Yo le doy las gracias por el consejo y le aseguro que iré.

Aunque, claro, no es cierto. Nada de eso es cierto. Maisie no se comerá los plátanos, estén verdes o amarillos. La única fruta que come es la manzana Gala, cortada en trocitos y totalmente pelada, aunque ahora mismo me dan igual las manzanas y los plátanos. No voy a ir a otro supermercado ni a la cafetería. Voy a ir a la policía.

La comisaría de policía del pueblo es nueva. La construyeron hace pocos años y es un enorme edificio de ladrillo rojo con la bandera estadounidense colgada fuera a media asta; está situada en una carretera industrial, junto a un polideportivo y a una fábrica de botellas que da trabajo a cientos de personas del pueblo. También hay un parque de bomberos y una línea férrea cuyos trenes se detienen allí constantemente e interrumpen el tráfico. Eso, además de un quebradero de cabeza para los conductores, supone un problema para la seguridad, porque cuando la locomotora divide el pueblo en dos con tanta frecuencia, separa a los diabéticos del hospital, y a la policía de los delincuentes.

Aparco frente a la comisaría y entro.

Me hallo frente a un enorme mostrador, como si estuviera en la consulta de un médico o en el banco, y, cuando una recepcionista de uniforme me pregunta que en qué puede ayudarme, le digo que tengo que hablar con un detective. Ella me dice que alguien me atenderá en breve. Hay sillas en las que esperar, sillas con acolchado negro y estructura de acero. No son nada cómodas.

Espero durante casi quince minutos a que llegue el detective Kaufman; oigo sus pisadas antes de que aparezca. En comparación, es un hombre bajo, de metro setenta y cinco o poco más, de tal modo que, al levantarme de la silla, estamos a la misma altura. Tiene el pelo negro, con algunas canas. Aunque lleva el pelo corto, se le nota ondulado; está peinado hacia atrás y deja ver sus ojos marrones. Lleva la barba y el bigote bien arreglados, recortados y limpios, también con alguna cana. Su tez es morena y su expresión sombría y triste.

Nunca antes había visto a este hombre. No había ningún detective en el hospital cuando los agentes de uniforme me informaron de que mi marido había muerto, o estaba moribundo, porque entones no había nada que investigar. Era un caso cerrado. Un hombre que conducía demasiado deprisa, se salió de la carretera y se estrelló contra un árbol. Caso cerrado.

Pero ahora puede que sea algo más.

El detective Kaufman me lleva a una pequeña sala y me invita a sentarme en una dura silla de plástico. Yo sigo el chirrido de sus zapatos de cuero por el pasillo. La estancia me recuerda al comedor de un lugar de trabajo, con una mesa redonda y cuatro sillas de plástico. Azules. Las paredes también están pintadas de azul; bloques de hormigón pintados de azul como lapislázuli. El doble techo de pladur está lleno de rejillas metálicas y paneles luminosos de plástico que iluminan la habitación de forma artificial. No hay ventanas. Hay una encimera con una cafetera sin limpiar, un microondas, un plato de papel olvidado y, en el suelo, un dispensador de agua sin agua. El bidón está vacío.

—Soy Clara Solberg —le digo.

—Sé quién es usted —me responde él mientras me siento en la silla de plástico azul.

Esto podría hacer que me sonrojara y, sin embargo, no es así. He llegado a un momento en mi vida en el que ya no me avergüenzo con facilidad. Mi marido ha muerto. No siento nada más que pena.

—Mi marido —continúo como si no le hubiera oído— es el hombre que murió en Harvey Road. Hace siete días.

—Lo sé.

Somos un pueblo de casi cuarenta mil habitantes, no es la clase de sitio donde todos se conocen. Pero en la era de las redes sociales, las noticias vuelan. El periódico me había pedido una foto de Nick para incluirla en su artículo: *Accidente en Harvey Road se salda con un muerto*. Intenté sin éxito encontrar una foto en la que Nick apareciera solo, pero solo encontraba fotos de los dos. Nick y yo en los peñascos del Peninsula State Park, contemplando la bahía gélida; en lo alto de Eagle Tower, disfrutando de la vista; haciendo kayak. El periódico había pedido fotos de familia, de las que despiertan la compasión y disparan las ventas, pero a mí no me hacía gracia la idea de ver la cara de Maisie impresa en blanco y negro para dar pena a otras personas. No me hacía gracia que la imagen de Maisie se hiciera pública por ninguna razón, pero menos aún para anunciar el hecho de que su padre había muerto.

Elegí una foto en la que salíamos Nick y yo. Al día siguiente apareció en el periódico local y en Internet. Por la tarde se había extendido por Internet hasta el infinito. Aparecía aleatoriamente en los muros de Facebook de mis amigos; mi tragedia se convirtió en la suya, gente a la que no conocía dejando comentarios en las actualizaciones de amigos de amigos diciendo lo mucho que sentían su pérdida, como si mi compañera del instituto Amanda o Jill, la mujer con la que hablaba a veces en el gimnasio, fueran las que habían perdido a su marido y no yo. *Siento mucho tu pérdida, Jill*, le decía a Jill una amiga en Facebook. *Qué tragedia tan horrible*, seguido de un ofensivo abrazo virtual. Jill no había conocido a Nick. Ella no necesitaba un abrazo y a mí me horrorizaba aquel abrazo virtual, me asqueaban aquellos paréntesis de teclado que se fundían en un cálido abrazo en la pantalla de mi ordenador, y aquella rabia me hizo tomar la decisión de no volver a hablar jamás con Jill.

Y entonces, aquella noche, mi cara y la de Nick aparecieron en las noticias, y yo contemplé asombrada y horrorizada como la historia de Nick se extendía en todas direcciones.

No me sorprende que el detective Kaufman sepa quién soy.

—Quería hablar con usted sobre el caso de mi marido —le explico, y al oírlo separa los labios, confuso. No hay tal caso.

—¿Se refiere a su accidente? —me pregunta, y yo me encojo de hombros, pero no digo ni sí ni no. «Accidente» significa que algo ha sucedido de manera fortuita y sin una causa deliberada. Yo ya no estoy tan segura de que fuera eso lo que pasó.

—Tengo razones para creer que hubo algo turbio.

Observo la expresión de su rostro. Levanta una ceja y deja caer la otra. No sonríe. Se queda callado durante varios segundos.

—¿Y a qué se debe eso, señora Solberg? —pregunta entonces. No deja de mirarme a los ojos mientras bebe café de su taza, tomándose su tiempo. Hace frío en la habitación, el aire acondicionado está demasiado bajo para contrarrestar la temperatura de fuera. De pronto me siento incómoda ante la mirada del detective, me siento repulsiva y gorda, con los kilos extra de después del embarazo embutidos en los pantalones elásticos de premamá. El sudor seco se me pega a la piel; empiezan a olerme las axilas.

—Mi hija ha estado teniendo pesadillas —le digo tratando de devolverle la mirada. No me resulta difícil—. Ha estado teniendo pesadillas sobre el accidente. *Flashbacks*. Salvo que en esos *flashbacks* hay un hombre malo que los sigue a Nick y a ella. Un hombre malo en un coche negro —le explico, y me tomo la libertad de consolidar las historias y rellenar los detalles que faltan—. Tal vez había otro coche en Harvey Road aquel día, un coche que los sacó de la carretera. Tal vez este coche —le digo y dejo mi *smartphone* sobre la mesa entre nosotros hasta dar con la imagen del coche y un primer plano de la matrícula. El detective Kaufman entorna los ojos para ver las imágenes en la pantalla, pero no se detiene mucho en ellas.

—¿Su hija le ha dicho que había un coche que los seguía al señor Solberg y a ella en Harvey Road? —me pregunta, y yo asiento y, al hacerlo, cometo perjurio.

—Sí —le digo, porque creo que, a su manera, Maisie sí me dijo tal cosa. Le pregunté si el hombre iba en un coche y me dijo que sí. Cuando le pregunté si el coche era negro, dejó escapar un grito y salió corriendo, al contrario que cuando le pregunté si era rojo o azul, a lo cual negó con la cabeza y dijo que no.

—¿Por qué cree que se trata de este coche? —me pregunta el detective, así que le cuento el incidente en el aparcamiento del supermercado esta tarde, lo de Maisie corriendo entre los coches asustada. Le digo que se hizo pis, que gritaba una y otra vez «no, no, no, no». El detective no parece muy interesado en eso. No lo anota y su expresión facial no cambia.

Solo habla cuando yo dejo de hablar.

Me informa de cosas que yo no sabía. Me dice que, cuando Nick murió, se avisó a un recreador de accidentes. Un recreador de accidentes, según me explica el detective Kaufman mientras me ofrece un vaso de café y una caja de pañuelos, proporciona un análisis detallado del lugar del accidente, sobre todo en el caso de una fatalidad como la de Nick. El análisis incluye la velocidad a la que circulaba el conductor en el momento del impacto, las condiciones climatológicas y el estado de la carretera, nos dice si la causa de la muerte se debe a un homicidio imprudente o premeditado, o a la simple mala suerte. En el lugar del accidente se toman medidas y fotografías, además de analizarse la carretera y el vehículo.

—En la actualidad —me dice—, casi todos los vehículos vienen con su propia caja negra, lo que tal vez en un futuro próximo acabe con la necesidad de avisar a un recreador de accidentes. Se llaman grabadores de datos de sucesos. Nos dicen cosas que los muertos no pueden decirnos, como cuánto tardaron en saltar los airbags, si el conductor llevaba o no el cinturón de seguridad, o si pisó el acelerador momentos antes del impacto, o tal vez el freno.

Yo lo miro, confusa, preguntándome qué fue lo que pisó Nick: el acelerador o el freno. Me imagino a Maisie y a Nick en el coche juntos, recorriendo Harvey Road. En mi imaginación, las ventanillas están subidas y el aire acondicionado puesto. Aquel día hacía calor y, aunque a Maisie le gusta ir con las ventanillas bajadas, con el sol en los ojos y el viento en el pelo, Nick le habría dicho que no. Nick tiene paciencia para muchas cosas, pero no para la humedad o el calor. Me lo imagino con las gafas de sol, aunque mi mente sabe que no es así: las gafas de sol de Nick están en lo alto de su cómoda, ya que aquel día se las olvidó en casa. Iba con prisa. Nick no llevaba puestas las gafas de sol, pero en mi imaginación aparecen sobre su nariz, y se vuelve hacia Maisie y canturrea las letras de una canción que no se sabe. En la radio suena la banda sonora de *Frozen* mientras Maisie patalea contra el respaldo del asiento del copiloto, siguiendo el ritmo de la música. En las manos lleva un libro. Un libro de cartón que eligió de la cesta que había en medio del asiento trasero. *Goodnight Moon*, porque así fue como la encontraron los paramédicos, con un libro en la mano.

El detective Kaufman se excusa, sale de la habitación y regresa pocos segundos más tarde con una carpeta. Saca de ella unas fotografías y me las acerca.

—No sé si esto es algo que desee ver —me dice, y yo las observo con indecisión. Tampoco estoy segura de que sea algo que quiera ver. El coche rojo doblado en torno al roble. El lateral del coche hecho una bola, como si fuera una hoja de papel arrugada. Partes del coche dispersas aleatoriamente por el asfalto: un espejo retrovisor, un faro, un trozo de parachoques, un tapacubos. Un tapacubos, como el que le faltaba al coche negro del aparcamiento.

Me han dicho una y otra vez lo que ocurrió, cómo murió Nick. Me lo han dicho porque yo he preguntado mucho, agotando a quienes me rodeaban. Necesitaba que alguien me lo explicara, cómo un coche familiar calificado con una seguridad de cinco estrellas pudo arrebatarle la vida a mi marido. Los airbags saltaron, según me dijeron, pero no lograron proteger la cabeza de Nick del impacto. Me dijeron que ocurrió deprisa. En un instante. Nick y el airbag no lograron encontrarse.

104

En la imagen que me muestra el detective, hay líneas negras en la carretera, marcas de frenada, prueba de que los neumáticos del coche frenaron deprisa y dejaron goma en la superficie. De niña, yo solía echar carreras con mis amigos del barrio para ver quién lograba dejar la marca de frenada más larga. Colocábamos las bicis en la salida y calentábamos nuestros motores imaginarios. Pedaleábamos todo lo deprisa que podíamos durante seis metros o más y después frenábamos con fuerza y veíamos quién dejaba la marca más larga y más oscura.

Paso los dedos por las líneas negras y le digo al detective:

—Marcas de frenada. Nick pisó el freno. Trató de aminorar la velocidad.

Pero el detective Kaufman responde:

—Es curioso que estas líneas negras puedan decirnos tantas cosas sobre lo que ocurre en el lugar de un accidente, dejando sus pruebas sobre el asfalto. Estas son marcas de derrape. Son distintas a las marcas de frenada, que empiezan siendo claras y van oscureciéndose. Las marcas de aceleración van al revés. Empiezan siendo oscuras y se aclaran a medida que el vehículo gana velocidad. Sin embargo, las marcas de derrape no son así. Para empezar, son curvas, lo que indica que el coche patinaba en el momento del impacto, que el conductor tomó la curva demasiado deprisa y derrapó lateralmente. Hay estriaciones —me dice, deslizando un dedo por las líneas de lo que ha denominado marcas de derrape—. Esto nos dice en qué dirección se deslizaba el coche —añade mientras saca otra fotografía en la que puede dejar clara la dirección en la que se deslizaba el coche: justo hacia el enorme roble.

La otra cosa que me aclara el detective con la punta del dedo y una mirada paternalista es la siguiente: las marcas de derrape presentes en la fotografía no aparecen en el carril de Nick. Se hallan a la izquierda, al otro lado de la línea amarilla, que no debía cruzarse.

—No había marcas de frenada en el lugar del accidente —me dice—. Su marido en ningún momento pisó el freno, cosa que pudimos corroborar al extraer el grabador de datos de sucesos del vehículo. Tomó esa curva a la misma velocidad que llevaba desde hacía un kilómetro, que, sobra decir, era excesiva. No iba prestando atención, no tuvo tiempo de anticipar la curva y aminorar. Las marcas de derrape revelan cómo el vehículo se deslizó sobre la línea amarilla e impactó contra la base del árbol. Según las pruebas, Nick circulaba a unos ochenta kilómetros por hora. En Harvey Road el límite son setenta, pero en la curva baja hasta treinta. Revisamos los tramos de carretera anteriores y posteriores al accidente. Había marcas de aceleración, pero no de frenada. Su marido aceleró antes de tomar la curva. Pero después, no había nada. ¿Sabe lo que ocurre cuando un coche huye a toda velocidad del lugar de un accidente? —me pregunta y yo niego con la cabeza. Entonces me responde como si yo fuera idiota—: Marcas de aceleración —explica, como si fuera algo que yo debería saber.

Empieza a recoger las fotografías ante mis ojos, prueba de que nuestra conversación terminará pronto.

—Si alguien sacó a su marido de la carretera, no iba a quedarse ahí esperando a que llegara la policía. Habría acelerado y se habría largado de allí cuanto antes. ¿Sabe qué creo yo que ocurrió? —me pregunta entonces el detective Kaufman mirándome a los ojos. Yo le devuelvo la mirada, aunque Felix ha empezado a murmurar—. Creo que su marido iba demasiado deprisa y tomó la curva a demasiada velocidad. Tal vez le diera el sol en los ojos y no viera la curva a tiempo. Tal vez estuviera distraído.

Es entonces cuando oigo la vocecita de Maisie en el asiento trasero del coche, mientras patalea distraídamente con sus deportivas rosas contra el respaldo del asiento del copiloto, como si ni siquiera se diera cuenta de lo que hace.

«Más deprisa, mami, más deprisa», dice.

Intento no pensar en eso. Nick sabe que no debe ceder a los caprichos de una niña de cuatro años.

Recuerdo el tapacubos. El que le faltaba al coche negro y también el que se hallaba en el lugar del accidente. Abro la imagen en mi teléfono, la del coche negro sin el tapacubos. La coloco junto a la del detective, mucho más grande. Dejo claro que esto podría ser más que una coincidencia y él suspira con impaciencia.

—¿Cómo sabe que ese no es su propio tapacubos? —me pregunta, pero no espera a que yo responda—. ¿Se quedaría más tranquila si yo hablara con el dueño del vehículo? —me pregunta, y yo le digo que sí. Me ayudaría mucho. El detective Kaufman encuentra el primer plano de la matrícula entre las fotos de mi móvil y lo anota en un trozo de papel. Me dice que se pondrá en contacto con el dueño y me informará de lo que descubra—. Una cosa más —añade antes de que pueda levantarme de la silla y marcharme—. Me llamó la atención que el señor Solberg tuviera una orden de alejamiento solicitada contra él.

—Sus palabras me resultan absurdas, así que me río. No es una risa despreocupada, sino nerviosa, algo que llama la atención del detective.

—¿Una orden de alejamiento? —repito sabiendo que eso es imposible. No es posible que alguien presentara una orden de alejamiento contra Nick. Nick es amable, educado, pacifista. Ni siquiera me levanta la voz cuando se enfada. El detective está equivocado. No puede ser.

—Sí, señora —me confirma mirándome de un modo que sugiere que no está equivocado—. Una orden de alejamiento. ¿No lo sabía? —me pregunta con tono burlón. Está burlándose de mí. Yo niego con la cabeza; no lo sabía—. Se presentó una orden de alejamiento de emergencia contra el señor Solberg. El demandante y él estaban esperando la fecha para la vista, en la que se decidiría si la orden de alejamiento era pertinente o no.

—El demandante —repito yo, más para mis adentros que para el detective. «Demandante» es una palabra cargada de significado que convertiría a Nick en el demandado. Eso no puede ser—. Debe de haber un error —le aseguro al detective—. Esto es ridículo. Nick no haría daño ni a una mosca.

—Puede que sí, puede que no —responde el detective—, pero eso debía decidirlo un juez. —Me explica entonces que, dentro de tres días, Nick y el demandante asistirían a una vista para decidir si la orden de emergencia estaba justificada o no—. Supongo que ahora ya nunca lo sabremos —añade, aunque yo ya lo he decidido.

Nick no haría daño ni a una mosca.

—¿Quién le hizo eso a Nick? —le pregunto, necesito saberlo. Cuando pienso en órdenes de alejamiento me imagino a hombres maníacos con tendencias violentas que amenazan a sus mujeres y a sus hijos. Me imagino a mujeres maltratadas en los albergues, a niños asustados que se aferran llorando a las piernas de su madre. No me imagino a Nick—. ¿Quién le hizo eso a Nick? —pregunto de nuevo, con más firmeza esta vez.

Ya no es una pregunta. Exijo saberlo.

La orden es un documento público. Podría ir al juzgado y solicitar una copia si quisiera, y quizá por esa razón el detective Kaufman me ofrece el nombre que busco. Es un nombre que no había oído antes, una mujer de la que pienso averiguarlo todo. Al oír su nombre, siento una punzada en el pecho, porque se trata de una mujer. Recuerdo entonces el tique del collar. ¿El collar sería para esa mujer?

¿Nick estaba teniendo una aventura?

Siento como si se hubiera acabado el aire en la habitación, me cuesta trabajo respirar.

Recojo a Felix y me dispongo a marcharme, pero no antes de que el detective me detenga una última vez.

—Una cosa más —me dice, y yo me detengo con la mano en el picaporte de la puerta y me vuelvo—. Es mero protocolo revisar el historial de llamadas cuando se produce una colisión. Para ver si el conductor estaba al teléfono en el momento del accidente. O consultando Internet, o escribiendo un mensaje. Sabrá que en Illionis está prohibido conducir mientras se habla por teléfono —me dice, y yo sé lo que está insinuando mucho antes de que me lo diga—. Su marido iba hablando por teléfono en el momento del accidente. —Y, aunque quiero discutírselo y decirle que no es posible, veo la expresión en su rostro y sé que dice la verdad. Nick, que nunca habla por teléfono mientras conduce, iba al teléfono. Y no estaba hablando conmigo porque ya habíamos hablado antes de que saliera del estudio de *ballet.*

«Pillaré algo para la cena. ¿Comida china o mexicana?».

«China».

¿Con quién estaría hablando Nick en el momento del accidente? Se lo pregunto al detective.

—Iba hablando por teléfono —le digo—. ¿Con quién?

El detective se queda mirándome durante un minuto antes de encogerse de hombros y decir:

—Creo que ya le entregaron los efectos personales del señor Solberg. Los objetos que pudimos recuperar del coche. Su teléfono debería estar allí. —Aunque yo me digo a mí misma que, fuera quien fuera, se habrían equivocado de número. Sería un número equivocado y Nick, siempre tan amable, se molestó en responder para decirle educadamente a la persona que se había equivocado. Y por eso murió—. Siento mucho su pérdida —me dice el detective Kaufman de manera prosaica, levantándose de la mesa para recoger mi vaso de café mientras yo me marcho, decidida a resolver esta paradoja. ¿Con quién estaba hablando Nick en el momento del accidente? ¿Quién solicitó la orden de alejamiento contra él y, sobre todo, por qué?

¿Qué secretos ha estado ocultándome Nick todo este tiempo?

NICK

ANTES

Casi todas las noches me voy a casa con intención de contarle a Clara lo que está pasando. No es que trate de ocultárselo de manera premeditada. En nuestro matrimonio no hay secretos; esa fue la promesa que hicimos al decir «Sí, quiero», y pienso cumplirla.

Es más bien una omisión.

Mientras conduzco hacia casa, pienso: «Esta noche se lo digo», pero luego entro por la puerta y me encuentro a Clara con su tripa de embarazada y los pies tan hinchados que casi no puede ni andar, poniendo la mesa para la cena. Maisie está sentada ante la televisión, rodeada de barras de pegamento y ceras de colores, prueba de que no ha visto la tele en todo el día, sino que se ha pasado las horas creando, y cuando entro y corre hacia mí, la tomo en brazos, le hago cosquillas y se ríe. Todavía lleva puestas las mallas, esa cosa rosa pastel con volantes en las mangas. En la cintura lleva el tutú rosa, que a mí me recuerda a las hojas de lechuga. Hoy es martes, el día en que Maisie va a clase de *ballet*.

—¿Dónde estabas? —me pregunta mi hija cuando la dejo en el suelo; la misma pregunta que me hace cada día, aunque sabe bien dónde estaba.

—En el trabajo, tonta —le digo, y me pregunta por qué—. Porque tengo que cuidar de mis pacientes —le explico, y vuelve a preguntarme por qué. Eso es lo que hacen los niños cuando tienen cuatro años. Pero yo soy más listo que una niña de cuatro años, o eso me gusta pensar, así que le pregunto a Maisie dónde ha estado ella a lo largo del día.

—Aquí, tonto —me dice ella, y me habla de la araña que encontró en su dormitorio: una araña grande, negra y peluda—. ¡Quizá era una tarántula! —exclama. Separa las manos para mostrarme lo grande que era la araña, dos manitas de niña separadas unos veinte centímetros, como si lo que hubiera visto en su habitación fuese un conejo, una ardilla o un puercoespín, o tal vez no fuera nada—. Así de grande, papi —me dice—. La araña era así de grande.

—No había ninguna araña —dice Clara cuando entra en el salón con los *leggings* y una camiseta blanca ajustada hasta el extremo, de modo que puedo verle la forma del ombligo a través de la tela. Tiene las manos entrelazadas en la parte inferior de la espalda, donde siempre le duele, y parece cansada. Está agotada, física y mentalmente, pero aun así me mira y sonríe. Y al hacerlo yo me derrito por completo. Tiene el pelo apelmazado y el maquillaje corrido por debajo de un ojo. Tiene una mancha amarillenta en la camiseta y migas de pan en la frente, y aun así me parece que no hay mujer en el mundo tan guapa como Clara—. Era pelusa —añade con una sonrisa cansada, pero divertida—. No era una araña —repite, y esta vez mira a Maisie a los ojos—. Era pelusa.

—Era una araña —responde Maisie, también con una sonrisa, y yo no sé si miente o si está equivocada.

Me acuclillo frente a ella y la miro a los ojos. Es extraño ver el mundo desde un metro de altura. Maisie tiene los ojos verdes, como Clara, de un verde musgo que destaca sobre su piel clara. De hecho, se parece mucho a Clara, desde el pelo hasta los ojos, pasando por su fuerza de voluntad. Es testaruda, pero de un modo adorable. Ni Clara ni Maisie se equivocan jamás, o eso creen.

—A veces vemos cosas que nos asustan un poco —le explico— y creemos que son algo que no son. Una vez, cuando yo era pequeño —le digo inventándomelo sobre la marcha—, creí ver un coyote en el jardín. Estaba jugando fuera yo solo y me pareció ver un coyote pasar por allí. Grité llamando a mi madre y ella vino corriendo para ver qué me pasaba. Le dije lo del coyote. Ella miró a su alrededor, pero, claro, no había ningún coyote. No había coyote por ninguna parte. No era más que el gato del vecino.

—¿Y qué hizo la abuela? —me pregunta con los ojos muy abiertos por la curiosidad mientras me da la mano—. ¿Se enfadó? —pregunta, pero le digo que no, claro que no.

—La abuela no se enfadó, pero me recordó la historia de *Pedro y el lobo*.

—¿Qué es eso? —me pregunta Maisie. Nunca ha oído esa fábula, así que se sienta sobre mi rodilla para escucharla.

—Es una fábula —le digo—. Una historia que se supone que nos enseña algo. —Y entonces le cuento la historia a mi hija mientras Clara nos observa, claramente satisfecha. La historia del niño que mentía tanto que, cuando por fin dijo la verdad, nadie lo creyó. No le echo un sermón ni la regaño, y me cuido de no contarle la parte en la que el lobo se come al niño. Pero Maisie me escucha y memoriza la historia, de modo que tal vez en el futuro, si se presenta la oportunidad, se lo piense dos veces antes de mentir.

La sombra de un coche al pasar llama la atención de Clara, aunque los bordes biselados de la ventana distorsionan la imagen. Con los pies descalzos, se acerca al cristal y se asoma rodeándose los ojos con las manos como si fueran prismáticos. Al otro lado de la calle, junto a un deportivo plateado que brilla como los diamantes al sol, se encuentra Theo Hart, que sale del coche.

—¿Qué es esta vez? —pregunta Clara cuando me acerco por detrás, apoyo la barbilla en su hombro y coloco las manos bajo nuestro futuro hijo.

Dejo escapar un silbido.

—Un Maserati —digo, tratando de contener los celos—. Esos salen por más de cien de los grandes. No se ven todos los días.

—Tampoco es que sea suyo —responde Clara, y nos quedamos allí mirando mientras Maisie hace piruetas por la habitación con los brazos extendidos, como si fueran las hélices de un helicóptero. —Mírame, papi. Puedo volar, puedo volar.

Theo rodea el coche tres veces con unas Ray-Ban en la mano, contemplando su último capricho.

—Menudo imbécil —murmura Clara y, aunque sí que lo es, eso es lo menos ofensivo que se me ocurre. Hay cosas mucho peores que podría decir de Theo Hart—. Ojalá ella lo abandonara —comenta Clara mientras yo le digo a Maisie que tenga cuidado de no caerse.

—¿Emily? —pregunto.

—Sí —responde ella—. He vuelto a verlo —dice en voz baja, para que Maisie no la oiga—. Los moratones. Las huellas de las manos. En el cuello. Esta vez llevaba cuello vuelto para que yo no lo viera. Pero he visto sus manos, en su cuello. Ojalá lo abandonara. —Se da la vuelta y se pega a mí, y entonces Maisie empieza a canturrear algo que debe de haber oído en el patio donde juegan los niños mayores, niños demasiado mayores para el patio.

—Mamá y papá —empieza y se olvida de la parte en la que nos subimos a un árbol. Salta directamente a la frase en la que nos estamos besando.

Clara sonríe, se olvida de Theo y de Emily y, para deleite de Maisie, me da un beso en los labios y me susurra al oído:

—Soy muy afortunada por tenerte.

Nos sentamos a cenar, aunque para entonces ya me he olvidado de todo lo que tenía planeado contarle a Clara cuando llegara a casa, lo de la posible demanda por mala praxis y la pérdida de clientes. El alquiler que no sé si podré pagar cuando llegue el primero de mes. No es una mentira, es un descuido. Un lapsus de la memoria.

En vez de eso, hablamos de nombres para el bebé. No avanzamos, pero nos obligamos a eliminar alguno. Enoch y Finch quedan descartados; también Edward y Tom. Clara está perdiendo la paciencia y empieza a preocuparse.

—¿Y si nunca encontramos nombre para el bebé? —pregunta, y yo veo la tensión en las finas arrugas que rodean su boca y sus ojos—. No quiero que seamos una de esas parejas que pasan una o dos semanas sin ponerle nombre a su bebé, como si no hubieran tenido ya nueve meses para decidirlo. —Se lleva la mano a la tripa y me mira suplicante, con tanta tristeza que casi cedo con Finch. Finch Solberg. Casi—. Quiero poder llamarle algo —insiste—. Algo aparte de «él». —Y yo intento aceptar ese nombre, Finch Solberg, solo para darle el capricho a Clara, para que sea feliz, pero no puedo hacerlo. Finch significa «pinzón» en inglés, y no pienso ponerle a mi hijo un nombre de pájaro.

—Ya se nos ocurrirá algo —le prometo—, ya lo verás. Pronto se nos ocurrirá algo. —Y miro a Maisie, que también me está mirando a mí, escuchando la conversación—. Pónganse sus gorros de pensar, señoritas —anuncio—. Empieza la operación «Nombres de bebé». —Y Maisie se ríe, pero Clara no parece tan segura. Tener nombre para el bebé haría que la experiencia fuera más real, sería como dar vida a un bebé nonato.

Aquella noche, mientras arropo a Maisie en la cama, como es habitual, metiendo los bordes de la sábana por debajo de su torso y de sus piernas para que estén bien apretados, ella se incorpora de golpe y deshace lo que yo acabo de hacer.

—Maisie —me quejo cuando la sábana acaba a los pies de la cama, sin darme cuenta de que mi hija está mirando por la ventana del dormitorio, por donde el sol va poniéndose lentamente. En esta época del año cada vez cuesta más acostar a Maisie porque, como a ella le gusta señalar, «Todavía no ha oscurecido», aunque el reloj que tiene en la mesilla diga que son las 19.53 h. Las luces se apagan a las siete y media. Ya ha pasado veintitrés minutos procrastinando y parece que no son suficientes.

—¡Papi! —exclama, pero, antes de que yo pueda reprenderla, veo que parece asustada. Me incorporo y sigo su mirada hacia la ventana abierta; me asomo, miro a un lado y a otro de la calle, pero no veo nada. Al menos nada importante. Un niño jugando al baloncesto a dos casas de distancia. A los Thompson paseando a su perro. Una ardilla en el comedero de pájaros.

—¿Qué pasa, Maisie? —pregunto mientras bajo la persiana y corro las cortinas—. ¿Qué has visto?

—Al imbécil, papi —murmura—. El imbécil está fuera. —Y, aunque una parte de mí quiere reírse, otra parte se siente avergonzada. «El imbécil». Theo Hart. Maisie nos ha oído a Clara y a mí cuando hablábamos de Theo después del trabajo. Debemos tener más cuidado con lo que decimos delante de ella. Nos escucha. Siempre escucha, incluso cuando está haciendo piruetas por el salón fingiendo que no nos oye.

Vuelvo a subir la persiana y me asomo. Theo no está ahí. La casa de los Hart tiene las persianas bajadas; no se ve luz. Me vuelvo hacia Maisie. Primero le digo que no debería decir palabras como «imbécil», y tampoco deberíamos decirlas mamá o yo. No está bien.

Pero luego la miro a los ojos y añado:

—En segundo lugar, Maisie, sabes que no debes mentir. Hace un rato hemos hablado de eso mismo. ¿Recuerdas la historia de *Pedro y el lobo*? —le pregunto, y ella asiente y abre la boca para responder. Veo lo que va a decir. «Pero si estaba ahí», piensa, aunque yo le pongo un dedo en los labios antes de que pueda decirlo en voz alta. Ya no está ahí. Tampoco estaba ahí antes.

Y, aunque lo estuviera, vive ahí. Que Theo Hart esté ahí fuera no tiene nada de raro, por desgracia. Maisie solo tenía ganas de decir la palabra «imbécil». Quería retrasar la hora de irse a la cama, obtener una reacción.

Así que pongo cara de póquer y le digo que es hora de dormir.

Sabiendo que tiende a dramatizar ahora que tiene cuatro años, será mejor que Clara y yo estemos preparados para cuando cumpla dieciséis, si no, nos espera una buena.

CLARA

En el aparcamiento de la comisaría, abro el motor de búsqueda del móvil y escribo el nombre de la mujer que el detective me ha dado, la demandante que solicitó una orden de alejamiento contra Nick. La necesidad de saber me está devorando por dentro; no puedo esperar a llegar a casa. En el asiento de atrás, Felix está inquieto, pero esta vez priorizo mi propia urgencia y desesperación. Busco el nombre que me ha dado el detective. Melinda Grey.

Aparecen las típicas redes sociales, Facebook y Twitter, además del Pinterest de esta mujer. Su foto de perfil no es muy clara: es la imagen de una playa con agua cristalina y una palmera a un lado; Hawái, Puerto Rico o las Islas Vírgenes, tal vez. En el centro de la imagen aparece una mujer con bikini y pareo, aunque está tan lejos que es casi imposible verla. Sus tuits están protegidos; su página de Facebook, también. Solo su cuenta de Pinterest es pública, pero allí solo descubro que está obsesionada con el chocolate y las manualidades. En las *Páginas blancas online* aparece una dirección en Parkshore, que me garabateo en el dorso de la mano, pero, antes de poder seguir investigando, me suena el teléfono.

—¿Diga? —pregunto agitada por la inoportuna llamada que me ha alejado de Melinda Grey y me ha impedido hacer *zoom* en su foto de perfil para ver si podía distinguir su color de ojos, o de pelo. Melinda Grey solicitó una orden de alejamiento contra Nick.

Esa mujer, con su bikini blanco y su llamativo pareo, solicitó una orden de alejamiento contra mi marido. No podría estimar su edad, ni siquiera sé si es guapa o no, pero me pregunto por qué. ¿Por qué solicitó una orden de alejamiento contra Nick? ¿Estaría acostándose con ella? ¿Estaban teniendo una aventura?

Pienso en todas esas noches en las que Nick llegaba a casa tarde después del trabajo, cuando Maisie y yo ya estábamos en la cama. ¿Sería posible que no estuviera en el trabajo, sino con Melinda Grey? Recuerdo entonces las palabras de Maisie, «El hombre malo nos persigue», y me pregunto si estará segura de que era un hombre, si por casualidad no sería una mujer la que los perseguía. La luz del sol era muy brillante el día del accidente. ¿Qué probabilidad había de que, con la confusión del momento y el sol en los ojos, Maisie viera realmente al conductor del coche que los sacó de la carretera? Si es que alguien los sacó de la carretera.

—Clara —dice una voz amable que me hace olvidar a Melinda Grey—. Soy Connor —me dice, y siento un gran alivio al saber que no estoy sola. Que no tengo que lidiar yo sola con todas estas preguntas e incertidumbres. Connor está ahí.

De modo que se lo pregunto sin poder evitarlo.

—¿Nick estaba teniendo una aventura? —Siento las lágrimas que me escuecen en los ojos y la ausencia de respuesta es más que suficiente para saber que sí. Nick estaba teniendo una aventura. El silencio se prolonga entre Connor y yo durante treinta segundos o más y después lo único que puede decir es un «No lo sé» poco convincente. Entonces me disculpo—. No debería habértelo preguntado. No debería ponerte en esa situación —me excuso recordándome a mí misma que Connor era el mejor amigo de Nick, no el mío. Es lógico que no quiera traicionar su confianza.

—Clara —me dice con pesar, pero yo no le dejo hablar.

—No —le digo—. Por favor, olvídalo. —Veo un grupo de ánades reales que atraviesan el aparcamiento de la comisaría en dirección a una charca que hay al otro lado de la carretera—. Olvida que te lo he preguntado. ¿Para qué llamabas? —le pregunto entonces, al recordar que me ha llamado él y no al revés.

—Quería saber cómo estabas —responde.

—Estoy bien —le aseguro con brusquedad mientras me seco las lágrimas de los ojos.

Veinte minutos más tarde llego a la puerta de casa de Emily con un café con hielo que he comprado en la nueva cafetería del pueblo. Los cubitos de hielo se derriten en el vaso de plástico, que empieza a estar húmedo.

—Para ti —le digo antes de llamar a Maisie y darle las gracias a Emily por quitármela de encima durante un rato—. Eres una buena amiga —añado, aunque no mencionamos nada de la rabieta de Maisie en el aparcamiento del supermercado, ni mis lamentables capacidades como madre o el hecho de que Emily podría haberle salvado la vida a mi hija. No paro de pensar en la información que me han dado en las últimas horas: el hecho de que una mujer llamada Melinda Grey solicitó una orden de alejamiento contra Nick, el hecho de que estaban teniendo una aventura, la sospecha de que ella, una amante despechada en busca de venganza, sacó a Nick de la carretera en Harvey Road. Desearía poder hablar con Emily de todo eso y, al mismo tiempo, hay algo tan vergonzoso en tener un marido que te engaña que no me atrevo a decirlo en voz alta, al menos no a Emily, cuyo matrimonio tanto he juzgado.

—No ha sido ninguna molestia —me dice mientras me invita a pasar. Entro en el recibidor. Su casa está impecable, con un estilo *art déco* de colores atrevidos y diseños geométricos. No hay ningún objeto fuera de su sitio y me siento molesta al pensar que mi casa es un desastre, y que la pobre Harriet lleva encerrada todo el día sin salir a pasear. Habrá encontrado un rincón en el que hacer pis, sin duda, y yo la regañaré como si hubiera tenido que abrir ella la puerta para salir a hacer pis—. De verdad. Teddy la adora —me explica Emily—. Deberíamos juntarlos más a menudo para que jueguen. —Y me pregunta si he podido hacer la compra. Yo le digo que sí, que no habría podido de no ser por ella, y entonces me sonríe—. Siempre que lo necesites.

Emily es la clase de mujer a la que las demás desprecian con facilidad hasta que no la conocen. Es adorable, con una melena negra y la piel tersa y morena. Al igual que las demás mujeres, yo también la desprecié la primera vez que la vi, cuando Theo y ella se mudaron a la casa de al lado, una enorme vivienda de estilo victoriano. Hasta más adelante no descubrí que su cariño y amabilidad quedaban eclipsados por su belleza, como si no pudieran darse las dos cosas: guapa y amable.

Pasamos años sin hablar, aunque deberíamos haber sido amigas. Teníamos muchas cosas en común, desde embarazos simultáneos hasta hijos que nacieron con pocas semanas de diferencia, pasando por maridos con largas jornadas de trabajo que hacían que pasáramos diez horas al día solas en casa.

Pero Emily y yo no nos hicimos amigas hasta que Maisie y Teddy se descubrieron el uno al otro a los dos años y medio. Fue entonces cuando me di cuenta de que era cariñosa y amable, no la mujer altiva que yo creía.

—¿Te quedas a cenar? —me pregunta Emily, y me recuerda que Theo está fuera. Es una mujer alta, como yo, pero más aún, así que me mira desde arriba.

—Claro —le digo al recordarlo—. En Massachusetts, en una feria de automóviles. —Pero niego con la cabeza y le digo que no—. No puedo quedarme. —Por un instante estoy a punto de decirle: «Nick llegará a casa enseguida». Es una costumbre. Nick debería llegar a casa enseguida. Pero esta noche no llegará. Mañana no llegará. Y de pronto me aflige esa dolorosa realidad: Nick ha muerto. Me llevo la mano a la boca, pero me niego a llorar. No lloraré en el recibidor de Emily, con los niños en el piso de arriba. Sin embargo siento las lágrimas calientes en los ojos, aunque trato de contenerlas.

Emily me pone la mano en el brazo.

—Lo siento mucho, Clara —susurra y se traga ella también sus lágrimas—. Siento mucho lo que te está pasando. Pero yo niego con la cabeza y levanto una mano. No puedo tener esa conversación aquí y ahora. Porque entonces sí lloraré y no quiero que los niños me vean llorar. Vuelvo a llamar a Maisie, ahora con voz más alta, nerviosa e impaciente.

—He dejado a Felix en el coche —le digo a Emily imaginando cómo el calor y la humedad del día envuelven su cuerpecito y le hacen sudar—. Tengo que irme. —Se me quiebra la voz y estoy a punto de gritar cuando Maisie aparece en lo alto de las escaleras con el disfraz de mago de Teddy –la chaqueta de popelina con lentejuelas satinadas, la capa roja y el sombrero negro– y pregunta si estamos preparadas para el espectáculo. Teddy y ella han preparado un espectáculo para Emily y para mí, un truco de magia con el que pretenden convertir un billete de un dólar en diez y hacer aparecer un calcetín. Me pregunto si también podrán hacer que aparezca Nick.

—No podemos irnos ahora —dice Maisie con el ceño fruncido y el pelo rebelde tapándole los ojos. Da un pisotón contra el suelo y me dice—: No podemos marcharnos antes del espectáculo.

Y entonces lloro.

—¿Dónde vamos? —me pregunta Maisie cuando paso de largo nuestra casa y sigo avanzando con el coche por la calle. No es tanto una pregunta como una queja. Si no puede jugar con Teddy, entonces quiere irse a casa. Yo contemplo la dirección que me he escrito en la mano, la misma que ahora está programada en el GPS. Maisie empieza a gruñir—. A casa, mami, a casa.

Yo pienso deprisa.

—Juraría que he visto un perro perdido caminando por la calle —digo mientras avanzo con el coche por el vecindario hacia la autopista—. ¿Puedes ayudarme a buscar al perro, Maisie, para que podamos llevárnoslo a casa? —le pregunto a modo de distracción, ya que no hay ningún perro, pero yo se lo describo: es un perro grande y amarillo con un collar morado. Maisie pega la cara al cristal de la ventanilla y busca al cachorro perdido, olvidándose de que está cansada y tiene hambre, de que quiere irse a casa. Yo enciendo la radio para contrarrestar el silencio, miro por el espejo retrovisor y veo que Maisie empieza a agitar los pies con la mirada fija en la ventanilla, y rezo para que, entre la música y el perro, se quede callada un rato.

Parkshore Drive está a casi quince kilómetros de nuestra casa. En hora punta, tardamos más de veinte minutos en llegar hasta allí, pasando frente a gasolineras y restaurantes, hasta que el paisaje vuelve a ser residencial y regresan las casas. Las viviendas de Parkshore son retro y anticuadas, de los cincuenta o sesenta, cuando las casas de estilo rancho dominaban los pueblos americanos. Los árboles son altos y gruesos y las casas están cubiertas de enredaderas. Cuando llego a Parkshore, hay media docena de niños jugando al béisbol en mitad de la calle. Se separan como el mar Rojo ante mí para que pueda pasar.

—¿Lo ves, mami? —pregunta Maisie refiriéndose al perro—. ¿Dónde ha ido?

—No lo sé, Maisie —respondo; la miro por encima del hombro para dedicarle una sonrisa y le doy una palmadita en la rodilla. No quiero mentirle, pero ¿cómo podría explicárselo?—. Quizá esté por aquí —le sugiero mientras avanzo por la calle hacia la casa que, según las Páginas blancas, está a nombre de Melinda Grey. Me echo a un lado de la carretera y contemplo aquella casa baja, con sus árboles y arbustos de hoja perenne. Tampoco hay mucho que mirar. Es pequeña y sencilla, y ahora que estoy aquí no tengo ni idea de qué hacer. ¿Aparco, me acerco a la puerta y llamo? ¿Qué iba a decirle?

¿Le preguntaría abiertamente si Nick y ella tenían un lío? ¿O me inventaría alguna excusa que explicara mi presencia allí? Tal vez que voy vendiendo algo puerta por puerta, o quizá que soy una misionera de la Iglesia mormona que pretende evangelizar y proclamar su fe. De ese modo podría ver a la mujer que me ha arrebatado a mi marido. Me pregunto cómo será mientras mi imaginación amplía la imagen de su foto de perfil, esa figura con bikini blanco y pareo, hasta convertirla en una supermodelo de belleza deslumbrante, piernas largas y pechos enormes.

Pero también pienso en la orden de alejamiento. ¿Se lo pregunto directamente? ¿La acuso y exijo saber por qué quería protegerse de Nick? Nick jamás le haría daño.

Pero en vez de eso me quedo en el coche.

No voy a ninguna parte. Me quedo sentada y espero a que ella se me acerque, convencida de que, si espero lo suficiente, veré su coche negro aparcar en la entrada, o ella saldrá por la puerta para pasear al perro, recoger el correo o sentarse en los escalones del porche con una copa de vino para leer.

Pero esperar con una niña de cuatro años en el asiento trasero es casi imposible. Una misión de reconocimiento con niños a cuestas no es tarea fácil. Maisie no tarda en empezar a quejarse de que no encuentra al perro, de que no lo ve por ninguna parte, y yo le digo que debemos permanecer calladas para no asustarlo.

—Si nos quedamos aquí, Maisie, quizá el perro se nos acerque —le sugiero—, pero tenemos que estar calladas. —Me llevo un dedo a los labios y Maisie, tan inteligente como es, sugiere que tal vez ayudaría tener algo de comida; tal vez si le dejáramos algún premio fuera del coche el perro vendría. Pero, claro, no tenemos premios para perros, ni comida, salvo unos *crackers* que llevo en una bolsa de plástico en el fondo del bolso, así que bajo la ventanilla del coche, tiro un puñado de *crackers* y veo como Maisie espera con optimismo a que el perro aparezca.

Pero el perro no aparece.

Tampoco Melinda Grey, aunque, cuando dan las seis, se enciende una luz en el interior de su vivienda que ilumina el salón.

—Quédate aquí, Maisie —le digo a mi hija; cosa absurda, dado que Maisie lleva puesto el arnés de seguridad de su sillita y no puede ir a ninguna parte.

—¿Por qué, mami? —me pregunta, y en un impulso le miento y le digo que me ha parecido ver al perro doblando la esquina de la casa en dirección al jardín.

—Voy a ver —le digo; pongo la mano en la manilla de la puerta y entonces Maisie se retuerce en su asiento y dice que ella también quiere ir. Miro hacia el cielo y agradezco que haya nubes de lluvia—. Va a llover, Maisie. Empezará a llover en cualquier momento y no quiero que te mojes. —Salgo del coche y cierro la puerta antes de que pueda protestar. Dejo el motor en marcha, con las llaves en el contacto para que el aire acondicionado siga funcionando para mis hijos, y corro como el supuesto perro que acabo de ver, cruzo la calle y doblo la esquina hacia el jardín de la casa.

Hay una ventana en ese lado de la vivienda, una ventana que da a la misma estancia que tiene la luz encendida. Me digo a mí misma que ella está allí. Melinda Grey está allí. La mujer mala está allí.

Me abro paso entre los laureles hacia la ventana doble situada en el lado occidental de la casa. Las hojas se me pegan a la ropa y me arañan la piel. Una telaraña se me enreda en el pelo y yo trato de no imaginarme a la propietaria tejiendo sus redes en mi cabeza o en mi espalda. Hundo los pies en el barro y se me ensucian los zapatos.

En la ventana, me pongo de puntillas para ver el interior, cuidando de que no me vean. Me elevo lo justo para que mis ojos puedan ver, pero el resto permanece oculto bajo el alfeizar. Es un salón, con tele, sofá, piano y sillón. Al igual que la casa, es una habitación anticuada. La moqueta es gruesa y mullida, llena de manchas. La entrada tiene el suelo de baldosas. En una pared de color gris topo hay varias fotografías enmarcadas, pero están lejos y resulta imposible distinguir las imágenes desde la distancia. Apenas veo formas y colores, aunque lo intento. Claro que lo intento. Entorno los ojos, me pego a la ventana y trato de distinguir a Melinda Grey en las fotografías. Me elevo un poco más hasta que toda mi cara es visible a través de la ventana, pero, cuanto más me acerco, más distorsionado lo veo todo por culpa de la malla de aluminio que cubre la ventana.

Me elevo más aún. Me pego más hasta que la malla me raspa la cara, y probablemente me llene de polvo la nariz y las mejillas. Me aferro al alfeizar de la ventana y me asomo. Casi ni me acuerdo de respirar.

Y es entonces cuando veo los ojos.

Unos ojos de un azul aguamarina y ligeramente bizcos que me miran desde el otro lado de la ventana. Yo me llevo la mano al pecho y estoy a punto de soltar un grito, pero caigo a tierra como un soldado en la batalla, en retirada hacia las trincheras. Tengo el corazón desbocado y la sangre circula por mi cuerpo tan deprisa que me siento mareada.

Y entonces oigo un nombre, mi nombre. «Mami», susurrado a través de los arbustos. Me asomo al otro lado y veo a Maisie allí de pie.

—¿El perrito está ahí, mami? ¿Lo has encontrado? —pregunta con el pelo en los ojos. Estoy tan desconcertada de verla allí, fuera del coche, al otro lado de la calle, que me olvido por completo de los ojos azules que nos observan desde la ventana del salón, a punto de descolgar el teléfono para llamar a la policía, o ir a buscar un arma, quizá para evitar que contemos la verdad sobre Melinda Grey y su coche negro, que perseguía a Nick por Harvey Road.

—¿Cómo has…? —empiezo a preguntarle. «¿Cómo has conseguido salir del coche?». Pero entonces me la imagino con sus deditos toqueteando el arnés y veo su pulgar apretando el botón para soltarse mientras yo miraba por la ventana de la señora Grey. Una escapista. Mi propia Houdini. La agarro instintivamente y tiro de ella hacia los arbustos. Ella me pregunta de nuevo por el perro y le digo que ha encontrado a su dueño, que el perro vive aquí, que ya no tenemos que seguir buscándolo. Y Maisie, siempre resuelta, pregunta:

—Entonces ¿por qué nos escondemos?

Es entonces cuando soy consciente de mis indiscreciones, del hecho de que estoy escondida en los arbustos, mintiendo a mi hija, acosando a una mujer a la que ni siquiera conozco. El hecho de que hasta mi hija de cuatro años se dé cuenta de que esto es absurdo me resulta vergonzoso. «¿Qué estoy haciendo?», me pregunto mientras contemplo las suelas de los zapatos manchadas de barro y las hojas de laurel pegadas a mi ropa.

¿Qué estoy haciendo?

Me obligo a sonreír e intento pensar deprisa para calmar a Maisie, sabiendo que tenemos que irnos cuanto antes o nos meteremos en un lío.

—No quiero que el perro nos siga —le explico—. Si nos ve, puede que quiera vivir con nosotras. Y no creo que a Harriet le gustara eso. ¿Otro perro?

Maisie niega con la cabeza y me da la razón. Me dice que Harriet no querrá tener a otro perro en casa. Yo le doy la mano, me agacho y salgo corriendo con ella, convencida de que esos ojos azules nos siguen hasta el coche. Abro la puerta de atrás y prácticamente empujo a mi hija para que entre y le abrocho el arnés. No me molesto en regañarla por haberse soltado, por salir del coche, por dejar a Felix solo, por cruzar la calle sin ir de la mano de un adulto.

Yo soy mucho más culpable que ella.

Agarro la palanca de cambios y miro una última vez hacia la casa, convencida de que veré a Melinda Grey en las escaleras del porche, con el teléfono en la mano, mirándome con odio. Me sudan y me tiemblan las manos, la cabeza me da vueltas. Pronto oiré las sirenas, un escuadrón de policía acudirá para saber por qué me he colado en la propiedad de los Grey para acosar a Melinda. La sangre recorre mis venas a una velocidad alarmante y, al darme la vuelta, estoy casi convencida de que veré a todos los vecinos del barrio, capitaneados por Melinda, señalándome con un dedo acusador. Agarro la palanca de cambios y pongo el pie en el acelerador, preparada para escapar a toda velocidad si es necesario.

Pero esto es lo único que veo: una pequeña silueta en la ventana, iluminada por la luz del salón. Un cuerpo esbelto y erguido sobre el anaquel, con una pata apoyada sobre la malla de aluminio. Aparte de eso, no veo nada. Ni una muchedumbre furiosa, ni coches de policía. Ni a Melinda Grey. La casa está en silencio.

Más tarde, cuando el corazón ya se me ha calmado y he dejado de darle vueltas a la cabeza, me doy cuenta de que los ojos azules que he visto eran los de un gato.

NICK

ANTES

El domingo por la tarde nos montamos en el coche y nos vamos a casa de los padres de Clara, que no está lejos. Ella lleva la misma tarta de canela de siempre, que compra en Costco porque sabe que es algo que su madre se comerá. Todavía nos quedan diez minutos para llegar a la casa –una insulsa vivienda de estilo rancho situada en una comunidad de jubilados, a pocos kilómetros de nuestra casa–, pero a Clara ya le tiemblan las manos y las rodillas. En el regazo, la tarta de canela se tambalea por sus nervios y yo le pregunto si no quiere dejarla a un lado antes de que se le caiga al suelo. Me dice que no.

En el coche, de camino a casa de sus padres, Clara me dice:

—Deberíamos invitar a Connor a casa alguna vez. A cenar. Hace mucho que no lo veo. —Al mencionar su nombre, se me tensan los brazos y las piernas y se me pone la cara roja. Es un comentario inocente, no significa nada, pero aun así me da la impresión de que Clara sabe lo que estoy pensando. La miro y le digo que sí, que vale, con la esperanza de que no perciba aquella omisión tan descarada, lo incómodo que me sentiría teniendo a Connor sentado a mi mesa cuando, en el fondo de mi cabeza, estoy preguntándome cómo y cuándo despedirlo. Oigo su voz arrogante, provocándome. «¿Qué piensas hacer al respecto, jefe?».

—¿Cuándo? —me pregunta.

Yo me encojo de hombros y digo:

—Quizá la semana que viene.

—Prepararé tacos —me dice, y yo le digo que vale, aunque, claro está, no tengo intención de invitar a Connor a cenar.

Clara se vuelve hacia Maisie y le dice que quiere que le diga hola a su abuela cuando lleguemos. Que haga el esfuerzo de mostrarse amable.

—Dale un abrazo o, al menos, saluda —le dice, pero Maisie empieza a protestar de inmediato gritando que no quiere hacerlo.

—¡No, mami, no! —chilla pataleando contra el respaldo del asiento del copiloto, donde va sentada Clara. Louisa le da mucho miedo. Yo lo sé y Clara también lo sabe. No culpo a Maisie de sus miedos. No son infundados, y aun así no me gusta verla asustada.

—No pasa nada, Maisie —le digo, y estiro el brazo hacia atrás para darle una palmadita en la rodilla—. La abuela no quiere asustarte. Te prometo que no. Es que está un poco enferma. —No es la primera vez que tenemos esta conversación.

Al llegar a casa de Tom y Louisa, aparcamos y caminamos en fila hacia la puerta: yo delante, Clara detrás y Maisie entre medias. Clara camina despacio, aferrada a la tarta de canela mientras le dice a Maisie que camine con cuidado para no tropezar.

Tom se quita una gorra de béisbol cuando entramos en el salón y miramos a Louisa, que está sentada en su silla. Tom nos saluda, después se agacha para ponerse a la altura de Maisie y le susurra al oído. Vemos como la niña se acerca a su abuela y la saluda, aunque la abuela se queda mirándola. No se lamenta, no llora ni grita. Simplemente hace lo que le dicen, aunque Louisa no diga nada. Eso no me sorprende en absoluto, pero lo que sí me sorprende, lo que siempre me sorprende, es la influencia que Tom tiene sobre Maisie; no es poder, sino más bien un pacto. Ella hará cualquier cosa que le pida su abuelo, porque lo idolatra. Si Tom se agachara y le susurrara que se tirase por un puente, tal vez le obedeciera en eso también.

Louisa está bien vestida y peinada cuando llegamos. Todos sabemos que la responsable es Izzy, la cuidadora que trabaja encargándose de Tom y Louisa. Les organiza la vida de un modo que Clara y yo no podemos; tolera la demencia de Louisa, la confusión y la pérdida de memoria, la ansiedad y los cambios de humor, los temblores, los accidentes en el cuarto de baño y los paseos sin rumbo. Lo que yo sé de Izzy es poco, pero sí sé que tiene una hermana pequeña en la universidad y que destina casi todo lo que gana a pagarle las clases, mientras que ella vive en un diminuto apartamento en uno de los peores barrios del pueblo. Sus padres murieron con menos de un año de diferencia hace casi una década, la clase de tragedia que le hace a uno replantearse su suerte en la vida, y desde entonces Izzy mantiene a su hermana, cuyo nombre no conozco. Izzy es una buena chica, de confianza, tal vez demasiado generosa para su propio bien.

Clara le da un beso a su madre en la mejilla.

—Hola, mamá —dice.

Maisie, asustada como siempre, se agarra a mi pierna, aunque Tom le hace muecas para relajarla y ella se ríe. Cuánto quiere a su abuelo.

Las visitas, como siempre, comienzan con la última hora sobre el estado de salud de Louisa, como por ejemplo: «Louisa tiene hoy un buen día», o «Louisa no durmió bien anoche», para que nos hagamos una idea de cómo irá el día.

—Louisa ha perdido sus gafas —nos cuenta hoy Tom—. No las encontramos por ninguna parte. —Y todos miramos a nuestro alrededor por si las vemos encima de la tele o en la mesita auxiliar. Pero no están—. No para de cambiar las cosas de sitio. Hoy las gafas, ayer el anillo de boda de su madre. —Al oír eso, Clara mira la mano derecha de su madre, donde siempre lleva el anillo de boda, una antigüedad de plata con flores intricadas que algún día debería ser de Clara. Pero no lo lleva puesto.

Clara le pone una mano a su padre en el brazo para tranquilizarlo.

—No te preocupes, papá. Las encontraremos. Tienen que estar en alguna parte. —Lo de perder cosas es otro efecto de la demencia.

Nos sentamos en el salón y nos obligamos a dar conversación. Es una situación incómoda.

—¿Qué tal van los Chicago Cubs? —le pregunto a Tom, y alguien habla del tiempo. Y de nuevo silencio. Un silencio incómodo. Me vuelvo hacia Izzy, aunque solo sea por romper el silencio, y le pregunto cómo le va a su hermana en la universidad.

—Le va bien —responde con una sonrisa cálida—. Gracias por preguntar.

Está sentada junto a Louisa, con la mano apoyada en el reposabrazos, dispuesta a atender todas sus necesidades. Louisa está como en trance, mirando a un punto indeterminado por debajo del dobladillo de la cortina, moviendo los ojos de un lado a otro, como si estuviera viendo algo, lo que probablemente sea cierto. Algo inventado.

—¿Qué está estudiando? —le pregunto a Izzy, porque la incomodidad de la situación es asfixiante y, sin algo de lo que hablar, podría ahogarme y morir. Además, nadie suele hablar con Izzy cuando estamos aquí. Solemos tratarla como si fuera un cuadro o un mueble, quizá. No es algo intencionado, pero en general nuestras visitas tratan sobre la evolución de Louisa o sus últimas manías, e Izzy pasa inadvertida. Es una chica guapa, un poco vanguardista, y, si Connor estuviera aquí, seguro que tendría algo ofensivo que decir sobre el tamaño de sus caderas. Pero a mí me gusta. En el cuello lleva un colgante con su nombre, *Izzy*, lo cual me parece muy acertado. Siempre que a Louisa se le olvida su nombre, ella le enseña el colgante.

Izzy sonríe; es evidente que se alegra de que alguien le dirija la palabra. Se le suaviza la expresión y se le iluminan los ojos. El silencio debe de ser doloroso para ella también y, mientras que Clara, Maisie y yo nos iremos pronto, ella tiene que quedarse aquí todo el día, ganando dinero para pagarle la manutención a otra.

—Acaba de cambiar de especialidad —me informa—. De química a nutrición. Quiere ser dietista.

—¿Qué hace una dietista? —le pregunto, más por dar conversación que porque realmente me interese. Me cuenta que trabajan con gente que quiere perder peso o que tiene alergias alimentarias, o con adolescentes con trastornos alimenticios, entre otras cosas—. Parece una carrera que merece la pena —le digo—. Ayudar a la gente debe de venir de familia. —Izzy sonríe con tristeza esta vez y dice que lo aprendieron de su madre, que era voluntaria en una línea de ayuda antes de morir; recibía llamadas y hablaba con personas para alejarlas del precipicio, literal y figurado. Una línea para prevenir el suicidio, que es una de esas cosas que yo empiezo a entender, el suicidio, dándome cuenta de lo desesperada que tendría que estar una persona para quitarse la vida. Poco antes, cuando la clínica dental se acercaba más y más a la bancarrota absoluta, me había parado a pensar que Clara estaría mejor sin mí en su vida. No soy uno de esos tíos macabros obsesionados con la muerte, pero soy más bien realista. Sin el lastre que supongo para ella, Clara podría encontrar otro marido en poco tiempo, alguien que no la pusiera a prueba con la riqueza y la pobreza de los votos matrimoniales.

—Se le daba bien la gente —me confiesa Izzy, y la habitación queda en silencio durante unos instantes de recuerdo a su madre—. Una conversación con ella podía cambiar la manera de ver la vida de una persona —me dice, y yo me pregunto cómo sería su madre. Tengo ganas de preguntarle más, sobre su madre, sobre la muerte de su madre, sobre lo difícil que debió de ser quedarse con la custodia de una niña cuando ella era aún adolescente, pero Clara me dirige una mirada de advertencia y me apresuro a cambiar de idea.

Clara no dice apenas una palabra durante todo el tiempo que estamos ahí. Está callada y nos mira alternativamente a Tom, a Izzy o a mí, a veces también a su madre, que igualmente está sentada sin hablar. Clara habla por fin cuando su padre nos llama a los dos para mantener una conversación en privado. Yo la sigo hasta la cocina, con una mano apoyada en la parte inferior de su espalda.

—¿Qué sucede, papá? —pregunta Clara, que por fin parece resucitar. Le toca el brazo a su padre y le pregunta si todo va bien. Ser hija única tiene sus desventajas. El hecho de que todos los asuntos referentes a sus padres —económicos, médicos o de cualquier otro tipo— caigan sobre sus hombros es una carga muy pesada.

—Es tu madre —nos dice, lo cual no me sorprende en lo más mínimo porque parece que casi todas las conversaciones con Tom incluyen algún detalle de lo que ha hecho Louisa desde la última vez que la vimos. Están las caras raras, que se ponga a llamar al gato que ya no existe, que grite en público, que camine sin rumbo por la casa. A veces tiene que ver con la medicación de Louisa, o nos da detalles sobre sus citas con el neurólogo.

—¿Qué le pasa? —le pregunta Clara.

—Ha hecho algo —le dice él, y veo en sus ojos la tensión y la vergüenza—. Hace un par de noches. El martes —explica—. No sé cómo, pero se hizo con las llaves del coche. —Y yo ya sé por dónde va. Nos cuenta que Izzy no estaba en casa en ese momento, era casi la hora de acostarse, así que Tom la había enviado a casa y se había quedado dormido en el sofá. Las noches siempre son más difíciles para Louisa, es cuando la confusión empeora. Esa noche eran casi las ocho y, como Louisa tiene el sueño intermitente, Tom estaba cansado. Ella se pasaba las noches sin dormir, lo que significaba que Tom tampoco dormía. Yo lo veía en sus ojos. Estaba agotado—. Pensó que tenía que hacer la cena —nos dice—, pero no tenía leche. No sé en qué estaba yo pensando al dejar las llaves del coche en el bolsillo del abrigo, a su alcance —continúa con palabras cargadas de culpabilidad y vergüenza.

—No pasa nada, papá —trata de calmarlo Clara—. No es culpa tuya. No es culpa de nadie.

Resultó que Louisa consiguió hacerse con las llaves, pasar por delante de Tom y salir a la calle. Logró encontrar su viejo coche en el garaje, uno que hacía años que no conducía, meter la llave en el contacto y ponerlo en marcha. Consiguió recorrer una manzana o dos hasta que se salió de la carretera y chocó contra los cubos de basura de Ed Ramsey, que estaban alineados junto a la acera.

—Gracias a Dios nadie resultó herido —nos dice Tom—. Ed la encontró sentada en el coche, completamente ida. No paraba de repetir que necesitaba leche, así que Ed pensó que tenía sed y le llevó un vaso de leche mientras esperaba a que yo llegara. Debería estar enfadado con ella, podría estarlo, y aun así no puedo —nos confiesa.

—Oh, papá —dice Clara. Es lo único que puede decir.

—Gracias a Dios nadie resultó herido —repite Tom.

Hemos entrado en la cocina para que Louisa no nos oiga, pero aun así no dejaremos a Louisa y a Maisie juntas sin supervisión, no después de lo que sucedió la última vez. Todavía no me quito la imagen de la cabeza: Louisa corriendo detrás de Maisie con unas tijeras en la mano. Ocurrió muy deprisa.

Más o menos en ese momento, Maisie pierde la capacidad de estarse quieta y se levanta del sofá para ejecutar una serie de piruetas de *ballet* por el salón. Tom, Clara y yo regresamos a la sala para ver la representación y Clara, mientras aplaude los movimientos de su hija, dice que Maisie ha empezado a recibir clases de baile en uno de los estudios cercanos los martes por la tarde. Les cuenta que el estudio se halla en el piso bajo de una antigua fábrica de muebles; les habla de la profesora de Maisie, la señorita Becca; les dice que en clase de Maisie hay diez niñas y un niño, detalle que Maisie repite cada vez que vuelve de clase. Está obsesionada con sus mallas negras y sus camisetas blancas, y el hecho de que sea un chico. Maisie nunca había visto antes a un bailarín de *ballet*. Estamos convencidos de que le gusta.

—Dentro de poco —me dice Tom—, tendrás que echar una mano con estas cosas, hijo. —Tom me ha llamado «hijo» unas cuatro veces a lo largo de nuestro matrimonio, y siempre para reprenderme, generalmente por la cantidad de dinero que hemos invertido en mi clínica. Pero esta vez habla de mis aptitudes como padre, de mi falta de interés en llevar a Maisie a clase de *ballet*—. Cuando nazca el bebé, todo cambiará. Ya no estarán solo Clara y Maisie.

133

Clarabelle estará hasta arriba —dice y le guiña un ojo a Clara, como si la conversación hubiera sido acordada de antemano.

Pero Clara sale en mi defensa.

—Nick está muy ocupado manteniendo a nuestra familia —le dice a su padre. Y yo muero un poco por dentro preguntándome qué pensarían Clara y su padre si supieran la verdad sobre la clínica—. Y además sí me ayuda. Me ayuda siempre que puede.

—¿Alguna vez llevas a Maisie a *ballet*? —me pregunta él mientras Izzy se mantiene de fondo, deseando al igual que yo fundirse con el papel pintado y desaparecer—. ¿Vas con Clara a todas esas citas prenatales? —Y su insinuación de que soy un padre ausente me enerva, porque es justo lo único que nunca quise ser: mi propio padre, que siempre anteponía su trabajo a su familia.

—Me gustaría —declaro, pero es una excusa patética. Clara acude de nuevo en mi ayuda.

—A mí me encanta llevar a Maisie a *ballet*, papá —dice—. Verla con sus amigas. Bailando. Me gusta hablar con las demás madres. Es terapéutico tener otras madres con las que hablar —asegura—. A veces me siento sola como madre —confiesa, y es la primera vez que menciona la idea de que en casa con Maisie se siente sola. Sola. Estiro el brazo para tocarle la mano. La escucho; lo haré mejor. Intentaré estar más presente.

Es la primera vez que Louisa abre la boca para hablar.

—Mi Clara nunca supo bailar —dice con un tono de amargura. Pero en realidad no mira a Clara, sino a Maisie, que danza por el salón sin mucha elegancia—. Pobrecita —murmura—. Tan torpe. Nació con dos pies izquierdos. Clara —le dice entonces a Maisie, que salta por la habitación más como una rana que como una elegante bailarina, aterriza sobre las plantas de los pies, pierde el equilibrio y cae al suelo—. ¡Clara! Deja de hacer eso, ¿quieres? Pareces tonta. Una maldita tonta. ¿No te das cuenta de que no sabes bailar? —murmura humillando a Clara y a Maisie al mismo tiempo.

Pero solo una de las dos llora.

134

Antes de marcharnos, Tom lleva a Maisie a un lado, se agacha junto a ella y vuelve a susurrarle al oído. Más secretos. Ella se ríe alegremente mientras su abuelo le seca una lágrima de la mejilla, olvidada ya la tristeza de antes. Mientras él habla, ella me mira y sonríe. ¿Qué tiene esto que ver conmigo? ¿Qué le estará diciendo a mi hija sobre mí?

En el coche, de camino a casa, intento hablar con Clara del tema. Maisie va en el asiento trasero leyendo un libro y el bebé que lleva mi esposa en el vientre está dando patadas. Clara lleva las manos cruzadas sobre la tripa y, de vez en cuando, pone cara de dolor. Estiro una mano, la coloco sobre la suya y le pregunto:

—¿Quieres hablar de ello? —Me refiero al comentario de su madre sobre la danza, a las llaves del coche, a los cubos de basura volcados del vecino, al hecho de que nadie se haya comido la tarta de canela y que, estando en casa con Maisie todo el día, se sienta sola.

—No quiero hablar de ello —me dice, aunque entrelaza la mano con la mía.

Pruebo entonces con Maisie.

—¿Qué te ha dicho el abuelo antes? —le pregunto.

Ella me mira con sus ojos verdes.

—¿Cuándo? —pregunta, ingenua o desafiante, no sé.

—Cuando se ha agachado y te ha susurrado al oído. Hace treinta segundos —le digo, y se queda callada durante un minuto, pero después sonríe.

—Boppy ha dicho que los secretos no se cuentan —dice, y centra su atención en la ventanilla; a los cuatro años de edad, ya ha aprendido a ignorar el sonido de mi voz—. Mirad ahí —comenta—. Hay un avión en el cielo.

Clara y yo miramos, pero no vemos nada.

CLARA

Pongo la mesa para tres.

Maisie se acerca dando saltos y gritando alegremente:

—¡Papi ha vuelto! ¡Papi ha vuelto! —Y es entonces cuando me doy cuenta de mi error.

Hay demasiados platos y tenedores para ella y para mí.

—Oh, no, cariño —le digo—. Papá no volverá esta noche —le explico mientras retiro el plato de Nick de la cabecera de la mesa del comedor con las manos temblorosas. Solo con el plato de Maisie y el mío parece triste, así que me los llevo a la mesa del desayuno, que es estrecha y más compacta, de modo que el espacio vacío no resulta tan evidente. Preparo macarrones con queso para cenar. El plato favorito de Maisie. No he preparado la cena desde que Nick se fue, pero esta noche lo intento para compensar mi estratagema de esta tarde en casa de Melinda Grey. Saco del armario de la cocina un premio para Harriet, a modo de disculpa por haberla regañado mientras limpiaba la orina seca del suelo del salón—. Papá no vendrá a cenar esta noche —le digo a mi hija—. Tiene que trabajar. —Como siempre, agradezco que Maisie no insista preguntándose cuándo terminará su padre de trabajar.

—Papá siempre trabaja —comenta con cierto enfado ante las interminables jornadas laborales de su padre. Pero no pregunta más, ni exige saber cuándo volverá su padre con exactitud.

Mientras se prepara la cena, abro la página web de Chase una vez más para intentar acceder de nuevo a la cuenta de mi padre. Si tiene problemas económicos, necesito saberlo. La primera contraseña que introduzco es errónea. Las reglas para establecer contraseñas son confusas, requieren números y letras, caracteres especiales, sin dígitos consecutivos ni repetidos. No es una simple fecha de nacimiento o un nombre. Cuando rechaza mi segundo intento, me rindo, porque no quiero que notifiquen a mi padre que se han realizado tres intentos de acceder al sistema. Se sentiría insultado si supiera que estaba controlándolo, dudando de su capacidad mental o de su estabilidad financiera. Mi padre ha hecho muchas cosas por mí. Es casi lo único que tengo. No puedo perderlo ahora.

Ni Maisie ni yo comemos mucho y Harriet se queda con las sobras. Envío a Maisie a la otra habitación para encender la tele y, extrañamente, me siento mejor al oír la voz de Bob Esponja y de su amigo Patricio. No suelo dejar a Maisie que vea *Bob Esponja*, pero esta noche se merece un regalo especial. Dejo salir a Harriet para que pasee por el jardín antes de que el viento traiga una tormenta de verano y después regreso dentro para retirar los platos de la mesa y dejarlos en el fregadero. Los meteorólogos llevan todo el día hablando de la inminente tormenta. El día en sí ha sido bipolar, alternando sol y nubes, sol y nubes, como si no lograra decidirse. Han advertido de la posibilidad de una tormenta eléctrica, con muchos rayos y truenos, con probabilidad de crecidas y granizo. Todavía no ha llegado, pero anda cerca.

Saco de nuevo el teléfono y el portátil y me pongo a trabajar.

La primera llamada que realizo es a la compañía de seguros. No sé cómo funciona esto. ¿Les llamo yo o me llaman ellos en caso de que se produzca la muerte del asegurado? ¿Hay que notificarlo o ellos simplemente saben que Nick ha muerto? ¿Leen las necrológicas? Me doy cuenta de que suena absurdo, pero aun así me lo pregunto. Cuando nació Maisie, Nick se hizo un seguro de vida y me dejó a mí como principal beneficiaria y a mi padre como beneficiario secundario. Mi padre, además, se quedaría con nuestros hijos en caso de que ambos muriésemos. Nick se hizo el seguro de vida porque quería saber que yo estaría bien si algo le ocurría, una póliza secundaria a la exigida por el arrendador de la clínica. Eran dos pólizas diferentes, para que no hubiera trámites burocráticos en caso de que alguna vez yo necesitara tener acceso al dinero.

Así que encuentro los papeles y el número gratuito que aparece en los documentos –necesito desesperadamente el dinero del seguro para pagar las facturas, reemplazar el aire acondicionado y más cosas– y llamo a la compañía. Responde una mujer, y le digo que mi marido ha muerto y que necesito acceder al dinero de su seguro. Suena frío cuando lo digo y entiendo por qué los cónyuges son los primeros en ser interrogados por asesinato cuando hay un seguro de vida de por medio. Lo fácil que sería matar a tu pareja para después cobrar el dinero. Estoy segura de que a la mujer que tengo al teléfono le pareceré una avara. Me apetece contarle lo del aire acondicionado, lo de los intereses que van sumándose a mi tarjeta de crédito por los gastos funerarios de Nick. Quiero hablarle de mi familia, de mis hijos, de la pequeña Maisie y el recién nacido Felix, para que entienda que no soy una avariciosa. Me dan ganas de decirle que tengo hijos, una familia que mantener.

Pero supongo que a ella no le importa.

—Tiene que rellenar una declaración de fallecimiento y adjuntar una copia del certificado de defunción —me explica con un tono mecánico e impersonal. No me dice que lamenta mi pérdida. No me ofrece sus condolencias.

—¿Cuánto tardaré en recibir el dinero? —le pregunto entonces, y me dice que la compañía de seguros tiene treinta días para revisar la declaración y después, si todo encaja, me enviarán el cheque—. ¿Qué quiere decir con «si todo encaja»? —¿Acaso hay gente que presenta los papeles de alguien que no ha muerto con la esperanza de obtener el dinero?

—Si no encuentran razones para rechazar la petición —me responde.

—¿Como por ejemplo? —pregunto. ¿Por qué diablos iban a negarle a una beneficiaria los fondos que le corresponden? Me parece una crueldad para alguien que acaba de perder a un ser querido.

—Suicidio, por ejemplo —me explica—. Nuestras pólizas tienen una cláusula de suicidio según la cual deniegan el pago si el asegurado se suicida en los dos primeros años posteriores a la contratación —me dice, pero yo le aclaro que Nick tenía la póliza desde hacía más de dos años, lo cual da lo mismo, porque Nick no se estrelló deliberadamente contra un árbol con nuestra hija en el asiento de atrás.

¿O sí? ¿Sería posible?, me pregunto mientras me aferro a la mesa de madera. Nick estuvo extraño los días anteriores a su muerte: nervioso, alterado. Le pregunté al respecto porque me di cuenta, pero lo achacó al cansancio, igual que yo. En las últimas semanas de embarazo, con la tripa tan hinchada, nos resultaba casi imposible dormir a ninguno de los dos. Los calambres eran insufribles y nos despertaban en mitad de la noche; dolores en las piernas que obligaban a Nick a darme masajes a la una, a las dos y a las tres de la mañana. Maisie, supusimos que nerviosa por la inminente llegada de su hermano, dejó de dormir bien también, preocupada consciente o inconscientemente por el bebé que pronto le robaría el protagonismo y dividiría nuestro amor. El cansancio nos estaba pasando factura a todos y, con la llegada de Felix, agradecimos que el embarazo hubiera terminado al fin.

Los días anteriores al parto, Nick estaba hecho un manojo de nervios. Me respondió mal en un par de ocasiones, lo cual no era propio de él. Levantó la voz, gritó, y yo también grité, y le llamé algo que ahora me gustaría poder retirar. «Deja de ser tan gilipollas, Nick», fue lo que dije. «Estás siendo un gilipollas». Desearía que Nick estuviera aquí, de pie frente a mí, y que yo pudiera desdecirme. Quiero estirar los brazos hacia él en lugar de apartarme como lo hice cuando trató de abrazarme en vano. Siempre he sido rencorosa.

Y ahora me pregunto: ¿fui yo? ¿Fue culpa mía? ¿Lo envié yo a los brazos de Melinda Grey?

No era propio de Nick perder los nervios, pero de nuevo lo achaqué al cansancio, a la presión de tener que cuidar de dos hijos en vez de uno. Pero ¿y si había algo más? En su familia había casos de enfermedad mental: depresión y esquizofrenia; habíamos hablado de aquello cuando tomamos la decisión de formar una familia.

Pero ¿suicidarse? No. Nick no. Jamás. Tenía mucho por lo que vivir: su clínica, nuestra familia. Jamás se habría quitado la vida, y menos así, con Maisie en el coche. Pero aquellos que tienen tendencias suicidas no siempre piensan con claridad y se ven invadidos por una abrumadora sensación de desesperación, por la necesidad de hacer que desaparezca, hacer que pare. De pronto me imagino a Nick con el pie en el acelerador, con aquel árbol a la vista, avanzando por Harvey Road con una única cosa en mente: poner fin a su vida. Se me llenan los ojos de lágrimas y empiezo a llorar. Nick no, por favor. Nick no. Aunque tal vez le devoraba la culpa. Tal vez había terminado su aventura con Melinda Grey y ella amenazaba con contármelo, y entonces no vio otra manera de remediar la situación más que acabar con su vida.

—U homicidio —me explica la mujer al otro lado del teléfono interrumpiendo mis pensamientos—. A veces, en caso de homicidio, se produce un retraso porque el agente de seguros tiene que ponerse en contacto con el departamento de policía para asegurarse de que el beneficiario no sea sospechoso de la muerte del asegurado.

Dejo de llorar y, de inmediato, me pongo a la defensiva.

—Yo no he matado a mi marido.

—No he dicho eso —responde ella. Me pide el número de póliza y se lo doy. Tendrá que enviarme la documentación en la que se detalla todo lo que necesitan que rellene para hacer la reclamación. Y entonces, del otro lado de la línea, me llega el silencio mientras la mujer teclea el número de póliza y espera a que el ordenador responda. Pero dura demasiado –la temida ruedecita dando vueltas en la pantalla–, y entonces la mujer me pide que le repita el número. Lo ha escrito mal y el ordenador se lo habrá dicho. De modo que le repito el número, más despacio esta vez, para que lo introduzca correctamente, pero de nuevo a mis palabras les sigue el silencio.

Tanto silencio que yo empiezo a preocuparme.

—¿Ocurre algo? —le pregunto.

—Esa póliza ha sido cancelada, señora —me informa, y a mí me invade una súbita angustia que me impide respirar.

—¿A qué se refiere? Eso es imposible —le digo, pero pienso que no es imposible, que el arrendador de la clínica se me habrá adelantado y se lo habrá llevado todo: su parte y la mía. Han recuperado el dinero de su préstamo gracias al seguro de vida que me correspondía a mí. ¿Cómo puede ser eso? Estoy dispuesta a pelear por lo que es mío, a contratar a un abogado y demandar, pero entonces la mujer me explica que hace cuatro semanas, un día de mayo, Nick canceló la póliza. Fue Nick, no el arrendador de la clínica. El dinero del fondo ya había sido devuelto.

—Eso no puede ser —murmuro, y me imagino a Nick hurtando todo ese dinero que había estado ahorrando para protegernos a los niños y a mí si él muriera—. Debe de haber un error —añado con el corazón desbocado, al darme cuenta de que ahora Nick ha muerto y Maisie, Felix y yo nos hemos quedado sin nada. Absolutamente nada. Una casa, aún por pagar y propiedad del banco, al que Nick enviaba cheques todos los meses, un fondo de ahorro para la universidad bastante mediocre y deudas. Más deudas de las que cabría imaginar y que crecen día a día.

Le digo a la pobre mujer al otro lado de la línea que debe de estar equivocada; me tiembla la voz y noto que estoy perdiendo el control. Le digo que sin duda ha cometido un error absurdo. Se lo digo tres veces, cada vez más enfadada y vehemente. Pido hablar con otra persona, con cualquiera, con quien esté al mando. Y, cuando esa persona se pone al teléfono, le digo lo estúpida que era la otra mujer, le digo que tiene que ayudarme a recuperar el dinero del seguro de vida de mi marido.

—Ahora —le digo de nuevo, por si acaso la primera vez no me ha entendido—. Ahora.

—La póliza, señora —me explica el hombre con una tranquilidad irritante y sin molestarse en disculparse por la incompetencia de la primera mujer—, ha sido cancelada.

—Se equivoca —insisto, pero me asegura que no—. Se lo demostraré —le digo con arrogancia mientras abro la cuenta *online* para verlo yo misma, para poder hacer una captura de pantalla y enviársela de algún modo, una imagen que demuestre que hay fondos disponibles en la póliza de vida de Nick.

Pero, en vez de eso, descubro que, en efecto, la póliza ha sido cancelada y los fondos entregados a Nick. Se me para el corazón, la cabeza me da vueltas. Empiezan a sudarme las manos sobre el teclado. Trato de respirar, pero no puedo. «Respira, Clara», me digo. «Respira».

¿Qué hizo Nick con el dinero y por qué?

Nick me ha dejado, y me ha dejado sin nada.

Le cuelgo el teléfono al hombre del seguro.

No puedo pensar en esto ahora mismo. Tengo preguntas, más preguntas. Muchas preguntas. Encontraré trabajo, le pediré ayuda a mi padre, les rogaré un préstamo a los padres de Nick. Pero ¿por qué canceló la póliza y se gastó el dinero él solo? Necesito saberlo. ¿Tendría algo que ver con Melinda Grey? Abro un motor de búsqueda y tecleo su nombre una vez más, pero esta vez, además de los perfiles en redes sociales que ya encontré antes, sentada al volante de mi coche, bajo un poco más por la pantalla y descubro algo que no vi esta tarde. El nombre de Melinda Grey aparece en un informe policial, en una publicación de hace meses. *Melinda Grey*, dice, *residente de la manzana 300 de Parkshore Drive, ha sido arrestada por el Departamento de Policía de Joliet con cargos de posesión de una sustancia controlada.* Y en el informe aparece una foto policial, una que no se parece en nada a la foto de perfil de la mujer con bikini y pareo, sino a la de una mujer con poco pelo, la piel con manchas y la mirada triste, una mujer diez o veinte años mayor que Nick, con quien no me lo imagino teniendo una aventura. No es nada atractiva, y aun así Connor me lo dijo. Me dijo que Nick tenía una aventura.

Pero, si no tenía una aventura con la señora Grey, entonces ¿con quién?

Y, si no tenían una aventura, ¿qué relación mantenía con esta mujer? ¿Tendría algo que ver con drogas? ¿Nick estaría consumiendo sustancias?

En un primer momento tiene sentido. Nick estaba nervioso las semanas anteriores al nacimiento de Felix. Tenía cambios de humor y parecía abatido. El hecho de que retirara los fondos del seguro podría significar que necesitaba dinero rápido para comprar drogas.

Melinda Grey no era su amante. Era su camello.

Nick estaba consumiendo drogas. ¿Estaría drogado en el momento del accidente? Sin duda la policía le habría hecho pruebas de alcohol y drogas en el hospital tras el accidente, aunque tal vez no. Me planteo consultar al detective Kaufman al respecto, pero no quiero hacerle sospechar. Ya está bastante convencido de que el culpable fue solo Nick.

Me tomo un momento para recomponerme y luego voy a echar un vistazo a los efectos personales que llegaron del depósito hace días: las llaves del coche, la cartera de Nick y su teléfono móvil.

Pero hay otras cosas mezcladas con los efectos personales de Nick, cosas en las que no me fijé en su momento pero en las que reparo ahora. Al fondo de la bolsa de plástico encuentro un tapón verde lima de una botella de refresco y un soldadito verde de no más de cinco centímetros de alto. No es el tapón de refresco sino el soldadito lo que llama mi atención, la clase de juguete que se vende por cubos, con cien soldaditos o más en cada contenedor. Lo sostengo entre los dedos y lo miro a los ojos.

—¿De dónde has salido tú? —pregunto, pero el soldadito no responde.

Llamo a Maisie, le muestro la figurita y le pregunto si es suya. Ella arruga la nariz, asqueada, y niega con la cabeza mientras se aparta del juguete.

—Eso es para niños —dice, como si el soldadito tuviera piojos o algo peor. Regresa al salón para seguir viendo la tele.

¿Por qué iba Nick a tener un soldadito de juguete? Tal vez sea un error. Tal vez otro cadáver del depósito llevaba el soldadito en el bolsillo del pantalón vaquero y algún inepto pensó que era de Nick.

Tal vez en algún lugar haya un niño pequeño que ha perdido a su padre y a su soldadito de juguete.

Vuelvo a guardar el juguete en la bolsa. Pero hay más. Dos pastillas azules ovaladas en un blíster, cada una de menos de un centímetro. No parece el clásico ibuprofeno o antihistamínico, sino algo diferente. Nick no tomaba ninguna medicación, al menos que yo supiera. Pero puede que sí. Tal vez la tomaba y no me lo dijo. O quizá estas sean las drogas que le vendía Melinda Grey. Me acerco las pastillas a los ojos y veo las letras que llevan impresas. *Halcion*, y una dosis. Busco en Google y descubro que el Halcion suele utilizarse para tratar el insomnio, lo cual tiene sentido, dado que todos dormíamos mal las semanas antes de que naciera Felix, y sin embargo los efectos secundarios son enormes: comportamiento agresivo, depresión, ideas de suicidio. Me quedo mirando esas palabras en la pantalla del ordenador. *Ideas de suicidio.* ¿Estas pastillas serán las culpables de la muerte de mi marido? Accedo a la cuenta de Nick en MyChart, una base de datos *online* donde los médicos tienen registros para uso de los pacientes. El usuario es la dirección de *e-mail* de Nick y, cuando pulso el botón para obtener una nueva contraseña, me la envían a su correo, al que accedo sin problemas porque conozco su contraseña. Reviso sus registros y la lista de medicación por prescripción. Lo último que le recetó su médico fue amoxicilina para tratar una sinusitis el invierno pasado. El Halcion no aparece por ninguna parte.

Las pastillas no se las recetó su médico. Las sacó de otro sitio.

Dejo la medicación a un lado por el momento.

La batería del móvil está agotada y la pantalla bastante destrozada. Saco un cargador de un cajón de trastos. Tarda un rato en cargar el teléfono lo suficiente para poder encenderlo, aunque, a juzgar por el estado de la pantalla, me sorprende que funcione. Aparece la pantalla de bloqueo: una foto en la que aparecemos los dos, aunque nuestras caras aparecen rajadas por las fracturas del cristal. Pero, aun así, Nick aparece tan guapo como siempre, con su rostro juvenil ajeno a la edad. En la fotografía su sonrisa es sublime y vuelvo a recordarme a mí misma que Nick no haría daño ni a una mosca. Jamás. Recuerdo la orden de alejamiento mientras contemplo la mirada amable de Nick, sabiendo que sus manos nunca me tocaron de un modo que no fuera cariñoso y tierno, que sus palabras jamás fueron crueles.

Debe de ser un error; tiene que ser un error.

Drogas, órdenes de alejamiento, aventuras. Eso no es propio de Nick.

Introduzco su contraseña –prueba, me digo a mí misma, de que no había secretos en nuestro matrimonio, aunque mi mente empiece a dudarlo– y abro el registro de llamadas para ver con quién estaba hablando en el momento del accidente. Tiene un prefijo 206 que no me dice nada, así que abro el motor de búsqueda y tecleo el número. Me imagino a Nick al teléfono, con su mano grande y fuerte llevándoselo a la oreja mientras le susurra a Maisie, sentada detrás con su libro, que se esté callada, porque papá está al teléfono. Me lo imagino preguntando «¿Diga?», y luego unos instantes de confusión cuando la persona al otro lado de la línea pregunta por Amy, por Natalie o por Renata. «Te has equivocado de número», dice él, y de pronto se encuentra con la curva ante sus ojos y no le da tiempo a reaccionar, toma la curva a ochenta por hora y se sale de la carretera. Imagino que la persona al teléfono debió de oírlo, debió de oír las últimas palabras de mi marido, algo irreverente, seguro, algo profano, aunque Nick no solía serlo. Pero creo que eso sería exactamente lo que habría hecho al perder el control del vehículo y salirse de la carretera. Diría algo como «Dios mío», o «Joder», porque es justo lo que habría hecho yo. Eso es lo que tengo que descubrir; de pronto necesito saberlo. Cuáles son las últimas palabras que dijo Nick y si esa persona, la del teléfono 206, oyó como el coche se estrellaba contra el árbol. Si oyó el impacto de su cabeza contra el cristal y el metal del coche al chocar. Y a Maisie llamando a su padre, rogándole con su vocecita que hiciese desaparecer al hombre malo.

Descubro que el prefijo 206 pertenece a Seattle. Así que también pertenece a Bainbridge Island, la ciudad donde Nick nació y se crio. He oído las historias de su humilde hogar no lejos del estrecho de Puget, a menos de una manzana de distancia del puerto, de modo que, si giraba la cabeza hacia la derecha, veía los mástiles de los barcos flotando en el mar. Hasta que se jubilaron, la madre de Nick trabajaba como guía en uno de los museos y su padre era un anestesista que tomaba el ferri hasta Seattle casi todos los días, porque se pasaba la vida de guardia. Eso era lo que Nick me contaba. Pero Nick se fue de Seattle cuando empezó la universidad a los dieciocho años y no volvió nunca. No era que no le gustara, sino que, para cuando se licenció y decidió abrir su propia clínica, sus padres ya no vivían allí: se habían jubilado y trasladado a una casita en Cabo Coral, no muy distinta de la que habían dejado atrás, salvo por los inviernos y la lluvia, claro. Las visitas que nos hacen son escasas y siempre breves, y ahora, sin Nick, me atrevería a decir que el intervalo entre visitas seguirá extendiéndose hasta que un día dejen de venir. No es que me importe. Su madre siempre quiso que Nick se casara con otra; con nadie en particular, simplemente otra que no fuera yo. Eso lo ha dejado bastante claro.

Así que tengo dos teorías, dos hipótesis: o la persona que llamó trataba de venderle algo o alguien se había equivocado de número. Nick ya no tiene familia en Seattle. Me digo a mí misma que no es más que una coincidencia, ya que Nick no había mencionado nada sobre Seattle en los últimos seis años o más. Yo no sé nada de Seattle, salvo que llueve nueve meses al año. Agarro el teléfono, marco el número y espero a que alguien conteste.

—¿Diga? —responde una mujer y, por alguna razón, eso me incomoda y no sé bien qué decir. Tiene una voz suave y delicada, muy femenina. Debería haber preparado algo que decir. Debería haber anotado una idea en un papel para saber qué decir, aunque fuera una presentación. Pero resulta que no puedo hablar, así que la mujer vuelve a hablar, más alto esta vez, por si acaso soy dura de oído o directamente sorda—. ¿Diga?

Yo me aclaro la garganta y vuelvo a intentarlo, y esta vez sí me salen las palabras, si bien de forma inarticulada y entrecortada.

—Hola. Usted no me conoce —digo demasiado deprisa, como si fuera un único pensamiento—. La policía me ha dado su número de teléfono. —Pero las palabras me salen demasiado trémulas, así que me pide que repita lo que ya he dicho. Se lo repito, más alto esta vez, tratando de controlar el tono y pronunciar cada sílaba con cuidado. Oigo la voz de Bob Esponja rebotando por las paredes de nuestra casa, pues probablemente Maisie se haya hecho con el mando a distancia y esté pulsando botones al azar. La oigo reírse, aunque su risa casi queda ahogada por el sonido de la televisión. Hace tiempo que no la oía reírse—. La policía me ha dado su número de teléfono —repito.

—¿La policía? —pregunta ella, confusa, de manera abrupta.

—Sí —confirmo, aunque no sea del todo cierto.

—¿La conozco? —pregunta la mujer, y oigo su voz a través del aparato desde donde yo me encuentro, sentada a la mesa de la cocina, golpeando insistentemente el suelo con el pie. Noto cierto recelo en su voz, una duda inmediata. ¿Por qué iba a darme la policía su número de teléfono? ¿Quién soy y para qué la llamo? Está nerviosa y preocupada. Estará pensando en toda la gente que conoce, preguntándose si estarán todos bien. ¿La habré llamado para darle malas noticias? ¿Soy la personificación de la muerte, la Parca, que viene a robarle a sus seres queridos?

—No —le confieso—. No me conoce. Verá, mi marido —le cuento con cierta vehemencia en mis palabras— tuvo un accidente de coche. O dicen que fue un accidente, pero yo no creo que lo fuera. Se estrelló, sí, pero no por accidente. —Y me doy cuenta de que no puedo parar. Hablo deprisa y le cuento a una desconocida a través del teléfono lo de Nick y Maisie, le hablo del detective Kaufman y de un coche negro que los seguía por la carretera, del hombre malo, o tal vez de la mujer mala. Le hablo de las granjas de caballos y del enorme roble blanco, y, no sé cómo, acabo hablando otra vez del detective Kaufman, que me dijo que Nick estaba hablando por teléfono en el momento del accidente, ante lo que niego con la cabeza y vuelvo a decirle que no estoy tan segura de que fuera un accidente.

Y entonces la mujer toma aire y lo deja escapar lentamente antes de decir:

—Clara. —Y yo siento que el mundo se detiene en seco y me aferro a la mesa del desayuno para no caerme.

Me conoce.

Fuera se oye un trueno, el aire húmedo del día se eleva hasta chocar con las temperaturas más frías que circulan por la atmósfera. Como era de esperar, comienza a llover a cántaros. La hierba lo necesita, igual que los árboles, pero, para una niña pequeña que ya está traumatizada por algo, aunque todavía no sabe qué, es lo último que necesita. Maisie grita desde la otra habitación al oír el trueno, abandona a Bob Esponja y viene corriendo hacia mí con las manos en las orejas. Ladra un perro y tardo unos segundos en darme cuenta de que es la pobre Harriet, a la que saqué al jardín y que ahora estará empapada.

—Lo siento —le digo a la mujer del teléfono mientras Maisie llora y yo la abrazo con fuerza—. Hay truenos y está asustada.

—Dicen que va a ser una buena tormenta —dice la mujer, y mientras habla del tiempo y de la escasez de lluvia, me doy cuenta de que no está en Seattle, como imaginaba, viendo a las orcas nadar por las aguas salobres del Estrecho de Puget, sino más cerca, viendo la lluvia caer. Como yo.

Harriet vuelve a ladrar y, esta vez, me levanto de la mesa y Maisie se aferra a mi mano.

—Por favor, mami, no te vayas —me suplica, y juntas caminamos hacia la puerta de atrás y dejamos entrar a la perra. El viento se cuela por la puerta, me golpea y estoy a punto de caerme. Tengo que empujar con fuerza la hoja para poder cerrar la puerta. Echo el pestillo y sigo las pisadas mojadas de la perra hasta donde se encuentra. Se sacude para secarse y nos empapa a Maisie y a mí al mismo tiempo.

—¿Quién eres? —le pregunto a la desconocida del teléfono, y Maisie me imita.

—¿Quién, mami, quién? —insiste, y me llevo un dedo a los labios para que guarde silencio. Me acerco a la ventana de la cocina y bajo las persianas, invadida de nuevo por la sensación de que alguien me observa, la misma sensación que me asaltó en Harvey Road. ¿Habrá alguien ahí fuera, en el jardín de atrás, de pie bajo la lluvia, observándome a través de la ventana?

Las luces de la cocina están encendidas, en contraste con la oscuridad que va cayendo fuera. Un extraño podría vigilarme sin problemas. Podría observarlo todo: a mí al teléfono, a Maisie aferrada a mi pierna. ¿Es eso lo que desea? ¿Que estemos tristes, confusas y asustadas? ¿Hay alguien ahí, acechando en el jardín? Vacilo con las persianas entreabiertas y escudriño el jardín temiendo a los árboles. Hay una docena o más, robles altos y arces con muchas hojas.

149

Cualquiera, hombre o mujer, podría esconderse detrás sin ser visto. Sería el escondite perfecto.

Estoy a punto de enviar a Maisie a las otras habitaciones de la casa para que me ayude a bajar las persianas, pero entonces se oye otro trueno, inesperado, y Maisie suelta un grito agudo como el vapor al escapar de una tetera hirviendo. Le tapo la boca y vuelvo a preguntar al teléfono, nerviosa ya, con la necesidad de saber quién es mi interlocutora.

—¿Quién eres?

El corazón me late desbocado; al igual que Maisie, tengo ganas de gritar. Le susurro a la niña que se esté callada y le quito la mano de la boca. Pero, antes de que la mujer del teléfono pueda responder a mi pregunta, oigo un sonido chirriante, como de clavos, procedente de la puerta y siento que se me hiela la sangre. Maisie, aferrada con fuerza a mis piernas, sin permitirme apenas moverme, murmura:

—Hay un hombre en la puerta, mami. Un hombre.

—¿Un hombre? —repito yo, sabiendo que, desde donde nos encontramos, Maisie no puede saber si hay un hombre en la puerta. Desde la cocina no se nos ve, es imposible distinguir nada a través del cristal biselado que rodea la puerta de entrada, pero aun así Maisie me asegura con un imperceptible movimiento de cabeza que hay un hombre en la puerta, un hombre con sombrero y guantes—. ¿Sombrero y guantes en verano? —pregunto, convencida de que no puede ser cierto. Pese a la tormenta, hace demasiado calor fuera, hay demasiada humedad para llevar sombrero y guantes—. Quédate aquí —le digo a Maisie, le separo los dedos de mi pierna y avanzo hacia la puerta, aunque lo que quiero hacer es esconderme debajo de la mesa de la cocina. Pero no puedo dejar que Maisie vea que estoy asustada. Le pido a la mujer del teléfono que espere. Me alejo de la cocina después de volver a decirle a mi hija que se quede ahí, y paso frente al sistema de seguridad que lleva desconectado tres años, desde que Nick y yo convinimos que era absurdo pagar las tarifas y tenerlo activado para nada. Miro a través del cristal hacia el mundo exterior. Veo el jardín e intento distinguir si hay alguien ahí o no, un hombre con sombrero y guantes, como ha dicho Maisie; alguien que quizá haya pegado la cara a la ventana mientras yo estaba en la cocina y haya cruzado la mirada con Maisie.

Pero no veo a nadie.

Sin embargo vuelvo a oír el ruido, como si alguien estuviese arañando la puerta desde fuera, doy un respingo y grito. Oigo un quejido procedente de la cocina. Tomo aire y reúno valor para abrir la puerta un poco, colocando el peso de mi cuerpo contra la hoja para poder cerrar de golpe si es necesario.

Pero no es necesario.

Respiro aliviada y agradecida al comprobar que el ruido no es más que el viento que agita las hojas de una vid, que a su vez golpean la puerta una y otra vez. Aquí no hay nadie, pero entonces vuelvo a pensar en nuestro jardín, en un hombre con sombrero y guantes, y me pregunto si será cierto. ¿Maisie habrá visto a un hombre o no? ¿Sería un hombre de la tele, como el amigo de George el curioso, el hombre del sombrero amarillo? ¿Se referirá a eso mi hija? No lo sé. ¿Hay alguien ahí, acechando detrás de los árboles, observándonos a Maisie, a Felix, a Harriet y a mí con unos prismáticos? De pronto me gustaría poder conectar el sistema de seguridad ahora mismo, fingiendo una falsa sensación de seguridad al saber que nuestra casa está siendo vigilada desde fuera.

—¿Quién eres? —vuelvo a preguntarle a la mujer del teléfono cuando suena otro trueno. Al otro lado de la línea oigo algo que se cae y el ruido del cristal al romperse. Se oye una voz de hombre a lo lejos que me sobresalta.

—Mierda —le oigo decir.

—Te volveré a llamar —me dice la mujer, pero yo le digo que no. Se lo digo con más vehemencia de lo que pretendía, de modo que hasta Harriet me mira con el rabo entre las piernas.

—¡No! —Harriet agacha las orejas, parece triste. Cree que estoy gritándole a ella. Harriet es una perra que adoptamos, de esos animales con un pasado complicado, que se asusta rápido y tiene tendencia a estar siempre a nuestros pies, por miedo a que decidamos echarla. Fue de Nick antes que mía. Nick fue quien la encontró, llevado por un anuncio muy triste que vio en la tele sobre mascotas abandonadas. Dijo que tenía recados que hacer y, al regresar a casa, había un perro a sus pies, un animalillo de pelaje fosco que todavía estaba recuperándose de una infección parasitaria y cuyas costillas se adivinaban bajo la piel de lo delgada que estaba. A mí me pareció que la habían matado de hambre. No quería quedármela. Dije que no. Lo más probable era que no sobreviviera. Pero era invierno y hacía mucho frío; había empezado a nevar. «Mañana se larga», dije, pero por la mañana ya había cambiado de opinión—. Por favor —suplico—. Por favor, dime quién eres.

—Mañana —responde la mujer en un susurro. Hay interferencias en la línea y temo que se vaya a cortar debido a la tormenta—. Reúnete conmigo. Hay un parque en la calle 248. Cerca de la 111. Commissioners Park. Estaré allí.

—Lo conozco —le digo. Lo conozco bien. He ido allí con Maisie muchas veces. Para ella es el parque del hipopótamo. Les pone nombre a todos: el parque del hipopótamo, el parque de la ballena, dependiendo de las criaturas que le gusten. Este tiene un enorme hipopótamo azul al que se suben los niños por la espalda y por la boca—. ¿A qué hora? —pregunto—. ¿A qué hora? —repito para estar segura, temiendo que no responda porque ya haya colgado.

—A las once —me dice y, sin más, se hace el silencio al otro lado de la línea, hasta que otro trueno azota el cielo y hace gritar a Maisie y encogerse a Harriet.

Paso la primera parte de la noche sin dormir, viendo la lluvia caer a través de la ventana, escudriñando el jardín en busca del hombre con guantes y sombrero. Sin duda, algo desencadenó la visión de Maisie. ¿O sería simplemente una ilusión, la imaginación

152

desbocada de una niña pequeña? No estoy segura, pero, según avanza la noche y no aparece ningún hombre, empiezo a tener mis dudas sobre la veracidad de las palabras que salen de la boca de mi hija. Quiero zarandearla mientras duerme, despertarla y preguntarle si de verdad ha visto a un hombre con sombrero y guantes, o si se lo ha inventado.

Y entonces, a las dos de la mañana, tras cuatro horas acostándome y levantándome de la cama, decido que no puedo dejar el destino al azar. Tengo que saberlo.

Me aseguro de que los niños están durmiendo. Bajo las escaleras, me pongo unos zapatos viejos de Nick y un abrigo, saco una linterna y salgo a la tormenta.

Tengo que saberlo.

Harriet me sigue con reticencia y, por esa razón, no me siento tan asustada o sola. Cierro la puerta de entrada con llave y me guardo la llave en el bolsillo del abrigo. Me quedo junto a la puerta y escucho atenta por si oigo al bebé llorar, pero no oigo nada. Me pongo la capucha del abrigo y el viento me la arranca de inmediato y me revuelve el pelo. Salgo de debajo del porche y la lluvia comienza a golpearme desde todas direcciones. En menos de dos minutos ya estoy empapada y muerta de frío.

Utilizo la linterna como guía. Harriet me sigue de cerca y no sé quién está más nerviosa: ella o yo.

A cada paso, voy hundiéndome en el barro, que se me pega a las suelas de los zapatos, haciendo que me resulte difícil moverme. Siento como si estuviera caminando por arenas movedizas mientras recorro la propiedad en busca de alguna señal del hombre con guantes y sombrero. ¿Está aquí? ¿Ha estado aquí?

No sé lo que estoy buscando. Tiemblo por dentro y por fuera, tengo frío, estoy empapada y asustada, rezando para no encontrar nada, para que al final de esta expedición pueda achacar el hombre con sombrero y guantes a la imaginación de Maisie y no permitir que me obsesione. «Aquí no hay nadie», me digo a mí misma deseando haberme quedado en la cama, junto a Maisie y Felix, estar a salvo dentro de casa. Pero, en vez de eso, estoy fuera, en plena tormenta, cuando se oye un trueno y un rayo ilumina el cielo. Dejo escapar un grito de terror, convencida de que ese árbol es él, el hombre malo, hasta que me doy cuenta de que no es más que un árbol, alto y delgado como un hombre, quieto, observándome.

Me digo a mí misma que no es él.

Ahí no hay nadie.

La lluvia cae sobre los tejados y suena como si fueran los tambores de una banda de música. El agua cae a chorros por los canalones, inundando los parterres en los que me hundo.

El corazón se me acelera al oír un ruido a mis espaldas. Doy un giro completo de trescientos sesenta grados apuntando con la linterna, pero no encuentro nada.

—¿Hay alguien ahí? —pregunto nerviosa por encima del sonido del viento y de la lluvia—. ¿Quién anda ahí? —Estoy muerta de miedo. Junto a mí, Harriet gimotea. Está empapada, como yo, preguntándose por qué me habrá seguido. Tiene las patas y las pezuñas manchadas de barro. Se pregunta qué estamos haciendo. Ni siquiera yo sé con certeza qué estamos haciendo, pero tengo que saber si ha estado alguien ahí observándonos. Por el bien de los niños, tengo que saberlo.

Por mi seguridad y mi salud mental, tengo que saberlo.

—¿Quién anda ahí? —repito, pero nadie responde. Procedente del otro extremo del pueblo, oigo el ruido de las ruedas del tren sobre los raíles, ajenas al viento y a la lluvia que a mí me paralizan.

Rodeo la casa sin alejarme. Utilizo la linterna para examinar el jardín, la zona de juegos de Maisie, los árboles temblorosos. Doblo la segunda esquina de la casa y, al abrir la verja, accedo al patio trasero, donde la lluvia se convierte en granizo y apenas puedo ver, debido a las precipitaciones y al pelo suelto que se agita y me golpea la cara como un látigo de cuero.

Empiezo a estar segura de que no encontraré nada y de que esto será en vano. Es un gran alivio saber que no hay nadie aquí, que no había nadie aquí, que Maisie se equivocaba. Maisie estaba diciendo tonterías. Estaba confundida. Vio algo en la tele y su imaginación se disparó y dio vida al hombre con sombrero y guantes. Se me tranquiliza el corazón. Dejo de temblar. Sonrío.

No hay ningún hombre con guantes y sombrero. No había nadie aquí vigilándonos.

Y es entonces cuando veo el barro.

Me quedo helada y se me entumecen las piernas.

Hay tres manchas de barro en el patio, tres enormes huellas estampadas sobre las baldosas que hay debajo de la pérgola, donde los listones de madera han mantenido alejada a la lluvia. No en el jardín, donde deberían estar, sino muy cerca de la casa, y se detienen junto al ventanal de la cocina, donde hace solo unas horas estaba yo con Maisie escuchando la lluvia. Las huellas son amorfas por los bordes. Por la mañana habrán desaparecido, las pruebas de la presencia de un extraño habrán sido borradas por la tormenta. Podría llamar al detective Kaufman y pedirle que venga por la mañana, a primera hora, pero ¿qué probabilidades hay de que las huellas sigan ahí cuando llegue? No me creería. El detective Kaufman se quedaría mirándome con esos ojos sombríos y volvería a decirme que estoy equivocada. «No hay caso», diría. «¿Sabe lo que creo que ocurrió? Creo que su marido conducía demasiado deprisa y tomó la curva a demasiada velocidad». Y entonces lamentaría mi pérdida.

Enfoco las pisadas con la linterna y me obligo a acercarme para examinarlas mejor. Es una huella con surcos profundos, como los que se encontrarían en la suela de una bota de montaña o de trabajo. Las tres pisadas están bastante separadas, más de lo que son capaces de abrirse mis piernas. Coloco el pie junto a la huella para medirla y llego a la conclusión de que pertenecen a un hombre, dado que el tamaño se asemeja muchísimo a los zapatos de Nick que llevo puestos yo.

En ese momento se agotan las pilas de la linterna y mi mundo queda a oscuras. Miro a mi alrededor, sin ver nada.

—¿Hay alguien ahí? —pregunto, pero no obtengo respuesta. Sin embargo había alguien aquí. Lo sé con certeza mientras llamo a Harriet y ambas regresamos apresuradamente a la puerta de la casa para entrar.

Había alguien aquí. Pero ¿quién?

NICK

ANTES

Tomo la difícil decisión, la que he estado intentando evitar. La he pospuesto todo lo que he podido. No puedo seguir pagando a Connor por un trabajo que puedo hacer yo, así que, a mediodía, cuando la clínica está vacía, le pregunto si puedo invitarle a comer y, allí, en un restaurante mexicano abarrotado, mientras comemos una fuente de nachos, le digo que tengo que prescindir de él. Al principio abre mucho los ojos y después se ríe, pensando que es una broma, que le estoy tomando el pelo.

—Qué gracioso, jefe —me dice riéndose mientras la camarera trae vasos de agua con hielo y después se marcha. Nos conocemos desde hace años y esa es la clase de cosas que solíamos hacer. Gastarnos bromas el uno al otro, pero esta vez no se trata de una broma. Yo estoy serio y le digo que no, que no es broma.

—Lo siento, Connor. Tengo que prescindir de ti —le repito, y le explico que será más fácil para él que lo despida en vez de hacer que deje el trabajo, como si estuviera haciéndole una especie de favor, y en realidad es así. Pero todavía no se da cuenta. Le digo que es lo mejor. El despido solo implica que la clínica va mal, no que él trabaje mal; dejar el trabajo refleja su ética laboral y su energía, su capacidad de aguante. Pero veo que aprieta los puños sobre la mesa y se pone rojo. Flexiona y estira las manos una y otra vez, calentándose cada vez más. Agarra una servilleta, hace una pelota con ella y empieza a pasársela de una mano a la otra.

—No puedes hablar en serio, Nick —me dice con una mirada de hielo, pero también de dolor—. Después de todo lo que he hecho por ti —se lamenta, y de inmediato pienso en Clara, en mi vida con Clara. En que, si no fuera por Connor, Clara y yo no estaríamos juntos.

Aunque no me lo dice, sé que es eso lo que está pensando.

Clara trabajaba en un quiosco del centro comercial cuando la conocí, intentaba vender un perfume carísimo a los transeúntes. Eso le ayudaba a pagarse la universidad, la comisión que se llevaba con las ventas, que no era mucha, pero, según me contó más tarde aquel día mientras tomábamos una *pizza*, era mejor que nada. Connor dice que él la vio primero, pero, de ser así, fue poco antes de que yo me fijara en sus piernas largas, que asomaban por debajo de una minifalda que le llegaba muy por encima de las rodillas. «Puedes quedártela», fue lo que Connor me dijo antes de que hubiéramos hablado con Clara, allí de pie, con la espalda apoyada en la barandilla que daba al espacio abierto de cuatro plantas llenas de tiendas. Él vio justo lo que yo estaba mirando y, aunque su comentario no me molestó en su momento, sí lo hizo en los años posteriores, aquel recordatorio constante de que Clara era mía porque él me lo había permitido, como si fuera de su propiedad y me la hubiera regalado. Como si, de no haber sido generoso aquel día en el centro comercial, ella habría acabado a su lado. Siempre lo decía con una sonrisa, de modo que la línea entre el sarcasmo y la verdad se desdibujaba. ¿Lo decía en serio o solo bromeaba? No lo sé.

Ahora lo miro a los ojos y digo:

—No hagas que resulte más difícil de lo que ya es, Connor. El negocio va fatal ahora mismo, ya lo sabes. No paramos de perder pacientes. No es nada personal, simplemente no puedo permitirme mantenerte en nómina. —Y entonces le hago todo tipo de promesas, las mismas que le haría a cualquiera que tuviera que despedir: que le escribiré una carta de recomendación, que me pondré en contacto con algunos colegas de profesión que conozco por el pueblo.

Connor me esquiva la mirada, levanta la mano para llamar la atención de la camarera y le pide una cerveza Dos Equis cuando esta se acerca. Una cerveza Dos Equis. Es mediodía y Connor tiene pacientes esta tarde. Está intentando provocarme, que le diga lo que puede y no puede hacer.

—Connor —le digo—, no me refiero a hoy. No te estoy despidiendo ahora mismo. Hay tiempo para encontrar un nuevo trabajo. No me refería a ahora.

Él se encoge de hombros.

—¿Y quién dice que tenía pensado marcharme hoy?

El problema con Connor tiene que ver con su desprecio por la autoridad. Su falta de respeto por la autoridad. Connor no trabaja bien cuando está bajo el liderazgo de alguien. Él quiere estar al mando. En su último puesto le despidieron, o más bien le pidieron que lo dejara, porque se enfrentó al jefe en demasiadas ocasiones. Connor trabaja bien conmigo porque nunca lo trato como a un empleado; somos más bien socios.

Connor no ha aguantado en el mismo trabajo durante más de dos años, y esa lista tan larga de empleos en su currículum pronto empezará a levantar sospechas.

—Tienes pacientes esta tarde, Connor —le recuerdo—. Sabes que no puedo dejar que los atiendas si has estado bebiendo —le informo cuando la camarera le entrega la botella verde, él se la lleva a los labios y da un largo trago. No deja de mirarme en ningún momento, como si quisiera desafiarme.

—Pues despídeme —me dice con una mirada que no me gusta nada. Una mirada combatiente, descarada, y sé lo que debió de sentir ese tío en el bar hace meses, cuando Connor le dio un puñetazo en la nariz—. Ah, espera —agrega riéndose—. Si acabas de hacerlo.

Pero acto seguido deja de reírse y se queda mirándome sin achantarse.

—No te he despedido —le digo—. Esto es diferente. Ya lo sabes, Connor. Sabes que no lo haría si tuviera otra opción. No es nada personal —le repito apartando la fuente de nachos. Ya no tengo hambre.

—Después de todo lo que he invertido en la clínica —me reprocha.

—¿Qué? —le pregunto sin pretenderlo—. ¿Qué has invertido tú en la clínica? —Eso le enfada más.

—Los pacientes que he traído —me espeta, aunque el número de pacientes que ha traído a la clínica es insignificante. Casi todos los pacientes que tenemos son míos y yo los comparto con él. Salvo que ahora necesito recuperarlos—. No tendrías a Clara si no fuera por mí —me recuerda, su reproche favorito—. No tendrías a Maisie y a ese bebé.

—No metas a mi familia en esto —le digo sin perder los nervios.

—Tu familia ya forma parte de esto —me responde—. Tu familia, mi familia. Todos somos familia —argumenta, y se ríe de ese modo arrogante que emplea a veces—. ¿Alguna vez te preguntas cómo habría sido la vida de Clara si me hubiera escogido a mí en vez de a ti? Seguro que ella sí se lo pregunta. Seguro que se lo pregunta a todas horas. —Y tengo que hacer un verdadero esfuerzo por no pegarle.

Me digo a mí mismo que está sufriendo. Es un acto de supervivencia, nada más. Lo he despedido. El cabrón aquí soy yo, no él.

—Estoy entre la espada y la pared —le digo—. No tengo otra opción. —Y es la verdad. Tal como van las cosas, voy a tener que sacar dinero de la hucha de Maisie para pagarle el sueldo a Connor. Intento explicárselo, recordarle que tengo una familia, una hipoteca, un bebé en camino, pero es algo que no quiere oír.

—Yo también tengo obligaciones —me dice, y es entonces cuando el asunto se vuelve más personal, cuando sin pretenderlo insinúo que, como Connor no está casado ni tiene hijos, es menos valioso que yo.

—No quería decir eso —le aseguro, pero da igual lo que diga, porque dará por hecho que sí. Se hace el silencio entre nosotros

160

mientras se termina la cerveza y pide otra—. Lo siento, Connor. De verdad, no sabes lo mucho que siento que hayamos llegado a esto.

Entonces se inclina sobre la mesa, tan cerca que huelo los jalapeños en su aliento, y me dice:

—¿Sabes una cosa, jefe? No importa. No es para tanto. ¿Sabes por qué?

—¿Por qué? —le pregunto mientras me echo hacia atrás.

—Porque tarde o temprano te arrepentirás de esto. Ya lo verás. —Y sin más se levanta de la mesa para marcharse y al hacerlo empuja la mesa de madera contra mi tripa.

En mitad de la noche me doy cuenta de lo que tengo que hacer.

Me doy cuenta de una manera un tanto enrevesada, dado que estoy pensando en caballos. De hecho estoy pensando en el dormitorio de nuestro bebé, en que le juré a Clara que lo pintaría y ahora, aquí estamos, a pocas semanas del parto, y la habitación sin pintar. Estoy pensando en lo que cuesta algo así, los pintores profesionales, porque Clara dio por hecho, erróneamente, que yo estaba demasiado ocupado en el trabajo como para hacerlo yo mismo, y sugirió que contratara a alguien para que pintara. Yo había pospuesto muchas otras tareas en la casa, como instalar las molduras que quiere Clara, revisar los electrodomésticos antiguos, el pozo séptico, el calentador del agua, el aire acondicionado, y todo por falta de dinero, no de tiempo. Clara ya había escogido un color para la habitación del bebé: *Día de lluvia*, se llama, un gris delicado que hace juego con la colcha carísima que hemos comprado, así que lo único que tenía que hacer yo era comprar la pintura.

«No me llevará más de dos horas pintar», le había dicho yo. «No contrates a alguien. Lo haré yo».

Y aquí estoy, tirado en la cama, pensando en la pintura y en la tienda de pinturas, y empiezo a pensar en los caballos que vemos

161

desde la carretera que lleva hasta la tienda de pinturas, por donde vivían antes los padres de Clara. Pienso en Maisie, sentada en el asiento de atrás, siempre emocionada al ver los caballos. «¡Mira, papi, el marrón!», o «¡Caballito con lunares!», gritará, señalando con el dedo, y yo me quedaré embobado con su sonrisa. ¿Caballito con lunares? No existe tal cosa, pero yo miro de todos modos porque eso es lo que Maisie quiere que haga.

Sin embargo, pensar en caballos me lleva a pensar en las carreras de caballos y, aunque no sé nada sobre el tema, decido que es algo que puedo aprender.

En realidad no me molesto en ir a un hipódromo, sino que encuentro una página de apuestas *online* que conecta directamente con mi cuenta bancaria, de modo que puedo retirar el dinero con facilidad para apostar y me transfieren las ganancias del mismo modo sencillo. Por la mañana me paso por el banco y abro una cuenta aparte, solo a mi nombre, para que Clara no vea los movimientos de dinero de nuestras cuentas personales, aunque tampoco las mira nunca, pero por si acaso. Por alguna razón, abro una cuenta DPF porque me lo sugiere el banquero: una cuenta con devolución por fallecimiento, para que los fondos no tengan que pasar por un tribunal testamentario en el caso improbable de que yo muriera. Pongo una beneficiaria: Clara.

No quiero ser taimado, porque yo no soy así, pero no quiero que Clara se preocupe por nuestros problemas económicos; entre su madre y el bebé, ya tiene bastantes cosas en la cabeza ahora mismo y no quiero que se estrese por un problema que yo puedo resolver. Solo necesito ganar el dinero suficiente para saldar mis deudas, para reencauzar mi clínica, y entonces estaré feliz.

Investigo sobre carreras de caballos; aprendo el vocabulario, la recta opuesta, las apuestas mutuas, la trifecta. Abro una cuenta *online* y la vinculo con mi nueva cuenta bancaria. Me instalo en mi despacho durante un hueco de cuarenta minutos en el que no tengo ningún paciente, echo el pestillo discretamente y me pongo a trabajar.

Para apostar, necesito dinero. La cuenta de ahorro de Clara ya está vacía. El dinero de mi cuenta del mercado monetario también se liquidó para invertirlo en la clínica. Lo que tenemos en nuestra cuenta conjunta apenas llega para pagar la hipoteca, la luz y el precio creciente de la comida. Esa no la toco, sabiendo que tenemos que comer. Lo último que deseo es que Clara vaya a la compra y en la caja le digan que su tarjeta de crédito o débito ha sido rechazada. Se sentirá avergonzada mucho antes de enfadarse. Me la imagino allí, a mi bella esposa, con Maisie a su lado –Maisie quejándose porque no le gusta ir a la compra–, y ella sonrojada porque todos se quedan mirándola por el pago rechazado. Oigo sus palabras, el ritmo tembloroso de su voz al decir: «Debe de haber un error», y le pide a la persona de la caja que vuelva a intentarlo, solo para obtener el mismo resultado una segunda vez. No quiero hacerle eso a Clara.

Tal como yo lo veo, tengo dos opciones: los 529 dólares que tenemos ahorrados en el fondo para la universidad de Maisie y mi seguro de vida. En lo primero que pienso es en el seguro de vida, cancelar la póliza para cobrar el dinero. No es que tenga planeado morirme próximamente. Es una póliza de seguro de vida integral: como un seguro de vida y una cuenta de ahorro todo en uno, o al menos así fue como se lo expliqué a Clara hace años, cuando la contraté. En vez de una póliza con un vencimiento fijo, por ejemplo hasta que nuestros hijos cumplieran los dieciocho y fueran económicamente independientes, opté por la póliza de vida integral, decisión que ahora resulta fundamental. El dinero sería más útil en mis manos que allí metido, invertido en una póliza de vida que tal vez nunca necesite.

Relleno el papeleo necesario para cancelar la póliza, aunque la compañía de seguros tardará en pagar. Mientras tanto, empiezo con el fondo para la universidad de Maisie; la pérdida es menor que si retirase dinero de mi propio fondo de jubilación, así que me parece lo más sensato, el mal menor.

Al finalizar el día he ganado unos setenta y cinco dólares, lo cual me parece como un millón de pavos. Me digo a mí mismo que ha sido un buen día, hasta que una hora más tarde Clara me llama, aterrorizada, y me dice que su madre ha vuelto a llevarse las llaves del coche y ha salido a dar una vuelta.

—Creí que tu padre las había escondido —le digo.

—Eso creía yo también —responde ella.

Resulta que a Tom se le olvidó esconder las llaves.

—La han encontrado —me asegura, pero todavía parece asustada—. Uno de estos días se va a hacer daño. Daño de verdad.

«O hacerle daño a alguien», me dan ganas de decir, pero no lo hago, porque no quiero ser un agorero. Tanto Clara como su padre saben lo que está en juego cada vez que Louisa consigue sentarse al volante de un coche.

—¿Dónde ha ido esta vez? —pregunto, y Clara me cuenta que su madre estaba deambulando por carreteras secundarias en dirección a la casa alquilada que aún es propiedad de Tom. Estaba intentando volver a casa, según le dijo a un hombre que pasaba por allí y que la encontró parada a un lado de la carretera, totalmente desorientada, tratando de encontrar el camino en la carcasa de un viejo CD, como si fuera un mapa de carreteras.

«¿Dónde vive, señora?», le había preguntado el hombre. Al ver la pulsera de alerta médica que Louisa lleva siempre puesta, llamó al número gratuito para pedir ayuda, pero Louisa le dijo que no lo sabía. No tenía ni idea de dónde estaba su casa, pero sí pudo describírsela: una antigua granja, muy grande, a unos dos kilómetros de mi atajo favorito; una carretera serpenteante y olvidada que suelo tomar para evitar el tráfico del pueblo.

Pero Tom y Louisa ya no viven ahí. Hace años que no viven ahí.

Aunque, como el resto de las cosas, eso era algo que Louisa ya no recordaba.

CLARA

Me despierto al oír los golpes en la puerta, bajo las escaleras medio dormida y saludo al repartidor de flores. Es la tercera vez que viene esta semana, siempre poco antes de las ocho de la mañana. Demasiado pronto. Debe de quedarse sentado en su coche, esperando lo que considera una hora apropiada para llamar a la puerta. Nadie quiere flores cuando ha muerto un ser querido, pero aun así las envían, flores que me despiertan a estas horas. Doy las gracias al repartidor, convencida de que está ya harto de verme en pijama una y otra vez, con el pelo hecho un desastre, ojos de sueño y mal aliento. Cierro la puerta y me quedo contemplando a través de la ventana las pruebas de la tormenta de anoche.

Están por todas partes.

Ramas de árboles arrancadas de cuajo y tiradas por el suelo; a media manzana de distancia se ha caído un poste de la luz, que yace en mitad de la carretera. Busco el interruptor de la lámpara de araña y lo enciendo; no hay luz. La compañía eléctrica tardará horas en remediar la situación, horas en las que Felix, Maisie y yo no tendremos luz, café o televisión. Cosas importantes. Al otro extremo de nuestro jardín veo desperdigado por el suelo el contenido de un cubo de basura volcado: una caja, una bolsa de comida rápida, un paquete vacío de arena para gatos; faltan algunas tejas de la casa del vecino. Hay charcos en la calle, con pajarillos bañándose en ellos, chapoteando con las alas en el agua turbia y sacudiéndose luego las plumas, como hace Harriet para secarse. Ha salido el sol e intenta en vano secar la tierra. Tardará un tiempo. Hay un tordo sargento posado junto a un charco, observándome a través del cristal.

Me asomo por la puerta de atrás y miro bajo la pérgola para ver si las huellas de barro del hombre siguen allí. Pero no están. Se las ha llevado la tormenta, me digo, y me convenzo de que estaban allí, de que no ha sido un sueño. Los zapatos embarrados de Nick junto a la puerta de entrada dan fe de ello, al igual que su chubasquero colgado del picaporte de una puerta. No me lo he inventado.

También hay pruebas de la tormenta dentro de la casa. Harriet, aterrorizada por la tormenta, se ha hecho caca sobre la alfombra. También le ha dado por mordisquear el brazo del sofá y una vieja deportiva de Nick, así que hay restos de tapizado y de fibras sintéticas esparcidos por toda la estancia, igual que la basura por el jardín. Veo las huellas de barro de Harriet estampadas por el suelo del recibidor.

En mi cama, Maisie, que se ha pasado media noche en vela, asustada por el viento y la lluvia, sigue dormida, con la puerta del dormitorio cerrada. En mitad de la noche oí sus llantos y sus «No, no, no, no», mientras pataleaba inconscientemente. Con el aire acondicionado estropeado y las ventanas cerradas para evitar que entrara la lluvia, en casa hace un calor insoportable. A lo largo de la noche he visto como el termostato subía hasta veintinueve grados, mientras las rachas de viento a ochenta kilómetros por hora azotaban la casa. Mientras dormíamos, el sudor se acumuló entre mis piernas, dándoles un aspecto viscoso, como unas manos embadurnadas de crema hidratante; la sábana se me pegó a las piernas hasta que Maisie, en sueños, me la arrancó.

Y entonces me quedé tumbada en la cama, sin poder dormir, tratando de recordar lo que era tener a Nick a mi lado, el sonido de su ligero ronquido y el calor de su cuerpo pegado al mío, sus brazos, su torso y sus piernas en paralelo.

Pero me di cuenta de que ya no me acordaba.

Nuestro pueblo no batiría ningún récord por buen tiempo. Hace veintitantos años un tornado asoló la comunidad y nos puso en el mapa. Nadie había oído hablar de nuestra localidad antes del tornado, un F5 que arrancó casas de sus cimientos, levantó coches, mató a docenas de personas e hirió a cientos a su paso. Ahora nuestro pueblo se asocia a tornado igual que Nueva Orleans se asocia a huracán. Atravieso la casa recogiendo el desastre que Harriet ha dejado tras de sí, sintiéndome agradecida de que fuera solo una tormenta y nada más. No me sorprende descubrir que, cuando se despierta, Maisie no quiere abandonar la seguridad de nuestro hogar. Pero, con el corte de suministro eléctrico surge una ventaja: sin luz no hay tortitas de microondas ni televisión; nada de *Bob Esponja* ni *Max y Ruby*. En su lugar, le prometo un dónut de Krispy Kreme y una excursión al parque. Y así, a regañadientes, accede a salir, se cambia el pijama por unos pantalones cortos y una camiseta sin mangas y los cuatro nos montamos en el coche: Felix, Maisie, Harriet y yo. Para distraerla, le entrego a Maisie mi teléfono.

Todavía no son las diez de la mañana y, después de comprar dónuts y café, tomo la decisión de conducir hasta Harvey Road. No es algo que se me ocurra en ese momento, sino más bien algo que he estado pensando toda la noche, mientras daba vueltas en la cama y la tormenta azotaba el exterior. Y ahora lo recuerdo, mientras atravieso el pueblo hacia el lugar del accidente de Nick. Aquella escena tan familiar va tomando forma. Las granjas de caballos aparecen a ambos lados de la carretera antes de llegar a la fatídica curva. Son casas grandes, reformadas, o granjas modernas con establos, graneros, pastos cercados y diversas edificaciones externas que no logro identificar, todo situado en una zona alejada del pueblo. Esto no se parece a ningún otro lugar de la localidad. Aquí se nota la ausencia de estructuras comerciales: no hay tiendas, ni gasolineras, ni torres de agua. Allá donde mire, solo veo casas y árboles, casas y árboles.

Y, por supuesto, caballos. Hay una iglesia, una peculiar iglesia presbiteriana que limita con un pequeño cementerio, que resulta extrañamente acogedor con sus verjas de hierro forjado y sus arbustos. Las calles son estrechas y están vacías, y, cuando bajo la ventanilla, el aire que entra en el coche huele a fresco y a limpio, aunque también recuerda al aguacero de la noche anterior.

Hoy no llego hasta la curva, aunque la veo a lo lejos y me pregunto si Maisie también la verá. ¿Reconocerá el lugar? Mi altar junto a la carretera ha quedado desplazado hacia un lado, gracias al viento y a la lluvia. Las flores que dejé junto a la cruz blanca de madera están desperdigadas por la carretera, pero además se han multiplicado, dejando claro que alguien más también ha estado ahí, dejando flores en el lugar donde mi marido murió. Y parece que han sido muchas las personas, a juzgar por la cantidad de flores y regalos. Un osito de peluche, una cruz hecha con ramitas, más flores, una gorra de los Chicago Bears sobre la cruz blanca, con esa C naranja y azul que me mira. Connor ha estado aquí. Connor, que comparte con Nick las entradas de temporada de los Chicago Bears: dos asientos en la línea de las treinta yardas. Suelen pasar juntos las tardes de los domingos en el Soldier Field, desde agosto hasta diciembre, comiendo perritos calientes y bebiendo cerveza.

En vez de seguir hasta la curva, entro en el vecindario y aparco frente a una de las enormes casas. Maisie levanta la mirada de mi teléfono móvil.

—¿Dónde estamos, mami? —pregunta mientras contempla las casas y ve a lo lejos un caballo que llama su atención. Un clydesdale de color avellana con manchas blancas en las patas. Yo sé algo de caballos, gracias a mi obsesión infantil con ellos. Coleccionaba figuritas y leía muchos libros sobre el tema.

—Vamos a dar un paseo —le digo mientras saco del maletero el carrito doble. Siento a Felix delante y a Maisie detrás. Después le pongo la correa a Harriet.

Si el detective Kaufman no va a investigar el vecindario, he decidido intentarlo yo. Estando situado tan cerca del lugar del accidente, me resulta imposible creer que nadie haya oído el golpe o haya visto los restos por la calle. Estoy segura de que alguien oyó algo, alguien vio algo. Avanzo como un candidato político que hace campaña por la comunidad para ganar votos, con mi perra y mis hijos como tácticas de campaña.

Esta vez Maisie no se resiste mucho, ya que le gusta dar paseos mucho más que ir a la compra, y, siempre que tenga mi teléfono para jugar al Candy Crush, todo irá bien. Levanta los ojos de la pantalla para escudriñar rápidamente la calle y yo me convenzo de que sé lo que se le está pasando por la cabeza mientras observa los coches aparcados, buscando un vehículo negro, como ya lo he hecho yo.

Pero aquí no hay ninguno, al menos que yo vea.

Es una mañana tranquila y silenciosa. Los caballos deambulan plácidamente por los pastos, comiendo hierba mojada. Harriet se acobarda; no es valiente. Tiro de la correa y le digo que venga.

La primera puerta a la que me acerco pertenece a una pintoresca casita estilo granja con un garaje independiente, de color limón y con molduras en tono óxido. Los árboles de la finca son enormes y el camino de entrada es largo y ancho. Mi tropa y yo avanzamos hasta la puerta. Me vuelvo hacia Maisie, la saco del carrito y le digo que vaya a jugar con mi teléfono debajo de un árbol. Señalo uno que hay a lo lejos, a unos diez metros, un árbol de corteza marrón y rugosa y hojas muy pequeñas, casi todas desperdigadas por el suelo a causa de la tormenta.

—Ahí hay más sombra. Podrás ver mejor la pantalla —le digo y la sigo con la mirada hasta que llega al árbol y se sienta, empapándose sin duda los pantalones. Es entonces cuando llamo a la puerta con suavidad y noto un vuelco en el estómago cuando la puerta se abre y aparece un hombre de mediana edad, con cara rechoncha y poco pelo. Es gris, como sus ojos. Me mira confuso.

—¿Sí? —pregunta, y yo respondo a su siguiente pregunta antes de que tenga ocasión de formularla.

—No me conoce —le digo cuando en la puerta aparece también una mujer que me mira con los ojos entornados—. Me llamo Clara. Mi marido murió en esta carretera hace solo unos días. En un accidente de coche —les explico, aunque, a juzgar por sus miradas, no hace falta que diga más. Saben quién soy.

Miro a lo lejos y veo la curva y, junto a ella, el maldito roble. Desde mi ubicación, tengo una perspectiva privilegiada. Una persona podría estar sentada en este porche, tomándose tranquilamente un vaso de té helado en el columpio, y ver el accidente como si fuera un evento deportivo: un coche, o quizá dos, que recorren la carretera a toda velocidad, el impacto, los desechos que vuelvan por los aires. Debieron de oír el ruido del accidente.

—Lo vimos —me confirma la mujer al salir al porche. Siento que se me acelera el corazón. ¡Lo vieron! Pero se me desploma el ánimo al oír el resto de sus palabras—. Vimos lo que había ocurrido, querida. Qué tragedia. No estábamos en casa cuando sucedió, pero lo vimos en las noticias. No nos lo podíamos creer. En esta misma carretera. Qué pena. ¿Qué es lo que estaba buscando? —me pregunta.

—Albergaba la esperanza de que hubieran visto algo —le confieso—. De que hubieran visto lo que ocurrió.

Ella me pone una mano en el codo. Es un gesto cariñoso y tierno, pero también extraño.

—En el periódico decían que había sido conducción temeraria —me dice, y yo asiento de manera casi imperceptible y susurro que es posible que el periódico se equivocara. En sus ojos solo veo compasión e incertidumbre. No me cree. Cree que me equivoco—. A veces, hay que ver para creer —comenta, y yo me aparto mientras me dice que lamenta mucho mi pérdida, pero en el fondo de mi alma me pregunto si será verdad que lo lamenta.

Recojo a Maisie de debajo del árbol y nos marchamos de nuevo; esta vez es Harriet quien lleva la delantera.

No hay nadie en casa en la segunda puerta a la que llamo y, aunque en la siguiente parece haber actividad en su interior, nadie abre la puerta. La puerta del garaje está abierta y hay una bicicleta de niño tirada en el césped. Desde una ventana del piso de arriba me llega el sonido de una guitarra. Llamo al timbre y luego golpeo con la mano dos veces y escucho, atenta a cualquier pisada. Y aun así nadie abre.

Sigo de casa en casa. Cada parcela del vecindario debe de tener unos cinco mil metros cuadrados. Se tarda un rato en ir de una casa a la siguiente por el asfalto, porque aquí no hay aceras. Pero eso no importa, porque apenas circulan coches por este camino. La dueña de la siguiente casa, una mujer de treinta y tantos años que ya se encuentra fuera, está dando de comer a su caballo clydesdale un poco de heno; el mismo clydesdale que vimos desde lejos. Me saluda con una sonrisa y yo le digo quién soy.

—Clara. Clara Solberg. —Y después le hablo de mi difunto marido.

—¿Puedo acariciar al caballito? —me pregunta Maisie mientras sale del carrito y se acerca con grandes zancadas al caballo color avellana.

—Maisie —le digo yo para que no siga avanzando, pero la mujer me dice que no pasa nada. Maisie sabe que no debe acariciar a un animal desconocido sin preguntar primero. Pero me recuerdo a mí misma que sí ha preguntado. Lo que pasa es que no ha esperado una respuesta. Típico de Maisie, siempre ansiosa, siempre con prisa. No se detiene ni espera. Es difícil pedirles a los niños que esperen.

—Lady es muy buena. Le encantan los niños —dice la mujer, y saca una zanahoria para que Maisie se la dé al caballo, mientras que Harriet se esconde entre mis piernas. A veces trato de buscarle sentido a los miedos de Harriet, a su terror a los ruidos fuertes, a las tormentas, a las criaturas más grandes que ella. Intento encajar las piezas del rompecabezas de su vida antes de que

Nick la encontrara escondida en una caseta, incapacitada, sin poder mover las piernas. Estaba aterrorizada, atrapada en una de esas perreras con un altísimo índice de sacrificios, donde los perros y gatos esperan a que les llegue su hora. Era cuestión de tiempo que alguien le inyectara una elevada dosis de sodio pentobarbital, si Nick no la hubiera encontrado a tiempo. Le rasco la cabeza con cuidado; era de Nick, no mía.

Pero ahora es mía.

Y ahora, mientras Maisie está distraída acariciando con torpeza al caballo y dejándole el pelo de punta, le pregunto a esta mujer si vio algo, si oyó algo, si estaba o no estaba en casa. Lo que quiero preguntarle concretamente es si vio un coche negro al acecho, esperando escondido detrás de los árboles para empujar a Nick, oculto entre las hojas. Pero eso no se lo digo.

—Estaba en casa y oí el accidente —me dice la mujer—. Fue... —Se detiene, cierra los ojos y niega con la cabeza—. Horrible. Aquel ruido. Pero no vi nada —explica mientras nos conduce hacia su jardín, donde puedo ver con claridad la madera roja del granero del vecino, que obstaculiza la vista—. Miré, no me malinterprete —me dice—. Quería saber qué había ocurrido. Pensé en subirme al coche y dar una vuelta a la manzana. Sentía curiosidad —admite algo avergonzada—. Y, claro, estaba preocupada. Pero entonces oí las sirenas, las ambulancias, los coches de bomberos, y supe que no haría más que estorbar. La ayuda ya estaba en camino.

—Muchas gracias por su tiempo —le digo mientras recojo a Maisie y nos preparamos para marcharnos. Al despedirme, ella dice que lamenta mi pérdida. Todo el mundo lo lamenta. Lo lamenta mucho. Pero también se alegran de que me haya ocurrido a mí y no a ellos.

Se repite más o menos lo mismo en las tres viviendas siguientes: estaban en casa, pero nadie vio nada. Al llegar a la cuarta, no se oye nada. Las luces están apagadas y la puerta del garaje cerrada. Hay un paquete en el porche, empapado después de la lluvia de anoche. *Janice Hale*, pone en la etiqueta con la dirección. Es una caja de cartón con el logo de Zappos. Janice Hale se ha comprado unos zapatos nuevos.

Sigo avanzando y llamo a la puerta de la siguiente casa, aunque no me abre nadie, y además ya estoy tan lejos de Harvey Road que me resulta inútil de todos modos. Me doy la vuelta para marcharme, pero, antes de haber dado tres pasos, oigo la voz de una mujer que me grita.

—¡Eh!

Me doy la vuelta y veo abrirse una ventana y una cara pegada a la pantalla de fibra de vidrio.

—¿Puedo ayudarla? —me pregunta, y Maisie se pega a mis piernas, asustada. Felix duerme tranquilamente en el carrito. Dentro de poco querrá comer, aunque voy preparada para eso y he llenado la bolsa de pañales con biberones, leche en polvo y agua destilada, como indicaban en las páginas sobre paternidad—. Busca a Tammy —supone—. Tammy está trabajando —me informa la mujer mientras tose. No me molesto en preguntar quién es Tammy. En una mano lleva un cigarrillo encendido. El humo sale por la ventana y Maisie también tose, aunque exageradamente.

—Vete a jugar —le digo mientras le revuelvo el pelo y le doy un empujoncito para que se aleje—. ¿Cuándo volverá Tammy?

—Mañana, supongo —me dice esta mujer—. Está de imaginaria, ¿sabe? —Pero yo no lo sé, claro—. Tuvo que volar a Arkansas hace unos días, o algo así. Alabama. No lo sé seguro. Nunca sé dónde está, si está volando o en tierra. —Y, cuando la miro confusa, me dice que Tammy no lo soporta, no le gusta la naturaleza impredecible del trabajo, ni los trajes con chaqueta cruzada, ni los pañuelos del uniforme—. Lo odia tanto que una pensaría que quiere buscarse otra cosa. —Y entonces, como si el trabajo de Tammy y yo tuviéramos algo que ver, me pregunta—: ¿Necesita algo?

—No —respondo negando con la cabeza, convencida de que aquí no encontraría lo que voy buscando. Decido que puedo regresar en otro momento. Regresaré en un día o dos y trataré de hablar con Tammy. Pero entonces cambio de opinión, porque no quiero dejar pasar una oportunidad. Al igual que en las otras casas, me acerco a la ventana abierta y le digo a esta mujer quién soy y qué quiero. Y me quedo callada, a la espera de que ella me diga algo.

—Yo estaba en la tienda —me dice—, comprando un cartón de tabaco.

Y entonces pienso que ya está, su respuesta es un claro no –no vio ni oyó nada, ni siquiera estaba en casa– hasta que sigue hablando.

—Iba conduciendo de vuelta a casa justo después de que sucediera. Llamé a la poli, ¿sabe? Vi el coche hecho pedazos.

Entonces me da un vuelco el corazón. Me imagino los pedazos del coche esparcidos sobre el asfalto. Me imagino a Nick hecho pedazos. Dejo escapar un grito ahogado y me llevo una mano a la cara para no llorar.

—¿Algo más? ¿Vio usted algo más? —le pregunto con la voz temblorosa, casi ahogada. Miro a mi alrededor en busca de Maisie, solo para estar segura de que no oiga que su padre quedó hecho pedazos—. ¿Vio a alguien por ahí? —Ella lo piensa unos segundos antes de decirme que se cruzó con un coche de camino a casa, otro coche, a unos seiscientos o setecientos metros del lugar del accidente.

—En condiciones normales, no habría llamado mi atención —me dice, pero me cuenta que ese coche se metió en su carril y ella tuvo que girar bruscamente hacia un lado de la carretera para no chocar—. El muy hijo de perra iba demasiado deprisa. Seguro que iba hablando por teléfono. O escribiendo un mensaje.

Me dice que tocó el claxon y le sacó el dedo al conductor. Menos de tres minutos después, llegó a la curva donde murió Nick.

—¿Vio al conductor? —le pregunto, pero me dice que no, que el sol brillaba con mucha intensidad aquel día y apenas pudo ver nada—. ¿Y el coche? ¿Puede decirme algo sobre el coche?

—Era oscuro —responde tratando de recordar—. Algo oscuro.

174

—¿Era negro? —le pregunto con la esperanza de que me diga que sí. Necesito que me diga que el coche era negro. Necesito pruebas, alguien que no sea Maisie que me diga que lo vio, que ese coche negro es real y no el producto de la imaginación desbordante de mi hija.

Y eso es justo lo que hace.

Asiente y dice que sí, que era negro. Eso cree. Quizá.

—Puede que lo fuera —me dice, da una larga calada al cigarrillo y expulsa el humo a través de la pantalla—. Creo que podría ser negro. —Y yo decido que eso me basta. Por el momento servirá—. Siento no poder serle de más ayuda —agrega la mujer, pero yo le aseguro que me ha ayudado más de lo que piensa.

—Muchas gracias por su tiempo.

—Una cosa más —me dice mientras yo reagrupo a mis tropas y me dispongo a marcharme—. Acabo de acordarme de una cosa —me explica mientras se golpea la sien con la punta del dedo índice—. Hacía tanto sol que apenas pude fijarme en el coche. Tenía que mirar hacia abajo, ¿sabe? Hacia el asfalto, para que el sol no me cegara. Pero sí que hay algo que recuerdo de ese coche. Era uno de esos coches con la cruz dorada en la parte delantera.

—¿Una cruz dorada? —pregunto.

—Sí. Una cruz dorada. El logo o como se llame. El emblema. Una cruz dorada.

Le quito mi *smartphone* a Maisie y escribo esas mismas palabras, *coche con un logo de cruz dorada,* y aparecen de inmediato en mi pantalla docenas de imágenes con ese símbolo: el famoso emblema de Chevrolet, un lazo dorado.

—¿Así? —le pregunto mientras pego el teléfono a la ventana para que ella pueda verlo.

La mujer sonríe y me muestra sus dientes torcidos y amarillentos por la nicotina y el alquitrán.

—Eso mismo —confirma.

Un Chevrolet negro. Eso es lo que estoy buscando.

—Muchas gracias de nuevo por su tiempo, señora —le digo a la mujer—. No me ha dicho su nombre.

Y entonces me dice que se llama Betty. Betty Mauer.

—Muchas gracias por tu tiempo, Betty —repito, y entonces sí nos marchamos.

176

NICK

ANTES

Llega junio y, con él, el calor y la humedad típicos del verano en el área metropolitana de Chicago. De la noche a la mañana, el mercurio del termómetro sube hasta casi los treinta grados en un clima conocido por tener dos estaciones: calor y frío. Tomo la difícil decisión de encender el aire acondicionado de casa y de la clínica, aunque en mi mente calculo lo que aumentarán las facturas de la luz, nervioso ya mucho antes de que lleguen. Con la llegada de junio, llegó otro pago del alquiler, una cuantiosa cantidad que me deja estupefacto. No lo tenía en ese momento, aunque logré una prórroga de quince días. Eso me da algo de tiempo. Albergo la esperanza de que, llegado el quince de junio, haya ahorrado lo suficiente.

Pero no pienso en este pago del alquiler; pienso en el conjunto. Pienso en maneras de ahorrar en alquiler y demás gastos. Sin Connor, vuelvo a tener más carga de pacientes, aunque cuento con recibir en algún momento una demanda por despido improcedente de un contrariado doctor C, cosa que seguro sucederá. He intentado llamarle para hablar, muchas veces, pero no me devuelve las llamadas.

La buena noticia es que me está yendo bien en las apuestas, aunque la cosa va lenta, debido a los límites diarios impuestos por la página de apuestas *online*. Pero confío en que ascienda a una suma generosa antes de que llegue la queja de Melinda Grey. He pasado de apostar simplemente en las carreras de caballos a los partidos de *playoff* de la NBA. No es que sepa yo mucho de baloncesto, pero me he atiborrado de *rankings* y análisis estadísticos y apuesto mi dinero por los equipos con mejores probabilidades. Los Warriors son los grandes favoritos, así que apuesto por ellos y los veo ganar el primer partido en la prórroga. Clara está sentada junto a mí en el sofá mientras yo presiono su nervio ciático con el pulgar. Maisie está sentada en el suelo frente a nosotros con su libro de colorear.

—No sabía que te gustara tanto el baloncesto —me comenta Clara, y pienso para mis adentros que de pronto hay muchas cosas que mi mujer no sabe.

—Hoy tienes una nueva paciente —me dice Stacy al día siguiente cuando entro en la clínica y cambio el aire húmedo de la mañana por la serenidad del aire acondicionado. Hay música puesta, una especie de música ambiental que suena por encima del programa de la tele; la habitación huele a café y eso me recuerda las cosas que no puedo tener: cafeína y una parrilla Weber.

Stacy sonríe. Una nueva paciente aquí es como una mina de oro para nosotros. Dejo las llaves del coche y las gafas de sol y ella me desea buena suerte. Le devuelvo la sonrisa. En otra época no necesitaba suerte, pero ahora sí.

Al entrar en la consulta, mi higienista hace lo que siempre hace y me presenta a la paciente, me cuenta algo que no sepa sobre la vida personal de la paciente, algo que va más allá de sus dientes. Es algo que hacemos para construir un vínculo, una manera de demostrar a nuestros pacientes que nos importan. No solo sus dientes, sino ellos en general. Como personas. Como seres humanos.

—Buenos días, doctor Solberg —me dice mi higienista Jan—. Tenemos aquí a Katherine. Katherine Cobb, que acaba de trasladarse desde la costa del noroeste. —Y, cuando me siento en mi

178

taburete y extiendo la mano para saludarla, me llevo la sorpresa de mi vida al descubrir que quien está allí sentada no es Katherine Cobb, sino Kat Ables: la mujer con quien, hace doce años, estaba completamente seguro de que pasaría el resto de mi vida.

—Kat —le digo. Me quedo con la boca abierta; soy incapaz de cerrarla. Para mí sigue igual, como si todavía tuviera dieciocho años, preciosa. No rompimos. Yo me fui a la universidad. Dijimos que mantendríamos el contacto y luego, de un modo u otro, no lo mantuvimos—. Kat Ables —añado, aunque sé que ya no es Kat Ables. Peor aún, deduzco que está casada con Steve Cobb, con quien también fui al instituto y de quien esperaba no volver a saber nada. En su momento era luchador, una figura imponente que caminaba por los pasillos del instituto con su séquito. Siempre le gustó Kat.

—Hace mucho que no nos veíamos —me dice y me sonríe con sus dientes blanquísimos, aunque sé que lo último en lo que podré concentrarme ahora serán sus dientes—. ¿Cómo estás, Nick? —me pregunta, y yo envío a Jan a hacer un recado para poder estar unos segundos a solas con Kat. Jan se toma su tiempo, no regresa corriendo, aunque el armario con el material esté al otro lado del pasillo y yo solo le haya pedido más bolitas de algodón. Hasta Jan sabe que no necesito bolitas de algodón.

—Bueno —digo tartamudeando—, estoy bien. —Aunque piso el pedal equivocado en la silla y hago que se le vaya la cabeza hacia abajo cuando mi intención era incorporarla. Kat se ríe. Tiene una risa melódica y despreocupada. Clara, agobiada por la demencia de su madre y por ocho meses de embarazo, ya casi no se ríe. Pero Kat todavía se ríe, y ese sonido tan sencillo hace que yo también me ría—. Qué casualidad —le digo, aunque sé que no lo es en absoluto.

—Mi familia y yo acabamos de mudarnos a esta zona —me explica—, y yo sabía que estabas aquí. Supongo que podría decirse que he estado acosándote por Internet.

Yo me sonrojo porque, en vez de sentirme intimidado por ello, dejo que se me suba a la cabeza. Descubro que me gusta esa sugerencia, que Kat haya estado buscándome *online*.

—¿Acosándome por Internet? —pregunto, y me cuenta avergonzada que buscó mi nombre en Google y se topó con mi clínica. Tenía que hacerse una revisión de todos modos y necesitaba un nuevo dentista. Se inclina hacia delante en la silla y, sin más, nuestra relación profesional se transforma en algo más íntimo y familiar. Sus dedos juguetean nerviosos con el babero de papel que tiene sobre el pecho, aunque la Kat que yo conocía nunca se mostraba nerviosa. Ha cambiado, igual que yo. Hace doce años dijo que detendría su mundo por mí. Esperaría. Pero no esperó.

—Intenté disuadirme a mí misma de venir aquí. No sabía si estaba preparada para verte —me confiesa—. No estaba segura de que quisieras verme.

—Por favor, Kat —le digo tratando de fingir indiferencia—. Claro que quería verte. Me alegro mucho de verte. —Aunque en general lo que recuerdo de mi relación con Kat son momentos robados en el asiento trasero de los coches de mis padres, momentos románticos que eran breves y apresurados, llenos de cualquier cosa menos de romanticismo, intervalos regulares de rupturas y reconciliaciones, sentimientos heridos, melodrama, caminar con ella del brazo solo para presumir. Pero aun así había algo estimulante en estar con Kat.

Incluso entonces yo sabía que no era amor, pero, para dos adolescentes que nunca antes habían estado enamorados, aquello se parecía al amor. Entonces conocí a Clara y, de pronto, el amor se presentó con una claridad que nunca antes había experimentado.

—Ahora tengo un hijo —me cuenta, y yo le cuento que tengo una hija. Una esposa, una hija y una perra. Y otro bebé en camino.

—Háblame de tu hijo —le pido, y ella lo hace. Dice que es la antítesis de su padre—. ¿Te acuerdas de Steve? —me pregunta, y yo asiento y le digo que sí. A Gus, el hijo de Kat y Steve, no le

180

gustan los deportes. Al contrario que Steve, es bastante delgado, alto y con inclinación por la música; la clase de chico obsesionado con los videojuegos y los libros de Harry Potter. Así lo describe Kat y, según lo hace, descubro que me cae bien el muchacho. Es de los míos.

—No se parece en nada a Steve. No se comporta como él. Es tímido y sensible. Steve quiere enseñarle las tácticas básicas de lucha, pero, a sus doce años, Gus no muestra interés alguno por eso.

Kat y Steve comenzaron a salir como tres días después de que yo me fuera a la universidad, según me cuenta. Al parecer apareció en el momento justo, mientras ella lloraba mi ausencia, y, casi sin darse cuenta, se quedó embarazada. Por esa razón nunca respondió a mis correos ni me devolvió las llamadas.

—Steve quería convertirme en una mujer decente y yo dije que sí. Ya recordarás a mis padres —me dice poniendo los ojos en blanco. Sí que los recuerdo. Eran estrictos y exigían una obediencia absoluta. Me daban miedo. Entiendo por qué Steve y ella decidieron casarse, pero por su bien espero que al menos estuviera un poco enamorada.

—¿Eres feliz? —le pregunto, y ella se encoge de hombros y me dice que a veces. A veces es feliz, aunque me da la impresión de que quiere decirme más cosas.

—¿Y tú? —me pregunta ella entonces y, aunque una parte de mí cree que quiere que le diga que no, le digo que sí. Soy feliz. Tengo una esposa maravillosa, una hija y un bebé en camino. Claro que soy feliz—. Me alegro mucho —me dice, y entonces me coloca una mano en cada mejilla, como solía hacer, y me obliga a mirarla a los ojos—. Siempre he albergado la esperanza de que, allí donde estuvieras, fueras feliz.

—Soy feliz —confirmo con una sonrisa.

Y entonces oigo los aplausos y percibo un movimiento por el rabillo del ojo. Imagino que es Jan, que habrá vuelto para la revisión, y doy por hecho que la veré ahí de pie con las bolitas de algodón en la mano. Pero, cuando miro hacia la puerta, no es a Jan a quien veo, sino a Connor, que me mira con arrogancia mientras aplaude. Una ovación. De pronto las manos de Kat son como fuego sobre mi piel, me aparto y me incorporo apresuradamente.

—¿Qué haces aquí? —le pregunto con cautela, aunque también con miedo. ¿Qué habrá oído, qué habrá visto?

—Tengo pacientes que ver —me responde con voz tranquila antes de darse la vuelta y alejarse por el pasillo.

—Dame un minuto —le digo a Kat mientras rodeo la silla—. Enseguida vuelvo. —Y salgo antes de que pueda decir nada. Sigo a Connor por el pasillo, llamándolo, aunque no se detiene. Corro para alcanzarlo.

Le pongo una mano en el hombro y le obligo a mirarme.

—¿Lo sabe Clara? —me pregunta, y yo no respondo. Se encoge de hombros, aprieta la mandíbula y me mira con los ojos muy abiertos—. No seré yo quien dé consejos matrimoniales, pero creo que sabes tan bien como yo que, tarde o temprano, la esposa siempre acaba enterándose.

Yo me quedo sin palabras. No puedo responder. Sigo perplejo por el hecho de que Kat Ables esté sentada en la consulta. Una visión se abre paso en mis recuerdos: la última vez que vi a Kat. Su piel como una pintura al pastel, sus vértebras mientras se ponía en pie, de espaldas a mí, vestida solo con una sábana que llevaba alrededor de la cintura como una toga, mirándome por encima del hombro mientras yo me marchaba. «Hasta la próxima», me había dicho, y yo había respondido: «Nos vemos», porque no se me ocurrió pensar que tal vez no volvería a verla hasta pasados más de doce años, cuando se presentara en mi clínica.

—Si no te importa —me dice Connor apartándose, con el historial de un paciente en las manos—. Tengo un paciente.

—Y una mierda —respondo furioso de pronto; intento alcanzarlo y arrebatarle el historial. Él me mira con actitud desafiante. Se pregunta qué voy a hacer al respecto, si tengo valor para obligarle a irse—. Ya no trabajas aquí —le digo—, ¿o acaso se te ha olvidado?

—En ese momento me olvido por completo de que hubo un tiempo en que Connor y yo éramos amigos. Borro de mi recuerdo todas esas confesiones nocturnas mientras bebíamos sin parar botellas de Labatt Blue. Me cruzo de brazos y doy un paso hacia él. Connor no es más alto que yo, pero sí más fuerte; escalador y motorista, de los que creen que son invencibles y no tienen nada que perder.

Pero en este momento a mí también me queda poco que perder.

—Sería una pena que Clara descubriera lo de la rubia —me dice.

Pero yo decido desafiarlo y respondo:

—No te atreverías.

Me asegura que sí.

—Te doy tres segundos para recoger tus cosas y marcharte —le digo mientras las mujeres de la clínica se asoman al pasillo para ver a qué viene tanto alboroto—, después llamaré a la policía.

Él se queda ahí parado, con las manos en las caderas. Yo me olvido de Kat, sentada en la silla, de mi esposa, que me espera en casa buscando en páginas de paternidad el nombre perfecto para el bebé. Me olvido de las carreras de caballos y de los partidos de baloncesto, y solo pienso en lo que sentiría si le diera un puñetazo a Connor en la cara. Siento una ira tremenda dentro de mí en este momento, una ira que no sabía que tenía.

Y entonces empiezo a contar y agradezco que, a la de tres, se marche, aunque me da la impresión de que Connor y yo no hemos terminado, de que solo está jugando conmigo, planeando su contraataque.

CLARA

El teléfono, que lleva Maisie en la mano, empieza a sonar mientras conducimos hacia el parque. Es mi padre.

—Boppy —le digo a Maisie, que grita y da palmas antes de entregarme el teléfono.

—¡Boppy, Boppy, Boppy!

A Maisie le encanta su abuelo. Boppy es aún mejor que el Candy Crush.

—¿Cómo estás? —me pregunta cuando respondo, y miento y le digo que estoy bien.

—Haciendo recados —añado, mentira también, mientras avanzo hacia el parque, hablando por teléfono a la vez que conduzco, cosa que sé que no debería hacer. Oigo las palabras del detective, recordándome que en Illinois está prohibido conducir hablando por teléfono.

Pero me da igual. El reloj del salpicadero se acerca a las once en punto; no nos queda mucho tiempo.

—Me alegra ver que sales de casa —dice mi padre—. Te hará bien mantenerte ocupada, Clarabelle. No ayuda encerrarse en casa todo el día, regocijándote en tu tristeza. —Lo dice con buena intención, lo sé. Mi padre siempre dice las cosas con buena intención. Solo piensa en mi bienestar, y aun así sus palabras me hieren. «Puedo regocijarme en mi tristeza si quiero», me dan ganas de gritarle. Mi

184

marido ha muerto. Puedo hacer lo que se me antoje, pero eso no se lo digo. No digo nada—. Tu madre ha estado preguntando por ti sin parar —dice para llenar el silencio—. Tu nombre ha surgido más veces de las que te imaginas.

—Seguro —digo yo. Parece que siempre es así hasta que aparezco y entonces no quiere saber nada de mí. Aunque me plante delante de ella, sigue llamando a Clara, convencida de que no soy yo.

—Estaría bien que te pasaras alguna vez. Ella agradecería una visita —me dice mi padre, y entonces me quejo y le recuerdo que mi madre no sabe si estoy allí o no. Cuando estoy en su presencia, no me habla; me mira como si fuera una desconocida, una cosa amorfa que tiene delante.

No siempre ha sido así. Las primeras manifestaciones de la demencia fueron sutiles: se pasaba la gasolinera cuando iba a echar gasolina; se olvidaba de aparecer cuando habíamos quedado para comer o tomar café. A veces se olvidaba sin más, pero otras veces no encontraba las llaves del coche, o las encontraba y se ponía a dar vueltas por el pueblo, incapaz de recordar dónde iba o cómo llegar allí. En un par de ocasiones mi padre recibió una llamada suya desde una calle abarrotada del centro de Chicago, y en una ocasión desde debajo de un árbol en Garfield Park. Había quedado a tomar café conmigo en la zona oeste del pueblo, pero se equivocó y, sin darse cuenta, se metió en la autopista y condujo cincuenta kilómetros en dirección equivocada, atrapada entre el tráfico. Para cuando encontró un teléfono y llamó, no pudo explicarle dónde estaba o cómo había llegado hasta allí, y alguien que pasaba tuvo que ponerse al teléfono y explicarle a mi padre dónde estaba con exactitud para que pudiera ir a buscarla.

—Haré lo posible —le digo, la tercera mentira de muchas, y entonces mi padre suaviza la voz y me pregunta si estamos comiendo y durmiendo bien, si todo va bien de verdad.

—¿Se lo has dicho a Maisie? —me pregunta y, aunque me planteo mentirle, le digo que no. No le he dicho a Maisie lo de Nick—. ¿Cuándo, Clarabelle?

—Pronto —le respondo.

—Tiene que saberlo.

—Pronto —repito, y le pregunto entonces cómo están ellos. Mi padre no debería preocuparse tanto por los niños y por mí; ya tiene bastante con lo suyo. Aunque envié un cheque para saldar la deuda con el doctor Barros, sigo preocupada por el estado de sus finanzas, además de su estado cognitivo. Le pregunto si come y si duerme bien, pero no quiero que se sienta insultado, así que no menciono nada del cheque devuelto.

—Claro —me dice—. Estoy bien, Clarabelle. ¿Por qué lo preguntas?

—Me preocupo por ti —le confieso—, como tú te preocupas por mí.

—No tienes por qué preocuparte —me asegura—. Tu madre y yo estamos bien. Tú cuida de ti y de los niños. —Me dice que Izzy y él van a llevar a mi madre a cortarse el pelo esta tarde a la una. Pensaban que eso la animaría—. Últimamente está un poco baja de ánimo. Deprimida. Iba a llevarla yo, pero no sé nada sobre peinados. Izzy es la experta —me dice, y a mí me molesta ligeramente que mi padre no me pidiera que los acompañara, aunque habría dicho que no con alguna excusa. Me imagino a Izzy, con su peinado moderno, y sé que ella es mejor opción que yo. Me miro en el espejo retrovisor. Hoy no me he peinado.

Colgamos y le devuelvo a Maisie el teléfono, pero no lleva en su poder ni treinta segundos cuando empieza a sonar de nuevo y, esta vez, cuando voy a quitárselo, se resiste.

—Dámelo, Maisie —le exijo. Lo agarra con tanta fuerza que tengo que extender el brazo hacia atrás y arrancárselo de las manos. Al hacerlo, le araño la mano sin querer, ella se la agarra y empieza a llorar diciendo que le duele. Me acusa de haberla arañado. Grita.

Pero la rabieta no tiene nada que ver con el arañazo. Tanto ella como yo lo sabemos.

—Cálmate, Maisie —le digo antes de llevarme el teléfono a la oreja—. ¿Diga? —pregunto casi sin aliento, con Maisie en el asiento de atrás dando patadas al respaldo del copiloto y quejándose.

—¡Me has hecho daño! —grita mientras, al otro lado de la línea, oigo la voz seria del detective Kaufman, que me pregunta si va todo bien. Y, si no supiera que es imposible, pensaría que sabe que estoy infringiendo la ley al hablar por teléfono mientras conduzco.

—Sí —le digo, aunque es evidente que no va todo bien—. Todo bien —agrego con la esperanza de que no oiga el motor del coche mientras vamos hacia el parque.

El detective llama para decirme dos cosas. La primera: el hombre del coche negro, el del tatuaje tribal y las cervezas Budweiser, tiene coartada para el día en que murió Nick. Estaba en el audiólogo, en Hinsdale, en el momento del accidente, cosa que el detective Kaufman ha confirmado con la consulta del doctor.

—¿Está seguro? —pregunto.

—Segurísimo —responde—. Debe de haberse confundido con el vehículo de este hombre. —Entonces miro por el retrovisor y veo a Maisie mirándome con odio. Está enfadada porque la he arañado; quiere que le devuelva el teléfono. Quiere jugar al Candy Crush—. Una cosa más, señora Solberg. He estado investigando un poco, recabando información. Me he tomado la libertad de hablar con algunos de sus vecinos. Espero que no le importe. He observado que su marido tenía tendencia a correr al volante —me dice, y yo ya sé hacia dónde va esta conversación. Nick corría, ya lo sé. Se lo dije desde el día en que nos conocimos—. Dos multas por exceso de velocidad en el último año, cuatro en los últimos tres años. Estaba a una infracción más de que le retiraran el carné.

Eso es algo que yo no sabía.

Nick recibió una multa por correr hace seis meses. Yo iba en el coche con él en ese momento, rogándole que fuera más despacio, pero no me hizo caso. Estaba intentando adelantarse al tren, atravesar el paso a nivel antes de que el tren se detuviera inevitablemente en las vías. Un policía había colocado un radar en la ruta 59 y pilló a Nick a casi cien kilómetros por hora cuando debería haber ido a setenta. Pero yo no sabía nada de esas otras multas ni de la amenaza de retirarle el carné.

—Ha dicho que ha hablado con mis vecinos —le digo—. ¿Por qué?

—Teníamos dos quejas archivadas. Una de Sharon Cadwallader y otra de Theodore Hart.

Theo. El marido de Emily.

Theo y Nick nunca se han caído muy bien, y aun así me parece ridículo que llamara a la policía para denunciar a Nick, y que no lo supiéramos. O tal vez Nick sí lo sabía y yo no, y me pregunto por qué iba a ocultarme que un vecino hubiese llamado a la policía para quejarse de él. Quizá se sentía culpable, o avergonzado. A Nick no le gustaban los chismorreos; siempre trataba de ver lo mejor en todo el mundo, sin importar lo que hubieran hecho.

—¿Qué? —pregunto visiblemente sorprendida—. ¿Quejas por qué?

—Por exceso de velocidad —me informa el detective Kaufman, y me imagino a Nick conduciendo a toda velocidad por las calles de nuestro barrio, ansioso por llegar a casa. Hasta yo le he insistido para que tuviera cuidado con eso, preocupada por los niños que jugaban al béisbol en mitad de la calle.

Lo de Sharon Cadwallader, la verdad, lo entiendo. Sharon Cadwallader, miembro del consejo vecinal, la que luchaba por tomar medidas para controlar el tráfico en la comunidad: badenes o rotondas, o esas ridículas pantallas que se iluminaban cuando uno iba demasiado deprisa. Se compró su propia pistola de radar y se sentaba en su porche para comprobar la velocidad de todos los coches que pasaban por delante. Estoy bastante segura de que llamaba a la policía para quejarse de cualquiera que superase el límite de cuarenta kilómetros por hora.

—La señora Cadwallader pilló a su marido a setenta y cinco kilómetros por hora en su calle. Eso es casi el doble del límite permitido —me dice el detective—. Y el señor Hart dice que hubo un incidente con su hijo, hace pocas semanas. Al chico se le escapó el balón de goma con el que estaba jugando y rodó hacia la calzada. Al parecer, cuando fue a por él, Nick dobló la esquina a toda velocidad. Estuvo a punto —concluye con un suspiro exagerado al otro lado de la línea. Y yo me imagino la velocidad del coche de Nick al pasar, provocando una brisa que le revolvería el pelo al pequeño Teddy, muerto de miedo al ir a buscar su pelota. Y me imagino a Theo de fondo, gritando, y a Emily en la ventana, contemplando la escena. ¿Theo y Nick intercambiaron palabras en mitad de la calle? ¿Se pelearían, se insultarían, se pegarían? ¿Emily lo sabía? Y, de ser así, ¿por qué no me lo ha dicho? Me cuesta imaginarlo. Nick es pacifista. Evita el conflicto a toda costa y se disculpa enseguida, incluso cuando no ha hecho nada malo. Cualquier cosa por evitar una pelea. No me cabe duda de que iría deprisa por el barrio, a setenta y cinco kilómetros por hora para llegar a casa cuanto antes y vernos. No me sorprende.

Pero también me lo imagino corriendo por mitad de la calle para ver si Teddy estaba bien; lo veo disculpándose por el incidente con Teddy y la pelota de goma. Se habría disculpado por todo, habría expiado su pecado.

¿Por qué entonces llamar a la policía?

—Parece que su marido tenía un buen historial por exceso de velocidad —me dice el detective Kaufman, y yo oigo las palabras que dice, pero también las que no dice: la tendencia de Nick a correr al volante fue la causa del accidente en Harvey Road. Es culpa suya que haya muerto. Tomó la curva demasiado deprisa y perdió el control del coche. Se estrelló contra ese árbol por correr demasiado.

Todo apunta a Nick.

Pienso en la mujer que acabo de conocer, en la ventana, fumando un cigarrillo, y en el coche que vio alejarse del lugar del accidente, que se metió en su carril. Un Chevrolet negro.

—Me he tomado la libertad, detective Kaufman —le digo repitiendo sus propias palabras—, de hablar con algunos de los residentes que viven cerca de Harvey Road. Solo para saber si alguien vio u oyó algo en el momento del accidente. —Oigo el largo suspiro al otro lado de la línea.

—¿Y? —pregunta sin interés. Parece que le estoy aburriendo. Extiendo el brazo hacia atrás para darle una palmadita a Maisie en la rodilla. «Ya acabo», articulo con la boca. Ya acabo, y entonces le devolveré el teléfono. Ya acabo, y entonces le preguntaré por el arañazo.

—Hay una mujer que volvía a casa conduciendo en ese momento —le digo al detective—. Llegó al lugar del accidente segundos después de que se produjera y se cruzó por el camino con un coche negro. Conducía de manera errática. Era un Chevrolet negro —le informo, y trato de no pensar en los cargos por posesión de drogas contra Melinda Grey, preguntándome si será posible que Nick estuviera drogado en el momento del accidente. No quiero meterle esa idea en la cabeza al detective.

—¿Pudo ver la matrícula? —me pregunta, pero le digo que no, debido al sol. Había demasiada luz aquel día y apenas vio nada—. ¿Cómo sabía entonces que se trataba de un Chevrolet?

—Bueno, eso sí lo vio —respondo sabiendo que suena absurdo—. Le resultó fácil ver el emblema en la parte delantera. Recuerda haber visto la cruz dorada.

—¿Cómo se llama esa mujer?

—Betty Mauer —respondo, y me promete que hablará con ella.

—Hay muchos coches que circulan por esa carretera cada día —me dice—. Es un atajo, una buena alternativa al tráfico denso de la autopista. El hecho de que estuviera allí en el momento del accidente no lo convierte en un delito —me asegura, pero insisto y le pregunto si hablará con Betty, a lo que responde que sí. Le doy las gracias por su tiempo—. Solo hago mi trabajo —dice antes de colgar.

Le devuelvo el teléfono a Maisie y le pregunto si le duele el arañazo. Estoy confusa y perpleja. ¿Nick murió porque conducía demasiado deprisa? Tenía antecedentes por correr, eso lo sé. Pero hay otras cosas a tener en cuenta, desde la póliza cancelada hasta la sugerencia de la agente de seguros al insinuar que podría haberse tratado de un suicidio o de un homicidio. Y luego está la orden de alejamiento, y el hecho de que un hombre con sombrero y guantes haya estado merodeando alrededor de mi casa.

¿Nick iba demasiado deprisa porque perseguía a alguien y no al revés?

¿Sería él el perseguidor y no el perseguido?

Y entonces vuelvo a recordar las palabras de Maisie, sobre el hombre malo que los seguía, y el miedo en sus ojos. Eso no puede ser fingido. Maisie vio algo que la aterrorizó.

Miro por el espejo retrovisor cuando mi hija, que ya se ha olvidado del teléfono, señala por la ventanilla y me dice con decisión y alegría:

—Un elefante, mami. Mira, mami, hay un elefante entre los árboles.

Y yo miro, aunque sé que no hay un elefante entre los árboles. ¿Un elefante en las afueras de un pueblo de Estados Unidos? Qué absurdo.

—Qué tonta —le digo, y veo el brillo del sol reflejado en sus ojos—. ¿Qué iba a hacer aquí un elefante?

—Dar un paseo, mami —responde. Y de pronto me invade una sensación de inquietud.

¿Le diría a Nick que había un coche siguiéndolos? ¿Se lo inventaría y, por eso, él aceleró para escapar del coche fantasma?

Por primera vez le pregunto a Maisie por el coche. Escojo las palabras con cuidado, para no asustarla.

—Maisie, cielo —le digo en tono cariñoso—, ¿viste el coche negro de la misma manera que has visto el elefante entre los árboles? ¿El coche que os seguía a papá y a ti? —Pero, al mencionar el coche negro, se queda callada. Mira por la ventanilla y su sonrisa se desvanece.

Me digo a mí misma que no. Claro que no. Nick tiene demasiado sentido común como para dejarse llevar por los desvaríos de una niña.

Pero entonces los imagino juntos en el supermercado, a Maisie sentada en la cesta del carrito de la compra, diciendo: «Más rápido, papi, más rápido», y veo a Nick correr como un rayo por los pasillos, sin importarle lo que piensen los demás clientes porque solo le importa su hija, que va feliz y sonriente sentada en el carro.

Eso ha ocurrido. Ha ocurrido muchas veces.

Y ahora, procedente del asiento trasero, vuelvo a oír la voz de Maisie cuando divisa a lo lejos el parque hacia el que nos dirigimos, aunque los toboganes y columpios aún son una mancha en el horizonte.

—¡Más rápido, mami, más rápido! —chilla ansiosa por pasar el día en el parque del hipopótamo, y yo piso el acelerador sin darme cuenta y el coche gana velocidad.

NICK

ANTES

Mientras conduzco hacia casa esa noche, tengo intención de contarle a Clara lo de Kat. Toda la intención del mundo. Es una de las reglas básicas de un matrimonio feliz: nada de secretos, y este detalle –la visita de una antigua novia– me parece demasiado importante como para omitirlo. No es como la inminente demanda por mala praxis o el lamentable estado de nuestras finanzas. Esto es diferente. Si Clara se enterase por otros medios, se sentiría herida, y un encuentro totalmente insignificante se convertiría en otra cosa, algo sórdido y equívoco, algo imperdonable. Así que pienso decírselo.

Pero, cuando entro en casa, encuentro a Clara profundamente dormida en el sofá del salón, con la espalda apoyada contra los cojines para no hacerse daño en las lumbares. He llegado a casa más tarde de lo normal. Llamé a Clara hace horas y le dije que llegaría tarde, debido a unas urgencias de última hora, según le dije, cuando en realidad lo que necesitaba era tiempo para relajarme y recomponerme. Y lo hice, gracias a una dosis de Halcion que saqué del armario cerrado con llave cuando las mujeres de la clínica se fueron a casa. La pastilla me calmó, me dio sueño y me hizo olvidar al mismo tiempo.

Probablemente no debería haber conducido hasta casa, pero lo he hecho.

Cuando por fin llego, son más de las ocho y Maisie está en la cama. Harriet me saluda en la puerta, pero la casa está en silencio, con la televisión encendida, pero sin volumen. En el suelo hay un ventilador enchufado a la pared y orientado hacia Clara. Aunque en casa hay un ambiente cálido, no puede decirse que haga calor. La brisa del ventilador le agita el pelo a Clara cuando me arrodillo en el suelo frente a su cuerpo para verla dormir, para ver cómo le tiemblan los párpados y se le hinchan las fosas nasales cuando toma aire. Echaría la culpa de los sofocos de Clara a los fallos de nuestro viejo aparato de aire acondicionado, pero lo más probable es que sean sus hormonas, el hecho de que lleva diez o quince kilos de peso extra. Lleva puesta una camiseta de manga corta y unos pantalones elásticos con pelos de la perra adheridos a la tela, y tengo que hacer un esfuerzo para no acariciarle y besarle la tripa, y decirle hola a mi futuro hijo.

Pero, en vez de eso, dejo que duerma.

Descarto la idea de despertarla para decirle lo de Kat. Ya lo haré mañana.

Por el momento la observo dormir, disfruto del éxtasis de este momento, de la tranquilidad. Me tumbo en el suelo frente al sofá con un cojín y una colcha, porque no sé si puedo pasar la noche sin ella a mi lado, y le susurro:

—Que duermas bien.

CLARA

Lo que descubro es que es preciosa. Despampanante, con un aspecto delicado y exquisito, como de muñeca de porcelana. La mujer con el número telefónico de Seattle que sabe mi nombre lleva una camiseta de raso y unos vaqueros ajustados, y está sentada en un banco del parque junto a un chico; un chico al que llama Gus. El chaval debe de tener entre once y doce años, atrapado en ese periodo entre la infancia y la adolescencia, y viste una camiseta negra de poliéster y unos pantalones cortos. Tiene las piernas largas y desgarbadas, y unos auriculares en los oídos para aislarse del mundo exterior. En las manos tiene dos figuritas, dos soldaditos verdes que se pelean sobre su rodilla, hasta que uno de ellos cae al suelo.

A mí me da un vuelco el corazón e intento no darle más importancia de la que tiene.

Debe de haber millones de soldaditos verdes solo en nuestro pueblo. Esto no significa nada. Esos soldaditos no tienen nada que ver con el que encontré entre las posesiones de Nick enviadas desde el depósito después de su muerte.

¿O quizá sí tengan algo que ver?

La mujer me parece salida de uno de esos países que producen en masa personas altas, de pelo y ojos claros. Tiene el pelo tan rubio que casi parece blanco; sus ojos son azules, como un vidrio erosionado de la playa.

—Vete a jugar —le dice a Gus, y él se aleja con cara mustia después de quitarse los auriculares y dejarlos abandonados junto a los soldaditos en el banco del parque. Maisie, por su parte, sale corriendo hacia el cajón de arena, donde se despoja de sus deportivas rosas y empieza a jugar.

La mujer me dice que se llama Kat; yo le digo que me llamo Clara. Tiene una postura perfecta y, aunque no es intencionado, su pelo, su ropa y sus ojos hacen que me sienta inferior a ella. Me siento a su lado y cruzo los pies a la altura de los tobillos; me noto enorme en presencia de esta mujer, con la tripa todavía hinchada y fláccida después del parto. Trato de ignorar sus bonitas alpargatas y de no mirarme los pies, todavía hinchados y con el esmalte de uñas descascarillado. Aún no he perdido el peso del embarazo y tengo los pechos llenos de leche. El hecho de que haya empezado a darle leche en polvo a Felix no significa que mi cuerpo se haya adaptado al cambio. Al menos no de momento, así que llevo los pechos llenos de leche y trato de disimularlos con todo tipo de sujetadores deportivos que no hacen sino asquearme más. Saco a Felix del carrito y le doy un biberón para satisfacer sus necesidades mientras a mí me ruge el estómago, recordándome que no he comido nada en todo el día, casi en toda la semana. Me digo a mí misma que debería comer, sabiendo que no lo haré.

Harriet se tumba a la sombra de un árbol.

—¿Quién eres? —le pregunto a la mujer mientras vemos a su hijo, Gus, acercarse a Maisie en el cajón de arena y preguntarle con indiferencia si él también puede jugar. Yo imagino que Maisie le dirá que no y se quejará de que un recién llegado se ha apropiado de su cajón de arena para acaparar la mejor arena húmeda para hacer formas, así que me preparo para intervenir, para explicarle a Maisie que compartir y jugar es algo bueno, y que el cajón de arena no es de su propiedad, contrariamente a lo que ella cree.

Y sin embargo no se enfada, sino que asiente con la cabeza y Gus y ella empiezan a construir algo juntos. «Buena chica, Maisie», pienso para mis adentros.

—Nick y yo éramos amigos hace tiempo —me informa Kat mientras se tira de la costura de sus vaqueros. No me mira, mantiene la vista fija en los pantalones. Tiene las uñas recién pintadas, de un color uva oscuro.

Pero a mí eso me resulta demasiado ambiguo. ¿Hace cuánto tiempo?

—¿Cuándo? —le pregunto. Necesito detalles, así que Kat me cuenta que Nick y ella fueron juntos al instituto—. ¿Dónde?

—En Seattle —me responde—. Bainbridge Island. Estábamos muy unidos. Éramos buenos amigos. —Aunque, a juzgar por las lágrimas que inundan sus ojos, juraría que eran algo más que amigos. De pronto me asaltan los celos; ¿Nick y Kat serían mejores amigos que Nick y yo? Pero me digo a misma que no, al imaginarme con él en la cama, con la cabeza sobre su pecho mientras me acariciaba el pelo con esas manos tiernas, las mismas manos que sujetaron a nuestro bebé recién nacido cuando, días más tarde, por fin emergió de mi vientre tras dieciocho horas de doloroso parto.

Se casó conmigo. Teníamos una hija en común. Dos hijos. Me quería a mí, no a ella.

—¿Habéis mantenido el contacto todos estos años? —le pregunto sin entender por qué Nick nunca había mencionado a Kat. Lo pienso y trato de decidir si me habló de Kat y yo no presté atención. No es propio de mí no prestar atención, y aun así he estado muy distraída los últimos meses con el embarazo, con los cambios de mi cuerpo y con la enfermedad de mi madre. Quizá sí que mencionara a una tal Kat y por alguna razón yo no me enteré.

Pero ella me dice que no.

—Mi marido, Steve, y yo nos hemos mudado aquí hace poco con Gus. Mi marido es contable. Steve… —Sus palabras salen atropelladas e inconexas, y yo debo buscarles sentido. Le tiembla la voz. Está nerviosa, triste y asustada. ¿Por qué está asustada? ¿Tiene razones para estarlo? O quizá sean solo los nervios disfrazados de miedo.

—¿Lo trasladaron? —pregunto, y afirma—. ¿Cuándo?

—Llevamos aquí casi ocho semanas —me dice—. Dos meses.

Y, en mi resentimiento, quiero decirle que ya lo sé, ya sé que ocho semanas son dos meses, que sé sumar, que no soy idiota. Estoy a punto de decirlo al notar la rabia que me crece por dentro. Kat no me ha hecho nada malo, nada de lo que esté segura, y aun así cada vez me cae peor. Estoy cansada y tengo hambre, además mi marido ha muerto. Tengo todo el derecho del mundo a estar de mal humor, molesta, a responder mal a las personas a quienes no conozco.

—Y Nick y tú… —Me quedo sin voz tratando de buscar la palabra que necesito—. ¿Reconectasteis? —pregunto leyendo entre líneas. La pregunta me sale con más suspicacia de la que pretendía, afilada como un escalpelo. Me imagino un encuentro fortuito en el taller mecánico, y lo pienso porque recuerdo que Nick pisó con el coche un clavo suelto que había en la interestatal, hace unos dos meses, y llegó a casa con un pinchazo. O quizá fue en la oficina de correos, ya que un sábado por la tarde envió un paquete a su padre: la fotografía autografiada de Dave Krieg que encontró en una tienda de objetos de deporte en la autopista de camino a Joliet. Tal vez ella estaba allí revisando cajas de cromos de la NFL, buscando alguno que regalarle a Gus, mientras Nick miraba a través del cristal del escaparate los carísimos artículos expuestos. Un encuentro por casualidad. El destino.

—Sí —me dice Kat—. En cierto modo. Nos encontramos en su clínica, casualmente —me explica, y me sonríe con cierta astucia, aun sin darse cuenta, cuando añade—: No había cambiado nada. Nick seguía siendo Nick.

—¿Lo has visto varias veces desde que llegaste al pueblo? —le pregunto tratando de contener los celos y la desconfianza. ¿Por qué Nick no me habló de Kat? Nick, que me lo contaba todo. «Sin secretos», decía siempre. Pero ahora empiezo a pensar que sí había secretos. Muchos secretos. ¿Habría estado mintiéndome en las últimas ocho semanas, los últimos dos meses, o durante varios años? Sobre estas mujeres de su vida de las que yo no sabía nada: Melinda y Kat.

¿Habría más? ¿Qué más cosas no sabré?

—Sí —me dice, pero después añade—: No. —Hasta que finalmente se decanta por—: Algunas.

Nick y ella se habían visto algunas veces desde que ella llegó al pueblo. Me dice que Steve, Gus y ella viven en una zona que colinda con la nuestra, una con casas cuyos precios ascienden hasta el millón de dólares y con unos impuestos de propiedad que resultan inhumanos y financian el superlativo sistema de educación pública del pueblo, el mejor de los alrededores. Esto no me lo dice, pero yo lo sé. Tampoco me describe su casa, pero aun así me la imagino: una casa palaciega en una de esas urbanizaciones nuevas y cercadas que presumen de tener casas de lujo y muchas comodidades, como canchas de tenis, piscinas climatizadas y clubes de cristal y piedra.

Cuando le pregunto a Kat por su última llamada de teléfono con Nick el día del accidente, ella me la describe, los sonidos que oyó aquel día por teléfono: los gritos y el impacto al chocar contra el árbol.

—Como los desechos en el camión de la basura —me cuenta—, cuando se compactan bajo la fuerza de las prensas metálicas. Pero peor —dice con decisión, mirando a Gus y Maisie, pero no a mí.

Mucho peor.

No se disculpa por su franqueza, más bien lo dice como si quisiera dejar esa horrible imagen grabada en mi mente. El cuerpo roto de Nick mezclado con desperdicios, comprimido en el interior de un camión de basura con la fuerza hidráulica de sus prensas, hasta que no quedara nada de él. Me imagino a un Nick plano, aplastado, como un dibujo. Y me imagino una versión de Nick en dos dimensiones hecha de cartón para poder llevarla en el bolso, y posar con él para las fotos junto al puente Golden Gate, el Rockefeller Center o Soldier Field.

—Después de eso solo hubo silencio —me dice Kat. Le tiemblan las manos y se le ponen los ojos rojos mientras una brisa suave consigue mover el aire estancado—. El silencio —repite con voz temblorosa— fue casi peor que el ruido. Lo llamé a través del teléfono —me cuenta. Pero nada: ni llantos, ni gritos, ni respiraciones, ni quejidos, ni el ruido de la radio del coche.

Nick ya no estaba.

Entonces se queda callada viendo a los niños jugar.

Quiero hacerle preguntas, pero no lo hago. No son preguntas sobre el accidente. Lo que quiero saber es otra cosa: ¿Nick y ella solo son amigos? ¿Qué siente su marido acerca de esa amistad? ¿Sabe acaso de la existencia de Nick? Me invaden los celos al preguntarme si Nick y ella solo eran amigos en el instituto, como me ha dicho, o si había algo más entre ellos, si eran novios, los reyes del baile de fin de curso, o si no serían más que dos amantes adolescentes que se enrollaban en el asiento trasero de un coche en algún acantilado frente al estrecho de Puget. Necesito saberlo, porque mi mente se inventa los detalles, se lo imagina, y descubro que hay una imagen que no puedo quitarme de la cabeza: el cuerpo desnudo y ansioso de Nick, tumbado encima de Kat, con movimientos rítmicos, y esos gemidos salvajes que se me cuelan en los oídos sin avisar. Nick con dieciocho años, entusiasta, lleno de potencial, hace doce años más o menos, un chico excitado que metía las manos por debajo de la camiseta de algodón de Kat para palpar sus costillas e ir subiendo con determinación hacia sus pechos.

Eso es lo que me imagino cuando levanto la cabeza y miro a Maisie a los ojos, jugando en el cajón de arena, cuando agarro la correa de Harriet y llamo a mi hija para que venga, porque lo que más necesito ahora mismo es alejarme de esta mujer, convencida de que era con ella con quien Nick estaba teniendo una ventura. No con Melinda Grey, como imaginé al principio, sino con Kat.

Noto el rubor que me sube por el cuello hasta los lóbulos de las orejas, que se me enrojecen, me queman y me pican.

—Vamos, Maisie —le digo por segunda vez a mi hija, con voz temblorosa, sintiendo la mirada de esta mujer. Necesito alejarme, irme cuanto antes. Buscar consuelo en los únicos brazos que no me han fallado.

Los brazos de mi padre. Ellos me protegerán.

—Por favor, no te vayas —me ruega Kat mientras se pone en pie—. Hay más. —Pero yo levanto una mano, porque no puedo soportar oír más. ¿Qué más puede querer decirme? ¿Pretenderá decirme dónde y cuándo cometían adulterio? ¿O que Nick pensaba dejarme por ella? ¿O que Nick la quería más que a mí? ¿Es eso lo que quiere decirme? No puedo soportar su confesión.

—Tengo una cita —le digo, me cuesta trabajo hablar y más trabajo aún respirar, porque el oxígeno se niega a entrar en mis pulmones—. Debo irme. —Corro hacia el cajón de arena para arrastrar a Maisie de la mano, aunque tenga que atravesar el parque descalza y con las deportivas en la mano—. Ya te llamaré —miento—. Quedaremos a tomar café —aseguro mientras rezo para no tener que volver a ver a esta mujer. Me meto en el coche y conduzco a toda velocidad hacia casa de mis padres.

No le contaré a mi padre lo de Nick y Kat. No puedo. Pero él verá la tristeza en mis ojos, me abrazará con fuerza y, durante un rato, no me sentiré tan sola.

Es casi la una mientras atravesamos el pueblo, y al llegar a casa de mis padres y ver la entrada vacía, recuerdo que mi madre tenía cita para cortarse el pelo. No estarán en casa. Izzy y mi padre se han llevado a mi madre al salón de belleza. Me detengo en la entrada, respiro profundamente y trato de desterrar de mi mente las imágenes de Nick y Kat mientras me fijo en esa casita de una sola planta, sin escaleras por las que poder caerse, adornada con revestimientos de vinilo y ladrillo falso. Mis padres se trasladaron aquí hace cinco o seis años, cuando su anterior vivienda se hizo demasiado grande para ellos, ya que daba mucho trabajo. Ya no necesitaban doscientos treinta metros cuadrados solo para dos personas y decidieron mudarse a una casita más pequeña en una comunidad de jubilados, de esas que ofrecen clases de gimnasia, noches de bingo y talleres de manualidades, a ninguno de los cuales asistían mis padres.

—¡Boppy! —grita Maisie al reconocer la casa, pero yo le digo que Boppy no está en casa ahora mismo y estoy a punto de arrancar cuando, de pronto, entre todas las palabras que Kat no ha dicho, y que eclipsan cualquier pensamiento racional —la confesión tácita de adulterio, los momentos íntimos que pasó con Nick—, recuerdo el trozo de papel donde está apuntada la contraseña de la cuenta del banco de mi padre, en un cajón del escritorio, y me resulta un gran alivio, una manera de ignorar todos esos pensamientos no deseados que pueblan mi mente. No he ido a su casa en busca de la contraseña, sino del consuelo que encontraría en los brazos de mi padre.

Pero, ya que estoy aquí, no puedo irme sin ella.

Aparco y le digo a Maisie que mamá solo va a entrar un momentito a buscar algo para Boppy.

—Tú quédate y vigila a Felix, ¿vale, Maisie? —le digo mientras salgo del coche y dejo las ventanillas bajadas para que no pasen calor—. ¿Podrás hacer eso? —le pregunto—. ¿Puedes ser una buena hermana mayor y cuidar de Felix? —Ella sonríe y asiente mientras se estira todo lo que puede para ponerle la mano a Felix en el brazo. El niño está dormido.

Llamo a la puerta para asegurarme de que no hay nadie en casa, después voy a la puerta del garaje, tecleo el código en el panel de acceso y la puerta se abre. Una vez dentro, tomo el camino más rápido hasta el despacho de mi padre, donde hay un escritorio, pero también una cama doble, que es donde duerme mi padre últimamente, porque ya no es capaz de dormir con mi madre insomne.

No me entretengo. Encuentro el trozo de papel en el cajón de arriba del escritorio, donde mi padre guarda una lista con sus contraseñas. Le saco una foto con el móvil, vuelvo a meterlo en el cajón y me voy.

Esa noche no me molesto en meterme en la cama, cerrar los ojos y engañarme pensando que podré dormir. Porque no podré. Así que acuesto a los niños y me siento a la mesa de la cocina con una taza de té. Junto a mí se encuentra el teléfono de Nick. Nunca he sido cotilla y, sin embargo, introduzco su contraseña y comienzo a recabar toda la información que encuentro en el dispositivo. Reviso su agenda en busca de citas con Kat, pero no veo ninguna. Miro su historial de llamadas, leo sus *e-mails* en busca de mensajes sensibleros de o para Kat. Pero, una vez más, no encuentro nada. Busco en su navegador de Internet, preguntándome qué encontraré entre sus búsquedas recientes, y, al hacerlo, se cargan tres ventanas: una con resultados de partidos de baloncesto; otra es la del restaurante chino donde Nick habría comprado su última cena, que tiene el menú en pantalla. Pero es la última página la que me deja sin aliento.

Una búsqueda de estadísticas de suicidio entre los profesionales de la salud dental. Dejo escapar un grito ahogado y suelto el teléfono. Estadísticas de suicidio. Profesionales de la salud dental. Nick.

Entonces es cierto. Nick se suicidó y lo hizo con Maisie en el asiento de atrás. Arriesgó la vida de nuestra hija. Y de pronto ya no solo estoy triste, sino enfurecida. Estuvo a punto de matar a mi hija. El resto de las posibilidades se borran de un plumazo de mi mente: la insinuación de Maisie de que había habido algo turbio, la idea absurda de que Nick cedió a los caprichos de una niña de cuatro años y aceleró porque ella se lo pidió. Eso no podía ser cierto. Nick le consiente muchas cosas a Maisie, sí, y sin embargo tiene

bastante más sentido común. Y al mismo tiempo estaba desesperado. Tan desesperado como para suicidarse. Pero ¿por qué? Supongo
que debía de tener algo que ver con Kat. Le devoraba la culpa, o tal
vez ella le amenazara con contármelo todo si no me abandonaba.
Tal vez él intentó callarla con dinero, con los fondos de la póliza
del seguro, pero eso no fue suficiente para Kat. La única salida era
el suicidio.

Kat lo admitió en el parque. Dijo que tenía más cosas que contarme, pero yo dije que no, que tenía una cita, que debía marcharme. Iba a contarme lo de su aventura.

Ahora resulta evidente que nunca existió el hombre malo.

Nick era el hombre malo. Fue Nick quien hizo esto.

Las lágrimas resbalan libremente por mis mejillas mientras alcanzo el portátil en un intento por descartar esa idea, por no imaginarme a Nick estrellándose deliberadamente contra un árbol en
Harvey Road, por no imaginarme a Maisie muerta igual que él.
Abro el portátil y abro la página web del banco de mis padres para
asegurarme de que no estén pasando dificultades económicas. Mi
padre es demasiado orgulloso para decirme si está teniendo problemas con el dinero, pero, tras el cheque desaparecido y el cheque
devuelto, tengo que saber si necesita ayuda. Con el dolor de las trai-
ciones de Nick, él es lo único que me queda. Tecleo el usuario y la
contraseña y la cuenta se abre ante mis ojos. Al ver un saldo de más
de mil dólares, mi reacción inmediata es de alivio. Dejo escapar el
aire, tranquila, y me doy cuenta entonces del tiempo que llevaba
sin respirar con normalidad.

Si no me enfrentara a una noche insomne, con eso tal vez me
habría ido a la cama. Pero, así las cosas, no me queda nada mejor
que hacer con mi tiempo que beber té y mirar el reloj hasta que llegue la mañana, de modo que empiezo a ver el historial de movimientos y me fijo en las retiradas de efectivo semanales, todas por
valor de trescientos dólares. Algunos meses la cuenta se reduce casi
a nada antes de que llegue la pensión y el alquiler de Kyle y Dawn.

Mi padre es de la vieja escuela, como muchos hombres de su generación: le gusta llevar dinero en efectivo. Eso lo sé, pero una retirada semanal de trescientos dólares me parece mucho dinero para llevar encima. ¿En qué se gastará trescientos dólares a la semana, mil doscientos al mes, más de catorce mil dólares al año?

Pero eso no es todo.

Sigo bajando y encuentro un pago realizado en una joyería local por valor de cuatrocientos dólares, hace casi dos meses. Dos meses u ocho semanas. Me invade una extraña sensación de *déjà vu* al pensar en el tique de esa misma joyería que encontré bajo las camisetas interiores de Nick en el cajón de la cómoda. El tique por un collar de cuatrocientos dólares. En ese momento no sé si las fechas coinciden, o si el valor es idéntico hasta el último centavo, y aun así me parece demasiado análogo para ser una simple coincidencia. Mi madre no suele ponerse joyas, nada más allá de su anillo de compromiso u objetos con valor sentimental, como el anillo de boda de su madre. Mi padre quiso regalarle un collar de perlas cuando yo era adolescente, perlas tahitianas que sin duda le costarían una fortuna, pero mi madre era demasiado ahorradora para algo así y le obligó a devolverlo. Yo sentí lástima por él y, durante años, he recordado su expresión de pena cuando mi madre le regañó por comprarle aquel precioso collar, jamás le dio las gracias.

Pero ahora, sabiendo eso, me resulta imposible creer que mi padre se gastara cuatrocientos dólares en una joyería para comprarle algo a mi madre, consciente de que no le gustaría, aunque quizá se haya aprovechado de su demencia para malcriarla con flores y joyas, así como otras cosas que ella despreciaría si estuviese en sus cabales.

Pero entonces me doy cuenta de que no. No puede ser. Mi padre es un hombre demasiado práctico para algo así.

Y entonces una idea comienza a formarse en mi cabeza: la posibilidad de que Nick haya utilizado la tarjeta de crédito de mi padre para comprar el collar. Nick tenía problemas económicos, eso lo sé ahora. Pero ¿serían tan graves como para tener el valor de robarle a mi padre la tarjeta y comprarle con ella un collar a Kat? ¿Habría estado pidiéndole dinero a mi padre o robándoselo directamente? Me decanto por la segunda opción. Nick estaba robándoles dinero a mis padres. Siento en mi interior la vergüenza mezclada con la ira. Estoy a punto de explotar.

Nick no solo me ha engañado a mí, sino también a mi familia.

Mi padre tenía razón desde el principio. Nick sería mi ruina.

Es casi la una de la madrugada cuando oigo un golpe discreto en la ventana de la cocina. Al oírlo, doy un respingo, se me pone la piel de gallina y se me eriza el vello de los brazos.

La mesa de la cocina está frente a un ventanal, rodeada de cristal por tres de sus lados. El sonido me recorre el cuerpo como si fuera una descarga eléctrica. Mi primer impulso es achacarlo a la imaginación, pero entonces se repite, con menos discreción esta vez; son unos nudillos golpeando el cristal de la ventana. Se me desboca el corazón. Harriet levanta la cabeza del suelo y se le ponen las orejas de punta. Ella también lo ha oído.

Hay alguien ahí.

Levanto la mirada del ordenador y miro hacia fuera. Mi visión se ve reducida por las luces de la pantalla LED, de modo que apenas puedo ver, más allá de manchas y rayas. Tardo unos segundos en acostumbrarme a la oscuridad de fuera y entonces distingo las luces de la casa de los Jorgensen, aunque los Jorgensen viven como a treinta metros y además tienen las ventanas cerradas para combatir el calor, así que sería improbable que me oyeran si gritara.

Y es entonces cuando distingo una silueta borrosa de pie frente a la ventana, a unos veinte centímetros o menos. Y al verla me llevo la mano a la boca y dejo escapar un grito ahogado.

Instintivamente echo mano del móvil y coloco el pulgar sobre el nueve hasta que mis ojos distinguen la silueta, los ojos marrones, el pelo castaño y la sonrisa indulgente mientras me saluda con la mano.

Connor.

Y, aunque debería sentir muchas cosa, alivio entre otras, es inquietud lo que siento. Ansiedad. ¿Qué hace Connor ahí fuera a la una de la madrugada? Noto un cosquilleo en el estómago al ponerme de pie y acercarme a la puerta de atrás para abrirla. Ahí está él, en el porche trasero, quitándose los guantes de la moto.

—¿Qué haces aquí? —le pregunto. Veo que sus ojos tienen un aspecto somnoliento, cierto brillo. Cuando entra en mi casa tropieza ligeramente y se agarra al marco de la puerta para no caerse. No es gran cosa, porque Connor suele beber y tiene una tolerancia alta al alcohol, aunque sí lo suficiente para que sepa que se ha tomado un par de copas antes de venir.

Se quita los zapatos y entra en la cocina.

—¿Sabes qué hora es? —le pregunto—. ¿Por qué no has llamado?

—He visto una luz encendida —susurra, y en su aliento detecto el olor a cerveza, lo que me lleva a pensar que Connor ha pasado por delante de casa solo para ver si estaba despierta; habrá dejado la moto en la entrada y habrá rodeado la casa de puntillas hasta ver mi silueta a través de la ventana de la cocina.

¿Cuánto tiempo habrá estado observándome?

Me estrecha contra su cuerpo, pero resulta un abrazo incómodo y yo me aparto instintivamente.

—¿Estás bien? —me pregunta al notar que me pongo tensa, pero yo le quito importancia y le digo que estoy bien, dentro de lo que puede esperarse. Incapaz de mirarlo a los ojos, me quedo mirando sus zapatos.

Son un par de Dickies clásicas, color trigo. Botas de trabajo con suelas de surcos profundos. De inmediato pienso en las huellas de barro que vi bajo la pérgola la noche de la tormenta. Pienso en el casco de la moto de Connor, en sus guantes de cuero negros. Un hombre con sombrero y guantes, había dicho Maisie. Era Connor el que me observaba bajo la lluvia a través de la ventana, y de pronto quiero saber por qué, aunque una parte de mí está demasiado confusa y perpleja para preguntar. Siento que se me sonrojan las mejillas al pensarlo, al imaginar a Connor mirándome a través de la ventana.

—Quería ver si estabas bien —me dice mientras se acerca sin vacilar al frigorífico, cuya puerta abre para servirse una de las Labatt Blues de Nick. Gracias a Connor, van disminuyendo. Solo quedan cuatro, y esas desaparecerán rápido. Entonces ¿qué haré? ¿Compraré otra caja para engañarme pensando que Nick sigue aquí?

Encuentro una botella de Chardonnay y me sirvo una copa. Ya no estoy dándole el pecho a Felix, así que no tengo por qué abstenerme. Me llevo la copa a los labios y bebo, dejo que el alcohol recorra mis venas, tratando de olvidar los acontecimientos del día, desde el descubrimiento del Chevrolet negro hasta el encuentro con Kat, pasando por las muchas indiscreciones de Nick. Son demasiadas cosas, mi mente baraja todas las posibilidades y eso me hace sentirme confusa y mareada. Y al final se me llenan los ojos de lágrimas.

—¿Qué sucede, Clara? —me pregunta Connor al verme llorar, deja su cerveza en la encimera y vuelve a estrecharme entre sus brazos, colocando las manos en la parte inferior de mi espalda. Noto cierta incomodidad al sentirlas ahí, detrás de mí, y por un momento pienso que no podría escapar si quisiera, y siento que me cuesta respirar. Me agobio. Esto es demasiado. Me abraza con fuerza durante demasiado tiempo y mi primer impulso es echarle la culpa al alcohol. Ha bebido demasiado. Me acaricia la espalda con las manos de una manera que me resulta demasiado cercana, demasiado íntima.

Entonces me vuelven los recuerdos. Ya hemos hecho esto antes Connor y yo.

—Estaba teniendo una aventura —le digo, y esta vez Connor asiente con la cabeza y me lo confirma.

—Yo los vi juntos —me dice cuando me aparto para mirarlo a los ojos—. En la clínica. No lo sé con certeza, pero me pareció sospechoso.

—¿Iba a dejarme? —pregunto.

Connor se encoge de hombros.

—Quizá —responde, y pienso de inmediato en abogados matrimoniales, demandas de divorcio, pensiones, custodia de los niños, diferencias irreconciliables. Nick y yo no nos peleábamos, casi nunca. Nuestras diferencias eran escasas, irreconciliables o no. Nunca discutíamos en serio y, sin embargo, hacia las últimas semanas de mi embarazo, o mientras yo expulsaba de mi cuerpo a un bebé de casi cuatro kilos, ¿mi marido estaría pensando en todas esas cosas? ¿En dejarme para poder irse con otra mujer? Se me pasa por la cabeza la palabra «disolución», un matrimonio que se disuelve como si fuera café instantáneo.

Vuelve a acercarse a mí, trata de rodearme con los brazos, para consolarme, pero yo me aparto y no logra alcanzarme.

—¿Qué sucede? —me pregunta, y en esta ocasión se refiere a mi incomodidad. Yo vuelvo a mirar sus zapatos y le digo que ha sido un día largo. No puedo con tantas cosas.

—Necesito estar sola —le digo, porque lo que más quiero es que se marche. La incomodidad es abrumadora, un nudo en el estómago que me indica que algo no va bien. Y esta vez no es solo el alcohol. Es algo más. La cercanía de Connor, la idea de sus manos sobre mi cuerpo. La certeza de que era él quien me observaba a través de la ventana, sin decir nada. ¿Qué vería?

Connor no se lo toma bien. Niega con la cabeza y me dice que no.

—No puedes estar sola ahora, Clara —me asegura—. Solo nos tenemos el uno al otro. Tenemos que mantenernos unidos —me dice, vuelve a estirar el brazo y me agarra la mano con tanta fuerza que no puedo soltarme—. No deberíamos estar solos en un momento así. —Y, mientras me pasa una mano por el pelo, susurra—:

209

De todos modos, siempre fuiste demasiado buena para él. —Aunque pretende tranquilizarme, consolarme en vista de la aventura de Nick, me resulta un comentario un tanto extraño. Connor es su mejor amigo. No se dicen cosas malas de los mejores amigos, y mucho menos cuando estos han muerto.

Lo que me viene a la cabeza es aquel verano en el que yo estaba embarazada de Maisie, aquellas primeras semanas en las que solo lo sabíamos Nick y yo, demasiado asustados aún para compartir la noticia y gafarlo. Aún era pronto, aunque las implacables náuseas matutinas por fin habían cesado al pasar del primer al segundo trimestre. Me encontraba bien por primera vez en mucho tiempo y aun así me consumían unos miedos que todavía no le había confesado a Nick. Me había quedado embarazada antes de lo esperado; Nick y yo habíamos planeado esperar hasta cumplir los treinta. Y sin embargo ahí estábamos, con veintipocos años y un bebé en camino. Decir que Maisie fue un error me parece cruel, y sin embargo eso es lo que fue, un error de cálculo con las fechas, una pastilla anticonceptiva sin tomar, una noche romántica con una carísima botella de vino tinto. Yo no estaba segura de estar preparada para ser madre, aunque eso no se lo dije a Nick, que estaba tan emocionado por la idea de ser padre que prácticamente explotaba de orgullo.

En vez de a él se lo dije a Connor una noche de verano en casa de unos amigos comunes, durante una fiesta en el jardín en la que yo era la única que no bebía alcohol, y Connor se chocó conmigo en la cocina, bebiendo agua del grifo y tratando de no llorar. Le confesé lo del embarazo, que me aterrorizaba la idea de ser madre, que me agobiaban todas las cosas que podrían salir mal y sin duda saldrían. Ser responsable de otro ser humano me parecía una tarea tremenda y no estaba segura de poder hacerlo.

Pero Connor se mostró racional. «Nadie sabe lo que hace la primera vez», me dijo. «Eres una mujer lista, Clara. Sabrás hacerlo». Y entonces me abrazó mientras yo lloraba. Me acarició el pelo y me consoló. Me dijo que sería una madre fantástica, que no había nada en el mundo que no fuera capaz de hacer.

Hasta ese momento, nuestra relación había sido puramente platónica. No éramos más que amigos.

Pero, mientras Connor me abrazaba en la cocina, con todos los demás en el jardín bajo las guirnaldas de luces, estuvo a punto de besarme. No lo hizo, pero casi. Cerró los ojos y, llevado por la desinhibición provocada por la ingesta excesiva de alcohol, se inclinó hacia mí, pero yo le puse una mano en el pecho y susurré: «Connor, por favor, no lo hagas». Su única respuesta fue agarrarme por la cintura y tirar de mí hacia él, en un intento por acercar sus labios a los míos. Connor era el tipo de hombre acostumbrado a conseguir lo que quería. Las mujeres no le decían que no. Estaba borracho, pensé en su momento, y por la mañana no se acordaría de nada. Pero yo sí me acordaría.

«No sabes el tiempo que hace que deseaba hacer esto», me susurró aquella noche, como si no hubiera escuchado mi negativa, como si no notara la palma de mi mano contra su pecho. Mantuvo los ojos cerrados hasta que un ruido le hizo abrirlos de golpe: Sarah, la dueña de la casa, al entrar por la puerta corredera con un montón de platos entre los brazos que amenazaban con caerse al suelo. Era una torre de ocho platos o más, apilados de manera precaria unos encima de otros. Connor se apartó de mí y se acercó a Sarah de inmediato para evitar la caída de los platos, aunque ella estaba tan borracha que ni siquiera se dio cuenta, igual que no se dio cuenta de que habíamos estado a punto de besarnos.

Nunca hablamos de ello. Jamás volvió a ocurrir.

No le di importancia y decidí no comentarlo. Todos cometemos estupideces cuando hemos bebido demasiado, ¿verdad? Con el tiempo, lo olvidé. Nunca se lo conté a Nick, y Connor se convirtió en una especie de hermano para mí, el hermano que nunca tuve.

—No deberías decir eso —le digo ahora y aparto la mano de la suya, aunque él da un paso hacia delante mientras yo retrocedo—. Era tu mejor amigo —le acuso y, aunque Nick me ha hecho daño, mucho daño, haría cualquier cosa por él. Esquivo su mirada para no ver cómo me mira haciéndome sentir incómoda. Quiero pedirle que se vaya. Miro por la ventana, miro el reloj, miro los guantes de Connor. Miro a Harriet, profundamente dormida.

—Nick era muchas cosas —me dice—, pero no era mi amigo. —Y entonces me quedo helada y me pregunto qué querrá decir con eso. Claro que era amigo de Nick.

—Claro que lo era —respondo.

—Yo también pensaba que lo era —me dice él—. Resulta que ambos estábamos equivocados. —Pero, antes de que yo pueda preguntarle, antes de exigirle que explique lo que quiere decir con esas palabras, me pone las manos en las caderas y me acerca a él con tanto ímpetu que yo dejo escapar un grito ahogado, antes de que me bese. El olor del alcohol en su aliento me da náuseas; ha bebido demasiado. Me besa con torpeza, con labios húmedos de cerveza. Yo lo aparto y, al hacerlo, me susurra al oído—: He envidiado a Nick por muchas cosas, pero sobre todo por ti.

Y es entonces cuando me doy cuenta de por qué estaba en mi ventana la otra noche, observándome mientras yo discutía por teléfono con el agente de seguros. Observando mientras llamaba a Kat. Observando mientras consolaba a Maisie en mitad de la tormenta.

Era por mí.

Connor está enamorado de mí.

Y de pronto siento muchas cosas, desde la culpa hasta la tristeza, pasando por la desesperación. ¿Habré hecho algo para merecer esto? ¿Le habré dado falsas esperanzas? ¿Será culpa mía? Veo el ruego en sus ojos, las palabras calladas. «Déjame ser tu Nick», me suplica en silencio.

Y entonces suenan las palabras, cuando Connor me susurra al oído tan débilmente que apenas distingo lo que dice.

—Deja que cuide de ti, Clara. De ti y de los niños. Yo cuidaré bien de ti. —Y yo sé que lo haría. Eso es lo más difícil. Sé que, después de las transgresiones de Nick, Connor cuidaría bien de los niños y de mí, pero no puedo imaginarme en brazos de otro hombre, en la cama de otro hombre.

Hay mucha esperanza en sus ojos, esperanza y desesperación, una mezcla tóxica, según parece; mucho que ganar y mucho que perder.

Y sé que, cuando le rechace, le perderé a él también. Se me enredan las palabras en la garganta. No puedo hablar porque, cuando lo haga, romperé nuestros corazones.

Después de esta noche, Connor y yo ya no podremos ser amigos.

Y entonces oigo un ruido. Mi salvación.

Es un ruido muy débil, como el de un ratoncillo que tratara de acceder al saco de pienso para pájaros. Connor también lo oye, un ruido que hace que sus manos se detengan de pronto para poder oír mejor. Escucha con atención y vuelve a producirse, una especie de pezuñas que avanzan por el suelo de madera. Pienso que será Harriet, pero no, porque Harriet está aquí, en el suelo de la cocina, profundamente dormida. Así que no son pezuñas, sino pies. Pies humanos. Piececitos humanos, y después una vocecilla débil, como si no quisiera molestar o ser un estorbo.

—Mami —dice la voz, y me doy cuenta de que se trata de Maisie. Maisie está aquí.

Aparece en el marco de la puerta con el pelo revuelto, aferrada a su pobre osito de peluche.

—Mami, no puedo dormir. —Sonríe al ver a Connor y, aunque quiero correr hacia ella, estrecharla entre mis brazos y darle las gracias por ser tan oportuna, por salvarme de este incierto destino, mi voz permanece seria.

—¿Lo has intentado? —le pregunto, y ella asiente y dice que sí, que lo ha intentado. Le paso una mano por el pelo y observo agradecida que sus ojos se llenan de esperanza.

—Mami, ¿tú también vas a dormir?

Asiento con la cabeza. No hay nada en el mundo que prefiera hacer más.

Me vuelvo hacia Connor con manos temblorosas y le digo que debo irme, que Maisie me necesita, y agradezco que no insista, aunque se queda muy serio y advierto la decepción en su rostro. Connor no quiere que me marche para irme con Maisie. Quiere que me quede.

—Te llamaré mañana —le digo para consolarlo, aunque sé que no le llamaré.

—Claro —responde, asiente y se dirige hacia la puerta mientras yo le doy la mano a Maisie. Deseo tumbarme entre mis hijos y dejarme llevar por el olvido, dormir, aunque sea con inquietud, si es que consigo quedarme dormida. Connor vuelve a ponerse las botas embarradas y lo vemos marcharse por el mismo camino que ha venido.

Bajo las persianas para que nadie nos observe mientras dormimos.

NICK

ANTES

Todo se tuerce al mismo tiempo.

Recibo la demanda oficial de Melinda Grey por mala praxis, que me entrega en mano un hombre que me dice que he sido demandado. No hay nadie a mi alrededor cuando sucede y, aun así, me imagino que todo el mundo lo ve. Me imagino que todo el mundo lo sabe, pero en realidad solo lo sé yo. Me sudan las manos y se me seca la boca cuando acepto la demanda y, a saber por qué, doy las gracias al hombre por hacérmela llegar.

Me encierro en mi despacho con el portátil para buscar en Internet los efectos que puede tener una demanda de ese tipo en médicos y dentistas; efectos económicos o de cualquier otro tipo. Son perjudiciales, aunque no me sorprenden lo más mínimo porque ya estoy experimentando todos y cada uno de ellos. Los médicos que han sido demandados por mala praxis tienen mayores índices de suicidio, y yo pienso en posibles maneras de acabar con mi vida. Los dentistas ya tienen uno de los índices de suicidio más elevados en cualquier profesión, gracias al sacrificio necesario y a la naturaleza extremadamente competitiva del trabajo. Yo lo sé; lo he vivido de primera mano. Tener fácil acceso a medicamentos también es una ventaja; en un armario cerrado con llave que tengo en el despacho hay todo tipo de medicinas que podrían acabar con mi vida si yo quisiera.

Pero una demanda por mala praxis lo empeora aún más. Los dentistas pierden la ilusión por una profesión que antes adoraban, y entonces llega la depresión. Muchos abandonan la profesión. Para el resto se crea una fisura entre los doctores y sus pacientes, un muro de desconfianza. Y entonces se produce el impacto económico, la pérdida de reputación.

Pienso que dentro de poco ese seré yo. Deprimido y suicida, habiendo perdido la ilusión por una profesión que antes adoraba.

Llamo a un abogado y este me dice que no iremos a juicio, porque los jurados pueden llegar a exigir una indemnización de más de un millón de dólares por demandas legítimas por negligencia médica, mientras que en los acuerdos fuera de juicio suele ser menos. Yo tengo un seguro por mala praxis que me cubre hasta el millón de dólares, aunque no cubre los honorarios del abogado ni la pérdida de pacientes mientras intento salvar mi reputación y mi clínica. Pero depende de la compañía de seguros decidir si llegaremos a un acuerdo o no. Si un jurado pide para la señora Grey una indemnización superior a un millón, o si la petición del acuerdo excede esa cifra y a mí me consideran culpable, tendré que pagar yo la diferencia.

Y luego está el hecho de que las tasas de mi seguro por mala praxis irán en aumento de manera regular hasta que ya no pueda mantenerme a flote. El día quince del mes se acerca, lo que significa que tengo que pagar el alquiler. Sigo sin tenerlo y me estoy quedando sin tiempo. Tengo que tomar decisiones rápidas, intentar obtener beneficios fáciles, así que apuesto el máximo por los Warriors en la final de la NBA de esta noche, aunque están en una situación de todo o nada; dos partidos a uno. Supongo que tiene sentido, porque a mí me pasa lo mismo.

Desaparecen más pacientes, al enterarse de la rifa que se celebra al otro lado del pueblo, imagino, e intento no tomármelo como algo personal. Es por la parrilla, no por mí. Aunque quizá sí sea por mí.

Cada día aparece otra mala reseña *online*, y yo trato de convencerme de que Melinda Grey y Connor no están conchabados, pensando en maneras de arruinarme la vida. Llamo a Connor varias veces a la semana para intentar solucionar nuestro problema, pero no contesta al teléfono. Las mujeres de la oficina parecen disgustadas por la ausencia del simpático doctor C. No me lo dicen a las claras, pero las oigo hablar del tema cuando creen que no estoy presente. Nunca hablamos del numerito que presenciaron en el pasillo: yo amenazando con llamar a la policía si Connor no se marchaba. Pero todos seguimos pensando en ello, sobre todo yo. Las oigo hablar por teléfono con los pacientes. «No, lo siento», le dicen a alguien que ha llamado para concertar una cita. «El doctor Daubney ya no trabaja con nosotros. Pero puedo concertar una cita con el doctor Solberg, si quiere», y entonces se produce la inevitable pausa durante la cual el paciente decide si yo soy lo suficientemente bueno. Connor siempre fue el más encantador de los dos, el más ingenioso y gregario. A los niños les encantaba; él hacía que las revisiones dentales fueran divertidas. Pero yo no. A veces esos pacientes sí conciertan una cita conmigo, pero otras veces oigo como Nancy o Stacy les explican que no saben dónde está el doctor C ni si sigue recibiendo pacientes. En su contrato no hay ninguna cláusula que le impida usurparme pacientes, y tampoco podría culparle si lo intentara.

Por las noches me cuesta cada vez más dormir; mi descanso se ve interrumpido por todos esos pensamientos que inundan mi cabeza; por eso y por la almohada de Clara, que yace entre nosotros como una más. Acabo pasando la mitad de las noches en el sofá del salón o en el suelo. El Halcion es mi única salvación: dos pastillas que me tomo antes de irme a la cama, a escondidas, en el cuarto de baño, para ayudarme a cruzar el umbral hasta los brazos de Morfeo. Me llevo las pastillas del trabajo antes de marcharme, sin molestarme en anotarlo en la lista del inventario. Dado que últimamente soy el único que receta medicamentos, nadie sabrá que falta. Es un salvavidas para muchos pacientes con fobia, ya que hace que se relajen en la silla y, sin embargo, estén ya despejados cuando vuelven a casa, aunque alguien tiene que llevarlos hasta allí, porque jamás se les permite conducir bajo los efectos de las pastillas.

Estas pastillitas me sedan profundamente, pero solo durante un breve periodo de tiempo –creando un efecto amnésico por el cual las horas entre las once y las dos se diluyen sin darme cuenta–, de modo que, cuando me despierto en mitad de la noche con los quejidos de Clara por otro calambre en la pierna, me despejo enseguida para darle un masaje. Y después, cuando se le pasa el dolor, veo que se prepara para volver a dormirse y yo deslizo los dedos por su espalda, alrededor de su tripa y bajo por la cara interna del muslo, con la esperanza de que vuelva junto a mí, de que distraiga mi atención de otras ideas más preocupantes como los pagos criminales y las demandas por mala praxis.

—Estoy muy cansada —me dice, se aparta de mí y enreda las piernas en su almohada—. En otra ocasión, Nick —murmura contra la almohada, y sin más vuelve a quedarse dormida.

Y yo me quedo allí solo, pensando, y me trago dos pastillas más para dejar de pensar.

Una mañana, algunos días más tarde, recibo un mensaje de Clara mientras estoy en la clínica, con las manos metidas en la boca de un paciente. *Dilatada de 2 cm. 40% borrado*, dice, y entonces recuerdo que tenía cita con la ginecóloga. Le dije que intentaría acudir, pero no he podido.

Ya casi estás, respondo cuando he terminado con el paciente. Dentro de poco seré padre. Otra vez. Aunque me siento culpable al ver el mundo al que llegará mi bebé; un mundo que está lejos de ser perfecto.

No me queda mucho tiempo para enmendar esto.

Esa misma tarde me suena el teléfono y respondo imaginando que será Clara, pero en su lugar me sorprende oír la voz melódica al otro lado de la línea.

—Nick —me dice—, soy Kat.

El corazón me da un vuelco. Había albergado la esperanza de no volver a saber nada de ella, y de pronto tengo la impresión de estar nadando contracorriente, hundiéndome cada vez más en un agujero oscuro. No es por culpa de Kat, pero ahora mismo no necesito más complicaciones en mi vida.

—Hola, Kat —respondo, y noto que se le corta la voz.

—Necesito verte, Nick —me dice, y sé que estoy en un aprieto, porque he visto a Kat dos veces ya sin decírselo a Clara. Intento poner una excusa, decirle que estoy hasta arriba de trabajo, que no tengo tiempo. Pero Kat, extrañamente parecida a la Kat de dieciocho años, comienza a llorar—. Por favor —me ruega a través del teléfono—. Solo unos minutos, Nick. Hay algo que debería haberte dicho el otro día. —Sus palabras resultan difíciles de entender entre lágrimas.

De modo que le digo que sí. Se lo digo para que deje de llorar. Le digo que puedo quedar a tomar algo rápido, pero que después tengo que irme. Quedamos en vernos en un barecito que hay en la misma manzana cuando haya terminado con mi último paciente y, después de ponerle el sellador dental a un niño de siete años, recojo y me marcho. No quiero que Clara tenga que estar en casa esperando y preguntándose dónde estoy. Desde el aparcamiento le envío un mensaje para decirle que llegaré a casa pronto. *Estaré allí en una hora*, prometo, y voy a reunirme con Kat, con la esperanza de poder despertarme de esta pesadilla, de que todo haya sido un sueño. Un mal sueño, pero sueño al fin y al cabo. Ojalá pudiera olvidarme del lamentable estado de mis finanzas, de mi enemistad con Connor, de la demanda por mala praxis. Ojalá pudiera escapar de todo durante un rato, tomarme un respiro. Ahogar mis penas en una botella de alcohol o encontrar cualquier otra cosa que consiga evadirme del montón de mierda en que se ha convertido mi vida, aunque solo sea durante un rato.

Y es entonces cuando veo a Kat sentada sola a una mesa del fondo, esperándome.

Está preciosa, como siempre, y por un segundo me deja sin aliento, iluminada por la luz tenue del bar, ataviada con un vestido rosa de gasa que, combinado con su pelo rubio y su piel clara, le confiere un aspecto angelical. Un mechón de pelo le cae por encima del ojo, pero se lo deja ahí y eso añade atractivo y sensualidad a su apariencia.

Me tiemblan las piernas por un momento y así, sin más, volvemos a tener dieciocho años, somos impulsivos y temerarios, vivimos el presente y no nos importa lo que nos depare el mañana.

CLARA

A las ocho de la mañana suena el timbre y, claro, espero las flores, al pobre repartidor esperando con la furgoneta aparcada fuera, preparado para verme en pijama por cuarta vez esta semana.

Pero no es el repartidor de flores.

De pie en el porche de mi casa se encuentra Emily, vestida con unos pantalones negros de correr y una sudadera con capucha que resulta demasiado gruesa para un día tan caluroso. En los pies lleva unas deportivas bastante caras y da saltos calentando antes de salir a correr, con el pelo recogido en una coleta y algunos mechones sueltos que le caen por la cara. Son solo las ocho de la mañana y ya siento el calor y la humedad, que se mezclan con el aire de dentro, que ya está caliente. Maisie baja las escaleras tras oír el timbre —seguida de una hambrienta Harriet— con el pelo sudado pegado a la frente.

—¿Por qué no vas a poner la tele? —le sugiero, y ella asiente medio dormida mientras Emily y yo salimos fuera y cierro la puerta sin hacer ruido. El sol brilla esta mañana, me deslumbra, y lo maldigo por tener la desfachatez de aparecer después de todo lo que ha hecho. Nick murió por culpa del sol.

O tal vez no.

Lo primero que veo son las marcas rojas en su piel, que asoman por debajo de la sudadera, que no logra disimularlas. Ese es su

221

objetivo, al fin y al cabo: no proteger a Emily del calor, sino ocultar las marcas rojas. Así que tira de la cremallera hacia arriba para asegurarse de que esté lo más subida posible, aunque no es suficiente. Veo los moratones, pequeños pero visibles; piel descolorida por la hemorragia interna donde los dedos de su marido le presionaron la tráquea, interrumpiendo el suministro de oxígeno y haciendo que se quedara sin aire. Vuelve a tirar de la cremallera para tratar de esconder los hematomas, pero no puede deshacer lo que ya está hecho. Es demasiado tarde; ya lo he visto. La cremallera de la sudadera es demasiado corta y, además, ya hemos tenido antes esta conversación: ella, desinhibida por el vino, me contó que, durante el coito, Theo solía ahogarla de vez en cuando hasta que ella comenzaba a sentir un cosquilleo por todo el cuerpo acompañado de vértigos y miedo a morir. Y entonces él la soltaba. Se suponía que era para el placer mutuo, pero solo a uno de los dos le parecía divertido.

Me lo confesó hace tiempo, un año o más, una tarde en la que Theo estaba de viaje, en Cincinnati esta vez. Ella y yo estábamos sentadas en su jardín viendo como los niños jugaban al pilla-pilla. Teddy perseguía a Maisie, que se agarraba a un árbol cercano que habían considerado como «casa». Emily y yo estábamos bebiendo aquel día, un día no muy diferente a este −caluroso y húmedo−, un combinado que ella había preparado con zumo de melocotón y de piña, pero también con una generosa cantidad de vino blanco. Yo le había confesado cosas triviales sobre Nick: que dejaba las deportivas del gimnasio tiradas por ahí, además de prendas de ropa usadas, porque era incapaz de echarlas al cesto de la ropa sucia que teníamos en el baño principal. Pero Emily respondió con lo siguiente: me contó que Theo era un fetichista de la hipoxifilia, palabra que tuvo que explicarme porque yo no imaginaba que pudiera existir una cosa así. Me resultaba algo primitivo, violento y bárbaro, algo que los antiguos vikingos podrían hacer cuando no estaban saqueándose unos a otros. Era lo que se hacía en las fiestas del instituto cuando los padres no estaban en casa −adolescentes libertinos, ajenos a la fragilidad de la vida, emborrachándose y participando en disparatados juegos sexuales como si fueran inmortales–, no lo que hacían los residentes de clase media con hijos que dormían plácidamente en la habitación de al lado.

Aquel día me fijé en los hematomas que le habían dejado las manos excitadas de Theo y vi en sus ojos que Emily estaba asustada. Después de marcharme, pasé días tratando de imaginarlo: Theo a punto de matarla para después liberarla, una y otra vez, por placer y diversión, y algo más. Dominio y control, supuse.

—Creí que Theo estaba de viaje —le digo ahora, de pie en los escalones del porche—. En Massachusetts, en una feria de coches.

Ella asiente y me dice:

—Sí. Lo estaba. Volvió anoche. No tenía que regresar hasta mañana por la tarde. No es lo que piensas —se apresura a añadir, y se lleva las manos al cuello buscando una excusa: que perdió el equilibrio, cayó por las escaleras del sótano y Theo intentó frenar su caída. Sabe lo que opino de esta costumbre suya, de esta tradición tan extraña. «Deberías dejarlo si te asusta», le he dicho en varias ocasiones, pero ella siempre me mira con desesperación y me dice que no podría mantenerse sin Theo, que él le arrebataría a Teddy. Emily trabajó durante años como enfermera pediátrica, puesto que dejó al casarse con Theo, y en los años posteriores su licencia expiró, de modo que ya no podría ejercer como enfermera.

En una ocasión le dije que si no lo abandonaba, llamaría a la policía.

Ella me dijo que no me atreviera.

—Tengo suerte de no haberme roto nada —me dice ahora, y yo finjo creerme su historia sobre la caída y las escaleras del sótano.

—Mucha suerte, desde luego —respondo, y se hace el silencio.

Pero Emily no ha venido a hablar de Theo, ha venido a ver si me encontraba bien, porque la última vez que me vio estaba en el recibidor de su casa sollozando mientras Maisie y Teddy nos miraban con sus disfraces de mago.

—No me gustó nada que te fueras así el otro día —me dice, y entonces lo recuerdo todo, en ese preciso instante: el hecho de que Nick ha muerto, de que soy viuda, de que Maisie y Felix son huérfanos de padre.

Las pesadillas de Maisie inundan mi cabeza, la imagen del hombre malo misterioso, la insinuación de que Nick no murió accidentalmente, sino que fue asesinado con malicia y premeditación. Pero ahora he empezado a pensar que Maisie se equivoca, que Nick era el hombre malo: consumía drogas, me engañaba, robaba a mi padre. Pensaba en suicidarse. Como ha dicho la policía, Nick es el culpable de su propia muerte, aunque ni siquiera ellos conocen las razones. Oigo en mi cabeza las palabras del detective Kaufman, una y otra vez, atormentándome: «¿Sabe lo que creo que ocurrió?», me pregunta. «Creo que su marido conducía demasiado deprisa y tomó la curva a demasiada velocidad... Siento mucho su pérdida». Está sentado frente a mí, suelta una carcajada odiosa y ya no estoy segura de lo que es real y lo que no, de lo que ha ocurrido y lo que no ha ocurrido. Hace casi dos semanas que no duermo, eso sí lo sé, y me invade la tristeza, el insomnio y una abrumadora sensación de fatiga. Me duele el cuerpo, física, mental y emocionalmente, y lo único que quiero hacer es meterme entre las sábanas de mi cama y morirme.

Y de pronto empiezo a llorar.

—¿Qué sucede, Clara? —me pregunta Emily—. ¿Qué pasa? —Me estrecha las manos y, aunque una parte de mí desea apartarse y volver a encerrarse en casa, no lo hago. Me apoyo en Emily y le confieso todo lo que sé sobre el accidente: que quizá no fuera un accidente. Le hablo de los sueños de Maisie, del coche negro, el Chevrolet. Le cuento mi encuentro con el detective Kaufman, le confieso que no fui a la tienda a comprar plátanos aquel día, sino a la comisaría. Es un alivio poder decírselo en voz alta a alguien que me escuche, como purgarme después de haber comido demasiado. Es agradable, sanador, purificador. Tal vez, después de esta gran confesión, pueda volver a ponerme esos vaqueros ajustados y aceptar la realidad en que se ha convertido mi vida. Le hablo de Connor, le hablo de Kat. Pero no le confieso lo de las drogas, el suicidio o los robos, porque yo he juzgado con desdén los hematomas que Theo le ha dejado a ella en el cuello.

Emily me consideraría una santurrona, una hipócrita. Nick me ha convertido en una hipócrita.

Lo que espero es que Emily se muestre empática, que me diga que es horrible y que lamenta profundamente que me esté pasando esto. No quiero dar pena, en absoluto, solo busco a alguien que me escuche, alguien de más de cuatro años que comparta el secreto conmigo. Alguien que me mire con sensibilidad, no como me mira el detective, como si estuviera loca al sugerir que Nick pudiera haber sido asesinado. Quiero que Emily me ayude a catalogar las pistas. Necesito que me diga que estoy equivocada con Kat, que no había nada impuro en su relación con Nick, que solo eran amigos, como lo somos ella y yo. Quiero que ella, con su mirada de incredulidad y las manos de su marido marcadas en el cuello, me asegure que Nick me quería a mí y no a Kat.

Pero Emily me suelta las manos.

—Sabes que eso no puede ser cierto —me dice a la defensiva, como si fuera ella la que ha matado a Nick. Le tiembla la voz, mira fugazmente hacia su casa y pienso que, si parpadeo un instante, saldrá corriendo. Veo su casa a lo lejos: una edificación victoriana con todas las cortinas echadas. A las ocho de la mañana, imagino que Teddy seguirá dormido en su cama mientras Theo se prepara para ir a trabajar.

—Bueno, ¿y por qué no? —le pregunto, porque no entiendo por qué no puede ser cierto. Claro que puede ser cierto. A mí también me tiembla la voz, pero esta vez por el enfado.

—La policía lo declaró así —me dice, como si la policía fuera una divinidad que todo lo sabe, como si no cometiera errores—. Dijeron que fue un accidente.

—No lo saben —le aseguro yo.

—¿Así que crees a una niña de cuatro años antes que al departamento de policía? —me pregunta, y tengo ganas de gritar, por muchas razones, pero sobre todo porque no es propio de Emily posicionarse con nada; ella, que nunca quiere problemas y solo desea agradar y hacer feliz a la gente. Pero a mí me está haciendo muy infeliz al plantarse ante mí y cuestionar mi credibilidad y la de Maisie, y todo mientras me miente a la cara con los hematomas que tiene en el cuello.

Siento algo en mi interior. Una corazonada. Algo no anda bien.

Emily está protegiéndose o protegiendo a otra persona, y entonces vuelvo a pensar en el hombre malo que ha mencionado Maisie. Tal vez Nick no se suicidó, sino que fue asesinado de verdad. Las palabras rebotan en mi mente –asesinato, suicidio, asesinato, suicidio– como si fueran una pelota de tenis que vuela de un lado a otro de la cancha. Cada vez que pienso que lo he entendido, alguien golpea la pelota con fuerza hacia el otro lado y mi cordura se tambalea.

Emily percibe mi rabia, porque es transparente. Suaviza su expresión y da un paso hacia mí.

—Clara —me dice con voz tranquila mientras trata de estrecharme la mano—. No quiero que te engañes. —Y entonces menciona las diferentes etapas del duelo y especula que yo debo de encontrarme entre la primera y la segunda: la negación y la rabia—. Es un mecanismo de defensa. No pasa nada, Clara, es normal —me asegura, pero yo aparto la mano de inmediato, porque no quiero que me analice—. Estoy preocupada por ti, eso es todo —me dice. Sus palabras suenan a disculpa, y tal vez sean sinceras, pero aun así yo no quiero que me calme. Quiero que me escuche—. ¿Se lo has dicho ya a Maisie? Lo de Nick. —Se refiere a si le he dicho ya a Maisie que su padre ha muerto. No respondo de inmediato, porque sé que mi respuesta apoyaría su teoría de que estoy en la etapa de la negación, inventando historias para suavizar mi pérdida.

226

No importa.

Al otro lado de la calle, a dos casas de distancia, se abre la puerta del garaje de Emily y aparece Theo tras el guardabarros trasero de un carísimo coche deportivo, de color rojo, aunque no sabría decir de qué marca se trata. Lleva una bolsa de trabajo colgada al hombro y guantes de cuero en las manos. «Para tener un mejor agarre del volante», me dijo Nick una vez cuando le pregunté por qué diablos llevaba siempre guantes para conducir. Pero yo estoy segura de que Theo los lleva porque tiene la impresión, equivocada, de que le quedan bien. Escribe para una revista de automóviles –*Coche y motor*, o algo por el estilo– y, por lo tanto, cada semana se lleva a casa un coche nuevo para probarlo y poder escribir una reseña. Emily me dijo que, cuando se conocieron, él trabajaba como vendedor de coches; quería ser escritor y estaba perfeccionando sus habilidades. Era licenciado en periodismo y poseía una capacidad asombrosa para convencer a un cliente de comprar casi cualquier cosa que no quería o necesitaba: un Cadillac usado cuando quería una furgoneta, o una furgoneta cuando lo que quería era un sedán, y lo hacía todo sin carisma ni encanto, sino con tácticas intimidatorias y coacción, del mismo modo en que convenció a Emily para que se casara con él, estoy segura de ello. Es guapo, por supuesto, y tiene una sonrisa que movería montañas, pero creo que no fue su sonrisa lo que hizo que Emily diera el «Sí, quiero». El coche de Theo está destartalado y lo tiene escondido en el garaje, con capacidad para tres coches, mientras él conduce el que le haya tocado esa semana.

El sol se refleja en la puerta roja del coche cuando la abre, sin dejar de mirarnos a Emily y a mí. Le suelta un grito a Emily mientras se pone una gorra y ella corre hacia él. No puedo evitar quedarme mirando mientras la reprende allí, en mitad de la calle, ella con su ropa deportiva y él con el sombrero y los guantes. ¿Sombrero y guantes? Me pregunto si será posible. ¿Sería Theo el hombre con sombrero y guantes que nos observaba a Maisie y a mí a través de la ventana? ¿Sería Theo y no Connor? ¿Me habré equivocado?

Emily pone cara compungida mientras Theo la humilla; es demasiado pronto para empezar a gritar. Si Nick estuviera aquí, querría intervenir. Nick, que odiaba a Theo tanto como Theo le odiaba a él. Pero Nick no está aquí, así que lo único que puedo hacer es quedarme mirando con los pies pegados al suelo.

Después veo como Theo le da un beso frío en la mejilla a Emily antes de subirse al deportivo rojo y marcharse, dejándola sola en la entrada. Cuando pasa por delante de mí, mirándome con esos ojos de halcón, me pregunto qué clase de coches habrá conducido en las últimas semanas.

¿Qué probabilidades habrá de que uno de ellos fuera un Chevrolet negro?

NICK

ANTES

Cuando Kat me saluda desde la mesa del bar, me traslado en el tiempo doce años atrás, cuando estábamos juntos. Había un parque en la isla al que nos gustaba ir, situado en el lado nororiental de Bainbridge Island, que daba al estrecho de Puget. Cerraba al anochecer. Cuando íbamos, siempre después de anochecer, el lugar estaba vacío. Lo teníamos para nosotros solos y allí, en la playa, con su arena y sus montones de madera arrastrada por la corriente, hacíamos cosas que no había hecho con nadie salvo con ella. Cosas que incluso ahora, doce años más tarde, hacen que me ruborice.

Me siento a la mesa frente a ella y nuestras rodillas se rozan; yo me aparto por instinto. Lo que ocurrió entre Kat y yo hace años ya acabó.

Sobre la mesa de madera que nos separa hay una fotografía que ella me acerca mientras la camarera se aproxima para tomarnos nota.

—¿Quién es este? —le pregunto antes de que llegue la camarera, mirando a ese chico de pelo rubio en una fotografía escolar con el clásico fondo azul; un chico que no sonrió cuando le dijeron que lo hiciera. En la imagen aparece serio, con los labios apretados y mirada triste. Transmite ya ese hastío adolescente, esa insatisfacción con el mundo que le rodea, aunque no parece haber llegado aún a la adolescencia.

—Es Gus —me dice Kat mirándome a los ojos—. Es tu hijo.

Y entonces llega la camarera y yo pido un *Muerte en la tarde* —el cóctel inventado por Hemingway a base de absenta y champán— porque me parece muy apropiado en este momento de mi vida.

—¿Cómo que es mi hijo? —le pregunto en un susurro para que solo me oiga ella. Miro a mi alrededor para asegurarme de que no conozco a nadie allí, de que detrás de mí no hay un vecino, o Jan, mi higienista, escuchando con disimulo mi conversación con Kat—. No puede ser mi hijo —le digo, pero no soy idiota. En el fondo sé que sí puede serlo. Kat y yo éramos unos adolescentes estúpidos, de esos que creen que no puede pasarles nada malo. A veces nos dejábamos llevar por el momento, no siempre tomábamos precauciones.

—Aquella noche —me dice mientras bajo la mesa roza su rodilla con la mía, pero yo me aparto—. Aquella noche, antes de que te fueras a la universidad. Mis padres habían ido al *ballet* —me recuerda, y entonces se detiene. No hace falta que diga más. Yo asiento despacio. Lo sé. Me acuerdo. Habían ido a ver *Coppélia* y yo aproveché para pasarme a despedirme de ella. Era el aniversario de sus padres, así que habían planeado pasar la noche en la ciudad, en el Four Seasons. No lo hacían nunca, pero aquella noche celebraban sus veinticinco años juntos, así que era algo fuera de lo corriente, algo especial, y Kat y yo decidimos celebrar algo especial también. Ella tenía una botella de Goldschläger que había sacado del mueble bar de sus padres, pues sabía que era algo que ellos rara vez bebían y no lo echarían en falta. Kat y yo nunca habíamos estado a solas tanto tiempo. Nos llevamos la botella a su dormitorio, tomándonos las cosas con calma por una vez, porque sentíamos que teníamos todo el tiempo del mundo. Por la mañana me desperté y tomé un avión rumbo a Chicago; tres días más tarde, Steve ocupó mi lugar en la vida de Kat.

—¿Cómo puedes estar segura de que es mío? —le pregunto, y me asquean mis palabras incluso mientras las digo, esta manera de eludir la responsabilidad. No es propio de mí. Pero doce años es mucho tiempo. Si Kat me hubiera llamado hace doce años y me hubiera dicho que estaba embarazada, las cosas habrían sido diferentes.

No espero su respuesta.

—¿Por qué ahora? —le pregunto molesto—. ¿Por qué me lo cuentas ahora?

En un rincón del local hay una televisión. En la pantalla aparecen los locutores deportivos haciendo apuestas para la final de la NBA de esta noche. Compruebo que los Warriors no tienen muchas probabilidades a su favor. Los favoritos son los Cavaliers de Cleveland, el equipo que juega en casa, y al oírlo noto que se me humedecen las manos y se me acelera el corazón. La habitación comienza a dar vueltas a mi alrededor mientras pienso en el agujero en el que me he metido; financiero y de más tipos. Todos los secretos que le he ocultado a Clara y que ahora no puedo confesarle. El estado financiero del negocio, el despido de Connor, mis encuentros con Kat. Dos ya. Dos encuentros con Kat. Dos veces en las que he estado con mi antigua novia, la madre de mi hijo, mi otro hijo, y no se lo he mencionado a Clara.

La camarera pasa por allí y le pido otra copa, Jack Daniel's con Coca Cola esta vez, que me bebo como si fuera agua y yo acabase de correr diez kilómetros. He empezado a sudar. Aparece una cuenta atrás en un rincón de la pantalla de la televisión que me recuerda que quedan dieciocho minutos para que comience el partido. Dieciocho minutos para saber si gano o si pierdo todo lo que me importa en el mundo.

—No sé si puedo seguir con Steve —me dice Kat, y aduce como razón la cantidad de peleas que han tenido últimamente. Steve está bajo mucha presión, según me cuenta, con un nuevo trabajo, y lo paga con Gus y con ella—. Su temperamento —explica—. No tiene paciencia, ni conmigo ni con Gus. Tiene la mecha muy corta. Y nunca está en casa, siempre está por ahí. Siempre trabajando. —Estira el brazo por encima de la mesa para tocarme la mano, pero yo la aparto de inmediato y la coloco junto a la otra sobre mi regazo, para que no pueda alcanzarlas—. Gus necesita una figura paterna en su vida. Un padre. Tiene doce años. Yo no sé cómo educar a un chico de doce años.

Niego con vehemencia. No puedo hacerlo. Esto no puede estar pasando.

—Yo ya tengo una familia, Kat. Una esposa y una hija. Dos hijos. Los quiero —le digo—. Quiero a mi esposa. Quiero a Clara. Me lo has ocultado durante todos estos años, ¿y ahora esperas que asuma el papel de padre? No puedo hacerlo —insisto golpeando con las manos la mesa, con tanta fuerza que un hombre de la mesa de detrás se vuelve para mirarnos—. ¿No lo entiendes? ¿No te das cuenta? Tengo una familia.

Todo se precipita, estoy perdiendo el control de mi vida. Me llevo las manos a la cabeza para hacer que pare, pero no para. De hecho, el mundo sigue girando hasta que me entran ganas de vomitar.

—Antes éramos felices, Nick —me dice Kat—. ¿No te acuerdas? —Pero, en vez de responder de inmediato, saco la cartera del bolsillo, encuentro un billete de veinte y lo dejo sobre la mesa.

—Éramos unos críos, Kat. Unos críos estúpidos —le digo mientras me pongo en pie, y añado que hablaremos de eso en otro momento, que ahora tengo que irme—. Estoy enamorado de Clara. Clara es mi esposa.

Me alejo apresuradamente murmurando una y otra vez para mis adentros: «Ya tengo una familia. Ya tengo una familia».

—Nick —me llama ella mientras me abro paso entre la gente para salir del bar y enfrentarme al aire asfixiante del mes de junio. Me monto en el coche, cuyo interior debe de estar casi a treinta y ocho grados.

¿Cómo le contaré esto a Clara? ¿Cómo se lo explicaré? Kat no solo me ha informado de que tengo un hijo de doce años, sino que además dice que quiere que ejerza de padre para Gus. ¿Qué hago? ¿Le doy dinero y le digo que no? No tengo dinero para darle.

Clara me abandonará. Me abandonará si lo descubre.

No puedo vivir sin Clara. Clara, Maisie y mi bebé. Esas son las únicas cosas que importan. Pongo el coche en marcha y empiezo a conducir. Salgo del aparcamiento a toda velocidad, con la necesidad de huir; los neumáticos derrapan cuando piso el acelerador, el motor se mueve más deprisa que las ruedas, que dejan marcas negras en el asfalto. Entro en la autopista y me dirijo hacia casa. El mundo a mi alrededor pasa volando, los árboles se funden en una masa verde, los edificios y las casas se vuelven uno solo. Lo único que quiero es llegar a casa.

Hay mucho tráfico, como siempre a estas horas de la tarde, con montones de coches esperando en los semáforos, sin ir a ninguna parte. Observo como los otros conductores leen mensajes en sus móviles. Escuchan la radio a todo volumen y los graves hacen que sus coches vibren. Esperamos en fila, parados, y yo noto que empiezo a perder la paciencia. Seguramente el tren haya vuelto a pararse en mitad de la vía haciendo que resulte imposible acceder a la parte oeste del pueblo, donde tengo que ir yo. Donde está Clara, donde está Maisie. Mi hogar. Me las imagino sentadas en el sofá, esperándome. «Ya voy», pienso, y entonces, cuando el tráfico comienza a despejarse, piso con fuerza el acelerador y giro bruscamente entre los coches para llegar hasta mi familia.

En la radio llevo sintonizada una emisora de deportes en la que retransmiten el partido de baloncesto. No va bien y tengo que hacer un esfuerzo por no gritar.

Paso por delante del supermercado, de la biblioteca, de la oficina de correos, del colegio de primaria y del parque. La autopista se vuelve residencial, pero yo no aminoro la velocidad. Las calles están llenas de baches, pero son más anchas ahora, flanqueadas por hileras de árboles. A lo lejos diviso mi casa. Mantengo la mirada puesta en ella todo el tiempo. Aguanto la respiración y piso el acelerador. El velocímetro sobrepasa los setenta y alcanza los ochenta por hora. Estoy cerca de mi casa. La línea de meta.

Lo que no veo es al pequeño Teddy al otro lado de la calle que sale corriendo de detrás de un árbol. Medio metro por delante de él va botando una pelota de goma roja que el niño persigue por mitad de la carretera. Sucede tan deprisa que no me da tiempo a reaccionar.

Al principio no veo nada y luego veo al chico, de metro veinte de altura y veinte kilos de peso, con ojos de terror y la boca abierta en un grito silencioso. Mirándome.

Si no me hubiera tomado dos copas en el bar, mi tiempo de reacción habría sido menor; si no estuviera sometido a tanto estrés, no conduciría tan deprisa. Pero, tal como están las cosas, soy lento, mis movimientos son débiles y tardo en reaccionar. Tardo en levantar el pie del acelerador y pisar el freno. Tardo en girar el volante. El coche esquiva a Teddy por cuestión de centímetros y, al hacerlo, oigo que el niño por fin grita.

Me detengo en el jardín de la casa del vecino y estoy a punto de empotrar el coche contra su buzón. Me tiemblan las manos y las piernas cuando abro la puerta del vehículo y pongo los pies en el suelo.

—Teddy —murmuro, y bordeo el coche hasta encontrar al niño tendido en el asfalto, en posición fetal, abrazado al balón. Por un instante creo que está herido, quizá incluso muerto. Lo he atropellado, y empiezo a correr hacia él repitiendo su nombre una y otra vez—. Teddy, Teddy, Teddy. —Me arrodillo junto a él para zarandearlo, para devolverlo a la vida. Estoy a punto de emplear mis técnicas de reanimación cuando me doy cuenta de que respira y de que no hay sangre. Está bien, está bien, me digo a mí mismo, y sonrió aliviado y agradecido. Doy gracias a Dios de que esté bien.

—Aparta tus jodidas manos de mi hijo —dice una voz; levanto la cabeza y veo que Theo avanza hacia mí con los brazos en posición de ataque. Me da un puñetazo en la cara y, antes de que pueda reaccionar, mi mundo empieza a dar vueltas. Me tambaleo y Theo se abalanza sobre mí otra vez; en esta ocasión me asesta un puñetazo en el estómago y me doblo de dolor y me llevo las manos a la tripa. Me disculpo sin parar, vomitando un exceso de confesiones y excusas.

—Lo siento —digo—. No lo he visto. —Y entonces se me ocurre culpar a Teddy—. Ha salido de la nada.

—Yo sí te he visto a ti —me grita Theo mientras levanta a su hijo de la carretera—. Ibas demasiado deprisa y lo sabes —me acusa, se me acerca y me preparo para otro puñetazo, en la boca o quizá en la nariz esta vez, al ver que aprieta el puño. Para entonces Emily, su mujer, ha salido de casa y Teddy corre hacia su madre, que lo abraza con un gesto maternal. Mi coche, situado a unos cuatro metros, todavía suena, con las llaves en el contacto y el motor en marcha. En mi casa no se oye nada; Clara no ha presenciado la escena. —Si vuelvo a verte corriendo —me amenaza Theo, con la cara tan pegada a la mía que puedo verle los poros de la piel. En sus ojos no solo veo el enfado, sino la ira y la locura. Yo me sentiría igual si alguien hiciera daño a mis hijos.

—Theo, ya basta —le dice Emily, pero, al igual que un perro beligerante que desobedece a su dueño, Theo no se va con ella.

—Si vuelvo a verte corriendo por esta calle o por cualquier otra —me dice acercándose más si cabe, hasta que su saliva se me mete en los ojos—, mientras vivas —Emily interviene y empieza a tirarle del brazo para meterlo en casa—, te mataré. Te mataré, Solberg —repite, y Emily y yo nos miramos al mismo tiempo.

No me cabe la menor duda de que habla en serio.

CLARA

Mi padre llama a media tarde.

—¿Papi? —pregunta Maisie al oír el sonido del teléfono, pero yo le digo que no, no es papi.

—Boppy —le digo, y sonríe.

—Tu madre ha estado preguntando por ti —me dice mi padre—, otra vez. —Aunque ambos sabemos que no es cierto. No pregunta por mí, sino por Maisie, la versión de cuatro años que cree que soy yo. A veces alimentamos ese delirio, permitiéndole creer que Maisie soy yo porque eso es mucho más fácil que contarle la verdad.

Mi madre no es tan vieja, y sin embargo cuesta recordarlo a veces, al ver que su mente ha dejado de trabajar y el cuerpo la sigue. Nadie sabe con certeza cuánto tiempo le queda en el reloj de arena de su vida. Algunos médicos dicen que cinco años, otros que siete, aunque, de un modo u otro, está esperando su momento, igual que todos nosotros: esperando nuestro momento para morir.

—¿Vendrás a ver a tu madre? —me pregunta mi padre, y le digo que sí.

Abro la puerta para salir con Felix en brazos y Maisie detrás de mí, y en ese preciso momento un sedán negro pasa por delante, un

236

coche con chófer que se detiene a tres casas de distancia, donde viven Jake y Amy Lawrence: una pareja de treinta y tantos años sin hijos. Son gente de negocios y uno de los dos siempre está de viaje. Amy sale de casa tirando de una maleta con ruedas y con unos zapatos de tacón. Hoy le toca a ella viajar.

Pero nada de eso importa. Lo que importa es que Maisie ve el coche negro que recorre la calle, muy despacio, como una tortuga, la mirada del conductor se cruza con la suya y ella se queda mirando el vehículo, que espera a Amy a la entrada de su casa. A Maisie le tiemblan las rodillas y se le llenan los ojos de lágrimas. No dice nada y, sin embargo, su lenguaje corporal lo dice todo, la tensión y la agitación cuando se da la vuelta y empieza a correr. Es rápida, mucho más rápida que yo, que llevo a Felix en brazos mientras la persigo por la casa. La llamo una y otra vez. Felix se asusta con mis gritos y empieza a gritar también.

Encuentro a Maisie metida bajo la cama del cuarto de invitados, donde nadie va.

—Maisie —le digo mientras me arrodillo en el suelo para intentar mirarla a los ojos—, por favor, sal. —Pero ella hunde la cara en la moqueta y llora—. Boppy nos está esperando. Por favor, Maisie. Por favor, hazlo por Boppy.

Lo que no le pregunto es por qué tiene miedo. Lo sé. No le digo que todo va a salir bien porque no estoy segura de que sea así. Alzo la voz y le exijo que salga, pero, al ver que no obedece, se lo ruego. Le ofrezco premios, a veces la amenazo. Y, como nada de eso funciona, me tumbo en el suelo al borde de la cama, estiró la mano, le agarro el brazo y tiro. Y entonces Maisie llora, pero esta vez no es un grito de miedo, sino de dolor. Le he hecho daño. Grita y dice que mami le ha hecho daño. Y yo le digo que lo siento, que mami lo siente mucho.

Pero da igual, porque Maisie sigue clavada debajo de la cama.

Quiero decirle que se equivoca con el coche, que no había ningún hombre malo en un coche negro persiguiéndolos a Nick y a ella. Nick era el hombre malo, o eso creo, pero, como siempre, tengo dudas. ¿Nick se suicidó o fue otra persona quien lo mató? Tengo que saberlo, porque esta incertidumbre me está volviendo loca.

Necesito pasar página. Eso es lo que necesito.

Más de treinta minutos después, mi padre vuelve a llamar, preguntándose dónde estoy. Salgo de la habitación para ir a por el móvil.

—Pensaba que ya estaríais aquí —me dice, y esta vez le confieso que Maisie se ha escondido debajo de la cama y no quiere salir. Se me nota el pánico en la voz, además del cansancio y la frustración, mientras Felix se lamenta de fondo. Mi Maisie es una chica lista y se esconde debajo de la cama porque sabe que me he convertido en una experta en quitar las bisagras de las puertas.

Nick sabría qué hacer. Nick se metería bajo la estructura metálica de la cama y se reuniría con ella, o levantaría el colchón con una sola mano y la situación se resolvería con risas antes de que juntos construyeran un fuerte con las mantas, sábanas y almohadas que ahora están desperdigadas por el dormitorio de invitados.

Pero yo no. Yo solo puedo rogarle.

—Oh, Clarabelle —me dice mi padre con compasión, y decidimos cambiarnos los papeles. Él vendrá a casa para sacar a Maisie de debajo de la cama y, mientras, yo miraré a los ojos a una mujer que ya no me conoce.

Llego a casa de mis padres y me encuentro a mi madre sentada en un sillón, con Izzy junto a ella pintándole las uñas de rojo cereza. Izzy me mira con los párpados muy pintados y una sonrisa compasiva. Tiene mucho pecho y está algo rellenita, pero las piernas que salen por debajo de esa falda vaquera son desproporcionadamente delgadas, como las patas de una jirafa.

El nombre de soltera de mi madre era Louisa Berne, única hija de unos padres irlandeses de los que Maisie y yo heredamos nuestros ojos verdes y nuestra melena rojiza, además de la cara llena de pecas. Se casó con mi padre hace más de treinta años; él era un ejecutivo y ella una satisfecha ama de casa, el tipo de mujer que podía hacer casi cualquier cosa con un par de horas de sueño y una buena taza de té. Su demencia se desarrolló despacio al principio: algunos despistes sin importancia que después fueron a más con los años.

Izzy me sonríe y dice:

—Mira qué guapa está nuestra Louisa.

Mientras, mi madre me mira confusa y, a la vez, esperanzada, porque no me conoce y, al mismo tiempo, espera una respuesta: que le diga también que está muy guapa.

—Preciosa —respondo, aunque no es verdad. Esta mujer no es mi madre.

Mi madre es una mujer autosuficiente y resuelta; no necesita que nadie le pinte las uñas o me presente cuando entro por la puerta.

—Es Clara, Louisa —dice Izzy—. Clara ha venido a verte. Te acuerdas de Clara —añade mientras mi madre decide, suspirando como si Izzy y yo fuéramos idiotas, que no soy Clara.

—Esta no es Clara —insiste mi madre.

—Claro que sí —le dice Izzy—. Esta es Clara.

Yo me quedo pegada a la pared con una sonrisa incómoda, como una forastera en aquel lugar. Mi madre no me recuerda o al menos no recuerda a mi yo de veintiocho años.

Veo que tiene moratones en los brazos, hematomas azulados sobre su piel pálida. Los observo extrañada e Izzy me lo explica.

—Últimamente está un poco torpe. Ya no camina bien.

Eso, por supuesto, es efecto de la demencia. El corazón me da un vuelco. Esto es algo de lo que el neurólogo lleva tiempo advirtiéndonos: de que mi madre necesitaría cada vez más ayuda para realizar las tareas cotidianas que antes podía hacer sola, de que su movilidad se vería reducida y, con el tiempo, no podría levantarse de la cama.

—¿Se ha caído? —pregunto, e Izzy asiente.

—El médico dijo que es un problema con la percepción de la profundidad —me explica Izzy, aunque me pregunto por qué tendré que saberlo por boca de ella y no por mi padre. ¿Por qué mi padre no me lo habrá contado? Al igual que Nick, ¿habrá estado ocultándome cosas también?—. Se choca con las puertas, confunde las sombras del suelo con cosas, tropieza con sus propios pies.

La expresión de Izzy es sombría, y me pregunto cómo diablos podrá hacer todo eso un día sí y al otro también. Yo no podría. Y sin embargo hay en ella cierto estoicismo, en su manera de dar de comer, vestir y limpiar a mi madre sin una queja, y todo mientras mi madre la llama «idiota» o «imbécil», que son sus epítetos favoritos últimamente. Me imagino a Izzy de joven, cuidando primero de su padre y después de su madre, aunque al final los perdió a ambos. No me imagino lo difícil que debió de ser. No puedo soportar pensar qué ocurrirá cuando mis padres ya no estén.

—Somos afortunados de tenerte —le digo con una sonrisa, sabiendo que no lo hago tanto como debería—. Soy yo, mamá —le digo a mi madre—. Clara. —Pero para ella soy una forastera, una paria, una leprosa, y me mira con una expresión de cinismo y duda. No soy Clara. Soy persona non grata. No existo.

Hablo con mi madre de todos modos. Le hablo de Felix, le cuento que duerme con la boca abierta, como una cría de petirrojo que pide comida; le cuento que emite un suave sonido que le sale de la nariz cuando sueña. Todavía no ha sonreído, al menos de manera intencionada, sino más bien como reflejo inconsciente o por los gases, pero, cuando lo haga, estoy segura de que será en respuesta a la sonrisa enorme y radiante de Maisie.

—¿Te acuerdas de Maisie? —le pregunto a mi madre, pero ella no me responde y se queda mirando la barra de la cortina, por encima de mi cabeza. Con el tiempo me rindo.

—Normalmente es así —me dice Izzy para tranquilizarme, y aun así me fastidia que ella conozca a mi madre mejor que yo—. No dice gran cosa.

240

—Lo sé —respondo. Últimamente mi madre ni siquiera recuerda que tiene demencia. Supongo que eso es una bendición, lo único positivo de encontrarse en un estado avanzado de una grave enfermedad. La falta de memoria es solo una parte de ello. También está su naturaleza irascible, su tendencia a enfadarse, maldecir y llorar; mi madre, que antes no se enfrentaba a nadie. Ahora está sentada muy erguida en el sillón, con sus cincuenta y cinco años que aparentan setenta y cinco, mientras deja que una mujer le peine el pelo y yo contemplo la escena desde el sofá: Izzy se sabe de memoria las rarezas y las costumbres de mi madre, es capaz de predecir sus hábitos, como pedir un té y después no querer tomárselo o leer el periódico del revés. Izzy parece adelantarse a los movimientos de mi madre cuando esta se levanta y camina sin rumbo por la habitación, mientras ella va recogiendo los cojines del suelo para que no tropiece.

Y después, cuando mi madre por fin regresa a su sillón, mira a Izzy y yo escucho horrorizada cuando le pregunta:

—¿Por qué no eres una buena chica y le traes a mamá sus zapatillas, Clara? Tengo los pies fríos.

E Izzy mira los pies de mi madre, envueltos ya en unas zapatillas de gamuza con forro de piel.

—Ya llevas las zapatillas puestas —le dice, y se lleva la mano al collar que lleva su nombre, pero la saca vacía. El collar está allí, pero el colgante con su nombre ya no. Al igual que muchas otras cosas que desaparecen en esta casa, el colgante se ha esfumado.

Pero Izzy no pierde el tiempo.

—Soy Izzy —le dice a mi madre mientras se agacha para mirarla a los ojos—. ¿Te acuerdas, Louisa? Izzy. Clara está ahí —añade mientras me señala.

Pero es imposible saber si mi madre se acuerda o no.

—No te lo tomes como algo personal —me dice entonces Izzy con una sonrisa que pretende animarme, aunque claro que me lo tomo como algo personal. Sé lo que debe de ser para mi padre cuando mi madre lo mira y pide ayuda, diciendo que hay un extraño en su casa, un ladrón, refiriéndose a él. Qué solo debe de sentirse. Destrozado y solo—. La mayor parte del tiempo tampoco me conoce a mí —agrega Izzy, y después se excusa para ir a hervir agua para el té, la bebida favorita de mi madre. Se detiene en la puerta y me dice—: Ahora mismo ni siquiera me reconoce a mí. Piensa que soy tú.

Sé que lo dice con buena intención, que pretende hacer que me sienta mejor y, sin embargo, me parece un patético premio de consolación. La veo marchar con esos andares ligeros, aunque no puede decirse que sea menuda. Y sin embargo es ligera y camina ajena a los infortunios de su vida –la muerte prematura de sus padres y la responsabilidad de cuidar de su hermana pequeña– mientras que yo me dejo asfixiar por los míos, como si estuviera enterrada viva.

Mi madre me está observando. Sé que no debería llorar, pero no puedo evitarlo. Las lágrimas brotan de mis ojos y veo que ella frunce el ceño y se levanta del sillón. Mi primer impulso es llamar a Izzy, pues me preocupa que mi madre haga algo inesperado o se tropiece y se caiga. Pero no es eso lo que sucede.

Da varios pasitos hacia mí y se sienta a mi lado en el sofá. Me estrecha la mano con la suya, con movimientos firmes y decididos. Sabe lo que está haciendo. Sus ojos verdes me miran y, en ese momento, sé que sabe quién soy. Lo veo en sus ojos. Una segunda mano me acaricia el pelo y entonces me pregunta:

—¿Qué sucede, Clara? ¿Qué te preocupa? —Y me abraza con delicadeza. Siento sus brazos ligeros y débiles, y aun así me siento a salvo. Al igual que mi padre, ella está cada vez más delgada y su cuerpo se pierde en la tela del chándal con el que va vestida.

—¿Mamá? —le pregunto ahogada por el llanto. Me seco las lágrimas en la manga de la camisa—. ¿Me reconoces? ¿Sabes quién soy? —A nuestras espaldas la ventana está abierta y la suave brisa que entra de fuera agita las cortinas. Veo las motas de polvo que bailan en el haz de luz solar que se cuela por la ventana, suspendidas en el aire sobre nuestras cabezas.

Ella se ríe y en sus ojos veo la claridad. Me reconoce. No sé si reconoce a la niña de cuatro años o a la mujer de veintiocho, y tampoco me importa. Me reconoce. Eso es lo único que importa.

—Claro que sí, tontorrona. Jamás me olvidaría de ti. Eres mi Clara —me dice—. ¿Por qué estás tan triste, Clara?

Pero yo no puedo contárselo, sabiendo que este momento es tan fiable como la prensa rosa, y que es muy probable que sus recuerdos desaparezcan tan deprisa como han aparecido. Así que decido disfrutarlo. Disfruto con la mano de mi madre en la mía, con su brazo rodeándome la espalda y sus ojos mirándome con claridad en vez de confusión.

—Por nada, mamá —le digo—. Son lágrimas de felicidad. Estoy feliz. —Aunque no estoy feliz de verdad; es más una peligrosa mezcla de felicidad, tristeza y miedo.

Izzy aparece en la puerta con el té en la mano, pero, al vernos a mi madre y a mí, se retira, pues no quiere arrebatarme este valioso momento.

NICK

ANTES

Estoy hecho polvo.

No puedo dormir.

Por la mañana bajo las escaleras desorientado y tambaleándome. Me duele la cabeza. Estoy mareado por la falta de sueño y creo que debería empezar a tomar algo más fuerte que el Halcion para poder pasar la noche porque, si sigo sin dormir, acabaré perdiendo la cabeza por completo.

Clara está sentada a la mesa de la cocina hablando por teléfono. Con su padre, imagino por su cara de preocupación cuando apoya la cabeza en la mano y frunce el ceño.

—¿Qué sucede? —le pregunto cuando cuelga y deja el teléfono sobre la mesa, pero me duele tanto la cabeza que apenas puedo ver con claridad y mucho menos pensar. El sol de primera hora de la mañana entra sin piedad por la ventana y se me clava en los ojos como si fuera un escalpelo. Tropiezo con mis propios pies.

—Mi padre —me dice, como si yo no lo supiera ya—. Ha perdido un cheque de sus inquilinos. Era el alquiler del mes. Lo endosó y lo guardó para ingresarlo, pero ahora no está.

Durante años Tom ha mantenido la casa en la que se crio Clara: una vieja granja que reformaron y alquilaron como ingresos extra para ellos. No está lejos de nuestra casa, en una zona apartada del pueblo, una de las pocas áreas de la comunidad que aún no se ha

244

visto invadida por las nuevas construcciones y las grandes superficies comerciales. Desde el porche de la casa todavía se ven los maizales, los caballos y algún tractor que circula por medio de la carretera. Pero era demasiado trabajo para un hombre de la edad de Tom, y más aún con la salud de Louisa. Así que, a sugerencia de Clara, tomó la decisión de alquilarla y mudarse a la comunidad de jubilados donde viven ahora, aunque él no lo soporta; es la clase de comunidad con noches de bingo y partidas de dados. En la granja viven ahora alquilados unos recién casados llamados Kyle y Dawn, a quienes conocí una vez cuando fui a ayudar a Tom por unos problemas eléctricos en la vivienda. Antes Tom se encargaba él solo de todo el mantenimiento, pero últimamente y a su edad, no hay mucho que pueda hacer.

—¿Tu madre? —pregunto, porque no es la primera vez que Louisa pierde algo. Louisa pierde muchas muchas cosas. La mitad las encuentran después, ocultas en los lugares más insospechados y la otra mitad no aparecen nunca. Me arde el estómago y trato de recordar qué cené anoche, o si será producto de la ansiedad y los nervios. Siento pena por Tom, porque sé lo que es perder dinero. Yo también he estado perdiendo muchas cosas.

—Eso parece —responde Clara, y me dice que piensa ir hoy allí para peinar la casa y ver si logra encontrar el cheque. Dice que es lo mínimo que puede hacer—. Me siento mal por ellos. ¿Y si tienen problemas económicos, Nick? Mi padre nunca me lo diría. Es demasiado orgulloso para pedir ayuda.

—¿Quieres que hable yo con él? —le pregunto, pero me dice que no. Todos sabemos lo que piensa Tom de mí. Lo último que necesitamos es que yo revise sus finanzas. Pero se lo ofrezco de todos modos para que no piense que está sola en esto.

Entonces Clara se levanta de la mesa, cambia de tema y me dice que ha contratado a alguien para pintar la habitación del bebé. Vendrán hoy. Para cuando yo vuelva a casa, la habitación del bebé será gris. Se supone que esto debería alegrarme, pero en vez de eso me sorprende y me enfada.

—Te dije que yo me encargaría —le digo con más rabia de la que me gustaría.

—El bebé nacerá en cualquier momento, Nick —me responde ella—. No podemos esperar más.

El bebé nacerá en cualquier momento. Lo veo en Clara, en cómo se mueve el niño en su interior, apoyándose en su zona pélvica y provocándole más dolor. Se mueve como un pato cuando camina, con la cabeza del bebé alojada contra su entrepierna. El peso del bebé es tangible incluso para mí. Lo percibo a través de los movimientos torpes de mi mujer.

—¿Tienes idea de lo que cuesta un pintor profesional? —le pregunto alzando la voz mientras me acerco a la cafetera y, por instinto, agarro el paquete de café con cafeína.

—Tenemos dinero —me recuerda ella—. No es como si no lo tuviéramos. Y pensaba que no bebíamos cafeína —añade de pie frente a mí, con el camisón puesto y la tripa totalmente hinchada. Parece cansada y se lleva la mano a la parte inferior de la espalda, como si ya no soportara más el peso del bebé. A través del camisón ajustado advierto el movimiento del niño, que agita brazos y piernas en un intento por salir, a modo de *alien*. Está preparado. Yo miro el paquete de café que tengo en la mano. Tostado, pone. No es el descafeinado—. ¿Has estado bebiendo cafeína todo este tiempo? —me pregunta Clara, y casi me río ante lo absurdo de la situación; tengo un hijo ilegítimo, mi clínica está en la ruina, me han demandado y casi atropello al hijo del vecino, pero a Clara le preocupa que tome cafeína. Pero no he estado bebiendo cafeína. De todas las cosas que he hecho mal, esa es la única que he hecho bien. He sido fiel a nuestro juramento. No he bebido cafeína.

Y entonces sí que me río, me sale una risa maníaca que no es propia de mí y dejo caer el café al suelo. La bolsa se abre y los granos se desperdigan por todas partes.

—¿Qué mosca te ha picado? —me pregunta Clara preocupada y enfadada.

—¿A mí? —respondo—. ¿A mí? ¿Qué mosca te ha picado a ti? —contraataco utilizando la táctica defensiva de dar la vuelta a la conversación y salir favorecido—. Te dije que iba a pintar yo el cuarto. ¿Por qué diablos contratas a alguien cuando puedo hacerlo yo? —Saco el recogedor y la escoba de la despensa y me arrodillo en el suelo para limpiar el desastre.

—Deja de ser tan gilipollas, Nick —me dice Clara sujetando a Harriet, que intenta acceder a los granos de café para lamerlos, como lame todo lo que encuentra por el suelo.

—¿Estoy siendo gilipollas? ¿Yo estoy siendo un gilipollas?

—Sí, Nick. Estás siendo un gilipollas —responde ella antes de agarrar a Harriet y abandonar la habitación.

Trato de seguirla, de alcanzarla, pero noto que el tejido de algodón de su camisón se me escapa entre las manos antes de desaparecer.

CLARA

—¿Qué pasa? —me pregunta mi padre horas más tarde, cuando entro en la cocina y me lo encuentro de pie frente a los fogones, vaciando un paquete de pasta en una cacerola de agua hirviendo. Veo lo sueltos que le quedan los pantalones, que se agarran a casi nada; piel y huesos. Está demasiado delgado. Tiene los ojos cansados y en su piel veo cada vez más manchas y arrugas. Cada vez que viene tiene menos pelo, el cansancio está pasándole factura. Mi madre ya no duerme, lo que significa que él tampoco, y ambos están envejeciendo más rápido de lo que me gustaría. Ya se lo dije en una ocasión: «Tu salud también es importante», pero él respondió con: «Eso es lo que hace la gente cuando se ama. Se sacrifica». Y añadió que por mi madre haría cualquier cosa.

En la habitación de al lado, Maisie está viendo la tele. No sé cómo, pero ya no está escondida bajo la cama del cuarto de invitados. Ahora está fuera, con la cara iluminada por la pantalla y una sonrisa dibujada en los labios; aunque no va dirigida a mí, sino a los personajes de la televisión. Se aferra a su maltrecho osito de peluche y tiene una de sus orejas metida en la boca, llena de saliva. No me ve cuando paso junto a ella. Le revuelvo el pelo y la saludo. Felix duerme en el suelo sobre una manta tejida a mano.

—¿A qué te refieres? —le pregunto a mi padre, aunque sé bien a lo que se refiere. Cuando llegó para ocupar mi lugar y sacar a

248

Maisie de debajo de la cama, no le conté por qué se había metido allí ni lo que había provocado su arrebato. Me limité a decirle que estaba bajo la cama y no quería salir, de modo que llegó pensando que Maisie estaba portándose mal, no que estaba asustada.

—¿Tienes algún problema del que yo no me haya enterado? —me pregunta mientras deja el paquete de pasta vacío sobre la encimera y me mira a los ojos, pero yo esquivo su mirada. No puedo mirarlo a los ojos ahora—. Puedes contármelo, Clarabelle. Puedes contarme cualquier cosa.

Y yo me pregunto qué le habrá contado Maisie a mi padre para que crea que tengo un problema, que tenemos un problema. Rebusco en el armario y empiezo a sacar platos y cuencos para la pasta que mi padre está preparando para la cena. El armario está reciclado, lo heredamos de los abuelos de Nick. Cuando llegó estaba viejo, pero lo lijamos y lo pintamos de nuevo. Una segunda oportunidad en la vida.

—No tengo ningún problema —murmuro, aunque en realidad no estoy tan segura.

Mi padre me mira esperando una respuesta; descubro que mi primera respuesta no ha sido suficiente. Necesita más que un simple «no». En la mano tiene una cuchara de madera con la que remueve la pasta.

—¿Qué te ha contado Maisie? —le pregunto, y me confiesa que no le ha contado gran cosa, pero que, mientras lloraba, murmuraba algo sobre un hombre malo y llamaba a Nick una y otra vez. Solo salió de debajo de la cama cuando él le prometió que verían *Bob Esponja* y comerían palomitas, así que Maisie salió y acabaron mi padre, Felix y ella acurrucados en el sofá del salón viendo la tele. No dijo una palabra más y él no preguntó, convencido de que, si sacaba el tema, volvería a meterse bajo la cama.

—¿Qué hombre malo? —me pregunta a las claras, y me obligo a sonreír y le digo que no hay ningún hombre malo. Que es una fantasía—. ¿Todavía no le has contado lo de Nick? —me pregunta, y le digo que no—. Oh, Clarabelle. ¿Por qué no?

Quiero contárselo a mi padre. Quiero contárselo todo: lo de las pesadillas de Maisie; lo del detective Kaufman y la insinuación de que tal vez a Nick lo seguían, de que fue asesinado. Quiero contarle lo de Melinda Grey y Kat; lo de Connor. Quiero contárselo todo a mi padre. Acurrucarme en su regazo como hacía cuando era pequeña y confesarle que estoy triste, asustada y confusa. Pero pienso en el rechazo y en la incredulidad de Emily ante mis palabras y sé que no puedo hacerlo. No sé qué haría si mi padre me rechazara también.

—Puedes contarme lo que sea —insiste tratando de convencerme, pero yo me encojo de hombros y le digo que no hay nada que contar.

—Ya conoces a Maisie —le digo—. Tiene una vena muy dramática. —Sonrío para que mi padre me crea. Acto seguido cambio de tema—. Me ha reconocido.

—¿Tu madre? —pregunta él.

Yo asiento sabiendo que tal vez no vuelva a suceder nunca.

—Ha sabido que era Clara. Estaba lúcida y despejada. Sabía quién era.

Él me dice que se alegra de que haya podido experimentar ese momento con mi madre. Según me cuenta, últimamente esos momentos son cada vez menos.

—Estoy seguro de que para ella ha significado mucho tu visita —me dice, pero entonces frunce el ceño y le pregunto qué sucede. Algo le preocupa—. Los momentos de lucidez van y vienen. Tan pronto me reconoce como, al minuto siguiente, ya no. De pronto Izzy es Izzy y, sin previo aviso, deja de serlo. Tu madre ya ha intentado llamar a la policía en tres ocasiones porque pensaba que yo era un ladrón. Anoche volvió a salir, Clara —me cuenta con tristeza—. Yo había escondido las llaves del coche en un cajón de la cocina, pero las encontró y puso en marcha el coche. En mitad de la noche. Dio marcha atrás y fue el sonido del motor pasado de revoluciones lo que llamó mi atención. La alcancé antes de que pudiera salir de la entrada. Podría haberse hecho daño, o herir a alguien. Y luego está lo de la tarjeta de crédito.

—¿Qué tarjeta de crédito? —pregunto, y me cuenta que mi madre solicitó una tarjeta de crédito a su nombre. Una Citi Master-Card. Él no se habría enterado de no ser por un aviso de filtración de datos que recibió en el correo, a nombre de Louisa Friel. La compañía de la tarjeta advertía a mi madre de que podrían haber accedido a su cuenta y que debería vigilar los extractos por si hubiera movimientos sospechosos. Salvo que mi madre no debería tener ninguna cuenta a su nombre. Al igual que al robar las llaves del coche o cortarle el pelo a Maisie, es algo que hace porque no se da cuenta—. ¿Cómo es posible que...? —pregunto, pero dejo la frase a medias porque sé que, con mi madre, las posibilidades son infinitas. No hay manera de saber lo que puede llegar a hacer.

—Un anuncio de la tele, un vendedor telefónico, un anuncio en una revista —comenta mi padre encogiéndose de hombros—. No lo sé.

Y yo pienso en toda la información personal que habrá tenido que dar para solicitar una tarjeta y empiezo a preocuparme. Me pregunto qué habrá comprado con su tarjeta nueva, y cómo habrá afectado eso a las finanzas de mis padres.

—Oh, papá —le digo estrechándole la mano—. Lo siento mucho. —Sé lo difícil que es para él confesarme esas cosas cuando ya tengo tantos asuntos en la cabeza.

—No quiero cargarte con esto —me dice, pero yo le aseguro que él nunca es una carga.

—Deja que te ayude —le ruego, pero me asegura, como hace siempre, que mi madre y él están bien, me dice que ha estado mirando recursos adicionales para mi madre y ha encontrado nuevas medidas de seguridad, como alarmas y amarres, para poder controlar mejor sus movimientos por las noches—. ¿Es necesario? —pregunto, y me estremezco al imaginarme a mi madre atada.

—Últimamente parece ser que sí —responde frotándose la frente.

Antes de marcharse, mi padre menciona que le gustaría vender el coche de mi madre. Me dice que ya es viejo y que, al no tenerlo ahí parado, habrá menos posibilidades de que mi madre salga a dar un paseo.

—Deberíamos habernos deshecho de él hace años —me explica—. Nos vendría bien el dinero. —Se refiere más a mí que a él; quiere vender el coche de mi madre y darme a mí el dinero.

—Oh, papá —le digo—. No puedo… —Pero él levanta una mano y me asegura que sí puedo. Aunque necesitará mi ayuda para venderlo *online*; me pregunta si puede enviarme algunas fotos. Yo no soy experta en tecnología, pero me manejo por Internet mucho mejor que él, así que promete enviarme las fotos en cuanto llegue a casa—. ¿Cuánto? —le pregunto.

—Cinco mil —responde—. No es mucho, pero ya es algo, al menos hasta que te paguen el dinero del seguro de vida de Nick.

—Y al oír eso tomo aire y me dan ganas de confesarle a mi padre lo del seguro de vida: que ha sido cancelado, que no me pagarán nada. Pero no lo hago. Me muerdo la lengua y no digo nada, sabiendo lo que diría mi padre si supiera que Nick le compraba drogas a Melinda Grey, que se acostaba con Kat, que había cancelado la póliza, que llevaba una doble vida. «Ese hombre solo te traerá problemas», me había dicho una vez, cuando hace casi doce años le mostré orgullosa la mano en la que lucía un sencillo anillo de compromiso; un diamante solitario de talla marquesa sobre oro blanco de catorce quilates. «No lo hagas, Clarabelle. No te cases con él. Hay más peces en el mar», me dijo, pero yo respondí que no quería más peces. Solo quería a Nick.

Mi padre me abraza y me da las gracias por hacerle el favor, aunque ambos sabemos que es él quien está haciéndome el favor a mí. Al abrazarlo vuelvo a notar lo delgado que está. Antes corría maratones, era delgado pero robusto. Podía correr sin parar y no sudaba nada. Ahora simplemente está delgado, y me dan ganas de preguntarle si come bien, si duerme bien, si presta atención a su propia salud o solo a mi madre y a mí. Tiene ojeras, y me pregunto cuándo habrá ido al médico por última vez. En un gesto maternal, le toco los pocos mechones de pelo que tiene en la cabeza.

—Es lo mínimo que puedo hacer —le digo—, por todo lo que has hecho tú por mí. —Y volvemos a abrazarnos.

—Podría hacer más —me dice, pero yo le digo que no, que ya ha hecho suficiente, de modo que se da la vuelta y se marcha. Antes de llegar hasta su coche, aparcado al final de la entrada, me dice que su amigo el del aire acondicionado vendrá mañana a las tres, que corre de su cuenta, y entonces me doy cuenta de que lleva la camisa remangada hasta los codos y que ha empezado a sudar gracias a nuestra casa sin aire acondicionado. De pronto el calor resulta asfixiante y descubro que me cuesta respirar. No le he dicho a mi padre que tenemos problemas económicos y, sin embargo, él lo sabe. Lo sabe todo—. Vendría yo a hacerte compañía mientras están aquí, pero esta vez no puedo, Clarabelle. Tu madre también tiene cita a las tres, con el neurólogo —me explica, y yo niego con la cabeza y le digo que no hay problema. Ya soy mayor. Puedo gestionar esto yo sola.

NICK

ANTES

Se me ocurre la idea en el trabajo, mientras reviso los historiales de los pacientes para una cita de la tarde que mi higienista se olvidó de preparar. Entro en los archivos en busca del historial de un tal William Grayson y acabo saliendo pocos segundos después con el historial de Melinda Grey, ya que ambos archivos estaban pegados en las estanterías metálicas por orden alfabético. En el derecho criminal, todo se centra en la intencionalidad, *mens rea*, o mente culpable. Es algo que yo no tengo. Yo no tengo intención de hacer daño a Melinda Grey. Ni siquiera tenía intención de sacar su historial de los archivos.

Y sin embargo lo tengo en la mano.

Le digo a Nancy que cambie la cita con William Grayson alegando que me encuentro mareado.

La casa es pequeña y anticuada, una construcción de una única planta al sur del pueblo. En la parte delantera tiene ventanas grandes y cuadradas, y un tejado demasiado bajo para mi gusto. El jardín es grande, pero deprimente, y la parcela está rodeada por un exceso de arbustos de boj. En la entrada hay aparcado un sedán oscuro, negro o quizá azul, al que se han olvidado de cerrar el techo corredizo, de modo que el interior de cuero estará absorbiendo el calor asfixiante del día.

Detengo el coche junto a la casa y apago el motor. Me quedo sentado al volante, tratando de controlar la respiración.

Cuando salgo del coche y recorro el asfalto de la entrada, mi intención es la de intentar que entre en razón, tratar de que entienda mi posición. Disculparme, como decían todas las páginas webs que era fundamental para evitar una demanda. Tal vez debería haberme disculpado al principio, pero nunca tuve la oportunidad de explicarme.

De modo que esa es la intención de mi visita a Melinda Grey: explicarme.

La premeditación, en derecho, es la intención consciente de hacer daño a alguien, y eso es algo que yo no tengo. La idea ni siquiera se me pasa por la cabeza, al menos hasta que se abre la puerta y allí está ella, Melinda Grey, mirándome a través de una rendija de cinco centímetros, apoyando el peso de su cuerpo contra la hoja por si acaso trato de entrar por la fuerza.

Y de pronto lo único que quiero es causarle daño físico a esta mujer, a esta mujer que está intentando arruinarme la vida.

—Váyase —me dice a través de la puerta—. Váyase o gritaré.

—Y lo dice como si ya le hubiera hecho daño, como si estuviera intentando empujar la puerta, aunque no es el caso. Me hallo a unos treinta centímetros del marco de la puerta, con las manos en los bolsillos de los pantalones.

—Solo quiero hablar con usted —le digo—. Para ver si hay alguna manera de compensarla sin necesidad de abogados ni compañías aseguradoras. Tal vez podamos solucionarlo a nuestra manera —le sugiero, y levanto las manos en un gesto deferencial—. Lo juro.

Pero la señora Grey no quiere hablar conmigo. Los cinco centímetros de la rendija de la puerta se convierten en dos y, aunque trato de reunir todo mi autocontrol, la punta de mi mocasín choca contra la puerta para que no se cierre. Ella intenta empujar, pero la puerta no se cierra y, casi sin darme cuenta de lo que hago, apoyo las manos en la puerta y empujo hasta abrirla, hasta verla por completo; le saco por lo menos una cabeza.

—Parece usted una persona razonable —le digo—, una buena persona. —Pero ella retrocede y yo avanzo. Hay un gato al fondo, un siamés sentado encima del mueble de la tele, observándome. Un testigo—. Tengo mucho que perder con esto —le explico, y le hablo de mi esposa, de mis hijos y de mi clínica. Si me explico, tal vez ella lo entienda. Tal vez se olvide de la demanda.

Pero de lo que no me he dado cuenta es de lo mucho que puede ganar Melinda con el acuerdo: cientos de miles de dólares.

—Usted trató de matarme —me espeta, y al instante sus ojos bondadosos se vuelven maliciosos. La veo entonces como lo que realmente es: una mentirosa y una estafadora.

—No volvió para que le hiciera una revisión —le recrimino—. Se suponía que debía estar atenta a cualquier síntoma de infección y llamar si tenía alguna duda. Cualquiera. Ya se lo dije. Le di mi número de móvil —insisto—. Le dije que me llamara a cualquier hora, pero no me llamó. No me llamó.

Atisbo una sonrisa en la comisura de sus labios cuando responde:

—En el hospital me dijeron que podía haber muerto. Si la infección me hubiera llegado al cerebro, habría muerto.

Y entonces noto que algo explota en mi interior. Se podía evitar, todo eso habría podido evitarse si ella hubiera seguido mis indicaciones precisas. Pero no siguió mis indicaciones y fue algo intencionado, un golpe de suerte cuando advirtió que empezaba a formársele una infección en el interior de la boca y decidió no hacer nada al respecto.

—Zorra —murmuro—. Estúpida zorra. —Avanzo, acorralándola hasta que su espalda choca contra la pared. No tiene ningún sitio al que ir y yo tengo que hacer un esfuerzo para no apretarle la tráquea con la mano y cortarle el flujo de aire. Me la imagino poniéndose azul ante mis ojos, agitando los brazos y las piernas para intentar tomar aire, con los ojos muy abiertos por el miedo. Casi puedo sentir su piel tirante bajo la mano, todas esas arterias vitales del cuello, la carótida y la vena yugular, totalmente hinchadas mientras trata de respirar sin lograrlo.

Y es entonces cuando empieza a sonarme el móvil.

Clara está tumbada en la cama del hospital cuando llego, con una bata azul clara y unos calcetines en los pies. Es una habitación grande, privada, y la ginecóloga de Clara está asistiéndola cuando entro, casi sin aliento.

—No llego demasiado tarde —digo entre resuellos—. Por favor, dime que no llego demasiado tarde.

—Ocho centímetros —anuncia la doctora mientras saca la mano de entre las piernas de Clara y se las cubre con una mantita muy fina—. No llega tarde —me asegura—. Aunque no tardará mucho —añade con una sonrisa mientras le da una palmadita a Clara en las rodillas—. ¿Están preparados para esto? —pregunta, y le digo que sí y corro junto a Clara para darle un abrazo.

Parece cansada, pero preparada. Es una mujer dura, resistente. Puede con todo, y allí tumbada, en la cama del hospital, esperando a que se produzca la siguiente contracción, veo que tiene su cara de concentración. Está preparada. Le acaricio el pelo mojado; ha estado sudando. Hay un paño junto a la cama, que yo humedezco con agua del grifo del lavabo para ponérselo en la frente. Le doy cubitos de hielo con una cuchara de plástico; los cubitos han empezado a derretirse y forman un charquito en el fondo del vaso de espuma. Las contracciones se producen cada pocos minutos y duran treinta segundos o más, y en cuestión de minutos me convierto en esclavo del reloj; sé antes que Clara cuándo se producirá la siguiente contracción. Ella aprieta los dientes y grita mientras la enfermera y yo le recordamos que debe respirar.

—No tenemos nombre —murmura Clara entre contracciones—. No le hemos dado un nombre. —Y veo el pánico en sus

257

ojos, como si, al no tener un nombre, el bebé fuera a desvanecerse ante nuestros ojos.

No hay una buena razón para no tener un nombre. Hemos tenido nueve meses para decidirlo. Tal vez necesitemos verle la cara para saberlo, me digo, y de pronto me invade una sensación de impaciencia y de emoción al pensar que pronto estará aquí mi hijo. Me siento orgulloso. Pronto daré la bienvenida a mi hijo a este mundo, y me imagino a Clara, a Maisie, al bebé y a mí acurrucados en la cama del hospital, y en ese momento lo demás se desvanece: la clínica y Connor, Kat y Melinda Grey, la demanda por mala praxis. Oigo voces en el pasillo, dos hombres, un padre y un abuelo, paseando por el pasillo, hablando del partido. Intento no oír lo que dicen, centrarme en Clara y solo en Clara, pero me llegan sus palabras de todos modos.

Hablan de baloncesto. De la NBA. Los Golden State Warriors lideran la serie, y yo siento un profundo alivio al oír esas palabras, sabiendo que en alguna parte hay una cuenta DPF con dinero. Dinero esperándome.

Clara tiene otra contracción y noto que me he quitado un peso de encima. Por primera vez en mucho tiempo, siento que todo saldrá bien.

Ella grita de dolor y la abrazo con fuerza y le digo que puede hacerlo.

—Eres la mujer más fuerte que conozco —le susurro al oído, palabras que son totalmente ciertas. Clara es una luchadora. Si hay alguien en el mundo capaz de hacerlo, esa es Clara. Tiene el cuerpo cubierto de sudor y la mantita que cubría sus piernas ha caído al suelo. Respira profundamente cuando la contracción pasa; sus costillas se expanden y se contraen con cada bocanada de aire. Apoya la cabeza en mi hombro y le acaricio el pelo.

—Charles —me susurra—. Vamos a llamarlo Charles —me dice. Es una concesión. Es el nombre de mi padre y mi segundo nombre. Pero no permitiré que Clara capitule por miedo.

—No —le digo, me arrodillo para mirarla a los ojos y el suelo me hace daño en las rodillas. Clara tiene las mejillas sonrojadas, el rubor se extiende desde su cara hasta la barbilla y el cuello. Sus ojos, siempre tan seguros, parecen consumidos por el miedo, las dudas y el cansancio. Le aprieto la mano y me la llevo al corazón—. Lo sabremos cuando lo veamos. Cuando lo veamos lo sabremos. —Y lo digo convencido, de modo que ella asiente con la cabeza.

—Lo siento —me dice, refiriéndose a nuestra pelea de esta mañana por el café y la pintura. Una pelea absurda. Una discusión que no significa nada. Le digo que yo también lo siento.

—Ha sido una estupidez —añado, y me da la razón.

—Sí, lo ha sido. —Y nos besamos, y borramos de nuestra mente ese momento.

La doctora regresa para ver cómo está Clara. Esta vez ha dilatado ya nueve centímetros y tiene el cuello uterino borrado casi al cien por cien.

—Ya casi es el momento —le dice a Clara—. Pronto empezaremos a empujar —añade antes de volver a marcharse.

Clara tiene sed, pero solo le permiten tomar cubitos de hielo; un triste premio de consolación para alguien que está seca. Le doy lo poco que queda en el vasito y le digo que volveré enseguida; voy a buscar más. Pero ella me agarra y me ruega que no me vaya. Le digo que la cocina está al otro lado del pasillo, que volveré en un minuto, pero ella se aferra a mi mano y me suplica.

—Por favor, no me dejes. No me dejes. —Y yo me derrito como los copos de nieve en un cálido día de primavera. Jamás en mi vida he amado a nadie tanto como a Clara. Vuelvo a arrodillarme y le juro una y otra vez que no la dejaré.

—Estoy aquí —le digo—. Estoy aquí. No voy a ninguna parte. Jamás te dejaré —le prometo mientras la enfermera me quita el vaso de las manos. Le acaricio el pelo a Clara cuando se produce otra contracción, ella me clava las uñas en la piel, pero no me importa. Daría lo que fuera por poder hacerlo por ella, por dar a luz a nuestro hijo, por ahorrarle el dolor—. Si hay alguien en el mundo capaz de hacer esto, Clara, eres tú —le repito al oído cuando grita al sentir otra contracción—. Respira, Clara. Tú respira.

Maisie entra en la habitación seguida de su abuelo, con una cartulina en la mano. Entra despacio, mirando al recién llegado; una criaturita arrugada que yace contra el pecho de su madre envuelto en una manta azul.

—¿Qué tienes ahí? —le pregunto a Maisie, la tomo en brazos y le doy un beso en la frente.

—He hecho un dibujo —responde y me lo muestra—. Nuestra familia —explica. Yo miro el dibujo y veo que la nuestra es una familia de cuatro, y Harriet, por supuesto.

—¿Quién es ese? —le pregunto, señalando cada figura en fila.

—Papi, mami y yo —dice Maisie, pero, cuando llego a la figura del tamaño de un bolsillo que Clara tiene en brazos, que no es más grande que un ratón según la escala del dibujo de Maisie, mi hija me dice que ese es Felix. Un Felix desnudito que, al igual que los insectos, tiene el tórax dividido en tres partes y tal vez alguna pierna de más. En la cabeza tiene más pelo que yo.

—¿Felix? —pregunto, y Clara y yo miramos a Maisie al mismo tiempo.

—¿Quién es Felix? —pregunta Clara.

—Ese es Felix —responde Maisie con determinación, señalando con una cera verde al bebé que tiene Clara en brazos, como si desde el principio, mientras Clara y yo debatíamos, ella hubiera sabido que el bebé se llamaría Felix—. Como Felix, el de clase de *ballet* —explica, y Clara y yo dejamos escapar a la vez un «Ohhh». Felix, el de clase de *ballet*. El único chico de su clase, con sus mallas y sus camisetas blancas. El amor de mi hija de cuatro años.

Oigo que Clara repite el nombre.

—Felix —dice, y noto cierta sonoridad en la palabra, una reacción positiva en vez de lo que se produce siempre que sugiero algún nombre: un firme y tajante «no». Me vuelvo hacia Clara y veo que ha extendido el brazo hacia el dibujo de Maisie, para ver si la figurita del tamaño de un ratón es, en efecto, el mismo bebé que duerme sobre su pecho. Sonríe mientras yo dejo en el suelo a Maisie, que se sube torpemente a la cama y se reúne con su madre y su hermanito bajo las sábanas. Clara me mira buscando mi aprobación.

—¿Por qué no? —respondo encogiéndome de hombros. Es una mezcla perfecta de tradición y modernidad, y al inclinarme para ver los delicados párpados de mi hijo mientras duerme, me doy cuenta de que, efectivamente, es un Felix. Fue Felix desde el principio.

—Felix Charles —dice Clara, y en ese momento queda decidido—. Bienvenido al mundo, Felix Charles Solberg.

Me siento junto a Clara y Maisie se cuela entre medias y se sube a mi regazo. Clara apoya la cabeza en mi hombro. Yo coloco una mano en el brazo de Felix y él, aunque dormido, da una patada a modo de saludo.

—Hola, Felix —digo, y Maisie se ríe; un sonido melódico, majestuoso y puro.

«Nuestra familia», pienso, y me digo a mí mismo que eso es lo único que importa. El resto no es más que material de embalaje, relleno, tapicería. No significa nada.

Y, durante unos instantes, soy feliz.

CLARA

Llega la noche y la noche se va. Duermo, aunque mis sueños están llenos de zombis que recorren la tierra. Sueño que Nick es un zombi, vivo, pero muerto, en descomposición. En el sueño le faltan los ojos y la piel, porque ya no le pertenecen; le han sido entregados a otra persona. Los ojos azules de Nick han sido desarmados y enviados en direcciones opuestas; la córnea por un lado y la esclerótica por otro, así que en mi sueño un Nick sin ojos me persigue gimiendo, tocándose los agujeros de los ojos con sus manos en descomposición. Tras él hay una horda de zombis, figuras grotescas que se descomponen y se arrastran hacia mí con intención de devorar mi carne.

Me despierto gritando.

Por la mañana, Felix, Maisie y yo nos movemos automáticamente. Comemos y encendemos la televisión; miramos sin ver los dibujos animados de la pantalla. Dejo salir a Harriet. Dejo entrar a Harriet.

Es entonces cuando recuerdo que mi padre dijo que me enviaría fotos del coche de mi madre para anunciarlo en Internet. Me levanto y voy a por el portátil. Al regresar, Maisie se sienta en el sofá junto a mí y se acurruca.

La verdad es que estoy desesperada y necesito dinero, cinco mil dólares que me ayuden hasta que encuentre otra manera de conseguir dinero. No me gusta pedirle dinero a mi padre, pero la desesperación prevalece. Necesito el dinero. Abro mi cuenta de correo y veo la misma correspondencia que también inunda mi buzón de casa: facturas y tarjetas de condolencias. Las borro todas; borrar, borrar, borrar, en busca del correo de mi padre. Y ahí está, un *e-mail* con las fotografías adjuntas. Maisie se sienta sobre mi regazo y se acomoda entre mis piernas y el teclado.

—¿Qué es eso, mami? —pregunta—. ¿Qué es?

Las imágenes se cargan despacio, pixel a pixel, y, mientras ella señala la pantalla con un dedo manchado y pegajoso, le digo:

—Es el coche de tu abuela. —Y esperamos a que el vehículo aparezca como por arte de magia, ya que nuestra conexión a Internet es algo perezosa, de manera que, cuando por fin aparece, Maisie casi ha perdido el interés y ha vuelto a mirar la pantalla de la tele.

Casi. Pero no del todo.

Siento el pis antes incluso de ver el coche. Noto el torrente cálido y su olor característico en el regazo, y goteando por las arrugas del sofá. A la orina le sigue el grito; ese chillido agudo y desesperado que hace que vibren hasta las copas del aparador del comedor; un alarido que se repite una y otra vez, con el breve intervalo que necesita Maisie para tomar aliento y volver a gritar. Una y otra y otra vez. Y yo no puedo decir nada porque a mí también me gustaría gritar cuando veo la nota de mi padre, situada sobre las cuatro fotografías tomadas desde diferentes ángulos; las palabras que quiere que acompañen al anuncio. *Chevrolet Malibu sedán de 2006. Cuatro puertas. Automático, cinco velocidades, 151 714 kilómetros.*

Negro.

Y me diría a mí misma que es pura coincidencia. Regañaría a Maisie por el accidente y por los chillidos, por el pis que van absorbiendo los cojines del sofá y cuyo olor creo que no podré borrar nunca. La regañaría de no ser por la insignia en forma de lazo dorado que me mira desde la rejilla delantera del coche.

La mujer, la única mujer, la única persona que estuvo cerca de presenciar el accidente de Nick estaba convencida de haberse cruzado con un Chevrolet negro poco antes de llegar al lugar del accidente; un coche con prisa que se alejaba del accidente y se metía en el carril contrario, obligando al otro vehículo a salirse de la carretera. Un Chevrolet negro.

Y descubro que no puedo quitarme una imagen de la cabeza: mi madre saca las llaves del bolsillo de algún abrigo cuando nadie mira, tal vez porque se estén echando la siesta o viendo la televisión, y decide salir a dar una vuelta en el viejo coche.

Resulta que Nick no se suicidó.

Lo mató mi madre.

NICK

ANTES

El día en que le dan el alta a Clara en el hospital, llevo al niño y a ella a casa y le digo que tengo que hacer unos recados.

—De acuerdo —me dice. Al contrario que Maisie, que llegó a casa del hospital dando voces, dejando claras sus necesidades con llantos incesantes que podían durar horas, Felix es muy tranquilo—. ¿Puedes comprar leche también? —me pregunta antes de que me marche, tras mirar en el frigorífico y ver que casi no nos queda.

—Claro. —Le doy un beso en los labios y me voy.

Sentado al volante, antes de arrancar, llamo a Kat con el móvil. No es que esté tratando de eludir mi responsabilidad. No es eso lo que estoy haciendo, en absoluto. Si resulta que soy el padre de Gus, como ella asegura, entonces daré la bienvenida al crío a mi vida. He estado pensándolo, recostado en el sillón, sin poder dormir, junto a la cama del hospital de Clara, imaginando a Gus compartiendo nuestras vidas. Custodia compartida y visitas programadas. Algunos fines de semana y durante las vacaciones escolares. Es una perspectiva extraña, imaginarme jugando a lanzar la pelota con un chico al que ni siquiera conozco. Solo he visto una foto suya. No tengo ni idea de cuánto mide, de cómo es su voz, de cómo huele, de si sabe o no atrapar una pelota al vuelo. Pero, si es mío, lo haré, porque eso es lo que hacen los hombres decentes. Se cuidan solos. Arreglan lo que rompen. Yo no trato de descuidar mis responsabilidades. Es

265

justo al contrario. Intento hacerme cargo de ellas, aceptar lo que es mío.

Pero primero he de estar seguro.

Nos vemos en el centro de pruebas de ADN y, por primera vez en mi vida, veo al chico a quien Kat llama Gus. Es un muchacho larguirucho, alto y delgado como yo, pero sus rasgos son clavados a los de Kat. Es evidente que son madre e hijo, pero la pregunta es: ¿soy yo el padre? Nos saludamos en la sala de espera y Kat me presenta ante Gus como su amigo. Me pregunto si el chico habrá oído hablar de mí antes, si alguna vez ella habrá mencionado el nombre de Nick. No con Steve delante, eso seguro. Pero tal vez sí ante Gus. Tal vez le haya contado a Gus recuerdos de su juventud, que su amigo Nick y ella hacían esto o lo otro. Veo desconfianza en sus ojos, pereza e indiferencia en su manera de estrecharme la mano.

Kat se levanta de la silla y me dice:

—Según he oído, tengo que darte la enhorabuena. —No le había dicho que he sido padre, pero aun así lo sabe.

Evito mirarla a los ojos y, en vez de eso, miro a Gus, que está sentado en su silla ojeando una revista.

—Gracias —murmuro.

Me pregunto si Gus sabrá algo sobre esta cita. ¿Por qué si no iban a presentarle a un desconocido en unas instalaciones donde le tomarán una muestra de saliva? Pero, claro, Gus tiene doce años, e imagino que la idea del sexo estará empezando a tomar forma en su cabeza, aunque la idea de paternidad todavía quede lejos. Intento hablar con él.

—¿En qué curso estás? —le pregunto—. ¿Cuál es tu comida favorita? —Pero sus respuestas son sucintas y resulta imposible mantener una conversación, aunque no sé si se debe a inmadurez, timidez o falta de interés.

—En sexto —me dice—. Beicon. —Y siento que se me acelera el corazón, porque el beicon también es mi comida favorita. ¿Esas cosas se heredan? No lo sé. Hago una prueba más para estar seguro,

266

como si mi propia evaluación pudiera negar la prueba de paternidad que están a punto de realizarnos, como si pudiera decir si el chico es hijo mío o no tras una conversación de cinco minutos.

—¿Tu color favorito?

—El negro.

—¿Tu deporte favorito?

Se encoge de hombros, aunque resulta evidente que está ojeando una revista de deportes, mirando una foto de LeBron James.

—No hago deporte —me responde y, como para demostrarlo, deja la revista a un lado, se mete la mano en el bolsillo del pantalón y saca un par de soldaditos verdes, los mismo con los que jugaba yo de niño.

Yo asiento y pienso que podríamos prescindir directamente de la prueba de paternidad. Steve es grande y corpulento, un atleta hasta la médula. Yo no lo soy. Traté de entrar en el equipo de baloncesto del instituto hace años y no lo logré. Lo lograron todos menos uno: yo. Fue un sentimiento degradante quedar como el único perdedor. No volví a hacer deporte nunca, al menos un deporte de competición, aunque a veces lo hacía por diversión, siempre con Connor. Ráquetbol en el gimnasio, alguna carrera que otra. Entonces pienso en Connor, mientras espero a que nos llamen a Gus y a mí, y deseo poder llamarle y hablarle de Felix y de todo esto. Juntos nos lamentaríamos y lo celebraríamos, él se reiría de la ironía del asunto con su franqueza habitual: de pronto yo tengo dos hijos con dos mujeres y él no tiene ni hijos ni mujeres. Y nos reiríamos mientras tomamos una cerveza.

Pero eso no ocurrirá.

—Yo tenía de esos a tu edad —le digo a Gus—, salvo que los míos eran marrones. Los ponía en fila por el suelo de mi habitación y organizaba batallas. ¿También tienes los tanques? —le pregunto, refiriéndome a la colección de tanques en miniatura de la Segunda Guerra Mundial que ocupaban el suelo de mi dormitorio. Mi madre, que entraba a hacerme la cama o a doblar la colada, se tropezaba con ellos y se enfadaba.

Gus niega con la cabeza; no tiene los tanques. Señala sus soldaditos.

—Nunca he visto unos que fueran marrones —comenta, y en
ese instante la enfermera dice nuestros nombres.

Gus entra primero, después yo.

Cuando salgo de la consulta, Kat y Gus se han ido. En la silla
del chaval, donde hace pocos minutos estaba sentado, se ha quedado un soldadito verde. Lo recojo y me lo meto en el bolsillo de los
vaqueros. No sé si lo ha dejado intencionadamente o no. Tal vez
haya sido un descuido, o quizá un regalo.

Me dicen que los resultados estarán disponibles *online* en un
par de días.

En un par de días sabré si Gus es hijo mío.

Tengo que hacer dos cosas más antes de irme a casa. La primera es ir a la joyería, donde hace meses compré un collar para Clara.
Ella misma lo vio pocas semanas después de quedarse embarazada
de Felix, un mes como mucho; era un collar de plata con dos corazones. «Mira eso», me había dicho señalando la vitrina de la tienda. No habíamos ido a la joyería en busca de collares, sino para que
le agrandaran la alianza de boda. Se quedó mirando el collar, sonrió
y me dijo: «Dos corazones. Uno para Maisie y otro para el bebé»,
mientras se frotaba con cariño la tripa.

Al día siguiente, cuando ella no estaba, regresé a la tienda y
lo compré furtivamente. No había nada que no hubiera hecho por
ella si pudiera. Lo escondí en un cajón de la cómoda durante ocho
meses, sabiendo que, en cuanto tuviéramos un nombre para el
bebé, llevaría los corazones a grabar. Y por fin ha llegado el momento. Me paso por la joyería y dejo el collar para que lo graben:
un corazón para Maisie y otro para Felix. Y después le enseño al
joyero una foto de mis hijos, porque no puedo evitar presumir.
Tardarán una semana o dos en tenerlos listos, entonces sorpren-
deré a Clara con el regalo. El dueño de la tienda me guiña un ojo
y dice:

—Vendemos los corazones por separado. Siempre puede añadir más si fuera necesario.

Y creo que es algo que tal vez podríamos hacer algún día. Puede que algún día Clara y yo tengamos más hijos. Maisie, Felix y un bebé.

Después me paso por el supermercado a comprar la leche y me voy a casa.

Los dos días posteriores al nacimiento de Felix los paso en casa, una especie de baja por paternidad. No resulta fácil. Sin nadie que me sustituya, Stacy y Nancy se ven obligadas a cambiar las citas de docenas de pacientes.

—Si alguien llama con una urgencia —les digo por teléfono a primera hora de la mañana, mientras me bebo mi primera taza de café con cafeína y contemplo el día que tengo por delante, lleno de oportunidades—, me llamáis. Iré enseguida. Solo si es una urgencia. —Porque a veces hay cosas que no pueden posponerse una semana. Melinda Grey es una prueba de ello.

He recibido una orden de alejamiento solicitada por ella, una hoja de papel que está escondida entre las páginas de un viejo diccionario que nunca usamos, y estoy esperando la fecha de la vista, además de la fecha para la mediación de la demanda por mala praxis. No puedo permitir que esto me afecte. Es una suerte que la orden llegase el día después de que naciera Felix, cuando los dejé a Clara y a él en el hospital para ir a descansar un poco; el tiempo justo de llegar a casa, ducharme y cambiarme de ropa. El hombre estaba esperándome en la entrada cuando llegué; fue un mensajero diferente esta vez el que me puso la orden en la mano y me dijo que me habían demandado. Di gracias a que Clara no estuviera allí para verlo, ni Maisie para hacer preguntas. «¿Qué es eso, papi?», y «¿Qué hacía aquí ese hombre?». Encontré un escondite seguro para la orden de alejamiento, un lugar donde jamás la encontrarían.

Nos pasamos los días juntos; mañana, tarde y noche entregado a mecer en brazos a mi hijo y a ver a mi hija dar saltos por el salón.

—Mírame, papi —me dice—. Puedo volar, puedo volar. —Y después me pregunta si yo también quiero volar y le digo que sí, que nada en el mundo me gustaría más que eso. Así que le entrego a Felix a Clara y estiro los brazos junto a Maisie y juntos volamos, dando vueltas por el salón. Los días son cálidos y se extienden ante nosotros como una carretera en campo abierto, llenos de nada que hacer. No hay mejor sensación en la vida. Me paso el tiempo satisfaciendo las necesidades de mi esposa, cambiándole el pañal a mi hijo, sujetándolo mientras duerme, haciendo innumerables dibujos con mi hija, viendo la tele. Por las tardes, Maisie y yo salimos y jugamos al pilla-pilla hasta que acabamos los dos agotados y sudados. Vamos en bici al parque, encendemos el aspersor y nos turnamos para saltar frente al espray de agua. Preparo hamburguesas en la parrilla para cenar y cenamos juntos sentados a la mesa del jardín con la sombrilla abierta para que la luz del sol no le dé en los ojos a Felix. Y, mientras me fijo en la estampa de mi familia, noto como el resto de las preocupaciones comienza a difuminarse, y apenas me doy cuenta de que los Golden State Warriors han ganado la final de la NBA, que todo el dinero que aposté por ellos no fue en vano, que en una cuenta bancaria tengo dinero suficiente para saldar mi deuda, para reemplazar los ahorros para la universidad de Maisie y empezar a pagar un nuevo seguro de vida.

Mis días de apuestas han quedado atrás.

Pienso en cómo contarle a Clara lo de Gus. Practico frente al espejo del baño, confesándole primero mis encuentros con Kat y después la revelación sobre Gus. No sé si es cierto o no, porque todavía no he recibido los resultados de la prueba de paternidad, y sin embargo, en el fondo de mi alma, sé que es cierto. Clara se enfadará. Tardará un tiempo en procesar la noticia. Pero después se dará cuenta de que lo que ocurrió entre Kat y yo fue hace muchos años, mucho tiempo antes de que la conociera a ella y supiera de inmediato que era la indicada para mí. Entenderá que no se lo he ocultado durante doce años, sino que Kat me lo ha ocultado a mí.

Esa noche, Clara se queda dormida con Felix en brazos. Están en el sofá, Clara tiene la cabeza apoyada en un cojín y Felix está tumbado sobre su pecho. La paz y la tranquilidad son más que palpables y tengo que hacer un gran esfuerzo por no tumbarme en el sofá con ellos para dormir. El cansancio provocado por tener un recién nacido me está pasando factura, esas largas noches interrumpidas, sin apenas dormir.

Y aun así no lo cambiaría por nada del mundo.

Fuera ha oscurecido, son poco más de las ocho de la tarde de un día húmedo de verano. Incluso desde dentro, a través de una ventana entreabierta, oigo a los grillos y a las chicharras. Harriet está tumbada en el suelo, pegada al sofá; no se separa de Clara ni del bebé. Nuestro perro guardián. Le acaricio la cabeza y le susurro:

—Buena chica.

Maisie baja corriendo las escaleras, como una manada de elefantes perseguidos por un león. Se ríe con fuerza. Como siempre, lleva puesto el tutú y las mallas de *ballet*, y pregunta si podemos ir a clase de *ballet*. Hace un *plié* ante mí, trata de realizar una pirueta y se cae.

Yo me río y me llevo un dedo a los labios para que no haga ruido.

—Hoy es lunes, tonta —le digo dándole la mano para alejarla de Clara y de Felix, que están durmiendo. La tomo en brazos y la saco de la habitación—. El *ballet* es mañana —le recuerdo, pero se me ocurre una idea, una manera de capturar este momento en el tiempo. Maisie suele acostarse a las siete y media; de un modo u otro, llevados por el caos y la emoción que siguen al nacimiento de un bebé, se nos ha olvidado meterla en la cama. La llevo a la cocina y la siento en la encimera, donde se queda dando pataditas al mueble mientras yo busco todas las cosas que necesito. Un tarro de cristal y unas tijeras afiladas.

—¿Qué estás haciendo, papi? —me pregunta cuando ve que utilizo el extremo puntiagudo de las tijeras para hacer agujeros en la tapa del bote—. ¿Por qué haces eso? —Pero yo le digo que ya lo verá. Quiero que sea una sorpresa.

Encontramos sus sandalias rosas y salimos al jardín. En otras circunstancias, Harriet nos seguiría, pero hoy tiene una tarea más importante: proteger a Clara y al bebé, así que ni siquiera mueve las orejas; tampoco nos mira cuando salimos. Una vez fuera, nos envuelve el calor del día. Aunque la humedad se ha suavizado un poco, sigue haciendo calor. Una pareja de jilgueros está posada en el bebedero, tomando las últimas gotas del agua verdosa. Me digo a mí mismo que tengo que limpiarlo pronto, y rellenar el comedero con alpiste, después subo a Maisie a hombros con el tarro en la mano.

—¿Dónde vamos? —me pregunta, y le digo que ya lo verá.

La llevo hasta la pequeña arboleda que rodea nuestro jardín, donde suelen reunirse las luciérnagas a estas horas de la noche a jugar con sus amigas.

—¿Qué están haciendo? —me pregunta Maisie mientras señala con el dedo las luces que aparecen y desaparecen.

—Están hablando. Así es como hablan con sus amigas.

Y veo que Maisie reflexiona sobre eso y piensa lo divertido que sería si una parte de su cuerpo se iluminara para saludar. La cabeza, las manos o los dedos de los pies. La elevo hacia los árboles y le digo que agarre un puñado de hojas, cosa que hace.

—¿Por qué, papi? ¿Por qué? —pregunta irremediablemente. Después nos sentamos en el suelo para llenar el tarro de cristal con ramitas y hojas. Donde estamos sentados, no crece la hierba, solo alguna brizna aquí y allá. La altura de los árboles impide que la luz del sol alcance la tierra, de modo que apenas crece nada.

—Hay cosas que toda criatura necesita para vivir —le digo a Maisie mientras me ayuda a meter hojitas en el tarro—. Comida, refugio y oxígeno son algunas de esas cosas. Hacemos agujeros en la tapa para que la luciérnaga pueda respirar y las hojas son para que coma.

—¿Podemos atrapar una? —me pregunta.

—Claro que sí —le respondo revolviéndole el pelo. Después nos levantamos y yo le muestro cómo. La oscuridad cae deprisa, aunque la luna está brillante, en cuarto creciente. El cielo azul oscuro está cuajado de estrellas que nos ayudan a ver, mientras a lo lejos, en el horizonte, el sol se esconde y deja tras de sí únicamente destellos de luz que pronto desaparecerán también—. Junta las manos —le digo—, así. Pero no las cierres demasiado. No queremos hacer daño a la luciérnaga. Solo queremos atraparla durante un rato, después la liberaremos.

Veo una luz que flota por el aire y la atrapo; el precioso insecto trepa con facilidad por mi mano. Se lo enseño a Maisie y ella se ríe cuando la luciérnaga extiende sus alas delanteras y sale volando. La persigue por el jardín y veo como el tutú se agita con la suave brisa nocturna.

—¡Me toca! ¡Me toca! —exclama mientras vuelve hacia mí dando saltos, y vuelvo a enseñarle cómo colocar las manos. Lo intenta, pero sus movimientos son demasiado lentos, demasiado tímidos, y la luciérnaga siempre va un paso por delante. Así que la atrapo yo por ella y dejo que se suba en la manita de Maisie. Ella se ríe—. Hace cosquillas —dice mientras esas seis patitas recorren su piel. No estoy seguro de si le gusta o no, hasta que dice—: Hola, Otis. —Acercando la cara a la diminuta cabeza del insecto para saludarlo.

—¿Quién es Otis? —pregunto, y ella levanta la mano para que pueda verlo.

—Este es Otis —responde—. Este es Otis, papi. ¿Podemos quedárnoslo? —pregunta, y yo asiento y la ayudo a meter la luciérnaga en el bote antes de ponerle la tapa.

—Solo un rato —le explico, mientras Otis trepa por un palo y se deja caer en nuestra casita de cristal para ponerse cómodo—.

Pero después tendremos que dejarlo en libertad. Es divertido durante un rato, pero Otis no quiere vivir en un tarro para siempre.

—¿Por qué no? —pregunta Maisie mirándome con curiosidad. Esta es fácil.

—¿Tú querrías vivir en un tarro para siempre? —le pregunto, y ella niega firmemente con la cabeza—. ¿Por qué no?

—¡Porque quiero volar! —me explica alegremente mientras da vueltas por el jardín, con los brazos extendidos, hasta que se marea y se cae—. ¡Papi, vuela conmigo! —me pide, y yo no puedo evitarlo. No hay nada que prefiera más que volar por el jardín con mi hija. La ayudo a levantarse y me la subo a hombros para girar con ella por el césped. A nuestro alrededor las luciérnagas iluminan el cielo mientras Maisie grita—: ¡Estamos volando! ¡Estamos volando, papi! —Y yo me río y le digo que sí. Estamos volando. Durante un minuto me imagino que nuestros pies se elevan del suelo, que juntos surcamos el espacio.

—Mira las estrellas —le digo a Maisie, como si ella y yo fuéramos una de ellas.

—¡Ahí está la luna! —exclama, y fingimos que estamos en una especie de cohete espacial rodeando la luna. Nos reímos; mareados, tontos y felices.

No recuerdo la última vez que me sentí tan feliz.

No sé cuánto tiempo pasamos volando. Hasta que empiezan a temblarme las piernas y Maisie se cansa.

—Es lo mejor —me dice.

—¿El qué? —le pregunto.

—¡Volar! —exclama—. ¿Puedo llevarme a Otis a mi habitación? —me pregunta cuando la dejo en el suelo, y ella se sienta con las piernas cruzadas en el césped y hojas en la cabeza. Yo lo reflexiono, porque imagino que a Clara no le haría gracia que Maisie tuviera un insecto en su habitación. Pero Otis está en un tarro de cristal y es inofensivo. Y además es solo por una noche. Si estuviera despierta, se lo preguntaría. Defendería a Maisie y diría que deberíamos dejar que se quedara a Otis solo por una noche, que al día siguiente lo liberaríamos, lo devolveríamos a los árboles para que jugara con sus amigos. Pero Clara no está despierta y no quiero despertarla. Me la imagino durmiendo plácidamente con Felix en brazos. Hace tiempo que no la veía tan relajada. Lo último que quiero es despertarla, así que decido por mi cuenta y le digo a Maisie que sí.

—Sí. Podemos quedárnoslo por una noche —le digo, y estiro un meñique para que ella me lo agarre con el suyo—, pero no podemos decírselo a mami. ¿De acuerdo? Prométeme que no le diremos nada a mami sobre Otis. —Y ella me lo promete.

—¿Por qué no, papi?

—Porque a mami no le gustan los insectos —respondo—. Mañana a esta hora, dejaremos a Otis en libertad. ¿Trato hecho?

—Trato hecho —responde mientras entramos de puntillas en casa, subimos las escaleras y llegamos hasta su dormitorio. Una vez allí, dejamos a Otis en su tarro al borde de la cómoda y yo acuesto a mi hija. Es un riesgo; a Maisie le gustaría que Otis durmiera con ella bajo las sábanas, pero yo sonrío y le digo que no.

—De este modo —le explico—, podrá verte mientras duermes. —Le subo la manta hasta la barbilla y le digo—: Que duermas bien.

Cuando cierra los ojos le susurro:

—Dulces sueños, mi amor. Buenas noches. —Me quedo en el marco de la puerta y veo como la reacción química del interior del abdomen de Otis ilumina la noche de Maisie.

CLARA

Esta tarde mi madre tiene cita con el neurólogo a las tres en punto, la misma hora a la que vendrán los del aire acondicionado a mi casa y me bendecirán con un aparato nuevo por cortesía de mi padre. Pero yo me olvido de ellos por completo mientras meto en el asiento trasero del coche a Felix, que va durmiendo, y a Maisie, que sigue alterada. No pienso en nada salvo el coche, el coche negro, el coche de mi madre. Maisie está fuera de sí, es incapaz de calmarse con nada, ni con una pegatina, ni con su osito de peluche, ni con la promesa de un helado. No ha parado de llorar; es un llanto ligero, pero llanto al fin y al cabo, como si estuviese realmente asustada. Agita los brazos cuando la siento en la parte de atrás y, al intentar abrocharle el arnés de seguridad, me da una patada en la nariz. Retrocedo y ella empieza a gimotear mientras llama a su padre.

—Papi, papi, papi —repite sin parar.

Mientras intento cerrar la puerta, sudando y sin aliento, haciendo fuerza contra el pie de Maisie, Emily se acerca por la calle con el pequeño Teddy de la mano.

—¿No quiere Maisie venir a jugar un rato? —pregunta, como si se hubiera olvidado por completo de nuestra desavenencia de la otra mañana, como si no hubiera ocurrido. Teddy está de pie junto a ella, con mirada de súplica, y me dice que Maisie y él van a hacer otro truco de magia, como si ya estuviese hablado, aunque por supuesto no lo está, pero yo niego con la cabeza sin poder evitarlo y les digo que no.

—No, Maisie no puede jugar hoy —respondo—. No.

Emily me dice que Theo no está en casa, como si eso importara. Yo paso frente a ella y le digo que tengo prisa.

—Tenemos que irnos.

—Clara —me dice agarrándome del brazo.

Los hematomas siguen ahí, decorando su cuello como una guirnalda festiva. Yo me fijo y aparto la mirada de inmediato, mientras Teddy pega la cara a la ventanilla de Maisie y hace muecas. Desde dentro del coche, Maisie ríe y aplaude. Adora al pequeño Teddy, tanto que ya se ha olvidado de que me ha dado una patada en la nariz. Qué fácil le resulta a Maisie olvidar.

—No podía soportar pensar en eso —susurra para que Teddy no la oiga—. Un asesinato, tan cerca de nuestra casa. No somos ese tipo de comunidad. —Yo pienso para mis adentros que para ella es fácil decirlo. No es su marido el que ha muerto—. No es que no te creyera —me asegura—. Es que no quería creerlo. Theo y yo escogimos esta zona para vivir por los bajos índices de criminalidad. Algo de vandalismo, incendios provocados y robo de vehículos, sí. Pero ¿asesinato, Clara? No me lo imagino. Tiene que haber otra manera —continúa, aunque yo me excuso, porque no quiero oírlo. Le digo que tengo que irme, me meto en el coche y me alejo deprisa, dejando a Emily y a Teddy de pie en la entrada de mi casa, preguntándome si sus palabras eran un intento fallido de disculpa, una racionalización o algo diferente. Algo más.

Pienso en Theo y en sus diferentes coches prestados. En su petulancia y su temperamento. En el miedo en la mirada de Emily.

Theo no es ajeno a la fuerza bruta; los hematomas que tiene Emily en el cuello dan fe de eso. Nick y él nunca fueron amigos; llamó a la policía para denunciar a mi marido. Se quejó de él. Tal vez quería vengarse.

Y de pronto la cabeza me da vueltas, los pensamientos lógicos y la sensatez se hunden lentamente. No puedo pensar. Mi madre mató a Nick, de eso estaba segura hasta hace pocos minutos.

Pero ahora se me pasa otra idea por la cabeza, una idea que no sustituye a la primera, sino que la distorsiona y la vuelve más horrible a mis ojos.

Theo mató a Nick.

O quizá fue otra persona la que mató a Nick, pienso mientras veo a Emily y a Teddy encogerse por el espejo retrovisor al alejarme por la calle. Emily me mira. El dobladillo de su falda se agita con la brisa y se enreda entre sus piernas.

Tal vez no esté intentando encubrir a Theo.

Tal vez esté intentando encubrirse a ella misma.

Haría cualquier cosa por Theo, llevada por el miedo o por la necesidad. Tal vez Nick amenazara con ir a la policía si Theo volvía a ponerle la mano encima. Emily me ha confesado que no podría vivir sin Theo, no porque lo quiera, sino porque es él quien paga las facturas, lleva comida a la mesa y les proporciona un hogar. Es el único que gana dinero en casa y, sin él, Emily cree que no tiene nada. Cree que ella no es nada.

Tal vez Nick le dijera a Emily que iba a denunciar a Theo por abusos sexuales e infantiles.

Tal vez Emily mató a Nick.

Hay una docena de emisoras de radio sonando al mismo tiempo en mi cabeza, cada una con un género diferente, una canción diferente, no de manera armónica, sino más bien peleándose unas con otras por estar en el aire, con el volumen tan elevado que resulta imposible pensar u oír, y todo se convierte en una sola cosa: ruido.

Noto que empiezo a tener migraña. Es demasiado.

Tengo que hacer un esfuerzo para no gritar.

—Mami, ¿pones una canción? —me pregunta Maisie desde el asiento de atrás, y pienso: «¿Cómo es que no lo oye? La radio ya está puesta».

NICK

ANTES

Estoy en la puerta del cuarto de baño, viendo como Clara le hace las trenzas a Maisie con manos diestras. Maisie, emocionada por su clase de *ballet* de esta tarde, es incapaz de estarse quieta, aunque Clara le recuerda una y otra vez:

—Cuanto antes acabemos, antes podremos irnos.

Le pone unas medias blancas y después las mallas y el tutú rosa. Maisie suplica a Clara que le pinte los labios y, al principio, mi mujer vacila, pero al final cede y se los pinta de un rosa suave.

A mí me da un vuelco el corazón. Mi niña ya es mayor.

—Mírame, papi —me dice, y yo sonrío y le digo que está preciosa. Sonrío a Clara y le digo que ella también está preciosa, aunque me mira con el ceño fruncido; todavía lleva puesta la ropa de premamá porque es lo único que le sirve. Lleva unos pantalones de chándal y una camiseta manchada. No se ha lavado el pelo, lo tiene grasiento, parece agotada. No se ha duchado; disimula el olor con desodorante y perfume. En los últimos cuatro días ha dormido mucho menos que yo, despertándose a todas horas para dar de comer a Felix. Yo me he ofrecido a ayudarla, pero no hay mucho que pueda hacer, así que hago todo lo posible por mantenerme despierto y hacerle compañía, aunque inevitablemente acaban cerrándoseme los ojos mientras Felix se alimenta de los nutrientes del pecho dolorido de Clara. Tiene los ojos cansados y no está de muy buen humor.

279

La abrazo y le digo que es cierto, que está preciosa, pero ella se aparta y me dice que tiene que cambiarse antes de llevar a Maisie a clase de *ballet*.

—No puedo dejar que me vean así en público —murmura mientras busca en el armario algo que ponerse. Yo veo mi reflejo en el espejo del dormitorio. Tampoco tengo mucho mejor aspecto. Llevo el pelo desaliñado y la cara cubierta de barba. Ni siquiera recuerdo la última vez que me afeité. Tengo los vaqueros arrugados en zonas donde no deberían estarlo; es casi como si hubiera llevado el mismo par todos los días de esta semana; lo tiro sobre la cama por la noche y me lo vuelvo a poner por la mañana. Tengo manchas de vómito en la camiseta y, aunque no tengo intención de ir a ninguna parte, no soporto mi olor corporal. Me quito la camiseta, la tiro al suelo y me pongo algo limpio: un polo azul que huele a detergente de lavanda.

La clase de *ballet* dura solo una hora y, con el viaje de ida y vuelta, Clara y Maisie estarán fuera menos de tres. Clara lo tiene todo planificado al minuto, escrito en una tabla de referencia que hay junto a la mesa de la cocina. Felix acaba de comer y está dormido en una manta sobre el suelo del salón, lo que debería bastar para que aguante hasta que ella vuelva a casa. Entonces el bebé tendrá que volver a comer.

—Si se despierta antes —me dice Clara, que todavía no ha empezado a usar el sacaleches que nos prestaron en el hospital—, llámame y vendré a casa. —Apremia a Maisie por las escaleras y al llegar abajo recogen las zapatillas de *ballet*. Le dice a Maisie que vaya al baño.

—Pero no tengo ganas —responde mi hija con los brazos cruzados y un mohín, como si ir al cuarto de baño fuese lo peor del mundo.

Yo le digo que lo intente.

Clara recoge el bolso y las llaves del coche; Maisie ya se ha puesto sus sandalias rosas. Están preparadas para irse. Están a punto de salir por la puerta cuando, procedente del salón, oímos el llanto del bebé, suave y débil al principio, pero va volviéndose más insistente, y nos quedamos parados junto a la puerta del garaje. Es instantáneo: Clara pone cara de preocupación.

—No te preocupes —le digo poniéndole una mano en el brazo. He sido padre antes, esto no es nuevo para mí. Ya lo he hecho todo antes. No puede tener hambre, estará inquieto, se sentirá solo o tendrá gases—. No le pasará nada —insisto, pero aun así ella sigue preocupada—. No puede tener hambre —le aseguro a Clara—. Es imposible. Lo meceré y se calmará. No pasa nada.

Pero Felix ha empezado a chillar y veo en los ojos de Clara que no está convencida.

—Me necesita —dice nerviosa, y junto a ella Maisie se pone roja y empieza a enfadarse, convencida de que, si Felix está llorando, ella tampoco podrá ir a *ballet*. Me mira suplicante y entonces se me ocurre la idea.

—Quédate tú —le susurro a Clara—. Iré yo.

Clara y Maisie se vuelven hacia mí al mismo tiempo y preguntan:

—¿De verdad?

Jamás he ido a la clase de *ballet* de Maisie. Nunca he conocido a ese Felix de cuatro años por el que está loca mi hija; jamás he conocido a las otras madres, con las que a Clara le gusta conversar a modo de terapia, como una manera de combatir la monotonía de la maternidad. Jamás he visto a la señorita Becca, así que les digo que sí, iré yo.

Nos despedimos de Clara, que sale corriendo hacia el salón para calmar a Felix.

—No pasa nada, Felix —le oigo decir—. Mamá ya viene. Mamá está aquí.

Le doy la mano a Maisie y salimos. Decido llevarme el coche de Clara porque está aparcado en el borde de la entrada, tostándose al sol. Será como un horno cuando entremos, entre veintisiete y treinta grados.

—Vamos, Maisie —le digo a mi hija tirándole de la mano cuando se detiene para arrancar un diente de león del jardín—. Tenemos que darnos prisa para no llegar tarde a *ballet*.

Al oírme, acelera el paso, me suelta la mano y corre hacia el coche, donde empieza a tirar de la manilla de la puerta mientras yo busco la llave para dejarla entrar. Pero tengo las llaves de Clara, de modo que no resulta fácil encontrar la correcta.

—Vamos, papi —insiste Maisie dando saltos de un pie al otro, y yo le digo que ya voy.

Todavía no he llegado al coche cuando veo un BMW negro que avanza despacio por la calle, con las lunas tintadas bajadas. Theo me mira desde detrás de sus gafas de aviador, moviéndose a cámara lenta. Al verme, extiende el brazo, me señala con el dedo como si fuera el cañón de una pistola y finge disparar. Yo me estremezco y Theo se ríe, con esa risa suya condescendiente que resulta difícil de oír desde la distancia. Pero lo veo. Incluso Maisie lo ve, y nos mira a los dos alternativamente. «Dios, cómo le odio», pienso para mis adentros.

Recuerdo el comentario de Clara hace meses, cuando vimos por la ventana a Theo con el Maserati que llevaba en esa ocasión. «Tampoco es que sea suyo», fue lo que dijo Clara. Ella lo odia incluso más que yo, si es que es posible. Theo jamás podría permitirse tener un BMW, y mucho menos un Maserati, pero siempre anda probando alguno prestado que le gusta pasear por el pueblo como si fuera suyo, dejando que se le suba a la cabeza como un niño con un juguete nuevo. Lo que quiero decirle es que le jodan o sacarle el dedo, pero, con Maisie delante, tirando de la manilla de la puerta, esperando a que abra para montarse, no puedo. Soy mejor que todo eso.

Intento ignorar la amenaza; «Te mataré, Solberg». Le doy la espalda a Theo y, mientras busco la llave, le digo a Maisie:

—Solo un segundo. —Pero, antes de poder dar dos pasos, veo que el BMW se mete en mi entrada con el capó orientado momentáneamente hacia Maisie. Es un volantazo. Sucede muy deprisa. Cuando Maisie ve que el coche se acerca a toda velocidad, se le quiebran las piernas, cae al suelo y se lleva las manos a la cara. El motor acelera con un fuerte rugido. Yo echo a correr y, tan pronto como ha empezado, termina. Sin más, Theo vuelve a girar y cambia de dirección a menos de un metro del lugar donde está tirada Maisie, y esta vez oigo su risa a través de la ventanilla cuando dice:

—¿Ves? ¿Lo ves, Solberg? ¿Qué se siente al estar en el otro lado para variar?

—¿Por qué no te metes con alguien de tu tamaño? —respondo y murmuro «gilipollas», para que Maisie no lo oiga, aunque, no sé cómo, Theo sí lo oye. O tal vez no lo haya oído, pero ha visto la palabra dibujada en mis labios.

—¿Qué coño has dicho? —pregunta—. ¿Qué coño me has llamado? —Pero yo no le presto atención porque corro a levantar a Maisie del suelo. Tomo en brazos su cuerpo tembloroso mientras Theo echa el freno y detiene el vehículo. Sale del coche y se acerca a nosotros. Maisie se aferra a mí como un pequeño chimpancé, clavándome los dedos en la piel.

—Tengo miedo, papi —confiesa y, aunque no se lo digo, una parte de mí también lo tiene. Veo la mirada amenazadora de Theo.

—Yo no soy el gilipollas —me dice mientras meto a Maisie en el coche y me vuelvo para mirarlo a los ojos. Salvo que no lo miro a los ojos, porque Theo mide unos ocho centímetros más que yo, y probablemente pese veinte kilos más.

A mi espalda oigo el gimoteo de Maisie y, antes de poder decirle que no pasa nada, Theo me empuja contra el coche y dice:

—Tú eres el gilipollas, Solberg. ¿Entendido? Tú eres el gilipollas, no yo.

—Delante de la niña no —le pido, pero a Theo le da igual quién esté delante. Aprieta el puño y, antes de que yo pueda reaccionar, me da un puñetazo en el labio. Maisie suelta un grito agudo y se tapa los ojos con las manos para no ver lo que ocurre después, que resulta ser algo bueno para mí porque, por puro instinto, yo también cierro el puño y le doy un golpe a Theo en la mandíbula.

Tres veces. Con todas mis fuerzas. Él se tambalea, pero vuelve hacia mí y me asesta un gancho; emplea todo el peso de su cuerpo en darme el golpe, de modo que el coche que tengo a mi espalda es lo único que me mantiene erguido.

Se ríe mientras me tambaleo y me llama «nenaza» y «marica». Estoy a punto de golpearlo de nuevo cuando oigo a Maisie gritar diciendo que tiene miedo y Theo da un paso atrás y me dice:

—No hemos acabado. Esto no ha terminado. —Después se aleja hacia su coche, con toda su arrogancia, pensando que me hace un favor al no darme una paliza delante de mi hija. Vuelvo a estar en noveno curso, cuando un gilipollas me dijo que me reuniera con él junto a la bandera después de clase para darme una paliza, y yo le dejé, incapaz de pelear. Nunca he sido beligerante. Siempre tenía cerca tipos como Connor que peleaban por mí, pero esta vez Connor no está aquí.

Theo se ríe con suficiencia, convencido de que ha ganado esta batalla, pero, cuando me da la espalda, me planteo placarlo, tirarlo al suelo y atraparlo cuando no mira. Es de la única manera en que podría ganar, con un golpe bajo. Me lo imagino tirado en el suelo boca abajo, con la cara contra el asfalto, como estaba Maisie hace un minuto, sangrando y llorando.

Empiezo a avanzar, pero entonces Maisie susurra:

—¿Se ha ido, papi? —Y sus palabras hacen que me detenga. No puedo moverme.

Maisie no necesita ver algo así.

Theo se sube en su coche y cierra de un portazo. Pisa el acelerador y desaparece por la calle.

—No pasa nada —le digo a Maisie acariciándole el pelo; se le han despeinado las trenzas y tiene las rodilleras del leotardo manchadas de tierra—. Tranquila, ya se ha ido. —Miro a un lado y a otro de la calle para asegurarme de que se ha ido y, como por arte de magia, Theo y su coche negro han desaparecido. Lo único que queda de él es el inconfundible olor a goma quemada que inunda el aire.

—¿Por qué ha hecho eso, papi? —me pregunta Maisie con voz temblorosa mientras le pongo el arnés y le seco las lágrimas. La abrazo. Ha estado muy cerca. Un segundo más y Theo habría atropellado a mi hija—. ¿Por qué, papi? —insiste con esa inocencia infantil que me recuerda que en su mundo no suceden cosas malas. La gente mala no existe. Maisie apenas conoce a Theo. Es el padre de Teddy y sin embargo nunca dejamos que la niña juegue con Teddy si Theo está en casa. Maisie apenas lo ha visto en su vida y quiero que siga siendo así.

En cuanto llegue a casa, le contaré a Clara lo ocurrido, aunque eso signifique tener que contarle que estuve a punto de atropellar a Teddy. Debería saberlo. Quizá sea hora de activar el sistema de seguridad en casa, por si acaso tenemos a un psicópata viviendo al otro lado de la calle. Quizá sea hora de poner en venta la casa y mudarnos a otra parte.

Un metro. Ha estado a menos de un metro de atropellar a Maisie. Podría decirle que ha sido un accidente. Podría inventarme una historia, decir que había pasado una ardilla por la carretera y él estaba intentando esquivarla, que a ella no la había visto. Pero no.

Me digo a mí mismo que no iba a atropellarla. Que era solo una amenaza. Pero aun así…

—Es un hombre malo, Maisie —respondo, porque, por una vez, no se me ocurre nada mejor que decir, algo para endulzarle la situación a mi hija. Quiero que lo sepa. Necesito que lo sepa. Theo es un hombre malo y bajo ningún concepto debería acercarse a él. La miro a los ojos, necesito estar seguro de que lo entiende—. Es un hombre malo, Maisie —repito—. Por eso.

Y entonces cierro la puerta y vuelvo a mirar a un lado y a otro para asegurarme de que Theo no está antes de irnos a *ballet*. Lo último que necesito es que me siga hasta allí.

CLARA

Mientras avanzo por la tranquila calle residencial donde viven mis padres, veo que solo hay un coche en la entrada: el viejo trasto de Izzy, una chatarra que debe de tener más años que ella. Tiene personalidad, como ella, porque es de un verde chillón y tiene unos dados morados colgados del espejo retrovisor. El guardabarros está lleno de pegatinas, una para cada día de la semana. En una pone *Espíritu libre* y en otra *Cabeza hueca*. Es un coche usado, de segunda mano, quizá de una generación anterior, con la pintura descascarillada y una rueda con el tapacubos oxidado.

Pero lo que más me importa a mí no tiene nada que ver con el coche de Izzy. El coche de mi padre, que siempre tiene aparcado en el lado sur de la entrada, no está, y para mí eso es lo único que importa.

Aparco en la calle. Dejo a los niños en el coche con las ventanillas ligeramente bajadas y me acerco a la puerta atravesando el jardín.

Llamo y me abre Izzy. Lleva algo que parece hecho a mano: una falda, una camisa y un chaleco pasado de moda, todo ello con una mezcla de patrones. Rombos, damasco y lunares. Tiene mucho estilo. Me sonríe y me dice:

—Hola, Clara.

—Hola —respondo yo secamente.

Del interior de la casa sale un aroma maravilloso, e Izzy me dice que está preparando la cena para cuando mis padres regresen de la cita con el médico.

—Se tarda mucho en llegar desde la ciudad —me explica—, y estarán muertos de hambre cuando lleguen. Quería asegurarme de dejarles algo para cenar.

Me pregunta si quiero entrar y esperar, pero le digo que no, molesta por su eficiencia y sus buenos modales. Si yo fuera la mitad de mujer que ella, se me habría ocurrido traerles algo de cena a mis padres y sin embargo no lo he hecho.

Llevo mi cámara. Es bastante pesada, una Nikon DSLR con una correa negra que cruza mi pecho.

—Mi padre quería que anunciara *online* el coche de mi madre —le digo—. Necesito sacarle unas fotos, si no te importa. —Lo que no le digo es que mi padre ya me ha enviado las fotos, que tengo de sobra para poner el anuncio y que no es esa la razón por la que estoy aquí.

Izzy sonríe y me dice que claro, por supuesto, y me da luz verde para ir al garaje y sacar las fotos. Me pregunta si necesito ayuda, pero le digo que no. Me pregunta si quiero que me abra la puerta del garaje, pero también le digo que no, conozco el código, así que nos separamos. Yo me voy hacia el garaje, pero paso antes por mi coche, donde le entrego mi móvil a Maisie a través de la ventanilla para que esté entretenida y me aseguro de que Felix siga durmiendo.

Llego hasta la puerta del garaje y tecleo el código, cuatro dígitos que también son mi fecha de nacimiento, el mismo PIN que tienen para las tarjetas de débito, el móvil de mi padre y la contraseña del ordenador. «No es muy seguro tener la misma contraseña para todo», le dije a mi padre hace tiempo, y le expliqué que, si alguien accedía a una, accedería a todas. A mi padre le pareció una tontería y dijo que así era más fácil de recordar. Es demasiado confiado, no como yo, que estoy desencantada. La única que varía es la contraseña de Chase, y eso porque son las normas del banco y no lo decide mi padre.

La puerta se abre y ahí está el coche de mi madre, un Chevrolet sedán negro, con el lazo de la insignia mirándome, como si fuera una broma. Yo estaba en la universidad cuando mi madre compró este coche. No la ayudé a escogerlo, no estaba presente mientras mi padre y ella hablaban con el vendedor. Me perdí el paseo de prueba. Las veces que me he subido en él son pocas y espaciadas. Hace tanto tiempo que ni recuerdo dónde, cuándo o por qué. Desde luego yo no entiendo de coches; no podría importarme menos qué tipo de coche conduzco, siempre y cuando sea de fiar.

¿Será este el coche que mató a mi marido?

Miro el reloj y me pregunto de cuánto tiempo dispondré hasta que los del aire acondicionado llamen a mi padre para decirle que yo no estaba en casa cuando han venido. ¿Cuánto tiempo tendré hasta que mis padres terminen en el neurólogo y vuelvan a casa? Ya son las tres y media de la tarde.

Me doy prisa. No tengo un minuto que perder.

Examino el exterior como si fuera un dermatólogo inspeccionando la piel, deslizo los dedos por la carrocería en busca de cualquier desperfecto: una abolladura, un raspón, la pintura descascarillada, un tapacubos perdido. Pero no hay nada. Me pongo de rodillas en el suelo y examino la parte inferior y los neumáticos, que han visto días mejores. Los surcos están casi gastados, aunque encuentro fragmentos de grava incrustados y pienso en la grava que bordea Harvey Road, una mezcla de arena y piedra machacada que alcanza más de un metro por cada lado de la carretera. Saco un trocito de grava del neumático ayudándome de la uña y me lo guardo en el bolsillo trasero de los vaqueros, como si fuera una agente del CSI recogiendo pruebas. Me pregunto de dónde habrán salido esas piedrecillas.

Me pongo en pie para continuar mi búsqueda y descubro una hoja, una hoja de roble, alojada bajo uno de los limpiaparabrisas, como los folletos en el aparcamiento del supermercado. Levanto la hoja y la examino con manos inquietas; es una hoja verde con algunas ampollitas, abscesos amarillentos y escamosos que cubren la superficie. Creo que es un hongo. El roble blanco que hay junto a Harvey Road estaba lleno de hojas la última vez que lo vi, unas verdes y otras amarillas, muertas de sed. Me llevaré esta hoja y la compararé con las del árbol de Nick. Si coinciden, entonces lo sabré. Me digo a mí misma que esta hoja, junto con la grava, será toda la prueba que necesito para confirmar que mi madre ha hecho esto; que mi madre me ha arrebatado a Nick.

No encuentro nada más en el exterior del coche.

A lo lejos me parece oír un teléfono sonar, miro hacia el mundo exterior y espero a que Maisie responda al móvil con un «¡Hola, Boppy!». Pero solo oigo silencio y empieza a preocuparme que los niños tengan demasiado calor en el coche, me pregunto cuánto tiempo llevo en el garaje, cuánto tiempo los habré dejado solos. Veo la cabecita de Maisie asomar por la luna trasera, y se mueve. Está moviendo la cabeza. No mucho, es solo un ligero vaivén. Lo suficiente para saber que está bien.

Agarro la manilla de la puerta del coche y tiro para abrirla. El coche emite un pitido y el interior se ilumina. Me asomo.

El interior del coche está casi vacío, salvo por unos cuantos mapas de carretera y la funda de un CD de Simon y Garfunkel abierta sobre el salpicadero; el favorito de mi madre. Si metiera la llave en el contacto y pusiera el coche en marcha, oiría *The Sound of Silence* por los altavoces. No hay mucho que ver dentro del coche, pero lo examino con cuidado por si acaso. Abro la guantera y rebusco, pero no encuentro nada. Tampoco sé lo que voy buscando, pero mi cerebro va a cien por hora, pensando en Theo y en mi madre, en Kat y en Melinda Grey. ¿Cómo diablos iba mi madre a sacar a Nick de la carretera de manera intencionada? No pudo ser ella, es imposible. Mi madre ya no hace nada de manera intencionada. Todo es azaroso e involuntario.

Pero entonces me doy cuenta: tal vez no fue intencionado. Fue un error. La casa alquilada propiedad de mis padres, donde vivieron, se encuentra a unos dos kilómetros de Harvey Road. Es pura casualidad que Nick y mi madre estuvieran conduciendo por la misma carretera al mismo tiempo; Nick de camino a nuestra casa y mi madre tratando de encontrar la vieja granja en la que creía que seguía viviendo. No hubo nada premeditado. Fue solo mala suerte, y me invade una profunda tristeza, aunque me pregunto por quién siento más pena: por Nick, por mi madre o por mí.

Pero tiene que haber pruebas. Necesito algo tangible para saberlo. Algo concluyente. Porque, sin eso, mi cabeza sigue dando vueltas, viendo muchas caras diferentes al volante del mismo coche. Mi madre. Nick. Incluso Maisie. Incluso Maisie, con sus cuatro años, agarrada al volante de cuero de un coche cuyo acelerador ni siquiera alcanza.

Tengo que saberlo con certeza. Tengo que saberlo de una vez por todas.

Sigo inspeccionando el coche, encuentro treinta y ocho centavos olvidados en el posavasos, un trozo de chicle mascado y envuelto en su papel tirado bajo el asiento; eso llama mi atención. ¿Qué más habrá escondido bajo el asiento?

Meto la mano bajo los dos asientos delanteros y me araño el antebrazo con las partes afiladas que hay allí; palpo a ciegas y no encuentro nada, hasta que mis dedos rozan algo frío y plano situado debajo del asiento, un delgado trozo de metal que no será más grande que un llavero o un espejo de bolsillo. Lo agarro como puedo entre las yemas de los dedos, tiro y me encuentro mucho más de lo que esperaba descubrir.

Agarro el objeto con la mano antes de salir del coche y exponerlo a la luz tenue del garaje, como un arqueólogo en busca de tesoros.

Pero esto no es un tesoro.

Al verlo, noto que me tiemblan las piernas, no puedo moverme. El corazón se me desboca, despliega sus alas dentro de mi pecho, acelerado, como un pájaro atrapado incapaz de volar mientras un depredador lo observa desde lejos. El sol de la tarde se cuela por la puerta abierta del garaje y alcanza al objeto que tengo en la mano, reflejando su luz hacia mí. Y, sin más, me quedo ciega. Pierdo la capacidad de ver. El mundo a mi alrededor se vuelve de un amarillo dorado y brillante antes de fundirse a negro.

Mi cabeza ya no puede pensar con claridad, mis ojos ya no pueden ver, y me doy cuenta de que la respuesta a mis preguntas se encuentra allí, en la palma de mi mano.

NICK

ANTES

El estudio de baile se halla en una vieja fábrica de muebles en el pueblo situado junto al nuestro. Es un edificio de ladrillo de tres plantas ubicado frente a las vías del tren. Ha sido reformado y las vigas y los tubos están al descubierto, como le gusta a la gente últimamente. Los suelos son de madera oscura y los espacios de oficina tienen paredes de cristal. En la planta superior del edificio hay apartamentos *lofts*, y abajo hay un estudio de fotografía, un decorador de interiores, abogados, dentistas y más. Y un estudio de baile, claro. No puedo evitar preguntarme cuánto costará alquilar un lugar así, aunque también me pregunto cuántos coches pasarán por delante. El edificio se encuentra apartado; sin una base de clientes fijos, no habría manera de encontrarlo.

Durante todo el trayecto hasta aquí, veinticinco kilómetros y casi treinta minutos, he ido mirando por el espejo retrovisor por si veía a Theo en su BMW. Casi todos los coches negros que he visto me han dado un susto de muerte, convencido de que era Theo, que venía a desquitarse, como si no se hubiera desquitado ya bastante. No soy yo el único que tiene miedo. En el asiento de atrás, Maisie va con los ojos pegados al cristal, sin decir nada, cuando ella nunca está callada. Me aprieta la mano con fuerza cuando entramos y mira por encima del hombro. Yo noto que se me empieza a hinchar el ojo por el puñetazo.

Dentro del edificio, en la zona común, hay carteles colgados —*No se pueden llevar zapatos de baile en la entrada*—, y aun así veo un grupo de chicas que recorre el pasillo riéndose con sus zapatos. Mientras recorremos el recibidor, Maisie empieza a emocionarse y se olvida de Theo.

Las demás madres me miran de arriba abajo cuando entro antes de sonreír. Saludan a Maisie mientras yo la ayudo a ponerse sus zapatillas de *ballet*. Después desaparece con sus amigas por una puerta. Yo me quedo fuera y, a través de un panel de cristal, veo como la profesora, una atractiva joven de no más de veintidós años, guía a las diez niñas y un niño para que realicen las posiciones de *ballet*. Las mujeres charlan mientras esperamos, me preguntan cómo se encuentra Clara, si el bebé ha nacido o no. Yo les enseño fotos en mi teléfono y ellas se lo pasan unas a otras mientras admiran a mi hijo.

—Se parece a ti —dice una de ellas, y otra comenta que es monísimo.

Mientras contemplo la clase de *ballet*, noto que la semana empieza a pasarme factura. Estoy cansado y aun así no tengo razones para quejarme. Clara es la que se ha pasado las noches dando de mamar mientras yo intentaba hacerle compañía, sin conseguirlo. Pero aun así estoy cansado. Encuentro dos monedas de veinticinco centavos en el bolsillo de los vaqueros y me acerco a una máquina de refrescos en la que compro un Mountain Dew. No soy muy dado a los refrescos, porque sé perfectamente el perjuicio que supone tanta azúcar para los dientes, pero ahora mismo necesito un chute de cafeína. Veo como la botella de plástico cae por el agujero, le quito el tapón y me bebo la mitad de un solo trago. Después meto el tapón en el bolsillo, junto al soldadito que Gus se dejó olvidado el otro día. También llevo ahí un par de pastillas de Halcion que pienso tirar en cuanto llegue a casa. Eso es algo que ya no quiero ni necesito.

Me pregunto cuándo sabré si Gus es mi hijo.

Estoy nervioso sabiendo que si lo es tendré que confesárselo a Clara. Tendré que sincerarme. No he hecho nada malo, hace doce años ni siquiera conocía a Clara, y aun así ese muchacho cambiará el futuro de nuestro matrimonio. Siempre habrá algo que nos recuerde que, antes de Clara, estuve con otra mujer. Clara no fue la única.

Durante los últimos cinco minutos de la clase se nos permite entrar en el aula para ver actuar a las niñas. Las madres y yo nos colocamos en fila contra una pared de espejo mientras nuestras hijas comienzan a girar sin mucha elegancia al ritmo de una banda sonora de Disney. Yo no puedo apartar la mirada de Maisie, de su manera patosa pero adorable de levantar los brazos por encima de la cabeza, de sus rodillas enclenques, que le tiemblan cada vez que se dobla para hacer un *plié*; al ver su rodillera rasgada, me acuerdo de Theo, aunque intento borrar su cara de mi mente y centrarme en Maisie y solo en Maisie. Ella me sonríe, se siente como una princesa, como si todas las miradas estuvieran puestas en ella y no en las demás niñas. Es fascinante; me quedo hipnotizado viendo a mi hija mientras ella se mira en el espejo que tengo detrás. Saluda y la pequeña figurita del espejo le devuelve el saludo. Las demás madres se dan cuenta y sonríen. Saco el teléfono del bolsillo y grabo un vídeo pensando en enseñárselo a Clara cuando llegue a casa, y entonces doy gracias a Felix por alterarse esta tarde, sabiendo que, de no haber sido por él y por su apetito insaciable, me habría perdido este momento de mi vida. Ver a Maisie bailar.

De vuelta en el vestíbulo, le digo a Maisie que se siente para ayudarla con las zapatillas.

—La señorita Becca dice que vamos a hacer un recital —me cuenta mientras le quito las zapatillas de *ballet* y le pongo las sandalias rosas—. Dice que podremos bailar en un escenario grande y llevar un vestido bonito.

—¿Ah, sí? —le digo.

—Sí —responde.

Le pregunto cuándo será, pero ella se encoge de hombros. Dice que espera poder ponerse un vestido rosa. Rosa o morado, o azul brillante. Con lentejuelas y un tutú muy suave.

Me ruje el estómago y a Maisie también, y me doy cuenta entonces de que son casi las cinco. Habrá mucho tráfico de vuelta a casa.

—Tengo hambre, papi —me dice Maisie.

—Yo también —respondo.

Llamo a Clara para preguntarle antes de salir. Responde al segundo tono.

—Hola —le digo.

—Hola —responde, aunque habla en voz baja y resulta difícil oírla. De inmediato imagino que Felix estará durmiendo.

—¿Qué tal va todo? —le pregunto, y me los imagino en el sofá de casa, viendo la tele. Felix en brazos o en el suelo, quizá tumbado sobre su mantita.

—Bien —me dice, y noto el cansancio en su voz, tan tangible como si pudiera cerrar los ojos ahora mismo y quedarse dormida.

—¿Felix está durmiendo?

—Sí —responde Clara, y hago los cálculos y deduzco que si Felix está dormido ahora, se pasará la noche despierto y, por tanto, Clara también.

—Quizá deberías despertarlo —le sugiero mientras las demás bailarinas de *ballet* se despiden de Maisie y atraviesan la puerta de cristal. Hay mucho ruido en la sala, muchas madres que intentan ponerles los zapatos a sus hijas, aunque ninguna quiere irse.

—¿Y cómo lo hago? —me pregunta Clara.

Se la oye enfadada y aun así sé que no es esa su intención. No me lo tomo como algo personal. Clara está cansada. En los últimos cuatro días apenas ha dormido, y todavía está recuperándose del dolor del parto. No tengo la menor idea de lo que debe de ser eso.

—No lo sé —le digo mientras intento ponerle a Maisie la otra sandalia—. Vamos al baño antes de irnos —le susurro a mi hija.

—Pero, papi —se lamenta ella, como me imaginaba. Maisie nunca quiere ir al cuarto de baño, hasta que no es absolutamente necesario o ya se lo ha hecho encima—, no tengo que ir al baño.

—Tienes que intentarlo —le digo, la ayudo a ponerse en pie y veo como desaparece tras la puerta de los lavabos—. ¿Pillo algo de cena? —le pregunto a Clara y, de nuevo, me ruge el estómago. Podría preparar algo en casa, hamburguesas a la parrilla otra vez, pero, con el tráfico, creo que no llegaré hasta por lo menos las seis, y por tanto no cenaremos hasta casi las siete. Al otro lado del teléfono no hay respuesta y me imagino a Clara en el sofá con Felix en brazos, medio dormida—. Clara —le digo, y tomo la decisión por ella—. Pillaré algo para la cena. Maisie y yo llegaremos pronto. Entonces podrás descansar —le digo cuando Maisie regresa del baño y le doy la mano para marcharnos. Esta noche, en cuanto llegue a casa, le diré a Clara que me entregue a Felix para que ella se tumbe un rato y duerma un poco. No podrá mantener este ritmo mucho tiempo más si no descansa—. ¿Comida china o mexicana? —le pregunto mientras Maisie y yo salimos de la mano y atravesamos el vestíbulo de la vieja fábrica de muebles.

Clara me dice que china.

CLARA

—Me preguntaba dónde habría dejado eso —dice una voz con un tono frío. Izzy, cuyo colgante yace en la palma de mi mano; cuando me doy la vuelta y la veo detrás de mí, en la puerta que separa el garaje del interior de la casa de mis padres. La temperatura en el garaje comienza a subir cuando noto que, bajo la ropa, empiezo a sudar.

Me doy cuenta poco a poco, mientras contemplo la palabra *Izzy* escrita sobre mi mano con letras plateadas. El colgante de Izzy se desenganchó de la cadena. Ella lleva la cadena, ahora la acaricia con el pulgar, aunque es solo una cadena, una cadena de plata sin colgante, ya que el aro que sujeta ambas piezas ha desaparecido.

—He estado buscándolo por todas partes —me dice—. Muchas gracias por encontrarlo, Clara. —Extiende la mano esperando recuperar el colgante, pensando que me voy a acercar sin más y se lo voy a devolver—. Me lo regaló mi madre, ¿sabes? —me dice, aunque, claro, eso es algo que no sé—. Cuando era pequeña. No soportaba la idea de perderlo —añade, y lo veo todo con asombrosa claridad. Fue Izzy desde el principio. Izzy la que mató a Nick. No fue mi madre. No fue Theo Hart. Fue Izzy.

—Fuiste tú —le digo apretando el colgante con fuerza en la mano, sintiendo como la plata se me clava en la piel y me hace sangre. Espero una excusa absurda, pero no se produce. No culpa a mi madre o a mi padre del hecho de que su colgante esté dentro del coche. No levanta las manos y dice «Yo no fui». He encontrado la prueba que demuestra que Izzy estuvo en el lugar del accidente y ahora le corresponde a ella negarlo. Espero en vano, pero la refutación no se produce.

—¿De qué estás hablando? —me pregunta mientras entra en el garaje y cierra tras ella de un portazo, con tanta fuerza que yo me estremezco por el ruido; el impacto hace que las herramientas que cuelgan de la pared vibren: un destornillador, un martillo, remachadoras y llaves Allen.

—Supe desde el principio que no fue un accidente —le digo con brusquedad, sin dejar de mirarla en todo momento. No sé de lo que es capaz—. No sabía quién, pero ahora lo sé. ¿Por qué? —imploro subiendo el tono de voz, furiosa y agresiva—. ¿Qué te había hecho a ti Nick? —No le encuentro sentido. ¿Por qué Izzy, de entre todas las personas, querría matar a Nick? Él siempre era amable con ella. Le prestaba más atención que el resto de nosotros. El sudor comienza a acumularse bajo mis brazos, la camisa se me pega al cuerpo y hace que me resulte difícil moverme. Me la despego de la piel, tratando de encontrar oxígeno en ese aire asfixiante. No me imagino por qué Izzy iba a tener algún tipo de acritud hacia Nick. No podía tratarse de dinero porque no hay dinero. Nick y yo no tenemos dinero; estamos al borde de la bancarrota. Aunque tal vez fue la impresión de tener dinero: la clínica privada de Nick y nuestra enorme casa. Quizá esa sea la razón por la que Izzy decidiera acabar con su vida. Mi mente se dispara entonces en varias direcciones: un gesto romántico no correspondido, un soborno, un rescate, promesas no correspondidas de entregarle nuestro primer hijo y más.

Pero nada de eso tiene sentido. Resulta ridículo; no podría haber una razón lógica por la que Izzy quisiera matar a Nick.

—¿Por qué mataste a Nick? —le pregunto—. ¿Por qué, Izzy, por qué? ¿Qué te había hecho él? —La expresión de su rostro varía y, de pronto, parece confusa. Es una buena actriz, eso se lo reconozco, pero también una asesina—. ¿Cómo lo hiciste? ¿Lo seguiste hasta la clase de *ballet*? ¿Lo seguiste a casa? Eso es asesinato con premeditación —le digo llorando, aunque no quiero llorar, pero las lágrimas resbalan por mis mejillas mientras hablo, imaginando una discusión entre Nick e Izzy, una pelea frente al estudio de baile por razones que desconozco. ¿Lo veía Maisie? ¿Veía cómo Nick e Izzy se peleaban? O tal vez fue algo que sucedió durante la clase y, por eso, Maisie no pudo verlo. Pienso en nuestra última conversación, la última que mantuvimos Nick y yo por teléfono, hablando sobre la cena. Una conversación común y corriente, como cualquier otra de las miles de conversaciones que habíamos tenido. Él no sabía que iba a morir. Lo que fuera que sucedió entre Izzy y él aquel día todavía no había tenido lugar. Sucedió más tarde, me digo a mí misma, cuando se fueron de clase. Nunca hubo un hombre malo. Fue una mujer mala. Izzy era la mujer mala, pero, debido al sol que le daba en los ojos, Maisie no lo vio bien.

—¿De qué estás hablando, Clara? —pregunta Izzy—. Yo no maté a Nick —asegura—. Nick mató a Nick. Todos lo sabemos.

—No, Izzy —respondo—. Tú mataste a Nick. Tú. Con este coche —le digo mientras apunto con la mano hacia el Chevrolet de mi madre—. Tengo pruebas. —Le digo que Betty Mauer vio un Chevrolet negro abandonar el lugar del accidente y que su colgante plateado la sitúa dentro del coche. Es el arma del crimen.

—Oh, Clara —me dice ella con una combinación extraña de pena e indignación—. Estás tan loca como tu madre —afirma, y me siento ofendida, no por mí, sino por mi madre. Esta es la mujer que se supone que quiere a mi madre, que cuida de ella mejor que mi padre y que yo—. Todo el mundo sabe que Nick era un mal conductor. Él se mató —insiste, pero, claro, se equivoca. No puedo permitir que me distraiga, mientras me recuerda que Nick y Maisie estaban solos en el momento del accidente, que fue la conducción temeraria de Nick la que le hizo salirse de la carretera y estrellarse contra el árbol, como me ha dicho ya el detective Kaufman tantas veces que he perdido la cuenta. Nick es el único culpable—. Te estás dejando llevar por tu imaginación, Clara —me dice—. Estás en la fase de negación. Tienes que aceptar los hechos, Clara, y no permitir que las fantasías te dominen. Nick murió por su culpa.

Pero yo me digo a mí misma que no. Fue Izzy. Ella mató a Nick. Resulta más que evidente. Claro que lo hizo. La he relacionado con el arma del crimen. Tiene que ser ella.

—No, Izzy —insisto—. Fuiste tú. Tú. —Y entonces la interrogo, exijo saber por qué estaba en el coche de mi madre si lo que dice es cierto, y por qué su colgante estaba bajo el asiento—. ¿Por qué? —grito, estoy empezando a perder el control. Alcanzo un bate de béisbol que hay apoyado en la pared del garaje y me planteo amenazarla con él hasta que confiese, tratando de intimidarla o derribarla, como un grupo de carboneros de cabeza negra acorralando a un halcón.

Pero entonces pienso en los niños, en Maisie y Felix, atrapados dentro del coche. ¿Cuánto tiempo llevan ahí? ¿Diez minutos? ¿Treinta? ¿Una hora? No pensaba tardar tanto. ¿Cuánto tardan los niños en morir en los coches? Me aseguré de dejar las ventanillas un poco bajadas, pero los veinticinco o treinta grados de fuera no son mucho mejores que la temperatura del interior del coche. He perdido la noción del tiempo y ahora me los imagino sudando, deshidratados, convulsionando, sin apenas poder respirar mientras su temperatura corporal asciende a cuarenta grados. Y me entra el pánico al pensar en la horrible muerte que sigue a un golpe de calor.

Izzy no responde a mis preguntas y, en vez de eso, me grita:

—¡Eres idiota, Clara! ¡Una jodida idiota! —Empieza a perder la compostura—. No sabes nada —insiste.

—Entonces cuéntamelo —insisto, y doy un paso hacia ella con el bate en la mano. No era mi intención hacerlo, pero de pronto el bate se alza en mis manos con intención de golpear. Ella se encoge, pero me detengo con el bate en alto. Amenazante—. Cuéntamelo —repito, pero ella se queda callada—. ¿Lo ves? Eres una mentirosa. Estabas en el coche porque mataste a Nick.

300

—No podrías estar más equivocada —responde, y veo entonces en su rostro esa expresión santurrona que tanto detesto. Una mueca arrogante que quiero borrarle de la cara—. No te atreverías a golpearme —me desafía, así que lo hago. La golpeo suavemente con el bate, apenas la rozo, pero a juzgar por su cara se pensaría que le he dado con todas mis fuerzas. Se le hincha el lugar del impacto, en el brazo nada más, se lleva la mano ahí y dice—: Me has pegado. Me has pegado, Clara.

Y yo asiento, porque soy muy consciente de lo que acabo de hacer. Y así, sin más, se le borra esa expresión de suficiencia.

—Así es —le digo—, y volveré a hacerlo —añado mientras levanto de nuevo el bate. Ella se encoge esta vez antes incluso de que yo tenga ocasión de pensar en golpearla, y me dice que pare. Me dice que gritará, que llamará a la policía—. ¿Vas a llamar a la policía y a delatarte a ti misma? —le pregunto riéndome, aunque no es divertido. Esto no tiene nada de divertido y, sin embargo, estoy riéndome—. Por favor, hazlo —le pido, vuelvo a bajar el bate y, esta vez, la golpeo en la cadera. Se oye un ruido con el impacto. El ruido hueco de la madera al chocar. E Izzy grita de dolor.

Le he dado en el hueso.

—¿Qué estás haciendo? —grita con desesperación, y está a punto de caerse por la fuerza del impacto. Extiende el brazo a ciegas, buscando algo a lo que aferrarse, algo con lo que mantenerse en pie, pero no encuentra nada, solo aire—. Vete, Clara. Vete —me dice, y la voz se le quiebra en la última sílaba. Si no la conociera, pensaría que va a echarse a llorar.

Es una buena actriz, de eso no cabe duda.

Dejo de reírme.

—¿Qué hacías en el coche, Izzy? —pregunto una última vez.

—¡El mío no arrancaba! —me grita entonces con voz temblorosa y sin un ápice de condescendencia—. No lograba que arrancara y Louisa tenía una cita con el médico. Tu padre no estaba en casa, Clara, porque estaba contigo. Contigo. Yo tenía que llevar a Louisa al médico. Nos llevamos su coche —asegura, aunque yo reconozco a un mentiroso cuando lo veo, e Izzy es una mentirosa. Se le hinchan las fosas nasales, se muerde el labio, se lleva la mano a la cadera, no puede mantenerse erguida, está encorvada hacia un lado y de pronto es incapaz de mirarme a los ojos.

—¡Estás mintiendo! —le grito—. Eres una maldita mentirosa. Dime la verdad —exijo—. Dime qué hacías en el coche. Dime por qué mataste a Nick —le ordeno mientras me pongo el bate de béisbol sobre el hombro, como si fuera una bateadora profesional esperando para realizar el bateo perfecto. Y ahí viene, la bola que me lanza el *pitcher*, y yo golpeo e impacto a Izzy en el muslo. Ella emite un sonido salvaje, algo primario. Inhumano. Como un animal moribundo.

—¿Quieres saber qué hacía en el coche? —pregunta mientras lloriquea sujetándose la pierna—. Buscaba el número de identificación del vehículo. Y las tarjetas del seguro. Antes de deshacerme del coche. Eso hacía en el coche, Clara —me explica. Y esta vez sé que no está mintiendo.

—¿Para ocultar las pruebas? —le pregunto, porque ahora entiendo que Izzy planeaba deshacerse del coche de mi madre; quemarlo tal vez, o hundirlo en el fondo de un estanque en alguna parte, para que nunca pudieran relacionarla con el asesinato de Nick.

Pero Izzy se ríe de mí con una risa nerviosa.

—¿Qué pruebas? —me pregunta sin apartar la mirada de la punta del bate de béisbol—. ¿Este coche? ¿Este viejo coche? Iba a hacerles un favor a tus padres al deshacerme de él, algo que tu padre debería haber hecho hace mucho tiempo. Este coche no es prueba de nada.

—Es el coche que mató a Nick —afirmo. Me dan ganas de sacarme la grava y la hoja del bolsillo y mostrárselas como prueba de que ese es el coche que mató a Nick—. La prueba que te sitúa en el lugar del crimen.

—Oh, Clara. Pobre Clara. No hay ningún lugar del crimen, ¿no te das cuenta? ¿No lo entiendes? —Me mira con una mezcla de compasión, odio e incredulidad.

—No, Izzy, no —respondo—. No lo entiendo. Así que explícamelo —le exijo—. Dímelo, Izzy. Hazme entenderlo. —Agarro el bate con tanta fuerza que los nudillos se me ponen blancos.

Al principio no me lo dice. Se queda de pie frente a mí, pensando, mirando. Creo que no va a decírmelo. No va a confesar.

Agito el bate ligeramente, preguntándome dónde voy a darle esta vez: la cabeza o el pecho. ¿Qué le dolerá más? ¿Qué hará que confiese?

—Para cobrar el seguro, Clara —me dice encogiéndose al ver el leve movimiento del bate—. Para poder cobrar el dinero. Es el valor en efectivo en el momento de la desaparición del coche. Casi tres mil dólares, imagino, lo cual no es mucho, pero ya es algo. Es más de lo que me pagan en la agencia por un mes de trabajo. Cocinar para tus padres, recoger todo lo que ensucia Louisa, limpiarle el culo, y todo mientras me llama idiota. ¿No crees que me lo merezco? —pregunta, aunque yo no le encuentro el sentido. No sé qué tiene que ver el seguro con la muerte de Nick. ¿Él sabía que Izzy planeaba denunciar el robo del coche para quitarles el dinero a mis padres? ¿Se enfrentó a ella y por eso lo sacó de la carretera?

—Pero tú estabas en el coche —insisto—. Tú conducías el coche que mató a Nick.

—No —me dice—. No. Yo estaba en el coche recopilando la información que necesitaba para llamar a la policía y denunciar el robo del coche. Nada más, Clara. Eso es todo. Ni siquiera metí la llave en el contacto.

—Pero el coche no ha sido robado —digo confusa mientras el calor comienza a afectarme, a cansarme—. El coche está aquí —insisto, y lo señalo con el dedo como si Izzy no pudiera verlo, el Chevrolet negro que acabó con la vida de Nick.

Ella se ríe. Es la risa de una narcisista, una risa aguda que me pone el vello de punta. Me acerco a ella de nuevo, consumida por el súbito deseo de darle con fuerza. Esta vez no solo como advertencia o amenaza, sino para callarle la boca. Para que deje de reírse.

—No ha sido robado todavía, Clara —me corrige—. Todavía. Nick tuvo que meterse en mi plan.

—¿Nick lo sabía? ¿Sabía que planeabas robar el coche? —insisto, y voy encajando las piezas. Sí, eso es. Tenía razón desde el principio. Nick sabía que Izzy planeaba robar el coche, se enfrentó a ella y, por esa razón, ahora está muerto.

—Oh, Clara. Mi dulce Clara —me dice en tono trivial, como si fuera una lunática. Y así es como me siento ahora mismo, como una lunática, como si todas las respuestas se me escaparan, flotaran a mi alrededor como partículas de polvo en la atmósfera. Como si Izzy estuviera hablando en japonés y yo tuviera que buscar todas las palabras que dice, una por una, para traducirlas, para encontrar sentido a lo que dice, pero, para cuando encuentro el significado de sus palabras, ya han cambiado de dirección—. Nick se metió en mi plan porque murió. Porque se mató. Lo último que me convenía era llamar más la atención sobre tus padres con un coche desaparecido. Estaba esperando a que pasara todo este alboroto.

—¿Alboroto? ¿Te refieres a nuestro dolor por la muerte de Nick? —le pregunto, y me dice que sí. La muerte de Nick es un alboroto, un término concreto que la reduce a nada. A una molestia. Un contratiempo—. ¿Y, cuando pasara todo este alboroto, pensabas deshacerte del coche? ¿Y luego dirías que había sido robado para cobrar el dinero del seguro?

Ella asiente y aplaude. Lo he adivinado. Pero la verdad es que no lo he hecho. Al menos de momento. Todavía no entiendo por qué Izzy ha matado a Nick.

¿O me estoy equivocando?

¿Acaso no fue Izzy?

Vuelvo a pensar en mi madre, en Theo Hart, en Emily. Quizá no fuese Izzy después de todo.

—Me parecía la manera más rápida y fácil de ganar algo de dinero —admite.

—Pero el dinero habría ido a parar a mi padre —le digo—. El cheque se lo habrían extendido a él —razono, sabiendo con certeza que, cuando la compañía aseguradora pagara por un coche falsamente robado, sería mi padre quien recibiría los tres mil dólares. No Izzy. ¿Qué podía ganar ella al deshacerse del Chevrolet negro?

—Eres muy ingenua, Clara. Mucho. Tú y también tu padre —me dice, y siento que empieza a hervirme la sangre en las venas porque Izzy puede decir lo que quiera de mí, pero no permitiré que hable mal de mi padre. Mi padre es muchas cosas, pero no ingenuo—. Como siempre, endosaría el cheque y lo dejaría por ahí tirado, esperando a depositarlo. Y, cuando desapareciera, como sin duda haría, culparíamos a tu madre. La pobre Louisa, que no para de perder cosas. Entretanto yo estaría en el banco cobrando el puñetero dinero.

Es una revelación que me va iluminando poco a poco, como el sol al amanecer, un rayo tras otro.

Esto no tiene nada que ver con Nick.

Y entonces lo entiendo.

Fue Izzy la que lo hizo todo. Izzy robó el cheque, ella era la que sacaba periódicamente dinero de la cuenta de mi padre, la que solicitó la tarjeta de crédito a nombre de mi madre. Ella se compró una joya, una pulsera de jade auténtico, que veo ahora puesta en su muñeca, a pocos centímetros del anillo de boda de mi abuela, que también robó. Ha estado robándoles a mis padres todo este tiempo. Mi madre no estaba perdiendo cosas. Izzy se las estaba quitando.

—¿Y esa pulsera? —le pregunto para estar segura—. ¿De dónde has sacado esa pulsera? —Aunque de nuevo vuelvo a estar confusa, porque no sé qué tiene que ver la pulsera de jade con el tique del collar que encontré en la cómoda de Nick. Ambos hacían lo mismo, ¿verdad? Nick utilizó la tarjeta de crédito de mis padres para comprar el collar, llevándose cientos de dólares del dinero que a mi padre tanto le había costado ganar. Para comprarle un collar a Kat, seguramente. Porque se acostaba con ella. Porque amaba a Kat más que a mí.

Izzy se toca la pulsera.

—Me la regaló tu padre —me dice guiñándome un ojo, y vuelvo a apretar el bate de béisbol con fuerza, como una boa constrictor que asfixia a su presa. Me siento mareada por el calor que hace en el garaje. Estoy perdiendo el control y vuelvo a preguntarme qué tienen que ver los robos de Izzy con la muerte de Nick. ¿Estarán relacionados de algún modo? ¿Nick lo sabía?

¿O son solo hechos inconexos y es mi imaginación la que los ha unido?

Pero, si no fue Izzy, ¿quién fue?

«¿Quién?», me dan ganas de gritar, o quizá grito de verdad, porque Izzy se queda mirándome con los ojos muy abiertos, escuchando mi grito silencioso. «¿Quién, quién, quién?».

—Tú —le digo señalándola con el dedo, pensando en lo mucho que me preocupaba la economía de mis padres y la cabeza de mi padre—. Tú.

Entonces levanto el bate para golpearla en el pecho, o tal vez en la cabeza, pero ella me empuja, con la cara muy roja, que contrasta con su pelo decolorado. Me tambaleo, me estrello contra las herramientas colgadas en la pared del garaje y siento un golpe en el hombro, que se me pone rojo de inmediato. Me quedo mirando a Izzy con asombro; esta no puede ser la misma mujer que sigue a mi madre y predice todos sus movimientos. La que la cuida y se encarga de sus necesidades.

—¿Por qué me cuentas esto? ¿Por qué confiesas? —le pregunto, aunque claro que sé por qué ha confesado. Ha confesado porque no le ha quedado otro remedio. Porque he amenazado con darle una paliza si no lo hacía, y ahora lo haré de todos modos, con o sin confesión.

—Porque robar, Clara, no es lo mismo que matar. Puede que sea una ladrona, pero no soy una asesina. Yo no maté a Nick —me dice a la defensiva y, por una vez, no sé si miente o no—. Tienes que creerme —me suplica con desesperación, y me doy cuenta de que en ese momento no sé qué creer, porque todo sucede muy deprisa y estoy confusa. Primero estaba convencida de que la culpable era Melinda, después mi madre, después Theo y Emily, y ahora Izzy.

Si Izzy no mató a Nick, entonces ¿quién?

—¿Por qué iba a creerte? —le pregunto.

—Tú misma lo has dicho, Clara —me dice confundiéndome—. Yo no tenía razón para matar a Nick. Él siempre fue amable conmigo. Me entristece su muerte tanto como a ti —asegura, y veo las lágrimas falsas en sus ojos cuando empieza a llorar. Me exaspera ese llanto fingido a costa de mi difunto marido. Me hace perder el control. Qué banal pensar que a ella le entristece la muerte de Nick tanto como a mí. Era mi marido. Era a mí a quien quería.

Y entonces pierdo los nervios.

Me preparo para golpearla. Me siento desequilibrada, me cuesta mantenerme de pie, me cuesta pensar, así que levanto el bate por encima de la cabeza. Hace semanas que no duermo y el delirio, la confusión y la tristeza van desgastándome poco a poco, como un ebanista con un cincel, convirtiéndome en un esqueleto de mí misma. Arremeto contra Izzy con todas mis fuerzas y me encojo como si me doliera más a mí que a ella.

Me invade una súbita irascibilidad y entonces me doy cuenta: es justo lo mismo que ella le hizo a Nick, aunque en el fondo de mi alma sé que eso no tiene por qué ser cierto, pero necesito que alguien cargue con la culpa por la muerte de Nick. Es un medio para llegar a un fin, nada más. Quiero matar a Izzy porque necesito culpar a alguien para que todo esto termine. Necesito pasar página. Aceptarlo.

En defensa propia, alegaré más tarde, aunque no pienso en eso ahora mismo.

Ahora mismo solo pienso que necesito que esto termine.

NICK

ANTES

Primero compramos la comida china y después nos vamos a casa. Como era de esperar, el tráfico es una pesadilla, con conductores desquiciados que quieren llegar a casa. Aceleran con rapidez y después frenan, sin ir a ninguna parte. El sol brilla con fuerza esta tarde, todavía hace calor. El termómetro del salpicadero de mi coche marca veintiocho grados. A medida que el sol va poniéndose en el horizonte, su luz aterriza en ese hueco que hay justo debajo del borde de la visera, de modo que no hay nada para amortiguar el brillo. Me desorienta mientras conduzco, porque me he olvidado las gafas de sol en casa, así que me resulta difícil ver. Utilizo los neumáticos traseros del coche que tengo delante como guía. No puedo ver nada por encima, ni las casas ni los árboles, porque allí está el sol, que convierte el mundo en un mar de fuego.

Tomo carreteras secundarias para evitar el embotellamiento de la autopista y atravieso Douglas hacia Wolf Road. El coche huele a jengibre y salsa de soja, y a mí me ruge el estómago por el hambre. Maisie va sentada en su sillita, golpeando con los pies el respaldo del asiento del copiloto.

—¿Cuándo llegaremos a casa, papi? —me pregunta y le digo que pronto—. Quiero llegar ya —se queja, y vuelvo a decirle, mirando por encima del hombro, que llegaremos enseguida. Veo la tristeza y la desesperación en sus ojos—. Tengo hambre —me dice, y yo me llevo la mano al estómago y le digo que también tengo hambre.

—Me muero de hambre —le digo—. Tengo tanta hambre que podría comerme un caballo.

Maisie se ríe con esa risa aguda y me responde:

—Yo tengo tanta hambre que podría comerme una oveja.

Ambos nos reímos.

—Yo podría comerme un cerdo —le digo.

—Yo podría comerme una vaca.

En ese momento los neumáticos del coche de delante se detienen en seco, yo freno y el coche levanta piedrecitas al dar un volantazo; me faltan pocos centímetros para comerme el quitamiedos. Maldigo para mis adentros el atasco de la hora punta, ese frenar y avanzar sin razón aparente. Se oyen cláxones y, lentamente, empezamos a avanzar.

Entonces comienza a sonar mi móvil. Lo primero que pienso es que será Clara, que llama para pedirme que compre leche de camino a casa; leche además de la comida china. Pero, al ver el nombre de Kat en la pantalla del Bluetooth, el corazón me da un vuelco.

Es Kat, que llama por fin para decirme si Gus es hijo mío.

Sin más, empiezan a sudarme las manos y ya no pienso en el tráfico.

—¿Dónde están tus libros? —le pregunto a Maisie antes de responder a la llamada.

—Justo aquí, papi —responde señalando la cesta de libros que tiene al lado. Clara siempre lleva libros en el coche para que Maisie lea, algo que la mantenga ocupada para que ella pueda conducir. A veces las preguntas interminables de Maisie suponen una distracción.

—¿Quieres leer uno de tus libros? —le pregunto.

—Vale, papi —responde.

Albergo la esperanza de que, si se concentra en las páginas de sus libros de dibujos, no prestará atención a la conversación que está a punto de tener lugar entre Kat y yo, con palabras como «Gus», «padre» y «paternidad». Maisie mete las manitas en la cesta y saca un libro de cartón de color rojo y verde que tiene desde que tenía la edad de Felix. *Goodnight Moon*. Empieza a leer.

—Kat —digo cuando respondo, al cuarto tono. Desactivo el Bluetooth para poder hablar con ella a través del teléfono, de manera que Maisie no pueda oír la mitad de la conversación—. Ya tienes los resultados —murmuro. Me falta el aire y me noto el corazón acelerado.

Este es el momento de la verdad.

—Tengo los resultados —confirma Kat, pero Maisie está gimoteando otra vez desde el asiento de atrás, asegurando que tiene mucha hambre, que se muere de hambre, que podría comerse un perro, un gato y un búho. Está intentando distraerme, empezar un juego al que yo ya he puesto punto final. Normalmente cedería, pero ahora mismo no. Ahora mismo tengo que hablar con Kat, descubrir si Gus es mi hijo, así que me llevo un dedo a los labios para hacer que se calle.

—Papá tiene una llamada de trabajo —le digo susurrando, con la esperanza de que eso signifique algo para ella, aunque no sea una llamada de trabajo. Pero no. Maisie sigue insistiendo, llevándose la mano a la tripa como si llevara días sin comer. Renuncio a intentar callarla, así que busco las galletas de la fortuna en la bolsa de comida china y saco tres en la mano. Un soborno. Extiendo el brazo hacia atrás y las dejo caer en su regazo. Ella sonríe con picardía, porque se ha salido con la suya—. ¿Qué pasa, Kat? —pregunto al teléfono—. ¿Qué dicen?

Kat se queda callada unos segundos.

—Los resultados —dice al fin, resulta difícil oírla. Me salto una señal de stop. Creo que está llorando.

—¿Qué pasa, Kat? —pregunto de nuevo, pero, antes de que pueda responderme, vuelvo a oír la voz de Maisie, así que le digo a Kat que espere. Maisie está disgustada de nuevo, pero esta vez no tiene nada que ver con el hambre.

—¿Quién es ese? —pregunta nerviosa cuando otro coche atraviesa la mediana por detrás de nosotros, demasiado pegado a mi coche, y toca el claxon para intentar adelantarme. Menudo idiota. Va a hacer que nos matemos todos. En este tramo no se puede adelantar, incluso con la luz cegadora del sol puedo ver con claridad la línea continua en mitad de la carretera. No es que yo vaya despacio, pero aun así capto la indirecta y acelero por Harvey Road para que ese idiota deje de pisarme los talones. Pero el coche vuelve a acercarse e intenta adelantarme por segunda vez, y en esta ocasión Maisie se asusta, se asusta de verdad y me grita—: ¡Es el hombre malo, papi! El hombre malo nos persigue. —Yo extiendo el brazo hacia atrás, le doy una palmadita en la rodilla y le digo que no pasa nada. Pero también me doy cuenta. Veo lo mismo que ella cuando me dice—: ¡Nos va a alcanzar, papi!

En ese momento un vehículo negro empieza a adelantarme, de modo que no me queda más remedio que dar un volantazo para que no me arrolle, y de nuevo vuelvo a pisar la grava del lateral. Maisie cree que es Theo, pero no es Theo. No es más que un coche negro. Algún conductor con prisa por llegar a casa, como todos. Levanto el pie del acelerador para dejarle pasar y veo como me adelanta a toda velocidad.

Pero, antes de poder decirle a Maisie que no se preocupe, Kat vuelve a hablar.

—Son negativos, Nick. Gus no es tu hijo —me dice, la oigo sollozar al otro lado de la línea y me quedo sin palabras. Gus no es hijo mío.

Me pregunto qué debería decirle a Kat. No era esto lo que me esperaba, un resultado negativo. Estaba convencido de que Gus era hijo mío.

Lo que siento es un inmenso alivio, como si me hubieran quitado un gran peso de encima. La sensación de que, por una vez en la vida, soy el hombre más afortunado del mundo. Han cambiado las tornas. Están pasándome cosas buenas.

No es mi hijo.

—¿Estás segura? —le pregunto; ella tarda unos segundos en recomponerse y me dice que está segura, pero después solloza y me dice que albergaba la esperanza de que fuera cierto. Necesitaba que fuera cierto—. Yo también —le digo para calmarla, aunque eso es lo último que necesitaba. Si fuera mío, habría asumido mi responsabilidad y hecho lo correcto. Se lo habría contado a Clara y habríamos dado la bienvenida a Gus en nuestras vidas. Pero, sin Gus, la vida es mucho menos complicada.

Piso el acelerador, de pronto necesito llegar a casa. Abrazar a Clara y saber por primera vez en mucho tiempo que todo va a salir bien.

Me digo a mí mismo que son buenas noticias, sonrío y en ese momento el coche patina hacia un lado de la carretera y vuelvo a pisar la grava, pero enderezo de inmediato y agarro el volante con ambas manos. Me obligo a concentrarme, a conducir en línea recta. Aminoro un poco.

Clara seguirá allí aunque llegue cinco o diez minutos más tarde.

Me la imagino con Felix en brazos, ambos medio dormidos, esperándonos a Maisie y a mí.

Intento no pensar en Kat y en Gus, aunque resulta casi imposible con Kat al otro lado de la línea, llorando.

—Todo saldrá bien —le digo—. Steve y tú estaréis bien.
—Aunque lo que estoy pensando es que voy a confesarle a Clara mis encuentros con Kat. Esta misma noche. Haré borrón y cuenta nueva y expulsaré a Kat de mi vida para siempre. Ya no habrá secretos entre Clara y yo. Es una de las reglas de un matrimonio feliz. Nada de secretos. Una promesa que le hice a Clara hace mucho tiempo y que pienso cumplir.

Lo único en que puedo pensar es en llegar a casa. En estar en casa. Con Clara, con Maisie y con Felix. Los amores de mi vida. Pienso en sentarme en el sofá con ellos, y con Harriet tumbada en el suelo a nuestros pies. Pienso en contárselo todo a Clara, hasta el último secreto que le he ocultado, hasta la última mentira. Y, aunque a ella no le hará gracia, lo entenderá. Porque Clara es así. Indulgente y comprensiva.

Y en ese momento apenas puedo contener la emoción, deseo más que nada en el mundo estar en brazos de Clara.

CLARA

Al final es Maisie quien me detiene. Mi Maisie, que está de pie en el garaje viendo como levanto el bate de béisbol por encima de mi cabeza por sexta o séptima vez, mientras Izzy permanece arrinconada contra la pared de madera, con las manos en la cabeza para protegerse de mis golpes. Hay sangre. Un hilillo que le sale de la nariz. Sangre roja y brillante, como los arándonos rojos, que gotea sobre el suelo de cemento.

—Mami —dice Maisie, y esa sencilla palabra suena como un puñetazo en la tripa. Mami.

En la mano lleva mi teléfono móvil.

—Mami —me susurra de nuevo extendiendo la mano, aunque nos mira alternativamente a Izzy y a mí; está asustada, veo que le tiembla el teléfono en la mano. Y me doy cuenta de que no le da miedo Izzy.

Le doy miedo yo.

Tiene los ojos muy abiertos, llenos de lágrimas. Lleva puesto un vestido de princesa porque es lo que insistió en ponerse hoy y a mí no me importaba lo suficiente como para negarme. Es un vestido precioso hecho de organza, un disfraz de Halloween que ella considera apropiado para cualquier día del año, con adornos brillantes cosidos al corpiño y zapatos de tacón alto con lucecitas. En la cabeza lleva una tiara. Es de color lila, con plumas y joyas de colores. La lleva torcida y amenaza con caérsele.

314

No es más que una niña. Una niña que está viendo como su madre le da una paliza a otra mujer mientras dicha mujer le ruega que pare.

—Boppy está al teléfono —me dice tratando de no llorar, y en ese momento pierdo el control de mi cuerpo. Se me doblan las piernas y el bate se me cae de las manos.

—Dile a Boppy que le llamaré luego —le digo mientras caigo al suelo como las flores que se marchitan con el sol de la tarde, e Izzy se aprovecha; Izzy, que cojea y sangra, pero que sigue viva. No tengo energía para detenerla mientras recorre la casa en busca de su bolso y sus llaves y se dirige hacia su coche. La veo subirse al vehículo, consigue arrancarlo y se aleja por la calle, mientras yo sigo con su colgante en la mano.

Izzy puede esperar.

—No pasa nada —le digo a Maisie, y estiro el dedo meñique como solo haría Nick—. Te prometo que no pasa nada —le aseguro. Ella entrelaza su meñique con el mío y sonríe, aunque todavía le tiembla la mano y yo tengo sangre en los dedos.

Entro tambaleándome en la comisaría de policía, con Felix en brazos, seguida de Maisie. Me saluda la misma recepcionista de uniforme y, en esta ocasión, no tengo que esperar quince minutos para hablar con el detective. Avisan al detective Kaufman sin perder un minuto y este aparece enseguida y se queda mirándonos a mis hijos y a mí.

—Señora Solberg —me dice, y no sé si es preocupación lo que veo en su rostro o tal vez incredulidad, aunque me da lo mismo. Abro la boca y me salen las palabras atropelladas.

—Fue ella. Ella mató a Nick —le digo.

—¿Quién, señora Solberg? —me pregunta él.

—Izzy —respondo.

—¿Quién es Izzy? —me pregunta él con cinismo, y tardo en responder porque no encuentro las palabras adecuadas—. Señora

Solberg, ¿quién es Izzy? —pregunta de nuevo, pero esta vez consigo decírselo.

—La cuidadora de mi madre. Izzy Chapman —le digo y, cuando comienzo a enumerar las credenciales de la mujer, me pregunto qué parte de todo eso será cierta, o si Izzy mintió al respecto para engañarnos. Mi padre y yo depositamos fácilmente nuestra confianza en ella porque estábamos tan desesperados por encontrar ayuda que habríamos creído cualquier cosa.

—¿Y qué razón tendría la señorita Chapman para matar a Nick? ¿Tenía algún motivo? —me pregunta dando un paso hacia delante.

—No lo sé —respondo, incapaz de bajar la voz por el bien de los niños—. No lo sé, pero lo mató. Sé que lo hizo.

Entonces el detective Kaufman me conduce a una sala de interrogatorios y sugiere que empecemos por el principio. Pero, antes de hacerlo, llama a otra detective, una mujer llamada Howell, para que venga a hacerse cargo de Maisie. La niña es demasiado pequeña para oír la conversación que está a punto de tener lugar y, aunque no quiere, lo mejor para ella es que se vaya.

—No quiero —se lamenta y me mira suplicante mientras la detective Howell extiende la mano.

—Creo haber visto galletas en la máquina expendedora —le dice a mi hija—. ¿Te gustan las virutas de chocolate? —Y entonces Maisie cede, aunque solo sea por las galletas. La detective Howell también le ha prometido buscar un libro para colorear, y me pregunto si, en otra sala de interrogatorios parecida a la mía, sentará a Maisie y le preguntará por lo que ha visto hoy, por el bate y la sangre, e Izzy suplicándome que parase.

Una vez que Maisie desaparece, y con Felix durmiendo en mis brazos, el detective Kaufman vuelve a pedirme que me explique, de modo que comienzo a contarle la historia del Chevrolet negro, lo del colgante de Izzy que he encontrado bajo el asiento del coche. Mis palabras parecen incoherentes. El detective se queda mirándome.

No parece muy impresionado por mi trabajo de campo y muestra más interés por el hecho de que Izzy robara a mis padres que por que cometiera un asesinato. Los hechos que anota en su libreta tienen que ver con el cheque robado, el fraude de la tarjeta de crédito, lo de la compañía aseguradora y cosas así, pero yo alzo la voz e insisto.

—Ella mató a mi marido. —Él me mira sin mucho interés, o quizá sea con pena y compasión, y me pregunta por la sangre que tengo en las manos. Yo abro la boca y cometo perjurio—. Defensa propia —alego, y aseguro que Izzy se me ha abalanzado con el bate de béisbol. Que yo solo intentaba protegerme de ella—. Mató a Nick —insisto—. No sabía de lo que era capaz. Tenía que protegerme. Tenía que proteger a mis hijos.

—¿La golpeó usted con el bate? —me pregunta.

—Claro que no —respondo.

—¿Cuándo comió por última vez, señora Solberg? —me pregunta evaluando mi piel seca, mis pómulos marcados y mis ojos cansados. Como por arte de magia, el peso extra del embarazo ha desaparecido de mi estómago y de mis caderas, y en vez de parecer una cerda barrigona, ahora estoy demacrada—. ¿Ha comido y dormido? Hay terapeutas para ayudar a sobrellevar el duelo —me dice, pero yo me enfado y le digo que no quiero un maldito terapeuta. Quiero encontrar a la persona que mató a Nick—. ¿Y dónde está la señorita Chapman? —me pregunta entonces, y le digo que se ha escapado—. ¿Y está bien, señora Solberg? ¿Le ha hecho daño?

Yo me encojo de hombros y digo:

—Nada de lo que no se vaya a recuperar. —Pero ni siquiera esto lo sé. Me pregunto ahora con cuánta fuerza le habré dado y pienso en la furia con la que agitaba el bate de béisbol. ¿Le he dado en la cabeza o ha sido solo en las manos? ¿Se habrá protegido con las manos de los golpes? ¿O tendrá daños internos, algo mucho más grave que una hemorragia nasal?

Miro el reloj. Son casi las cuatro y media.

—Podría estar en cualquier parte —le aseguro, aunque le ruego que envíe a un agente para vigilar la casa de mis padres en caso de que regrese. Él cede y dice que así lo hará. Enviará a alguien de inmediato—. Búsquela —insisto—. Arreste a Izzy.

Pero lo único que me asegura el detective Kaufman es que, si los agentes la encuentran, la llevarán a comisaría para interrogarla por las acusaciones de fraude y robo. Eso si mi padre decide presentar cargos.

—Y por asesinato —le recuerdo, aunque la expresión de su rostro dice otra cosa, y pienso que tal vez no sea asesinato después de todo, sino homicidio involuntario, conducción temeraria o cualquier otra denominación que desconozco. Me he equivocado en la terminología, nada más.

—Asesinato no —me dice él—. La señorita Chapman no mató a su marido, señora Solberg —insiste categóricamente. Me mira fijamente, con gesto inexpresivo. No sonríe. Ni siquiera parpadea.

—¿Sabe entonces quién fue? —le pregunto, deseando que me diga sin asomo de duda quién iba al volante del coche de mi madre cuando sacó a Nick de la carretera. Si no fue Izzy, entonces debió de ser mi madre. Tal vez mi primera intuición fuera correcta, cuando estaba esta mañana en el sofá con Maisie sentada en el regazo, viendo cómo se cargaban las fotos del Chevrolet negro en la pantalla del ordenador. Tal vez fue mi madre después de todo la que se puso al volante y empezó a conducir porque, al igual que montar a caballo, subir las escaleras o tocar el piano, la conducción es una de esas cosas que no requiere pensamiento consciente y, por lo tanto, es menos fácil de olvidar. Estaba intentando volver a casa. A la casa que ella todavía cree que es su hogar. No fue intencionado, más bien fue cuestión de estar en el lugar equivocado en el momento equivocado. Podría haber sacado de la carretera a cualquier otro conductor, a cualquier otro coche, y por casualidad fue Nick. Mala suerte.

Es eso, ya está. Mi madre ha matado a Nick. No fue Izzy. Fue mi madre desde el principio, aunque todas estas conjeturas bastan para volverme loca poco a poco. Estoy atrapada dentro de una atracción de feria donde todo está distorsionado. El suelo se mueve bajo mis pies, inclinándome hacia derecha e izquierda, hacia arriba y hacia abajo, y mi cuerpo amenaza con desplomarse por una trampilla y desaparecer en la oscuridad. Todo está borroso; no le encuentro sentido a lo que veo.

Necesito pasar página. Aceptar.

Necesito saber con total certeza quién mató a Nick.

—Hay algo que quiero enseñarle —me dice el detective; abandona la habitación y regresa poco después con un ordenador portátil que coloca ante mí sobre la mesa y en el que teclea una contraseña para activarlo—. Esto no resultará fácil de ver —me advierte.

—¿De qué se trata? —pregunto mientras se carga un vídeo y aparece una imagen en miniatura con mucho grano, donde lo único que distingo es un campo cercado y árboles.

—La calidad no es buena —me dice a modo de disculpa, y me habla de un hombre y una mujer, el señor y la señora Konig, que viven junto a Harvey Road, en una casa que da a la carretera. Me muestra una foto en su teléfono. Una granja amarilla con revestimientos color óxido. La reconozco de inmediato: la casa amarillo limón con el cornejo en flor. Recuerdo que Maisie se sentó bajo ese árbol y se le empaparon los pantalones cortos con el césped mojado que había dejado la tormenta.

—Hablé con la pareja que vive ahí —le explico.

—Sí —dice el detective Kaufman—. El señor y la señora Konig. Se acuerdan de usted.

Yo asiento con la cabeza pensando en esas amables personas. En su momento no supe sus nombres, pero ahora sí.

—No estaban en casa cuando tuvo lugar el accidente. No vieron nada.

—Eso es —conviene el detective, y yo recuerdo que habrían tenido una vista privilegiada desde el porche delantero de su casa, habrían podido ver toda la escena con sus propios ojos de haber estado en casa—. Sucedió algo extraño —me cuenta, deja el teléfono a un lado y se acaricia el bigote y la barba mientras me mira—. El señor Konig pasó por la comisaría esta mañana. Al parecer se han producido actos vandálicos en su propiedad. Grafitis en las puertas del granero y daños en los pastos de los caballos.

—Qué pena —respondo, aunque mi voz carece de compasión, porque el señor y la señora Konig han sufrido vandalismo mientras que yo he perdido a mi esposo. Hay una diferencia.

—En efecto —dice el detective Kaufman—. Adolescentes bromistas, pero se imaginará que los Konig están muy disgustados.

—Me lo imagino —respondo y, aunque me da pena la pareja, eso no tiene nada que ver conmigo. El detective está siendo evasivo porque no sabe cómo decirme que no puede investigar el asesinato de Nick porque está demasiado ocupado con el vandalismo en la propiedad de los Konig. Estoy a punto de montar una escena, de exigir hablar con alguien que no sea él, con otro detective, alguien que esté por encima, o un capitán—. ¿Qué tiene esto que ver con el asesinato de Nick? —pregunto con incredulidad, porque así es como me siento.

—Por suerte para los Konig, tienen una cámara de vigilancia en el exterior de su vivienda. Alejada de la carretera principal y en una zona tan deshabitada del pueblo, no es la primera vez que esto sucede en su propiedad. Vandalismo. El señor Konig instaló la cámara hace unos meses para poder atrapar a los responsables y lo logró. Los tenemos en vídeo —me dice, y señala con el dedo la imagen que aparece en la pantalla, una foto a vista de pájaro del jardín de los Konig—. Ahora solo tenemos que identificarlos —añade el detective, y yo lo miro confusa y se me encienden las mejillas. No pensará que yo tengo algo que ver con el vandalismo en casa de los Konig.

Me quedo sin aliento e intento no ponerme a llorar.

—¿Cree usted que yo sé quiénes son? —le pregunto, pero él niega con la cabeza y me dice que no.

—No, señora Solberg. No lo creo. Verá —me dice mientras me entrega un pañuelo para que enjugue mis lágrimas—, la cámara de vigilancia graba hasta treinta días de manera continua. Después de este último incidente, el señor Konig se sentó para ver las grabaciones, con la esperanza de atrapar a la persona o personas que destrozaron su jardín. Pero resulta —me explica mientras pulsa el Play y se recuesta en su silla para verlo conmigo— que encontró mucho más de lo que estaba buscando.

El vídeo comienza. Está muy pixelado, pero lo distingo de todos modos. Alguien del departamento de informática habrá hecho *zoom* sobre la escena que el detective quiere que vea, de modo que la propiedad de los Konig pasa a un segundo plano y, en su lugar, me encuentro mirando una carretera solitaria. El ángulo del vídeo es raro, de modo que la carretera parece tener una pendiente de cuarenta y cinco grados. Es un vídeo en color; los árboles y la hierba se ven de un verde apagado y la carretera de hormigón gris. El viento sopla entre las hojas de los árboles y, aunque el vídeo carece de volumen, me imagino que lo oigo, el ruido de las hojas medio secas al rozarse unas con otras mientras una ardilla recoge una nuez caída en su boquita avariciosa y cruza corriendo la carretera sin mirar a los lados. Aunque las casas no aparecen, distingo un buzón, el borde de una entrada, basura en la hierba. Una verja de madera medio caída. No hay un solo coche atravesando la carretera. Durante casi dos minutos y medio no hay nada que ver.

La fecha que figura en una esquina es la del 23 de junio. El día que murió Nick.

Son las 17.47 h.

Al darme cuenta de eso, me quedo sin aliento. Aunque lo intento, no puedo apartar la mirada de la pantalla. Me hallo en una especie de estado hipnótico, ya no siento la silla bajo mi cuerpo. Me he quedado anestesiada, paralizada, congelada en el tiempo. La habitación que me rodea se desvanece y solo quedamos el vídeo y yo, que me traslada al lateral de Harvey Road la tarde en que mi marido murió.

321

—¿Continuamos? —pregunta el detective, pero sus palabras suenan amortiguadas, como si yo estuviera nadando en el agua, golpeada por las violentas olas del océano, ahogándome. Extiende el brazo para detener el vídeo y, por instinto, le golpeo la mano para que la aparte.

—Sí —respondo con convicción—. Deje que siga.

En este momento lo averiguaré todo. En este momento sabré quién mató a Nick.

Junto a mí, el detective Kaufman se recuesta en su silla y cruza las manos sobre el regazo. Me observa, aunque yo soy incapaz de mirarlo a los ojos, porque tengo la mirada fija en la hierba verde, en el hormigón gris y en los restos de basura que se agitan con la brisa.

Entonces entra en escena un vehículo.

Es negro, y de inmediato pienso en Maisie y en su miedo a los coches negros. Avanza por la carretera muy despacio, y el detective Kaufman me explica que se han tomado la libertad de ralentizar el vídeo para que fuera más fácil de ver—. Ese coche —me dice señalando el vehículo negro que ahora ocupa el centro de la imagen—, probablemente iba demasiado deprisa. —Aunque, al aproximarse a la curva, se encienden las luces rojas traseras del vehículo cuando el conductor pisa el freno, toma la curva y desaparece por la esquina inferior de la pantalla.

Mis ojos se trasladan a la esquina contraria, esperando a que aparezcan Nick y Maisie, seguidos de cerca por la persona que mató a Nick. Me imagino a mi madre al volante de su Chevrolet negro Malibu, probablemente con los pies descalzos, o con unas zapatillas de andar por casa, con el pie derecho en el acelerador, tratando de llegar a casa.

Dejo escapar el aliento, sin saber cuánto tiempo llevaba aguantando la respiración, hasta que empiezo a sentirme mareada cuando el dióxido de carbono comienza a acumularse en mi sangre por la privación de oxígeno. Me cuesta respirar, pero el detective Kaufman no se da cuenta. Soy yo la única que lo sabe.

Un destello rojo aparece en el borde del vídeo y yo dejo escapar un grito ahogado. Mi coche, que Nick se llevó aquel día a clase de *ballet*.

—Podemos tomarnos un descanso si lo desea —me sugiere el detective, pero le digo que no.

—Deje que siga —le pido.

El coche avanza a velocidad de tortuga por Harvey Road. Al menos así me lo parece a mí, aunque, claro, el vídeo va a cámara lenta, y el detective Kaufman me dice que es probable que Nick circulara a ochenta kilómetros por hora o más.

—Estaba intentando huir —le digo, pero él no dice ni sí ni no. El alcance del plano es amplio y abarca casi doce metros antes de la curva. Espero sin aliento a que mi madre aparezca cuando veo a Nick y a Maisie en el centro de la imagen. Nick está ahí, aunque solo veo su silueta borrosa por la baja calidad del vídeo. Me inclino hacia delante. Extiendo una mano para tocar a mi marido una última vez antes de que muera.

En ese momento, ¿sabría que estaba a punto de morir?

Nick está allí. Maisie, también. Y allí está el roble, alto y portentoso, pegado a la curva. Hay señales de advertencia que avisan de la curva cerrada que se avecina. Carteles brillantes, de un amarillo chillón imposible de ignorar, colocados junto a una señal de velocidad que el detective me señala, y me explica que esa señal establece el límite de velocidad en la curva en treinta kilómetros por hora. El ángulo de la curva es muy cerrado, fácilmente excederá los noventa grados.

Pero ¿dónde está mi madre? ¿Dónde está el Chevrolet negro? Debería estar allí, pisándoles los talones antes de que Nick llegue al árbol. Escudriño el vídeo con la mirada, pero no hay ningún Chevrolet. Mi madre no está ahí.

—¿Dónde está? —le pregunto al detective.

—¿Dónde está quién? —me pregunta él.

—Mi madre —respondo, pero él se queda mirándome y no dice nada.

El coche negro ya ha pasado. Lo único que queda son Maisie y Nick cuando el coche entra en un bache y después sale, y los neumáticos de alto rendimiento traspasan la línea amarilla continua que no debe cruzarse.

Cuando el coche toma la curva, patina hacia un lado y deja a su paso las marcas negras sobre el asfalto, con el dibujo de los neumáticos grabado en mitad de la calzada. No hay nadie detrás de Nick, nadie que le obligue a salirse de la carretera.

Solo está Nick.

Nick y su conducción temeraria.

Advierto un último esfuerzo por aminorar la velocidad, las luces rojas de freno que se encienden y se apagan como un resplandor iridiscente en el cielo nocturno. Después el coche sale despedido y golpea el árbol con tanta fuerza que hasta este se tambalea, pierde hojas y trozos de la corteza del tronco.

Y después todo queda quieto, inmóvil.

—No lo entiendo —murmuro. Pulso teclas al azar en el ordenador, convencida de que me he perdido algo. Tengo que verlo de nuevo—. Este no es el vídeo —aseguro. Se ha producido un terrible error, el coche que aparece en la pantalla es el coche equivocado, otro coche rojo que también se estrelló contra el mismo roble, otro conductor que sufrió una muerte horrible a manos de ese árbol—. Debería haber otro coche —insisto—. ¿Dónde está el otro coche? ¿Dónde está el coche que sacó a Nick de la carretera? —Le digo al detective que eso está equivocado, que todo está equivocado. Que ha cometido un tremendo error.

Pero al parecer hay fotos en primer plano. Fotos que se sacaron del vídeo y han sido ampliadas para que yo las vea. La matrícula trasera del coche. Mi matrícula.

Una imagen de Nick, con la cara oscurecida por el cristal.

El detective Kaufman reproduce el vídeo de nuevo, pero esta vez no va a cámara lenta. Esta vez va a toda velocidad. El coche rojo aparece por la carretera sin nadie detrás, pierde la tracción al patinar en la curva, sale por los aires y se estrella contra el árbol. No hay ningún otro coche alrededor, nadie que lo siga, nadie que lo saque de la carretera. Ningún hombre malo.

Vuelvo a oír la voz del detective.

—Se lo he dicho desde el principio, señora Solberg. Su marido iba demasiado deprisa. Tomó la curva a demasiada velocidad. Siento mucho su pérdida —me dice mientras recoge sus cosas para marcharse. Pero, antes de irse, me dice—: Hay terapeutas para asimilar el duelo. Alguien que pueda ayudarle a pasar página. —Como si pudiera leerme el pensamiento, como si supiera exactamente lo que necesito. Después me da una palmadita en el hombro y se va, y a mí se me ocurre entonces que el detective Kaufman tenía razón desde el principio. Me dijo hace tiempo lo que le había pasado a Nick y yo elegí no creerlo. En vez de eso me inventé una historia alternativa basada en mentiras y engaños.

Esto nunca fue cosa de Nick. Fue cosa mía.

EPÍLOGO

CLARA

Llega la mañana. Un nuevo día.

Llaman a la puerta temprano, y yo solo pienso en las flores. Más flores. Pero hoy no son flores, y mientras atravieso el recibidor hacia la puerta, la veo de pie a través del cristal biselado. Kat. Pongo la mano en el pomo de la puerta, pero, antes de abrirla, me recompongo. ¿Qué diablos querrá?

Abro la puerta, doy la bienvenida al sol de la mañana y, con él, a Kat. Esta vez viene sola, sin Gus. Fuera, al otro lado de la calle, Emily está en su entrada, vestida con una bata, despidiéndose de Theo, que saca su último juguete a dar una vuelta: un deportivo rojo de dos asientos que se aleja a toda velocidad por la calle. Dejo de mirar el coche y vuelvo a mirar a Emily, que sigue allí de pie, en la entrada, mirándome a mí ahora. Levanta la mano con timidez para saludar. Yo me pregunto si alguna vez podremos volver a ser amigas.

—Cuando nos conocimos —me dice Kat—, no fui del todo sincera contigo. No estaba siendo franca.

No recuerdo haberla invitado a pasar y, sin embargo, ahí está, con los pies en mi recibidor, cerrando la puerta para aislarnos del caluroso aire veraniego, de los bichos y de los escandalosos trinos de los pájaros. Ya estamos en agosto; pronto llegará el otoño. Pero primero hemos de sobrevivir al mes más caluroso del año, lo peor del verano, cuando las chicharras salen a jugar y empiezan a atronar con sus sonidos ya desde las ocho de la mañana, como si fueran un gallo, despertando a aquellos que duermen. Maisie y Felix. Yo los oigo a ambos arriba, en sus dormitorios, manteniendo conversaciones consigo mismos, resueltos, entreteniéndose solos.

Kat parece nerviosa. Retuerce las manos, sin saber qué hacer. Yo acudo en su ayuda, porque no soy capaz de hacerle pasar por esa agonía. Bastante difícil es ya tenerla ahí de pie, como para que además no diga las palabras en voz alta. «Me acostaba con tu marido. Me quería a mí, no a ti».

—Ya sé lo tuyo con Nick —le digo antes de que pueda hacerlo ella. Aquel día, en el parque, quería decirme algo más, pero yo no podía soportarlo. Esto es lo que quería decirme. Quería confesar el adulterio, decirme que se acostaba con Nick.

—¿Qué es lo que sabes? —me pregunta con el ceño fruncido y los ojos muy abiertos. Se mete las manos en los bolsillos y después las saca. Cruza los pies a la altura de los tobillos y los brazos sobre el pecho.

—Que iba a dejarme —respondo, aunque nadie me ha dicho tal cosa, pero aun así sé que es cierto—, por ti.

Intento sonar despreocupada. Intento no dejar que mis emociones saquen lo peor de mí. Tengo muchas cosas que asimilar, desde la muerte de Nick hasta su traición. Hablé con Jan, de la clínica de Nick, y ella me contó la verdad sobre Connor, que había sido despedido hacía tiempo, y fue entonces cuando supe que solo podía hacer una cosa: vender la clínica. La clínica era de Nick, no mía. Sin él aquí, es hora de pasar página.

Jan también me habló de Melinda Grey.

—No es más que una paciente —me dijo cuando le pregunté.

Nick estaba enamorado de Kat y, solo más tarde, mientras revisaba sus archivos, tratando de dejar atrás su pasado, descubrí una queja de Melinda Grey, una demanda por mala praxis médica. Fue entonces cuando lo supe.

—Oh, Clara —me dice Kat, y sus ojos azules se llenan de lágrimas. Es una confesión, su declaración de culpabilidad. «Yo lo hice. Soy culpable», dicen sus ojos. Da un paso hacia mí y me estrecha las manos—. Yo lo quería —me dice, y me doy cuenta de que debería abrazarla, debería decirle que siento mucho su pérdida. Debería recoger las flores muertas del recibidor y entregárselas. Es Kat la que está desconsolada, no yo—. Lo quería —repite, por si acaso no la he oído la primera vez. Quiere asegurarse de que lo sepa. El silencio que se produce a continuación es infinito. Estoy convencida de que se prolongará para siempre, de que Kat y yo nos quedaremos en el recibidor para la eternidad, con esta incómoda confesión congelada en el tiempo—. Yo lo quería— insiste por tercera vez con la voz quebrada. Las lágrimas brotan de sus ojos como las cataratas del Niágara—. Yo lo quería, pero él a mí no. Él te quería a ti. Te quería a ti, Clara. No a mí.

Y entonces me lo explica.

Estamos a punto de salir cuando suena el teléfono de casa.

—¿Diga? —pregunto mientras Maisie se inclina sobre el carrito de Felix para jugar con él al cucú tras. Se tapa los ojos con las manos y dice «Cucú. ¡Tras!». El niño se sobresalta siempre, abre mucho los ojos y patalea con sus calcetines azul marino. Todavía no sabe reírse, aunque lo haría si supiera, de modo que sonríe y agarra por casualidad el meñique de Maisie con la mano.

—Mira, mami —me dice mi hija con una sonrisa—. Felix me está dando la mano.

—Es verdad —articulo yo con la boca mientras el hombre al otro lado de la línea comienza a hablar.

—¿Está el señor Solberg? —pregunta, y yo noto un vuelco y me pregunto si alguna vez dejará de rompérseme el corazón cuando alguien llame preguntando por Nick.

—No —respondo y me meto en la habitación de al lado para explicarle dónde está Nick sin que Maisie me oiga. Se lo contaré más tarde. Pronto.

—Oh —dice el hombre, y me dice que ha estado dejando mensajes en el móvil de Nick, mensajes que yo aún no he escuchado. Tras obtener la información que necesitaba, dejé que se agotara la batería. No oí las llamadas recibidas—. Llamo de la joyería Mark Thames. —Yo me pongo en tensión al recordar el collar, el que supuestamente Nick había comprado para Kat. Salvo que, según sus propias palabras, Nick no la quería. Me quería a mí—. Ya puede pasar a recogerlo —me informa el hombre. Y entonces mi siguiente pregunta –¿por qué iba Nick a comprarle un collar a Kat si no la quería?– se desvanece por completo.

El collar está allí, en la tienda. No se lo dio a Kat.

—Enseguida voy —respondo, meto a los niños en el coche y nos vamos a la joyería. Teníamos planeado ir al cementerio, pero el cementerio puede esperar. Llamo a mi padre y le digo que llegaremos tarde.

La joyería se encuentra situada en el aparcamiento del supermercado. Aparco el coche y entro con Felix mientras Maisie se queda dando vueltas por detrás.

—Soy Clara Solberg —le digo a un hombre de pelo gris que hay tras el mostrador de cristal, y este saca una cajita de debajo de la caja registradora y me la entrega—. ¿Cuánto le debo? —pregunto, pero me explica que ya está pagado, claro que lo está, yo misma he visto el tique, y lo sujeto con escepticismo, sin saber si quiero ver lo que hay dentro. Me gustaría guardármelo en el bolso y abrirlo en casa, a solas, con una copa de vino, por si acaso, pero los ojos del hombre de pelo gris me miran; él sonríe, más emocionado que yo.

—¿No va a abrirlo? —me pregunta.

—Ábrelo, mami. Ábrelo —dice Maisie. Así que reúno el valor y abro la tapa de la caja. Dentro hay una cadena de plata con dos colgantes en forma de corazón; uno para Maisie y otro para Felix, con sus nombres grabados en letra cursiva.

Mis pulmones se quedan sin oxígeno. Noto que me tiemblan las piernas, amenazando con doblarse.

Ya he visto antes este collar.

Las lágrimas acuden a mis ojos y solo entonces sé con absoluta certeza que es cierto.

Nick me quería a mí.

El cementerio está casi vacío cuando llegamos. Está en silencio, el único sonido es el que hace el viento al pasar entre los árboles. Mi madre y mi padre están fuera del coche, sentados en un banco de hormigón a la sombra de un arce. Dejo a Felix en brazos de mi madre y mi padre los rodea a ambos con los brazos como protección adicional. El niño tiene los ojos muy abiertos y contempla aquella nueva cara. Sonríe y, al verlo, Maisie señala y dice:

—Mira, mami. A Felix le cae bien. —Yo le digo que sí, y pienso que, si a Felix le cae bien la abuela, entonces tal vez a Maisie también.

—Quizá luego quieras sentarte con la abuela cuando volvamos —le sugiero.

Ella se encoge de hombros y dice:

—Quizá.

—Enseguida volvemos —le digo a mi padre, le doy la mano a Maisie y él me dice que me tome mi tiempo.

—No hay prisa, Clarabelle —me asegura, aunque cuando volvamos le hemos prometido a Maisie un helado. «Pero primero», le he dicho, «tenemos que hacer una cosa».

Hace semanas que no vengo por aquí. La tierra que antes estaba desnuda ahora empieza a tener zonas verdes, el lugar de descanso de Nick ya no parece tan nuevo. La lápida no puede colocarse hasta que no se haya asentado el suelo, así que por el momento no es más que una depresión del terreno con brotes verdes. Llevo a Maisie de la mano por el cementerio para encontrar a su padre. «¿Dónde está papi?», me ha preguntado cientos de veces. Hoy la sentaré junto a su tumba y se lo contaré.

—¿Qué hacemos aquí, mami? —me pregunta cuando llegamos al lugar; yo le pido que se siente a mi lado y obedece. Hay un tordo sargento posado en un árbol cercano, mirándonos a Maisie y a mí con sus ojos negros. Me vuelvo hacia el pájaro, protegiéndome los ojos del sol con la mano, y él me llama con un trino melódico; sus hermosos colores destacan sobre el verde del árbol. Sobre nuestras cabezas el cielo azul, salpicado solo por la estela de un avión al pasar, tiene un brillo que potencia el verde de los árboles. No hay una sola nube cuando el pájaro despega y echa a volar por el cielo.

—Has estado echando de menos a papi —le digo a Maisie, y noto que ya se me quiebra la voz y se me llenan los ojos de lágrimas—. Has estado preguntando por papi. —Ella asiente y sonríe, convencida de que su padre está aquí, y empieza a mirar por encima del hombro para ver si lo localiza sentado junto a un árbol o subiendo una colina.

Pero no está ahí, de modo que su sonrisa se esfuma y sus ojos se vuelven tristes.

—¿Dónde está, mami? —me pregunta—. ¿Dónde está papi? —Y esta vez sí se lo digo.

No llora. Se queda mirando al cielo, contemplando al pájaro que vuela con las alas extendidas, alejándose hasta que no queda de él nada salvo un punto negro en el azul del cielo.

—¿Sabes lo que creo, mami? —me pregunta Maisie y, antes incluso de que me lo diga, sé que va a decir algo oportuno y brillante, como solo ella sabe hacer.

—¿Qué, cielo? —le pregunto acariciándole el pelo. Ella sonríe y señala con el dedo el lugar por donde ha desaparecido el pájaro.

—Creo que papi está volando.

AGRADECIMIENTOS

Sobra decir que publicar una novela es una experiencia de colaboración. Me siento en deuda con mi asombroso equipo por todo el trabajo duro y la tenacidad que han invertido en este proyecto. *La última mentira* no habría sido posible sin la paciencia, la diligencia y la extraordinaria intuición de Erika Imranyi, que de manera incansable lee y edita mis manuscritos una y otra vez para asegurarse de que son perfectos, proporcionando ideas brillantes para mis personajes. O sin mi increíble agente literaria, Rachel Dillon Fried, cuyo entusiasmo (llamadas a las tantas de la noche, volar cientos de kilómetros para comer y charlar) me permite seguir haciendo lo que más me gusta. Gracias a los equipos de HarperCollins y Harlequin, y a la gente maravillosa de Sanford J. Greenburger Associates por su apoyo incondicional. No podría sentirme más orgullosa de formar parte de vuestra familia. Muchas gracias a Natalie Hallak por la fabulosa ayuda editorial, a Emer Flounders y a Shara Alexander por la asombrosa publicidad, y a los equipos de ventas y *marketing*, tanto dentro como fuera de mi país, por compartir mis libros con el mundo. Y a todos aquellos que han tenido algo que ver con el proceso de publicación —correctores, el ingenioso equipo que diseña mis preciosas cubiertas—, ¡gracias, gracias, gracias!

En los últimos años he tenido la oportunidad de conocer a libreros, blogueros y lectores excepcionales en todo el mundo, y todos me han acogido con cariño para celebrar firmas de libros y lecturas, han organizado concursos, me han dado la bienvenida a sus clubes de lectura y han sugerido a sus amigos que leyeran mis libros. Hacen falta muchas personas para que una novela tenga éxito, y a todos los que se han encargado de hacer circular la noticia: ¡nada de esto sería posible sin vosotros!

Por último, todo mi agradecimiento a mis familiares y amigos, sobre todo a papá y a mamá, a mis hermanas: Michelle y Sara, y sus familias; a la familia Kyrychenko, a Pete, a Addison y a Aidan por su apoyo constante, por ser fieles defensores de mis libros y una tabla de salvación para las ideas que pueblan mi cabeza, y por acercarse a todas las librerías y bibliotecas del Área metropolitana de Chicago, y más allá, para oírme hablar. Aunque tal vez no siempre lo diga, significa mucho para mí. ¡Os quiero a todos!